A MISSÃO DE SER FELIZ

AMY T. MATTHEWS

A MISSÃO DE SER FELIZ

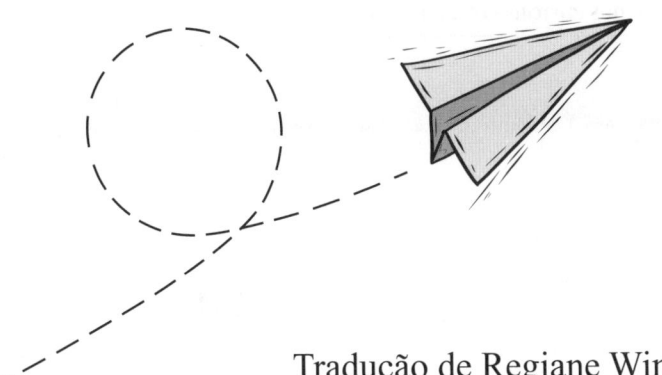

Tradução de Regiane Winarski

Rocco

Título original
SOMEONE ELSE'S BUCKET LIST

Primeira publicação Kensington Publishing Corp.

Copyright © 2023 *by* Amy T. Matthews

Todos os direitos reservados.
Nenhuma parte desta obra pode ser reproduzida ou transmitida
por meio eletrônico, mecânico, fotocópia ou sob
qualquer outra forma sem a prévia autorização do editor.

Edição brasileira publicada mediante acordo com
Sandra Bruna Agencia Literaria, SL

Direitos para a língua portuguesa reservados
com exclusividade para o Brasil à
EDITORA ROCCO LTDA.
Rua Evaristo da Veiga, 65 – 11º andar
Passeio Corporate – Torre 1
20031-040 – Rio de Janeiro – RJ
Tel.: (21) 3525-2000 – Fax: (21) 3525-2001
rocco@rocco.com.br
www.rocco.com.br

Printed in Brazil/Impresso no Brasil

Preparação de originais
MÔNICA FIGUEIREDO

CIP-BRASIL. CATALOGAÇÃO NA PUBLICAÇÃO
SINDICATO NACIONAL DOS EDITORES DE LIVROS, RJ

M388m

Matthews, Amy T.
  A missão de ser feliz / Amy T. Matthews ; tradução Regiane Winarski. - 1. ed. - Rio de Janeiro : Rocco, 2024.

  Tradução de: Someone else's bucket list
  ISBN 978-65-5532-412-9
  ISBN 978-65-5595-241-4 (recurso eletrônico)

  1. Romance americano. I. Winarski, Regiane. II. Título.

23-87444

CDD: 813
CDU: 82-31(73)

Meri Gleice Rodrigues de Souza - Bibliotecária - CRB-7/6439

Este livro é uma obra de ficção. Nomes, personagens, negócios, organizações, lugares, acontecimentos e incidentes são produtos da imaginação da autora, e foram usados de forma fictícia. Qualquer semelhança com pessoas reais, vivas ou não, eventos ou localidades é mera coincidência.

O texto deste livro obedece às normas do
Acordo Ortográfico da Língua Portuguesa.

Para Tully,
minha amiga

E eu não sabia se ria ou se chorava,
e disse para mim mesma: e agora, grande céu?

— Laurie Anderson (Strange Angels)

No meio do inverno, descobri que havia
dentro de mim um verão invencível.

— Albert Camus

Capítulo 1
Ação de Graças

Bree

Os últimos meses da vida de Bree foram repletos de esperança. Esperança como uma explosão de amarelo: o tom vívido de girassóis, narcisos, milefólios. Um toque súbito de cor primaveril na monocromia da ala oncológica gelada. Aconteceu quando ela mais precisava, quando o mundo tinha se estreitado para preto e branco. Quando ela havia praticamente desistido.

Era uma temporada de neve densa em Delaware, muitos meses depois de ela ser internada. Presa na cama, Bree tinha acompanhado a primavera e o verão surgirem e florescerem através de vidraças que eram perfumadas só com desinfetante, e acompanhou a árvore-do-céu em frente à sua janela ficar da cor de carvão aceso quando setembro virou outubro, as folhas laranja chamejantes tremulando como bandeiras de oração do Himalaia. Ela havia chegado em maio com uma tosse e em novembro continuava lá, mais doente do que nunca. Pensou que ver o verão passar tinha sido difícil, mas parecia que o inverno seria infinitamente pior. Era como ser enterrada viva.

O hospital ficou submerso devido a grandes quantidades de neve constante do final de outubro em diante. Os ventos sopraram as últimas folhas das árvores antes do Halloween, e novembro passou com tempestades de gelo e temperaturas árticas. A janela ficou embaçada e Bree perdeu a pouca vista que tinha. Quando o Dia de Ação de Graças se aproximou, ela viu a âncora animada do canal três apontando na direção da Carolina do Norte até Vermont, marcando a projeção de mais uma tempestade. O feriado seria gelado. Bree não sabia o que era pior: o tempo lá fora ou as condições lá dentro, onde as luzes brancas fluorescentes zumbiam, tudo tinha um cheiro químico e a comida era tão mole que virava pasta quando você tentava cortar.

E a *quimioterapia...*

Só de pensar na quimioterapia, Bree tinha vontade de se encolher em posição fetal. Ainda tinha úlceras na boca da última série.

— Pelo menos você vai estar livre disso no feriado — disse a enfermeira da oncologia com um otimismo fervoroso. — Vai poder comer peru.

Bree podia imaginar muito bem o que a cozinha do hospital faria com o peru. Imaginou pedaços brancos e secos de carne mergulhados em molho pronto enlatado. Ervilhas enrugadas. Cenouras pequenas e desbotadas. Isso se ela tivesse sorte...

As enfermeiras tinham pendurado decorações de papel desconexas pelo quarto para animá-la. Correntes grampeadas à mão feitas de papel colorido no tom de abóbora cozida demais... o que parecia adequado. Wanda, uma das atendentes, tinha colado um peru de papelão na porta de Bree. O bicho tinha uma expressão meio sobressaltada e um rabo esquisito de papel de seda exatamente da mesma cor do alvejante da privada, branco e azul. Bree não gostou do peru de rabo colorido na porta, mas não teve coragem de pedir para Wanda tirá-lo dali. Wanda tinha ficado tão orgulhosa de "animar o quarto"; como Bree poderia dizer para ela que toda aquela alegria a fazia se sentir infinitamente pior? À noite, Bree ouvia as correntes de papel laranja fazendo ruídos secos de movimento. Como folhas velhas. Era o som das estações passadas, do fim das coisas. Ele a fazia pensar nas folhas da árvore--do-céu, arrancadas dos galhos pelo vento e jogadas na noite.

Bree não era naturalmente dada ao desespero. Quando chegou ao hospital com pneumonia, em maio, ela era o tipo de pessoa que postava memes motivacionais no Instagram, que tirava selfies usando a camisola idiota de hospital, achando graça da estampa estranhamente estilosa do traje de amarrar. *Essa camisola já tem dona, pessoal!* Ela colocou um filtro na foto para não parecer tão assustadora. Ela não ficou desesperada quando foi enviada para sucessivas rodadas de raios-X, nem quando o médico jovem e desajeitado contou que ela estava com pneumonia (*disso* ela desconfiava, foi o motivo que a levou ao hospital). E quando o mesmo médico desajeitado enrolou para ir embora, limpou a garganta e perguntou quanto tempo havia que ela tinha leucemia... e se ele podia ter acesso ao número de seu oncologista para poder discutir com ele as opções de tratamento para a pneumonia...

Bree achou que ele tinha cometido um engano. Tinha trocado exames. Ela não tinha leucemia. Tinha *pneumonia*.

Foi quando a expressão dele se transformou em horror e ele praticamente se desfez aos pés dela. Como se os ossos tivessem virado líquido e não houvesse nada para sustentá-lo.

— *Ah, meu Deus, você não sabia...*

— Não sabia *o quê*?

Mesmo nessa hora, naquele interminável momento sufocante da descoberta, sua primeira reação não foi de desespero. Não foi nem de choque. *Talvez* tenha sido um pouco de negação. Mas, definitivamente, tinha sido de *que se foda*.

Porque ela era Bree Boyd. Tinha vinte e seis anos, a vida toda pela frente. Tinha mais de um milhão de seguidores no Instagram; já tinha postado fotos com três (quase quatro) das Kardashians; e ainda não tinha terminado sua lista de coisas a fazer antes de morrer. Ora, ela não tinha terminado nem de *escrever* a lista de coisas a fazer antes de morrer. Ela não podia *morrer*.

Não era sequer uma possibilidade.

Essa era só uma daquelas histórias inspiradoras de sobrevivência, e ela era a heroína. Como num filme clichê, em que a protagonista é corajosa, o cabelo cai todo e tem muita choradeira, mas no final ela fica com o bonitão e termina o filme com o cabelo crescendo, curtinho e estiloso. Bree ficaria linda com um corte joãozinho.

— Certo — dissera ela para o médico jovem sem ossos, em maio, quando o desespero nem era opção. — O que vamos fazer sobre isso?

Porque Bree iria para a guerra. E pelo menos ela faria isso com uma camisola de hospital decente, com uma estampa que imitava as da moda. Ela seria a primeira influencer a tornar camisolas de hospital chiques, era só esperar. Ora, ela faria a Adidas lhe patrocinar com roupas confortáveis antes da semana acabar, era só esperar! Ela seria um farol de positividade e luz. Usaria seu espírito de suco verde, ioga e viagens pelo mundo... o mesmo que a levou na caminhada pelos Himalaias e a fazer espeleologia vertical na Gruta das Andorinhas, no México. Que a fez ser a primeira pessoa da família toda a ir à faculdade, que a tornou uma inspiração para centenas de milhares de pessoas... e ela usaria esse espírito para dar uma surra no câncer.

Nunca passou pela cabeça de Bree que ela não venceria.

Só depois da segunda rodada de quimioterapia.

Foi nessa ocasião que Bree ficou sem memes para postar. Ela estava *tão mal*. Nada na sua vida a havia preparado para a quimioterapia. Tinha pensado muito sobre perder o cabelo. Não queria parecer que estava com sarna enquanto ele caía, então raspou tudo antes do primeiro ciclo de quimioterapia. Fez isso como parte de uma arrecadação de fundos. Sua irmã mais nova, Jodie, empunhou a máquina. E, uma a uma, cada uma das amigas de Bree ficou sorrindo (algumas um pouco mais abaladas do que outras, isso precisa ser dito) enquanto seus cabelos caíam com a máquina entusiasmada de Jodie. Até a melhor e mais antiga amiga de Bree, Claudia, se rendeu a Jodie, e ela nunca se rendia a Jodie em nada.

Bree foi a última, depois de Claudia ter raspado alegremente o cabelo de Jodie. Bree filmou seu cabelo caindo enquanto suas amigas cantavam "Don't Stop Believin'" a plenos pulmões. O vídeo viralizou, e Bree assistiu com orgulho, repetidamente. Em seguida, usou uma tiara na cabeça careca durante todo o primeiro ciclo de quimioterapia. Seus seguidores aumentaram em dez vezes. Ela era uma princesa guerreira e estava arrasando.

Que idiota. Ela realmente pensou que perder o cabelo seria o pior. Ela não fazia ideia. Quando terminou os ciclos da primeira rodada, Bree se sentia um soldado rastejando de volta do fronte.

Eles avisavam, davam folhetos e links para sites, e em todos os materiais de leitura havia desenhos de pessoas com o rosto verde. Mas verde não era suficiente. Nada poderia tê-la preparado para os vômitos da quimioterapia. Era como ser virada do avesso. Não, era como tomar um frasco de ácido sulfúrico e *depois* ser virada do avesso. Cinquenta vezes seguidas.

No começo, administravam injeções para os vômitos pararem, mas não funcionou por muito tempo. Depois, eles desistiram, porque Bree vomitava por mais que enfiassem agulhas nela. Nada de princesa guerreira, ela era a Rainha do Vômito. Chegou a um ponto em que ela vomitava na *expectativa* da quimioterapia. Chamavam de *vômito refratário*. Refratário a fazia pensar em luz, janelas da Tiffany e vidro colorido. Em lustres. Não era certo juntar uma palavra tão bonita com uma tão repugnante como *vômito*. Aquilo não era vômito *refratário*, era *vômito maligno*, odioso, nocivo. O oposto de lustres e luz. Era a escuridão de um esgoto, para onde o vidro colorido ia para morrer.

Na última rodada de quimioterapia, Bree passou o tempo todo com a cabeça enfiada em um balde. Só o cheiro da comida de hospital no corredor era o suficiente para causar um episódio. Comer qualquer coisa estava fora de questão. Resignadas, as enfermeiras a alimentavam por via intravenosa.

Quantos anos ela desperdiçara fazendo dieta, pensava ela enquanto ficava deitada, exausta, sentindo cheiro de desinfetante no fundo da cuba de vômito. Quantas vezes deixou de tomar o café da manhã na vida? Quantas fatias de torrada ficaram sem manteiga? Quantas panquecas sem mel? Quantos potes de iogurte apodreceram na geladeira, a tampa de alumínio sem nunca ser rasgada? Isso sem falar dos anos de sorvetes nunca provados, sacos de salgadinhos e, ah, minha nossa, a pipoca com caramelo nos jogos de beisebol. Ela amava essas pipocas quando era criança. E todas as vezes que tomou água com gás em vez de tônica com o gin? Que desperdício.

E como ela estava diferente. Não era nenhum esforço pular o café da manhã, e estava com o menor peso que tivera desde criança. Era tão colossalmente horrível. Quem ligava para estar magra? Ela daria qualquer coisa para voltar no tempo, para antes do câncer, para ir a um jogo com o pai e Jodie e comer um monte de sacos de pipoca com caramelo. Provavelmente incluiria um ou dois cachorros-quentes, um pretzel salgado e umas cervejas para completar.

Ela até postaria uma foto comendo tudo. E, se ficasse com uma gordurinha, alguns pneuzinhos na barriga, ela postaria foto disso também. #saudável #AlegriaDeComer #FodaSeOCâncer

Foi um alívio enorme quando a quimioterapia terminou e ela pôde simplesmente afundar no colchão barulhento coberto de plástico e deixar a cuba de vômito de lado.

Sua mãe a visitava todas as manhãs. Trocou de emprego para poder ficar com Bree durante o inferno que era a quimioterapia. Ela ia tão cedo que chegava antes do sol raiar (o que não era difícil nas profundezas de um inverno em Delaware), carregando pilhas de revistas novas, punhados de flores que ela não tinha dinheiro para comprar e guloseimas para incentivar

Bree a comer. Uvas. Maçãs. Chocolates. Uma vez, uma manga. Onde tinha arrumado uma manga naquela época do ano?

Mas a questão da quimioterapia era que, mesmo quando acabava e você não estava mais vomitando, não conseguia sentir o gosto de nada. Não explicavam *isso* nos panfletos. Não havia um desenho de uma pobre vítima de quimioterapia com papilas gustativas que não funcionavam. Era possível que ela nunca mais sentisse o gosto de nada. Sorvete era a mesma coisa que um punhado de neve. Manga era só uma sensação gosmenta na boca.

Bree tentava sorrir enquanto comia, só para tirar a expressão tensa do rosto da mãe. Mas ela não se deixava enganar. Ela nunca deixava.

— Dá um tempo — disse a mãe, tentando parecer animada.

Ela parecia tão animada quanto uma luz fluorescente num vagão de metrô. Coitada da sua mãe. Partia o coração de Bree ver o que sua doença fez com a família. Tinha deixado a mãe tão magra, como se uma camada superficial de tinta tivesse descascado e revelado o primer embaixo. Mas ela era forte, sua mãe. Ela seguiu em frente. Dia após dia. E ninguém a tirava do lado de Bree. Mudou de emprego para ter um turno à noite e poder passar o dia com a filha, e ia para o hospital, chovesse ou fizesse sol, sempre implacavelmente otimista, mesmo quando o primer aparecia através da tinta descascando.

E o pai também a visitava depois do trabalho no armazém. Ele sempre levava para Bree um refrigerante de uma das caixas que passava o dia transportando. Ela também não sentia o gosto. Era só um movimento estranhamente frenético de bolhas na língua. Mas ela bebia e sorria. Seu pai sempre parecia cansado; o trabalho era puxado para um homem da idade dele, e o corpo já estava dolorido de anos trabalhando na linha de montagem da GM, antes da fábrica fechar. Quando seu pai chegava, sua mãe liberava a cadeira para ele, lhe dava um beijo rápido, se despedia e ia para o emprego novo, de limpar escolas à noite. Seus pais trabalhavam arduamente. Sempre tinha sido assim. Aposentadoria não era mais uma opção, não com as dívidas médicas que Bree tinha acumulado. Até trabalhando duro, como eles faziam, mal conseguiam fazer os pagamentos mínimos...

— Não pense no dinheiro — dizia seu pai com irritação, sempre que ela tentava tocar no assunto. — O dinheiro pode esperar. Ficar boa, esse é seu trabalho. Dinheiro é o meu.

Ele aumentava a televisão, botava os pés na cama e eles se acomodavam para as noites longas. Bree gostava da companhia, mesmo com a tendência do pai de adormecer dez minutos depois do início de qualquer série que assistissem. Quando ele roncava baixinho, ela trocava de canal e abaixava o volume, mas muitas vezes acabava desviando o olhar para o rosto do pai. Dormindo, ele perdia a dureza. Os lábios finos suavizavam e as bochechas pareciam mais cheias, ela conseguia vislumbrar como ele devia ser quando criança. Nas fotos de infância dele, o pai sempre parecia intrigado, a cabeça inclinada, como se prestes a fazer uma pergunta para o fotógrafo.

Havia algo dolorosamente vulnerável nele, como se soubesse que a vida seria difícil; como se estivesse se preparando para saborear as pequenas alegrias porque precisaria batalhar pelas grandes. Dormindo no hospital ao lado do leito dela, ele ainda parecia tão vulnerável, tão fácil de magoar. Mas tinha perdido a expressão intrigada. Agora, ele parecia ter sufocado todas as perguntas porque sabia que não gostaria das respostas.

Bree o amava tanto. Ele, sua mãe e Jodie e a vovó Gloria e a tia Pat. Ela não tinha ideia do *quanto* os amava até os últimos meses horríveis. Algo na sombra lançada pelo câncer fez seu amor brilhar intensamente, calorosamente, com a pureza de uma chama de gás. Era um jato. E as palavras *eu te amo* não faziam justiça ao sentimento. Nada no mundo podia verbalizar a eles o que ela sentia. Ela só podia pedir à enfermeira que colocasse um cobertor sobre o pai enquanto ele dormia e beber o refrigerante que ele tinha levado para ela, apesar de ter perdido todo o sabor e ser apenas um monte de bolhas vazias.

Nos seus raros dias de folga, Jodie levava a vovó e a tia-avó Pat para uma visita. Se sua mãe parecia descascada, Jodie parecia totalmente despida. Como todos, ela atuava, continuava sorrindo pelo bem de Bree. Mas Bree via que ela estava insone e exausta. Às vezes, ela cochilava na cadeira, mesmo quando a vovó e a tia Pat estavam discutindo a todo vapor. Era preciso estar muito cansada para dormir ao lado de vovó Gloria e Pat quando elas começavam.

As duas idosas eram como noite e dia, e Bree e Jodie também. A vovó e a tia Pat moraram no mesmo bairro a vida toda; na verdade, as casas delas ficavam atrás uma da outra. Elas tinham feito um portão décadas antes, por onde entravam e saíam, pegando no pé uma da outra enquanto tomavam incontáveis xícaras de chá. Quando era criança, Bree imaginava que ela e Jodie seriam iguaizinhas quando envelhecessem. Ela imaginava que todas as mulheres velhas fossem assim. Que tinham irmãs que se sentavam à sua mesa da cozinha e irritavam você do berço ao túmulo. Nunca passou por sua cabeça que um câncer poderia atrapalhar esses planos.

O pensamento a fez se sentir uma daquelas folhas de outono, frágil e tremendo no galho, correndo o risco de ser soprada.

O que ela faria sem Jodie? Sua irmã caçula angulosa, insegura e implicante? A pessoa que levava meias de esqui e polainas para aquecer seus pés (com as cores e desenhos mais ridículos). A pessoa que pensou em levar o gato de pelúcia velho de Bree, Ginger (que era preto e branco e não da cor de gengibre, como sugeria o nome), para fazer companhia a ela no hospital. A pessoa que nunca mentia a respeito do horror da realidade e que, até quando Bree estava vomitando, a xingava e roubava o travesseiro dela.

E o que Jodie faria sem *ela*?

Jodie sempre foi desajeitada e ansiosa; mal-humorada, solitária. Tinha a língua ferina e nunca se dava ao trabalho de sorrir quando não tinha vontade (menos ali no hospital, e Bree odiava ver aquele sorriso forçado, tornava o horror da situação bem real). Ela nunca foi o tipo de garota que se arrumava, que pintava o cabelo, que usava maquiagem, fazia bronzeamento artificial e babava pelos garotos. Nunca tinha levado os namorados para conhecer a família. Bree só descobriu *um* dos crushes de Jodie, e isso porque ele era a única pessoa (fora Bree) que Jodie seguia no Instagram. Mas Bree nunca ousou perguntar a Jodie sobre ele. De jeito nenhum. Jodie arrancaria a cabeça dela na primeira tentativa.

Como elas tinham se afastado tanto? Quando pequenas, Jodie era a sombra dela. Quando Bree usava vermelho, Jodie usava vermelho; quando Bree cortava uma franja, Jodie cortava uma franja; quando Bree ganhou patins, Jodie gritou como uma louca até ganhar patins também. Mas, em determinado ponto, elas seguiram rumos diferentes. Jodie via a empreitada de Bree como uma "carreira internacional em fazer poses" (como ela chamava), com desprezo. A única coisa que elas ainda tinham em comum era o beisebol, mas Bree nem ia mais a jogos. Ali, no hospital, elas passaram o verão cheio de vômito de Bree assistindo aos Phillies; Jodie emprestou para Bree seu precioso boné vintage, o da sorte. Mesmo depois de um turno muito movimentado no aeroporto, onde ela trabalhava com aluguel de carros, Jodie apareceu, colocou o boné na cabeça careca da irmã e ligou a televisão no jogo. Bree ficava lá deitada e enjoada, ouvindo os comentários e fazendo esforço para não vomitar. Pelo canto do olho, via Jodie fazer uma careta a cada ânsia de vômito. Jodie esticava a mão e a fechava no tornozelo de Bree acima da meia de esqui meio abaixada, o polegar fazendo carinho nela. Bree nunca disse nada, mas a presença de Jodie era tudo para ela. Acalmava-a. E, quando os vômitos passavam e ela não conseguia parar de chorar, Jodie subia na cama com ela, alheia ao fedor e à sujeira, e a envolvia nos braços. De vez em quando, ela pedia a Bree para vomitar mais baixo, quando ela interrompia o jogo, mas nunca ia embora.

Mas quando a World Series começou, Jodie não podia mais subir na cama com ela, Bree estava doente demais e frágil demais.

— Eu sinto como se fosse te quebrar.

Jodie suspirava. Mas ficava com a mão em Bree, fresca na sua nuca, ou no braço, às vezes fechada sobre a meia de esqui, prendendo-a no quarto e no som do jogo, quando Bree sentia que seria mais fácil simplesmente fugir para dentro de si mesma. O som da torcida, o estalo do bastão, o tom irregular dos comentários eram como um farol. Quando a temporada acabou, Bree sentiu uma saudade absurda.

E se essa for a última temporada que eu puder assistir?

Não. Não deixe nenhum desses pensamentos entrar. Mantenha a câmara de ar fechada e a pressão do vazio lá fora.

Mas, quando os ciclos de vômito a secaram e as folhas caíram das árvores, quando os jogadores de beisebol guardaram as luvas e bastões, e os tons dourados de outubro se transformaram nos cinzentos de novembro, os pensamentos voltaram, mais e mais frequentes. Ela se acostumou com aquele choque de tirar o fôlego que provocavam. Era como abrir a porta para o ar de inverno: um frio doloroso e chocante. Implacável.

No Dia de Ação de Graças, o beisebol parecia uma lembrança distante. E quando Jodie chegava, ela levava o cheiro úmido de neve derretida com ela; o cheiro de lã molhada e... desinfetante. Tudo tinha cheiro de desinfetante.

Durante todo o mês de novembro, o céu ficou baixo e avolumado, da cor de água suja. As luzes dos postes eram losangos laranja acima da rua coberta de sal. Antes do feriado, o trânsito começava a fluir: pessoas viajando para o Dia de Ação de Graças, os faróis cortando o amanhecer escuro. Bree daria qualquer coisa para estar em um daqueles carros em vez de ali em cima ouvindo o ruído das solas de borracha dos enfermeiros no corredor do hospital e o apito eletrônico das campainhas chamando-os para os leitos.

Bree tinha sorte de ter um quarto com vista... ou foi o que os enfermeiros disseram. Apesar de a vista não ser grande coisa. Ela conseguia ver os fundos da ala leste e o estacionamento, e, à direita, um parque pequeno e a rua. As poucas árvores que quebravam a monotonia eram riscos pretos sem folhas, como desenhos a lápis em uma página vazia. Toda a temporada de quimioterapia tinha sido surreal e sufocante. Como estar presa em um globo de neve.

Então, inesperadamente, na noite antes do Dia de Ação de Graças, a esperança veio com um clarão amarelo.

O dr. Mehta trouxe a mudança, parado ali com a gravata de seda e o jaleco branco, estalando a caneta energeticamente. A conversa não começou com um amarelo esperançoso. Na verdade, foi bem sombria.

— Não houve alteração no marcador cancerígeno — disse ele.

Clique, fez a caneta. Ele era um homem corpulento, com um rosto redondo que fazia com que parecesse bem mais jovem do que era. Seus olhos eram grandes e luminosos por trás dos óculos de metal.

— Isso é bom? É bom, né? — Os dedos da mãe dela se fecharam nos braços de metal da cadeira.

Sua mãe estava sentada ereta como uma vara na frente da janela, que ficara embaçada por causa do aquecedor. Denise estava magra demais e linhas fundas ladeavam a boca e marcavam sua testa entre as sobrancelhas. As roupas estavam largas e ela não tinha tirado um tempo para ir ao cabeleireiro, as raízes estavam severamente grisalhas. Ela parecia velha. E não de um jeito fofo de vovozinha.

— Você está nos dizendo que isso é *bom*. — Sua mãe não estava fazendo uma pergunta.

Não era nada bom. Bree sabia. Sua *mãe* sabia. Ela estava apenas se agarrando ao que podia. Deveria haver uma *redução* no marcador; ou, se milagres fossem reais, teria desaparecido.

Nenhuma alteração significava...

— Não está *pior*. — Sua mãe estava nervosa, com um tom de pânico na voz que machucou Bree mais do que ela achava ser possível. — Se não está pior, isso quer dizer que você fez algo de *bom*, né?

— Mãe — disse Bree, esticando a mão para segurar o pulso da mãe. — Não.

— Tem uma opção — disse o dr. Mehta, com o jeito lento de sempre, prosseguindo como se a mãe de Bree não tivesse dito nada.

— Opção? — questionou a mãe severamente.

Denise não gostava muito do médico. Nem dele, nem dos enfermeiros, nem do hospital. Sua mãe culpava todos eles pelo quanto Bree estava doente, pelo desespero que tomara conta da estação. Raiva era melhor do que medo. Bree sabia disso muito bem. O medo costumava vir tarde da noite, quando os corredores estavam silenciosos e o vento sacudia as janelas. Um medo tão sufocante e frio que era como o espaço sideral.

A quimioterapia ensinou a Bree que o medo era um buraco negro emocional. Tinha uma gravidade tão densa que não só te puxava, mas te revirava. Era melhor evitá-lo. Negá-lo. Traçar um rumo na direção oposta.

— Nós podemos tentar um transplante de medula óssea — disse o dr. Mehta, olhando diretamente para Bree.

Ele costumava ignorar a família dela nessas reuniões. Ela era adulta; ela que estava doente. Era ela que precisava tomar as decisões. Porque o câncer era *dela*.

Sorte dela.

Mas... *transplante de medula óssea*. As palavras foram um feitiço lançado no ar antisséptico. O dr. Mehta estalou a caneta três vezes em sucessão rápida. Uma pontuação em staccato. *Transplante*. Mais dois cliques. *Medula óssea*.

Bree sentiu uma esperança selvagem tão intensa que chegava a ser perigosa.

Ela sobreviveria. *Claro que sobreviveria*. Esperança: amarela como o sol, quente como o verão.

Ela se inclinou para a frente. Os olhos escuros do dr. Mehta ainda estavam sérios, mas *ele* não parecia assustado.

— Me explica melhor — disse ela.

Bree continuava segurando o pulso da mãe; podia sentir a pulsação forte nos dedos.

Clique. Medula. *Clique.* Óssea.

— O câncer não está respondendo ao tratamento — disse o dr. Mehta, a voz tão neutra quanto se ele pedisse um café. — A última rodada de testes não mostra mudanças.

— O que *não* é bom — acrescentou Bree, dando um aperto suave no pulso da mãe.

Ela ouviu a respiração da mãe travar e sentiu ela pegar sua mão. Bree não podia olhar para a mãe. Não queria ver a expressão em seu rosto. Seria terrível demais.

— Não — concordou o dr. Mehta. — Não é.

Ele olhou para ela com pena. Não era típico dele, e amedrontou Bree. Ela não queria pena. Queria *fúria*. Queria que ele fosse para a guerra contra os fios tenazes do câncer se enrolando pelo sangue dela.

— Tem muitos motivos para um transplante de medula óssea — falou ele suavemente. — Para leucemia mieloide aguda, como a sua, tentaríamos substituir suas células-tronco cancerígenas pelas células saudáveis do doador.

Enquanto ele delineava o procedimento, Bree sentiu o dia se tornar mais iluminado. Ela tinha luz do sol nas veias. *Amarela.* Girassóis de esperança.

— Quem? — perguntou ela, se sentando mais ereta. — Quem seria o doador?

— Você tem uma irmã biológica?

Capítulo 2

Jodie

Não é sem riscos. Essa foi a expressão que o médico usou repetidamente. Jodie achava que tinha entendido a maior parte do que ele disse. Mas precisou se esforçar. O vocabulário médico já era bem difícil mesmo quando se estava alerta, mas Jodie estava tonta depois de um turno de doze horas no aeroporto. Os feriados eram brutais no Philly International; as pessoas saíam dos voos aos tropeços, arrastando criancinhas fazendo birra e uma quantidade absurda de bagagem, o humor delas tão ruim quanto o tempo lá fora. Jodie tinha ouvido grosserias, xingamentos, tinha sido menosprezada e recebido gorjetas baixas desde antes do amanhecer. Estava com fome e seus pés doíam. Mas, quando viu que a mãe tinha deixado uma mensagem pedindo que ela fosse para o hospital, Jodie pediu que Nena cobrisse o fim do seu turno e foi correndo.

A mãe delas já tinha ido embora quando Jodie chegou. Ela precisava trabalhar. Jodie entrou correndo quando o médico estava se preparando para ir embora. Olhando para o relógio, ele não pareceu muito animado de ter que ficar e explicar o "procedimento" para Jodie. Jodie se perguntou se ele tinha reserva para jantar em algum lugar. Ela apostava que seria um lugar legal. O relógio dele era bem chique.

Não é sem riscos. Ele ficava repetindo. Jodie olhou para os folhetos que ele lhe dera. Tinham desenhos de cores fortes. Ela não sabia se os riscos eram para ela ou Bree, e estava cansada demais para arrumar coragem e perguntar. Jodie se sentia mais do que um pouco intimidada pelo dr. Mehta. Ele passava descrições estéreis e longas de procedimentos que pareciam saídos de um livro. Ela se sentia burra frente a pessoas como ele. Havia várias palavras latinas no meio, e algo sobre quimioterapia...

— Ela não precisa saber sobre isso — interrompeu-o Bree.

Jodie olhou para a irmã. Era estranho ter aquela conversa *na frente* de Bree. Mas ninguém tinha dúvidas de que Jodie aceitaria o transplante de medula óssea. Ela faria *qualquer coisa* para salvar a irmã. Até as coisas horríveis que apareciam naqueles desenhos estranhamente alegres. Se não havia chance de Jodie dar as costas no fim do discurso do dr. Mehta e dizer *não*, então não havia motivo para Bree não estar lá. Embora ela pudesse ter sido poupada dos comentários sobre os "preparativos pré-transplante" de novo, preparativos esses que pareciam incluir mais um monte de quimioterapia.

— Você não precisa saber disso — reiterou Bree com firmeza, desta vez na direção da irmã.

Jodie sabia o quanto ela odiava a quimioterapia. E pelo que tinha entendido do longo e confuso discurso do médico, aquela quimioterapia *não era sem riscos*.

Mas qual risco era maior do que morrer de câncer?

Jodie teve a impressão de que eles tinham passado do ponto da avaliação de risco e entrado no reino do desespero.

— Eu aceito — falou Jodie abruptamente, interrompendo o médico.

Ela pensou em Bree vomitando eternamente naquela cuba de plástico brilhante... se Bree podia fazer isso, Jodie podia sofrer com algumas agulhinhas. Algumas agulhinhas na espinha...

Ah, meu Deus. Só de pensar em uma agulha na espinha, seu estômago ficava embrulhado e um arrepio descia do couro cabeludo até seus pés.

— Se curve para a frente — disse Bree rispidamente. — Coloque a cabeça entre os joelhos e respire fundo.

— Ela está doente? — O médico parecia muito distante, em um túnel. Não era bom sinal.

Jodie se curvou. Ela manteve o olhar grudado nas pontas dos sapatos feios e práticos do trabalho e se concentrou em respirar. Não pense nas agulhas.

Até parece. Ela *só* conseguia pensar em agulhas. Compridas e com pontas finas horríveis.

— Não, ela está bem — respondeu Bree. — Acontece o tempo todo. Ela não gosta de agulhas.

— Nem *sempre* — protestou Jodie entre inspirações.

Aquilo a fazia parecer patética, e ela não era patética. Só estava ansiosa. Muita gente tinha ansiedade, e *muita* gente detestava agulhas. Era só ver a mulher desenhada no folheto com os olhos esbugalhados. *Ela* claramente também não gostava de agulhas.

— Para ser uma doadora, ela não pode estar doente. — O dr. Mehta pareceu muito preocupado.

— Ela *não* está doente. Só é uma medrosa.

Jodie deixou passar, mas só porque foi bom ouvir animação na voz de Bree.

— Brisa-Bree, tenho uma gostosura para você hoje!

Houve uma batida na porta e uma funcionária entrou com o carrinho de jantar.

O dr. Mehta pareceu aliviado com a chegada dela.. Mesmo curvada sobre os sapatos, Jodie reparou com o canto do olho que o médico deu outra olhada no relógio.

— Não vou atrapalhar — disse ele em uma retirada apressada. — Vou encaminhar os documentos para o procedimento.

Os documentos. Que incluiriam o custo. Um custo muito subestimado, que só aumentaria enquanto eles estivessem fazendo o "procedimento", aumentando ainda mais a dívida incapacitante. Jodie fechou os olhos. Que droga. Ela teria que trabalhar naquele guichê de aluguel no aeroporto todos os minutos de todos os dias pelo resto da vida. Jodie tinha saído do apartamento e voltado para a casa dos pais, e trocado a faculdade integral para parcial para poder ajudar a pagar as contas. Ela não se ressentia. Faria com alegria se desse certo. Nem reclamaria. Não se pudesse voltar para casa e encontrar Bree saudável. Se bem que, se Bree voltasse à vida lá fora, ela sairia em uma aventura e não ficaria em casa. Jodie imaginou Bree viajando outra vez. Para Madri, Santiago, até Nova Jersey. Um sorriso deslumbrante, uma cascata de hashtags, cheia de alegria.

Qualquer coisa valia isso. Agulhas. Trabalhar no aeroporto. *Qualquer coisa.*

Jodie se sentou ereta.

— Nossa, você me assustou. — A funcionária botou a mão no coração em choque. — De onde você surgiu?

Era Wanda. Jodie gostava de Wanda. Ela havia se esforçado para alegrar o quarto para o Dia de Ação de Graças, embora não precisasse ter feito aquilo.

— Ela estava meio tonta — disse Bree, olhando para a bandeja de jantar com nojo.

— O doutor tem esse efeito nas pessoas. Eu digo para ele explicar de forma mais simples, mas ele não escuta.

— Talvez você devesse falar em latim para ele entender — murmurou Jodie.

Ela abriu o panfleto. Até as agulhas do *desenho* pareciam apavorantes. Ela fechou o panfleto.

— O feriado de Ação de Graças chegou mais cedo — disse Wanda para Bree, tirando a tampa de plástico do recipiente menor. — Ta-dá! Torta de abóbora!

— É isso? — Bree olhou com expressão duvidosa.

Jodie franziu o nariz. Parecia uma fatia de gelatina marrom.

— Foi o que me disseram — disse Wanda com alegria. — Não tem peru, estão guardando para amanhã, mas tem pão de milho.

— O que é *isso aí* se não é peru? — perguntou Jodie quando Bree levantou a tampa do prato principal, revelando um montinho de carne branca.

Bree cutucou a fatia branca de carne com o garfo enquanto Wanda espiava por cima do ombro dela.

— Talvez seja frango.

— Talvez?

— Pode cancelar o peru dela para amanhã — disse Jodie, feliz por não ser ela quem precisava comer o frango. — Nós vamos trazer comida. Bree não vai precisar de peru enlatado nem nada do tipo.

— Enlatado? — Wanda pareceu perplexa. — O que você acha que fazemos por aqui? Só temos do melhor. Nosso peru vem em caixa, não lata. — Ela piscou para Bree na saída.

— Vou comprar alguma coisa na máquina. — Jodie suspirou e enfiou os panfletos na bolsa quando se levantou. — Eu talvez ligue para o papai para pedir que ele traga uma pizza ou outra coisa quando vier. Quer alguma coisa?

Bree fez que não com a cabeça.

— Vou comer isso aqui. Tudo vai ter o mesmo gosto, de qualquer forma.

Jodie fez uma careta. Imagina só.

— Já volto.

— Eu não vou a lugar nenhum.

A questão do câncer, pensou Jodie enquanto andava até a máquina no saguão, era que a doença era horrível de mais jeitos que dava para contar. Havia a coisa terrível, grande e óbvia, mas havia todos aqueles pequenos momentos horrorosos também. Como não poder nem levar uma barra de chocolate para Bree. Porque ela não conseguia sentir o *gosto*.

Enquanto Jodie olhava as opções de jantar (Fritos, batatinhas ou Doritos?), seu celular vibrou. Cooper. De novo. Ela não atendeu. Estava cansada dele e dos encontros aleatórios. Queria alguém que se importasse por ela estar ali no hospital com a irmã; um cara que preparasse uma comida para ela quando ela chegasse em casa exausta e triste; alguém que a envolvesse em um abraço apertado. Não era pedir muito, era? Algo além dos encontros casuais. Ela digitou os números na máquina e passou o cartão na frente do sensor, depois pegou a refeição balanceada de Fritos, M&M's e uma lata de uma bebida energética enjoativa e voltou até a irmã. Pelo menos a manteria acordada o suficiente para distrair Bree e dirigir para casa.

— Eu nunca pensei que diria isso — falou Bree secamente quando viu a compra de Jodie —, mas acho que meu jantar talvez seja melhor que o seu.

— Obviamente, te deram drogas demais hoje. — Jodie abriu a lata e também o Fritos. — Tem certeza de que não quer um?

Bree negou com a cabeça, e Jodie respondeu:

— Azar o seu.

— Ligou para o papai trazer a pizza? — perguntou Bree enquanto empurrava o pedaço de frango pela bandeja. Ela havia dominado a arte de esmagar a comida sem comer. Achava que Jodie não reparava, mas não era verdade.

— Não. Ele vai estar muito cansado. Eu posso comer direito quando chegar em casa.

Jodie suspirou. Ela não comeria. Nunca comia. Quando chegasse em casa, ela estaria exausta demais para conseguir encarar até mesmo uma sopa de micro-ondas. Ela tiraria os sapatos e desabaria no sofá, onde pegaria no sono antes mesmo de ligar a televisão. Umas duas horas depois, ela acordaria mal-humorada e teria que ir para a cama sozinha para poder dormir direito algumas horas antes de se levantar e fazer tudo de novo. Sabe como é. A vida comum de uma mulher de vinte e poucos anos.

Por sorte, Jodie terminou de comer antes de Claudia chegar. Ela teria morrido de vergonha se Claudia a encontrasse jantando M&M's. De novo. Ela já se sentia relapsa e desajeitada sempre que Claudia estava por perto. Não precisava confirmar sua desconfiança de que ela comia porcaria todas as noites. Apesar de ela *realmente* comer porcaria todas as noites.

Claudia entrou no quarto com a nuvem de Coco Mademoiselle de sempre, chique como de hábito, o cabelo curtinho coberto por uma boina vinho. Só ela conseguia ficar bem com uma boina vinho. Como essas mulheres conseguiam? A ansiedade de Jodie cresceu do jeito suado e arredio de sempre, com a sensação perpétua de que havia algo profundamente errado com ela. De que todo mundo sabia de um segredo que ela não sabia.

Claudia estava carregada de pacotes, mas conseguiu liberar uma das mãos para tirar o peru de papelão da porta quando entrou. A decoração fez um barulho alto quando se rasgou.

— Claudia! Wanda colocou isso aí!

Bree tentou parecer espantada, mas Jodie percebeu que ela ficou feliz. Essa era a questão da Claudia. Ela fazia coisas como arrancar um peru de papelão parecer um gesto perversamente travesso e divertido. Se Jodie tivesse feito o mesmo, teria sido crueldade.

Mas isso devia ser porque Jodie não teria colocado nada no lugar, enquanto Claudia tirou uma guirlanda de um dos pacotes com um floreio, como um mágico tirando um coelho de um chapéu. E claro que não era uma guirlanda velha qualquer; era a guirlanda *perfeita*. Feita à mão. Enorme. Gloriosa.

O círculo de galhos entrelaçados era decorado com folhas de outono em tons de âmbar, ouro e amarelo-pálido; havia amontoados de frutas silvestres semelhantes a cachos de uva do amarelo-esverdeado suave de cidra; e por toda a guirlanda havia tufos de algodão natural e pinhas pequenas em tons de limão não maduro.

— *Amarelo*. — Bree inspirou.

Os olhos dela brilhavam nas órbitas fundas e sombrias, e Jodie sentiu uma pontada boba de ciúme. Droga. Por que ela não tinha pensado em levar uma guirlanda?

— Foi você quem fez? — perguntou Jodie, sem conseguir afastar o azedume da voz. Quem fazia uma guirlanda daquelas? Quem tinha *tempo*?

— Fui eu — disse Claudia, jogando de lado o pobre peru de papelão arrancado. — E também fiz *isto*.

De um dos pacotes mágicos saíram metros de bandeirinhas.

— São folhas de verdade?

Eram. Eram folhas de verdade. A louca tinha pendurado folhas caídas em metros e metros de barbante. Onde tinha conseguido aquilo tudo? Os cordões compridos de folhas eram lindos. Pendurados em barbante marrom simples, as folhas (tangerina, damasco, açafrão, rubi, clarete) brilhavam como brasas. Bree também estava brilhando enquanto via Claudia colocar uma braçada das coisas secas no colo de Jodie. Havia folhas douradas, longas e serrilhadas de carvalho; carmesim ardente de três pontas de bordo; em formato de leque com bordas verdes dos sicômoros; e folhas curvas e marrom-trigo de freixo; e aqui e ali havia folhas da árvore-do-céu, finas como dedos, brilhantes como carvão, trazidas do frio.

— Sabia que a árvore-do-céu é uma praga? — disse Jodie, passando o dedo por uma das folhas.

— Cuidado — disse Claudia, repreendendo-a. — Elas são frágeis.

Apesar de estar exausta, Jodie obedeceu e pendurou os cordões onde Claudia mandou. Como poderia não fazer isso quando Bree parecia tão feliz? Mais do que feliz. *Transportada*. Enquanto Jodie e Claudia decoravam o quartinho horrendo com esplendor arbóreo, o hospital sumiu e elas foram protegidas por um bosque outonal. Longe de todas as preocupações.

Claudia era mesmo mágica.

Quando Wanda voltou para buscar a bandeja de jantar, ela ficou paralisada na porta, a boca aberta. Ficou tão encantada que nem reparou no peru de papelão destruído caído no chão. Discretamente, Jodie o chutou para baixo da cama. Ela detestaria magoar Wanda.

— Meu Deus — sussurrou Wanda. — De onde veio tudo isso?

— Minha fada-madrinha. — Bree riu.

Cercada de folhas brilhantes como pedras preciosas, ela estava linda. As agulhas espinhais compridas e pontudas valeriam a pena se o transplante de medula funcionasse e Bree pudesse estar feliz assim todos os dias. Como antes. Jodie enfiaria a agulha em si mesma se precisasse.

— Quer ir decorar minha casa algum dia desses? — perguntou Wanda. — Não tem nada assim à venda na lojinha de 1,99 da esquina lá de casa.

27

— Estou com a agenda cheia, desculpa. Mas pode ficar com o que sobrou. — Claudia entregou a ela os últimos fios de bandeirinhas de folha.

— Ainda tem um terço aqui — protestou Wanda.

— Você deve ter passado meses pendurando folhas. — Bree riu.

Ela afundara de volta na cama, parecendo mais uma boneca de plástico do que uma boneca de pano. Os olhos estavam grandes e cintilantes, o sorriso beatífico enquanto ela olhava os cordões de folhas balançarem no ar-condicionado.

Até Bree ficar doente, Jodie não tinha percebido como o amor era doloroso. Machucava. Como suco de limão derramado em uma ferida aberta. Só que pior. Não era rosa e agradável; era vermelho-sangue e visceral. Temeroso.

— Eu talvez pendure isso no quarto da sra. Vincent. Ela passou por uma semana péssima de quimioterapia…

Wanda levou a floresta encantada portátil e esqueceu completamente a bandeja de jantar de Bree. Que não estava vazia.

— Não se senta. — Claudia impediu Jodie de se sentar na cadeira. — Tem mais.

Jodie grunhiu.

— Você não dorme não?

Da sacola saiu uma explosão alegre de cor. Era um cobertor macio e fofo tricotado. Tinha pontos largos, como se feito por agulhas gigantes, e um padrão canelado meticuloso.

— *Amarelo*! — Bree praticamente gritou de alegria.

— É seu cobertor de Ação de Graças da sorte. — Claudia desdobrou o cobertor gentilmente sobre as pernas de Bree.

Claudia também tinha feito para Bree um cobertor da sorte no verão, Jodie lembrava. Era azul-celeste e ficou tão sujo de vômito depois da temporada de quimioterapia que não deu para salvar. Ela esperava que o cobertor amarelo tivesse mais sorte do que o azul…

— Você tem dormido *alguma hora*? — perguntou Bree a Claudia, passando as mãos na lã macia.

Jodie esticou a mão e esfregou uma ponta entre os dedos. Era divinamente macio. Jodie se perguntou se Claudia faria um para ela. Jodie nunca tinha tido um cobertor bom; nem nada de qualidade. Ela ainda usava a colcha de beisebol de quando tinha dez anos. Ela podia oferecer para pagar Claudia por um cobertor macio de lã… só que todo o dinheiro dela ia para as contas médicas.

— Você me conhece. Eu nunca durmo muito. — Distraidamente, Claudia entregou a Jodie outra sacola e se sentou na beira da cama, aos pés de Bree.

— O que é para eu fazer com isso? — perguntou Jodie. Ela só queria se sentar. Seus pés estavam doendo. — Onde eu coloco essas coisas?

— Em qualquer lugar. Eu arrumo depois.

Jodie revirou os olhos. Arrumar depois. Como se ela não fosse capaz de espalhar umas decorações sem fazer besteira. Claudia a tratava como se ela ainda fosse a irmãzinha pequena e irritante de Bree. E ela não era. Ela era a irmã adulta e irritante de Bree.

Jodie espiou dentro da sacola e inspirou uma dose alta de noz-moscada e canela. Havia várias velas ali. Com cheiros fortes demais.

— Você sabe que ela não pode acender isso aqui, certo? — disse Jodie a Claudia enquanto tirava uma vela de canela grande como um halter da sacola.

— São decorativas. — Claudia suspirou. — Coloca no parapeito da janela.

Qual era o sentido de velas que não podiam ser acesas? E Bree nem conseguiria sentir o cheiro. Jodie deu de ombros. Que importância tinha para ela se ninguém as acenderia? Quanto antes ela as colocasse no parapeito, antes poderia se sentar e levantar os pés.

Enquanto colocava as velas pesadas no parapeito, ela ouviu Claudia e Bree conversarem baixinho. Todo mundo, exceto a vovó Gloria e a tia Pat, falava baixo no hospital. Era esse tipo de lugar. Como uma biblioteca e uma funerária, tinha uma aura pesada de silêncio. As pessoas falavam tão baixo que mal dava para ouvi-las em meio ao rio de ar percorrendo os dutos. O local era pressurizado com ar seco de vida.

— Você devia dormir, Claudia — disse Bree em um murmúrio frágil.

— Eu durmo. Só não muito.

Quando não conseguia dormir, Jodie ficava deitada no escuro olhando para o aro de luz laranja na persiana. Era tomada de pensamentos, como sopros de vento gelado que a açoitavam no escuro, doendo ao atingi-la. Ela se preocupava com dinheiro, com seu futuro, com Bree, com os pais, com os dias que passavam e nada mudava nem ficava melhor. Ficava deitada no tempo suspenso entre os dias e sentia os pés latejarem, com lembranças de dias infinitos na locadora de carros na cabeça. A voz no alto-falante metálico anunciando voos para lugares aonde Jodie nunca iria; o computador ruim com o qual ela trabalhava, que reiniciava sozinho pelo menos três vezes por dia; a sensação ruim no estômago quando os clientes falavam com aquele tom que significava que a massacrariam. Talvez ela devesse seguir o exemplo de Claudia e se levantar e pendurar folhas em barbante marrom, ou tricotar cobertores da sorte, ou fazer bolos até o sol nascer.

— Como está sua mãe? — perguntou Bree a Claudia com cautela.

— Não sei. — A resposta soou seca.

Jodie se manteve de costas para elas. Ela não queria parecer estar xeretando. Apesar de estar. A mãe de Claudia era um assunto delicado; Jodie jamais ousaria perguntar sobre ela, apesar de ficar óbvio quando Claudia trabalhava como uma louca em projetos de artesanato que a mãe tinha perdido o controle de novo.

Reagindo com muito tato à resposta seca de Claudia, Bree mudou de assunto. Jodie não precisou olhar para saber que ela estava apertando a mão de Claudia.

— Vamos tirar uma foto com as suas folhas — sugeriu Bree com animação.

Jodie revirou os olhos enquanto colocava a última vela monolítica no parapeito com um *plonk*, mas sentiu os olhos arderem. Era bom ver Bree posando de novo. Ela recuperara um pouco mais do antigo brilho desde que a quimioterapia tinha acabado... por enquanto, pelo menos. O transplante de medula óssea significaria que ela logo estaria proibindo fotos de novo, sem querer que ninguém capturasse a palidez esquelética da Rainha do Vômito.

Jodie se sentou na cadeira para ver as duas posarem com as folhas como pano de fundo. Ela nunca ousaria dizer para nenhuma das duas, porque pegava no pé delas pelo quanto elas posavam, mas as invejava por isso. Elas eram as campeãs incontestáveis de transformar um momento difícil no oposto: glamouroso, vibrante, capturado em uma moldura que cortava fora o pior do mundo. Elas editavam suas histórias para focar nos momentos de gratidão. E ficavam lindas enquanto faziam isso. O story de Instagram de Bree naquela noite seria um carnaval de folhas sem o cheiro permanente de desinfetante, sem a perda de paladar, sem o bombeamento perpétuo de ar tépido pela ventilação.

Jodie viu seu reflexo no espelho acima da pia e fez uma careta. Seu cabelo castanho-mel nunca tinha sido especial, mas sem ele ela parecia angulosa e tensa. As luzes fluorescentes deixavam seus olhos cinzentos sem cor. Graças a Deus ninguém queria foto dela. Ela era um passarinho da cor de aveia, sem graça e com aparência cansada. O Instagram era para as aves do paraíso do mundo. Para mulheres luminosas como Bree e Claudia. Elas ficavam tão bem juntas. Antes de terem perdido o cabelo, elas pareciam bolas coloridas de sorvete caro em um dia de sol: o frio louro natural de Claudia, as cremosas mechas douradas de Bree.

Jodie era só marrom-clara em comparação. Castanha. Ocre. *Bege*.

Ela se virou para longe do espelho. Todo o seu envolvimento com selfies e poses era limitado a curtir as postagens de Bree. Nem todo mundo podia ser sorvete. Algumas pessoas eram só a casquinha.

— Eu não posso ficar muito — disse Claudia para Bree com tristeza quando elas terminaram de postar as fotos. — Eu tenho que voltar para terminar a torta de abóbora.

A boca de Jodie ficou cheia d'água. Ela daria qualquer coisa por uma fatia da torta de abóbora da Claudia naquele momento. Por qualquer coisa diferente de Fritos e barras de chocolate, na verdade.

— Mas, antes que eu vá, uma última surpresa. — Claudia puxou uma bolsinha de matelassê da bolsa. — Nós vamos pintar suas unhas!

Jodie entendeu a dica e gemeu.

— Como assim, *nós*?

Ela sabia como era. Elas tinham feito isso muitas vezes quando crianças. Claudia fazia Jodie pintar as unhas dos pés de Bree enquanto ela pintava as das mãos, e só ficava reclamando que Jodie pintava mal. *Pinte nas linhas, pateta!*

— A gente não pode fazer algo menos mocinha? — reclamou ela. Mas suas queixas foram ignoradas porque Bree estava dando pulinhos de felicidade.

Claudia era perfeita com unhas, claro. Ela fez uma excelente francesinha em Bree. Só para irritá-la, Jodie alternou verde e laranja fluorescente nos dedos dos pés de Bree. Bree não se importou. Na verdade, ela amou.

— Olha só vocês duas se dando bem — disse Bree com alegria, rindo quando Jodie sujou o lençol de laranja. Jodie soltou um palavrão quando derramou esmalte verde ao tentar limpar o laranja.

Claudia não olhou, mas um músculo tremeu em sua mandíbula. Jodie percebeu que ela estava se mantendo calma ao *não* olhar para Jodie e para o trabalho malfeito que ela havia feito nas unhas dos pés de Bree.

— Eu amo *taaaaaaanto* vocês. — Bree suspirou.

— Nós também te amamos. — Claudia manteve o olhar baixo, mas a voz soou meio engasgada.

— Não fale por mim — retrucou Jodie, horrorizada com a possibilidade de todo mundo começar a chorar. — Eu só a tolero. — Ela sentiu seu nariz ficando entupido e quente, como acontecia antes de as lágrimas chegarem. Elas deveriam estar fazendo Bree ficar *feliz*, não chorando por todo canto.

— Eu te desafio a dizer para Claudia que você a ama — disse Bree, provocativa. — Nós todas sabemos que você sempre aceita desafios.

Jodie amarrou a cara.

— Não mais. Só quando eu não sabia como vocês duas podiam ser sádicas. — Ela havia se metido em muitas encrencas quando criança por causa dos desafios que Bree e Claudia lançavam.

— Lembra quando ela enfiou um palitinho de mexer café no nariz e teve que ir ao hospital para tirarem? — disse Claudia serenamente.

Bree riu.

Bem, pelo menos ninguém estava mais ameaçando chorar.

— Aquilo foi abuso infantil — murmurou Jodie.

— Ou quando a gente a desafiou a rolar em cima de hera venenosa?

— Vocês duas são doentes. — Jodie tentou limpar uma bolha de esmalte verde do dedinho de Bree. Os pés da irmã pareciam uma pintura de Jackson Pollock. Jodie ergueu o olhar a tempo de ver a absoluta descrença de Claudia.

— O quê?

Claudia ofereceu um saco de bolas de algodão e o frasco de removedor.

— Faz de novo.

E ela fez. Porque, lá no fundo, ela ainda se impressionava com Claudia. Ela era uma perpétua irmãzinha indo atrás das garotas grandes.

Capítulo 3

Bree

Jodie adormeceu na cadeira. Estava com os braços cruzados e o queixo apoiado neles; a testa franzida enquanto dormia, não muito satisfeita com os sonhos que a visitavam. Bree conseguiu esticar a mão o suficiente para colocar o cobertor amarelo em volta dela. Quase caiu da cama fazendo isso, mas conseguiu. Não era patético demais? Quase incapaz de ter forças para cobrir alguém com um cobertor aos vinte e seis anos. Ela, que já tinha ido para Machu Picchu fazer trilhas.

Feliz Dia de Ação de Graças, Jodie, pensou ela enquanto colocava o cobertor no lugar. E *seria* um feliz Dia de Ação de Graças, porque havia esperança. E esse não seria o único Dia de Ação de Graças que haveria; certamente não seria seu último. No ano seguinte, haveria um jantar à mesa da mãe delas, com aquele recheio de laranja e cranberry que seu pai fazia, o que sempre ficava muito seco.

Ela conseguia praticamente ver o ano seguinte enquanto passava a mão pelo cobertor amarelo colocado sobre os ombros de Jodie. Haveria doce de batata-doce e torta de abóbora, e aquela caçarola de marshmallow doce demais que a tia Pat insistia em levar todos os anos, apesar de ninguém gostar. E haveria coisas novas também, coisas que ela sempre quisera, como um peru de verdade do açougue, um grande, criado livre em vez daquele congelado do supermercado. Bree sabia exatamente como eles o preparariam. Bree esfregaria manteiga de alho e ervas nele até ficar dourado e crocante por fora e suculento e saboroso por dentro. Haveria recheio de centeio, sálvia e maçã e molho de cranberry feito em casa. Bree tinha uma pilha de revistas no chão ao lado da cama; pornografia alimentar para alguém que não conseguia mais apreciar comida.

Ela havia marcado as páginas com receitas e decorações e todas as coisas que queria para o ano seguinte. Tinha começado a fazer a mesma coisa para o Natal. O ano seguinte teria o melhor Dia de Ação de Graças do mundo, seguido pelo melhor Natal, o melhor Ano-Novo, o melhor tudo.

Ela cochilou imaginando a mesa à luz de velas e o cheiro dourado e intenso de peru assando. Seus sonhos foram repletos de conversa e música suave, de lattes com abóbora e especiarias e risadas. Ela viu a estreita sala de jantar da casa dos pais lotada, com cadeiras levadas da cozinha, e não havia nada da infelicidade que ela notava quando eles a visitavam no hospital. O cabelo da sua mãe estava pintado e seu pai estava com as bochechas rosadas e os olhos brilhantes; e até Jodie estava descansada e sorrindo. Claudia também estava lá, claro, e estava tão relaxada que nem rearrumou a decoração da mesa quando a sua mãe a empurrou para o lado para colocar a tigela de purê de batata. Os sonhos foram impregnados pelo amor de Bree por todos; transbordava como o sol do fim da tarde.

Quando seu pai a acordou dos sonhos com o Dia de Ação de Graças do futuro, na hora que foi trocar de lugar com Jodie, Bree continuou com a sensação dourada de contentamento do sonho.

— Desculpa, querida, eu não queria te acordar. — Ele parecia um grande urso sem graça curvado na porta. O casaco estava coberto de manchas de neve derretida e chuva.

Ela apenas sorriu para ele. Ela não queria dormir. Haveria sono suficiente quando ela... não estivesse mais doente.

— Olha só este lugar! — Seu pai olhou para as folhas que tremiam e giravam no barbante. — Claudia esteve aqui, então?

Bree sorriu.

— Acho que ela não consegue superar isso!

Seu pai riu com deboche.

— Vamos ver quando o Natal chegar. Aquela garota poderia decorar o Polo Norte.

— A mamãe contou sobre o transplante de medula óssea? — perguntou Bree, e o viu tirar uma lata de Pepsi do bolso.

Ele a apoiou na mesa de cabeceira e deu um beijo na testa dela. Os lábios estavam gelados do mundo lá fora.

— Contou, sim. É uma notícia ótima para o fim do ano. — Ele estava tentando valentemente parecer alegre, mas Bree ouviu a cautela implacável em sua voz. — Os médicos acham que vai dar certo, é?

Bree odiou o tremor na voz dele e o jeito como ele não a encarou. Um arrepio gelado desceu por ela. Não. Ela não deixaria o gelo penetrar em seu dia de sol. O transplante de medula óssea funcionaria. Porque *tinha* que funcionar. Ela abriu para ele o sorriso mais largo do mundo e abriu a garrafa de refrigerante.

— Pode apostar.

Ele não pôde deixar de retribuir o sorriso dela ao ouvir isso.

— Não poderia ter acontecido em hora melhor. Para nos dar algo a agradecer.

Eles tinham muitas coisas a agradecer, mesmo com a leucemia, ela pensou enquanto o via tirar o chapéu molhado e o largar na pia. Ele passou a mão grande, inchada dos anos de trabalho, pelo cabelo desgrenhado e grisalho. Havia *tudo* para agradecer. Ela tomou um gole do refrigerante sem sabor e olhou com carinho enquanto ele acordava Jodie. Os dois eram tão parecidos, apesar de um ser grande e grisalho e a outra pequena com feições delicadas. Eles tinham o mesmo jeito de apertar os olhos com cara de mau humor quando estavam cansados.

— Quando a Claudia foi embora? — perguntou Jodie, bocejando ao pegar a lata de Pepsi da mão do pai. *Qual é o sentido de trabalhar na PepsiCo se eu não puder dar um refrigerante para as minhas meninas?*, seu pai dizia com uma piscadela quando chegava do trabalho e entregava as bebidas. Era uma das poucas vantagens do trabalho na fábrica. Só que ele não dizia mais. E ele não piscava mais. Só passou a lata para Jodie quando ela se levantou da cadeira. Ela olhou para o cobertor aos seus pés sem entender, depois olhou para Bree com expressão pesarosa e o colocou de volta na cama.

— Claudia foi embora há um tempão — disse Bree, puxando o suntuoso cobertor sobre si. — As massas de torta estavam chamando.

Jodie deu um bocejo de estalar a mandíbula.

— Melhor eu ir também. Prometi para a mamãe que faria aquela coisa de batata-doce. Vou buscar Gloria e Pat quando estiver voltando amanhã.

Bree sentiu uma vontade louca de pedir a Jodie para levá-la para casa. Ela queria se sentar na cozinha, no calor, vendo Jodie e a mãe delas cozinharem batata-doce e fazerem café. Queria ir para o antigo quarto e dormir na cama da infância. Queria ver os galhos finos do freixo arranhando a janela no vento, como ela fazia quando criança. Ela queria ir para *casa*.

— Dirige com cuidado — grunhiu o pai ao assumir a cadeira de Jodie. Ele a ocupava toda. — Está gelado lá fora. Vai ser uma noite ruim.

Jodie fez uma careta.

— Claro que vai. — Ela pegou o casaco no gancho atrás da porta. — Obrigada pelo refrigerante, pai.

— De nada, docinho.

Jodie farejou o desespero de Bree e a encarou.

— Eu volto amanhã — disse ela com voz rouca. — Vou trazer o Dia de Ação de Graças comigo.

Lágrimas surgiram quentes e ardentes nos olhos de Bree.

— Eu sei.

Jodie se aproximou da cama e se curvou para dar um abraço em Bree. Ela praticamente a puxou da cama.

— Eu te amo, Smurf Vaidosa.

— Não me chama assim — disse Bree por hábito, mas ela não se importava. Ela fechou os olhos e escondeu o rosto no pescoço de Jodie. Sua pele estava quente. — Eu também te amo.

— Cuida do coroa.

— Quem você está chamando de velho? — O pai delas estava com o controle remoto na mão, ligando a televisão. — O que você quer ver, meu bem? — perguntou ele quando Jodie saiu pela porta.

Graças a Deus pela família. Bree puxou o cobertor amarelo mais para cima. E pelos amigos. Enquanto seu pai tentava achar algo decente para assistir, Bree pegou o celular. Ela não estava sozinha. Tinha um milhão de pessoas por aí; bastava chamar e elas estariam ao seu lado. Não importava a hora do dia ou da noite; sempre haveria alguém com quem falar.

Ela tirou uma foto do pai, que tinha apoiado os pés na frente do corpo e estava absorto em um programa esportivo. *O amor é assim.* Ela virou o celular para o céu lá fora da janela. A lua estava baixa e grande no céu de inverno. Fez com que ela se sentisse pequena. Ela tirou uma foto. Na imagem congelada, a lua parecia suspensa sobre a ala leste do hospital, menor e mais branca do que parecia na vida real. Na realidade, era uma bola laranja cintilante com pontinhos mais escuros. Na foto, os pontinhos eram uma mancha clara, creme no branco. *Mar da Serenidade*, escreveu ela na legenda no Instagram. Se bem que, até onde sabia, as manchas podiam ser o Oceano das Tormentas. Mas ela não disse isso para seus seguidores; só olhou os comentários surgirem embaixo da lua não mais alaranjada. Cada um a fez se sentir menos solitária e com um pouco menos de medo.

Força, Bree!

Você vai vencer!

Feliz Dia de Ação de Graças!

Havia também outros comentários, dos trolls, mas ela estava treinada para não lê-los. Seu olhar passou por eles como se não estivessem lá. Mas mesmo não os lendo, eles eram uma sombra sobre tudo, como as manchas da lua. Suspirando, ela afastou o celular.

Bree se aconchegou no cobertor de Claudia e deixou que a barulheira animada do canal de esportes do pai tomasse conta dela. *Eu acredito no amarelo*, disse ela para si mesma. *Eu escolho o amarelo. E ano que vem, eu não vou estar aqui neste quarto. Ano que vem, eu vou estar deitada no sofá da minha mãe e do meu pai, ansiosa pelo Dia de Ação de Graças em casa, vendo o fogo dançar.*

E quando a lua subisse acima dos bancos de neve, ela não estaria alaranjada. Estaria amarela, dourada. Da cor da esperança realizada.

Capítulo 4
Ação de Graças

Jodie

Um ano depois

Jodie não tinha tido um dia de folga em quase um mês. Estava fazendo quase todos os turnos que podia, duplos e triplos, suplicando por cada hora paga que pudesse fazer. Mas nunca era suficiente. Até onde via, não havia como escapar da dívida que eles tinham. Ela poderia trabalhar naquele emprego idiota pelo resto da vida e nunca conseguir pagar sequer os juros das contas médicas de Bree.

O ano anterior fez Jodie sentir como se tivesse caído em um abismo. Ela estava caída no escuro, olhando para a distância horrenda entre ela e o mundo acima. Lá em cima, as pessoas estavam comemorando o Dia de Ação de Graças, pegando aviões e correndo pelos terminais, falando enquanto esperavam nas esteiras de bagagem, surtando por causa de coisas bobas tipo por que ela não tinha o carro hatch que eles tinham reservado e só podia oferecer um sedã.

Quem se importa?, ela tinha vontade de dizer. *É um carro. Você pediu um carro e vai ter um carro. O que mais você quer?*

Um carro hatch.

Fique feliz de estar aqui para querer alguma coisa. Porque a minha irmã não está.

Mas não adiantava pensar em Bree, não enquanto estava no trabalho. Isso levava a desastre. Jodie sabia de experiências passadas. A última coisa que os clientes queriam era a garota atrás do balcão da locadora chorando enquanto imprimia formulários de seguro e entregava as chaves do sedã que não era hatch que eles tinham reservado.

O dia seguinte era o de Ação de Graças, então Jodie estava lutando contra as lágrimas além do seu normal. O que tinha para agradecer? Estava com medo da longa noite na cozinha à frente, e do almoço do dia seguinte, onde ela teria que forçar alegria e fingir que seus pais não estavam chorando.

O aeroporto estava com fragrância de abóbora e especiarias, que mal disfarçava o cheiro de cecê e comida oleosa. Deixava o estômago de Jodie embrulhado.

Quando seu turno acabou, ela saiu pela porta em um segundo, inspirando o ar frio, feliz de não haver o menor sinal de cheiro de abóbora e especiarias. Claudia estava atrasada para buscá-la, mas isso lhe deu um tempo para restaurar sua serenidade. Jodie pegou o telefone no bolso da jaqueta e encontrou sua lista de coisas a fazer. Bree tinha sido muito específica. Ainda bem que Claudia estava ajudando. A ideia de forçar uma alegria de Ação de Graças era horrível, mas pelo menos ela não estava fazendo nada sozinha. E Claudia conseguia fazer qualquer coisa cintilar, não conseguia? Até um feriado tão triste quanto aquele.

Estava chovendo canivete de um céu escuro quando Claudia chegou.

— Desculpa — disse ela. — Fiquei presa na vitrine da loja de departamentos. Você não acreditaria na coisa brega que queriam que eu fizesse.

— Você fez o que queriam?

— Claro que não. — O nariz perfeito de Claudia se franziu. — Não me pagam para ser brega. Eu fiz a versão superior.

— E eles amaram.

— Eles ainda não viram. Mas, quando virem amanhã, vão amar.

Jodie não duvidava.

— Como foi seu dia? — perguntou Claudia, sem encará-la.

Jodie tentou não revirar os olhos. Claudia ficava em cima dela como uma galinha mãe. E a bicava como uma irmã mais velha cruel. Toda a sua ansiedade e dor pareciam se focar em Jodie. Era exaustivo. Mas também era meio legal.

— O esperado. Gritaram muito comigo. Ninguém me deu gorjeta. Você sabe. Feriado.

— Você acabou sua tarefa antes do feriado de Ação de Graças?

Jodie conseguiu assentir. Ela não sentia orgulho de si mesma e duvidava que passaria. Ela ainda tinha um ano pela frente para tirar o diploma de Ciência do Exercício na Delaware Tech, mas no momento ela nem sabia se conseguiria chegar ao fim do semestre. Suas notas estavam péssimas desde que Bree tinha morrido; desespero misturado com longas horas de trabalho eram a receita para o desastre acadêmico.

— Eu imprimi a lista — disse Claudia. — Está na minha bolsa.

Claro que sim. Jodie a pegou.

— Eu tenho no celular. Você não precisava imprimir.

— Eu fiz anotações.

Jodie revirou os olhos. A lista de Claudia estava toda anotada.

— Aonde vamos primeiro?

— Para o açougue. O peru é a coisa mais importante.

Jodie não sabia nada sobre assar um peru. Nem Claudia. Mas elas estavam determinadas a fazer o Dia de Ação de Graças dos sonhos de Bree, apesar de ela não estar lá para apreciar. E a primeira coisa na lista de Bree era um peru. Um peru de verdade. Não fatias de peru de hospital, mas uma ave grande e terrivelmente cara criada solta.

Jodie tinha encomendado o maior que o açougueiro tinha, apesar de ter que vender um rim para pagar. Ela não conseguia evitar listar quais contas teriam que ser deixadas de lado para eles poderem pagar pela festa que Bree queria. Era desperdício de dinheiro. Mas quem conseguia dizer não para Bree? Apesar de ela estar morta.

— Pelo menos ela não vai ter que comer a minha comida — disse Jodie com mau humor enquanto contemplava a ave que o açougueiro botou no balcão.

— Isso não é um peru, é um elefante — disse Claudia, chocada. — Quanto você *gastou*?

Que pérola, considerando que foi Claudia quem recomendou aquele açougue chique obscenamente caro. Se não fosse Claudia, Jodie teria ido a uma loja de departamento mais baratinha.

— Eu gastei demais. E eu nem como peru. — Jodie suspirou e pegou a bola de carne no balcão. — Eu sou vegetariana, lembra?

— Como se eu pudesse esquecer. Você é tipo aqueles evangélicos que batem de porta em porta. Eu quase espero que você me entregue uma newsletter cada vez que eu abro a porta. — Claudia viu Jodie lutar com o peso do peru. Mas não ofereceu ajuda. — Somos só eu e sua família para comer *isso*?

— Durante um mês mais ou menos — resmungou Jodie. — Pense em todos os sanduíches de peru e ensopado de peru e sopa de macarrão com peru que vocês vão poder comer até o Natal.

Natal. Argh. Se o Dia de Ação de Graças estava ruim, o Natal seria pior ainda. Jodie não sabia se era capaz de encarar.

— Tia Pat vai ter receitas para vocês, tenho certeza — garantiu ela para Claudia.

— Tia Pat pode *ficar* com a porcaria do peru.

— Tenho certeza de que ela não se importaria. Provavelmente faria uma caçarola de marshmallow com peru.

— Ah, imagina.

— Eu nem preciso. Eu já vi com meus próprios olhos.

Claudia ficou perplexa. Colocou as luvas de lã e fechou o casaco antes de abrir a porta para Jodie. Elas saíram no vento forte de novembro. As ruas estavam geladas por causa da chuva e tudo estava cinza. Claudia puxou o capuz da parca preta acolchoada. Como sempre, ela parecia saída de uma edição da *Vogue*. Como ela impedia o rímel de escorrer com aquele tempo era um mistério. Se Jodie estivesse usando rímel, ela já estaria com olhos de panda. Mesmo se usasse um à prova d'água.

Claudia esticou a mão e puxou o capuz de Jodie. Fez com que a amiga se sentisse uma garotinha. Mas de um jeito bom. Jodie sentiu uma vontade absurda de chorar. Não sabia por quê; simplesmente parecia acontecer sempre que alguém era legal com ela ultimamente. Ela virou o rosto para o vento, torcendo para que Claudia achasse que o sopro forte era o culpado pelos olhos lacrimejantes.

Elas guardaram o peru no carro. Fazia 5 graus; o porta-malas estava mais frio do que uma geladeira.

— Anda logo. — Claudia bateu os pés para se manter aquecida. — Antes que comece a chover de novo.

Jodie estava feliz que Claudia estivesse ajudando. A ideia de fazer compras sozinha a deixava em pânico. Droga. *Tudo* a deixava em pânico ultimamente. Às vezes, ela acordava à noite e simplesmente não conseguia respirar.

Mas com Claudia junto, não era tão ruim. Primeiro porque elas discutiam muito, e discutir era uma distração. E era fácil discutir com Claudia porque ela era *ridícula*.

— Aqui não é um mercado — protestou Jodie quando Claudia a levou para um bar.

— É, sim.

Jodie observou as mesas e o bar comprido junto à parede. Havia um cara atrás do balcão servindo cerveja.

— Odeio dar a notícia, mas isto é definitivamente um bar.

Claudia revirou os olhos.

— É um mercado *com* um bar. Como você pode não ter ouvido falar deste lugar?

— Fácil. Eu nem sei onde estamos.

— Aqui é o Hopper's.

— Como você sabe? Não tem placa.

— Porque eu faço compras aqui toda semana. — Claudia levou Jodie pelo bar na direção da porta aberta na parede dos fundos. O bar estava cheio, apesar de ser o começo da tarde, e elas tiveram que contornar as mesas cheias. As pessoas eram como Claudia: brilhosas. E o bar...

A era de paredes brancas e dutos de ar-condicionado expostos parecia ter acabado; no lugar disso havia painéis de madeira e tinta verde-floresta. As cadeiras tinham acolchoamento de veludo e havia quadros a óleo na parede. Mas aquelas pessoas brilhosas ainda gostavam de plantas. Como as mantinham vivas, Jodie não sabia. A única planta que tinha conseguido manter era uma de plástico, e estava tão empoeirada que parecia doente.

— Que mercado chique — observou ela enquanto elas entravam na loja. Ainda dava para ouvir a conversa civilizada e o jazz lento do bar; fazia tudo parecer absurdamente glamoroso. O ambiente cheirava a maçã com especiarias, noz-moscada e massa folhada. E era muito bonito, saído de uma revista.

Claro que era ali que Claudia fazia compras. Nada de um mercado mais simples ou feira para Claudia. Não quando há um mercado chique como aquele por onde passar.

— É ótimo, né? — Claudia pegou uma cesta de vime e foi direto para os produtos frescos. — Aqui tem as melhores frutas de Wilmington.

— O mercado do meu bairro tem o melhor pão dormido — disse Jodie secamente. — E às vezes até tem leite que *não* venceu.

— Vamos precisar de abóbora, claro. — Claudia sabia ignorar Jodie melhor do que qualquer outra pessoa que Jodie conhecesse. Era como um superpoder. — Onde está sua cesta?

— Eu cuidei do peru. Minha parte está feita.

— Você ainda pode me ajudar a carregar as coisas.

— Como você me ajudou com o peru?

— Pega uma cesta.

Jodie pegou. Porque lá no fundo ela ainda tinha um pouco de medo de Claudia. Ela se lembrou de quando Bree certo dia a levou para casa pela primeira vez depois da escola.

— Essa é a aluna nova — anunciara Bree, e ficou evidente para todos que Bree estava cuidando dela. Ou talvez estivesse sendo cuidada. Porque, mesmo de calça jeans rasgada e camiseta da loja de um dólar, Claudia era imperiosa. E bonita demais. Tão bonita quanto a irmã de Jodie. Só que, enquanto Bree era bronzeada e tinha a pele cor de areia, o cabelo caramelo com mechas reluzentes, Claudia era uma rainha do gelo, pálida como geada recente, olhos verdes como geleiras. Enquanto Bree tinha a integridade de uma garota comportada do bairro, Claudia era como uma estrela de cinema. As duas juntas eram ridiculamente bonitas. As pessoas se chocavam contra postes porque ficavam olhando para elas.

Ninguém nunca deu de cara em um poste por causa de Jodie.

Provavelmente era melhor assim. Ela odiaria esse tipo de atenção. Ela odiava *qualquer* atenção.

— A gente vai fazer caçarola de vagem? — perguntou Claudia, parecendo chocada ao chegar às vagens na seção de hortifrutigranjeiros. — Eu me esqueci das vagens! E não estavam na lista de Bree.

Chocada virou *abalada*.

— Claro, por que não. Inclui um pouco. — Jodie deu de ombros. Ela não ligava para vagem.

— Mas não estavam na lista!

— Então, se não estavam na lista, não faz.

— Mas é *Ação de Graças*. Tem que ter caçarola de vagem no Dia de Ação de Graças!

Ah, não. Claudia estava surtando. Bem ali, no mercado mais chique do mundo. Era *permitido* surtar ali? Ou a pessoa era expulsa por estragar o clima do local?

— Quer que eu procure uma receita de caçarola de vagem no celular? — sugeriu Jodie. Desde a morte de Bree, às vezes Claudia tinha umas reações assim. Jodie sabia o que ela sentia. Aquele Dia de Ação de Graças era uma ideia infernal. Quem ligava para peru e caçarola de vagem com Bree morta?

Bree, ela ligava.

A irmã de Jodie tinha deixado instruções detalhadas para o Dia de Ação de Graças daquele ano; seria perfeito e todos apreciariam. Mesmo todos estando destruídos e frágeis de dor e correndo o risco de desmoronar.

— Não sei — choramingou Claudia. — Dá tempo de preparar? Meu forno não é tão grande e vai estar ocupado pelo peru...

— Esquece a caçarola. — Jodie pegou Claudia pelo cotovelo e a guiou para longe das vagens. — Quem está com vontade de comer, afinal?

— Você é vegetariana. — O pânico de Claudia estava palpável. Era como ser sufocada com lã molhada. — E se não tiver legumes e verduras suficientes sem isso?

— Eu como a batata-doce, vai ficar tudo bem.

— Você não pode comer só batata-doce no Dia de Ação de Graças!

— Claudia! — disse Jodie com rispidez, virando a amiga da irmã para olhar para ela. — Para. Vai ter comida suficiente para alimentar um exército. *Para.*

O olhar de Claudia estava traiçoeiramente brilhante. Ah, meu Deus, ela ia chorar. E, se chorasse, Jodie choraria, e Jodie não aguentava mais lágrimas. Já era bem ruim com a mãe e o pai...

— *Não.* — Jodie usou a mesma voz que usava com o cachorro da tia Pat, um Jack Russel pequeno e agitado que gostava de morder seus sapatos. Enquanto ela estava com eles nos pés. — *Não.* Chega. Não no Dia de Ação de Graças.

— É *véspera* do Dia de Ação de Graças. Eu nunca prometi que não choraria na véspera do Dia de Ação de Graças.

Mas as lágrimas estavam menos brilhantes. Ela tinha conseguido segurá-las.

— O que vem agora na lista? — perguntou Jodie.

— Cranberries.

— Risca. Eu comprei uma lata no mercado ontem.

— Lata? — Claudia pareceu horrorizada. Ela fazia cara de horrorizada com um talento danado. E conseguia ficar bonita mesmo assim. — Nós não vamos comer molho de cranberry enlatado. A gente vai fazer. — Ela seguiu em frente, deixando o lapso momentâneo para trás.

— Ah, meu Deus — disse Jodie com um gemido, seguindo-a. — A gente vai passar a noite acordada!

— Provavelmente — concordou Claudia. — A gente ainda nem começou a decoração.

— Decoração? Espera. *A gente?*

Isso não pareceu bom. Jodie viu Claudia encher as cestas com coisas bobas. Castanha e groselha e um monte de comidas caras que ninguém teria vontade de comer.

— Para com essa cara — avisou Claudia quando Jodie examinou o rótulo de um tubo de creme.

— Creme de *bourbon*?

— Eu sei. Eu devia fazer e não comprar pronto. — Claudia esfregou a testa e pareceu estressada. — Você tem razão, eu devia. — Ela esticou a mão para pegar o tubo, mas Jodie o afastou dela.

— Não devia, não. — Ela balançou o tubo na cara de Claudia. — Por que isso existe?

— Vai muito bem com minha torta de abóbora e pecã cristalizada.

— Compra creme normal — disse Jodie, perplexa.

Claudia olhou para ela como se tivesse sugerido servir a torta com cocô de gato polvilhado em cima.

Jodie suspirou.

— Bom, se você quer mesmo isso, vai ser o pronto. Eu não vou fazer creme de bourbon às três da madrugada. Não com você querendo que eu pinte pinhas, ou o que quer que eu vá fazer.

Para falar a verdade, pensou Jodie enquanto via Claudia empilhar uma quantidade absurda de abóboras no caixa, ela não se importava de passar a noite pintando pinhas. Ela não conseguia mesmo dormir naqueles dias. E ficar sentada à mesa da cozinha de Claudia, pintando pinhas e vendo a amiga se dedicar a cozinhar com aquele exagero para o feriado, era melhor do que a solidão uivante do quarto vazio.

Quando elas passaram pelo caixa, foi necessário passar pelo bar de novo.

— Olha só se não é minha cliente tipo A favorita! — disse o barman, se curvando sobre o bar quando elas passaram. — Não vai parar para tomar o de sempre hoje?

Claudia parou de andar. E não era surpresa, pensou Jodie. O cara parecia ser um Hemsworth. Aquele que fazia o papel do Thor.

— Eu não posso — disse Claudia secamente. — É Ação de Graças.

Thor sorriu para ela.

— Parece o momento perfeito para parar e tomar um drinque. — Ele desviou o olhar para Jodie. — E quem é essa, sua irmã?

Jodie fez um ruído debochado. Ela parecia tanto ser irmã de Claudia quanto uma girafa parecia um cavalo de corrida.

— Não, ela é minha... — Claudia se virou para Jodie, sem saber como explicar o relacionamento delas sem mencionar Bree. Ela suspirou. — Essa é Jodie.

— Oi, Jodie. E aí, Tipo A, o que você deseja?

Pareceu uma pergunta capciosa. E, se Jodie não estivesse enganada, Claudia ficou enrubescida. Ah, aquilo podia ser divertido. Deus sabia que um pouco de diversão cairia bem naquela temporada de infelicidade.

— Ela quer um coquetel — disse Jodie, se sentando em um banco do bar.

— Não quero, não — retrucou Claudia rispidamente. — Estou *dirigindo*.

Jodie deu de ombros, nada surpresa. Claudia não era de beber, mesmo quando não estava dirigindo.

— Eu quero uma cerveja — disse ela para Thor. — E ela quer o de sempre. — Ela fez uma pausa. — Qual *é* o de sempre?

— Espresso duplo — disse ele, revirando os olhos.

— Você bebe café em um *bar*? — Jodie se virou para Claudia, que continuava parada no meio do bar, segurando os sacos de papel com as compras. As abóboras pesavam bem mais do que o peru idiota. Parecia que seus músculos do pilates estavam trabalhando direitinho.

— É um café além de ser um bar — disse Claudia na defensiva.

— Eu posso fazer um espresso martíni para o feriado — sugeriu Thor.

— Sim. — De repente, Jodie decidiu que um espresso martíni era exatamente do que precisava. O dia tinha sido *pesado*, começando com o turno de trabalho da madrugada, e ela estava prestes a enfrentar o primeiro dia de Ação de Graças sem a irmã. Tinha o restante do dia e todo o dia seguinte de folga do trabalho pela primeira vez em séculos. E olhando todas aquelas pessoas vibrantes segurando os coquetéis com cara de revista... *isso* era como um feriado deveria ser. Bree teria feito com que fosse assim. Digno do Instagram.

— Dois espressos martínis — disse Jodie com firmeza.

— Um — corrigiu-a Claudia. — Eu estou dirigindo.

— Dois — disse Jodie para Thor. — Só faz o dela mais fraquinho. — Jodie puxou um banco para Claudia.

— Você é tão irritante — falou Claudia baixinho enquanto Thor se afastava para fazer as bebidas.

— O que vocês vão fazer no Dia de Ação de Graças? — perguntou Thor enquanto mexia languidamente na máquina de café.

— Vamos pintar pinhas.

— Pintar *pinhas*? — Thor pareceu dividido entre diversão e desespero.

— Ninguém vai pintar pinhas — retrucou Claudia rigidamente. — Ela só está enchendo o saco.

— Vamos pendurar folhas num barbante, então. — O pensamento quase acabou com ela. Jodie fechou os olhos.

— Não tem folhas.

Thor sorriu.

— Eu tenho um peru de papelão da loja de 1,99 em casa. Isso conta como decoração?

Jodie ficou sem fôlego. Lembranças surgiram: ela chutando o peru de papelão para baixo da cama para que Wanda, a funcionária do hospital, não ficasse chateada; pendurando as folhas; Bree feliz da vida. O cobertor amarelo.

Com o qual ela foi enterrada.

Ah, que se danasse aquilo tudo. O luto era muito pior do que Jodie esperava.

— Prontinho, dois espressos martínis: um forte, outro fraquinho no álcool, mas forte no café.

Claudia parecia tão sem fôlego quanto Jodie. Ela virou o espresso martíni fraco de uma vez só.

— Está pronta?

— Não. — Jodie achava que ainda não conseguia ficar de pé. Ela mal conseguia respirar. Por que não dava para apagar lembranças? O peru de papelão com o rabo azul de papel de seda. O cobertor amarelo. Os narcisos no caixão. Ela tomou um gole grande de martíni. Estava bom. E estava forte.

— Sim, está — insistiu Claudia. — Você tem um peru para cozinhar.

Thor estava polindo copos preguiçosamente, apoiado no balcão.

— O jantar de Ação de Graças vai ser na sua casa, é?

— Não, vai ser na dos meus pais — disse Jodie, feliz pela distração. — Nós só vamos fazer a parte trabalhosa. Bom, Claudia provavelmente vai fazer o trabalho *de verdade*. Ela é muito controladora — confidenciou ela.

— É, eu imaginei.

— Ah, *por favor* — disse Claudia, interrompendo-os. — Como você poderia imaginar que eu sou controladora? Você me vê por vinte minutos uma vez por semana.

— Eu presto atenção. — Ele sorriu.

Ele tinha um nível Hemsworth de charme para acompanhar o nível Hemsworth de beleza. Ficou nítido que Claudia também achava, pois ela ficou toda vermelha.

— O que foi *aquilo*? — perguntou Jodie mais tarde, ao colocar as compras no porta-malas do carro.

— O que foi o quê?

— *Aquilo*. — Jodie fez um gesto na direção do bar/mercado. — O *Thor*.

— Thor? — Claudia franziu o nariz.

— Sim, pateta. O Thor! O deus atrás do bar.

— Ele não é um deus, é um *barman*.

Jodie estava agradavelmente cheia de espresso martíni e bem mais relaxada do que quando elas entraram no mercado, e *muito* mais relaxada do que durante a cena da caçarola de vagem. Os hipsters mais velhos talvez estivessem certos. Todos os mercados deviam ter bares, decidiu ela ao se sentar no banco do passageiro do carro de Claudia. Talvez aquele Dia de Ação de Graças acabasse não sendo tão ruim, no fim das contas.

Capítulo 5

—Me conta sobre o Thor — disse ela depois, enquanto observava Claudia tentar rechear o peru com maçãs, limões e ervas. A mulher ridícula usava luvas de borracha até os cotovelos e estava o mais longe possível da ave, o que não parecia facilitar o trabalho.

Jodie xeretou a cozinha americana que servia também de sala de estar e sala de jantar de Claudia enquanto ela trabalhava. O apartamento era uma revelação. Jodie tinha buscado Bree ali algumas vezes ao longo dos anos, mas nunca tinha sido convidada a subir. Ela via por quê. Era um *chiqueiro*. Claudia era tão impecável; Jodie supunha que a casa dela também seria. Mas o local estava coberto de roupas espalhadas e revistas, e cheio de pratos sujos. Parecia que não era arrumado fazia mais ou menos uma década. Mas, por baixo daquela bagunça, o apartamento era tão bonito quanto Jodie tinha imaginado.

Ficava no terceiro andar de um prédio histórico na rua Orange, não muito longe da faculdade de Jodie, e tinha piso de madeira e cornijas lindas no teto alto. As janelas enormes davam vista para os galhos vazios de um sicômoro, no qual havia luzinhas penduradas como teias brilhantes. Se Claudia arrumasse o apartamento de vez em quando, podia ser incrível.

E se ela se desse ao trabalho de lavar a louça, a cozinha de Claudia seria coisa de programa de culinária. Todos os eletrodomésticos eram em tons pastel e havia equipamentos que Jodie não reconhecia. Ela concluiu que seria preciso uma cozinha daquelas para fazer uma torta chique a ponto de precisar de creme de bourbon.

— Não se esconda no peru — disse Jodie, repreendendo-a. — Quero saber sobre o Thor.

— Thor? — Claudia enfiou uma maçã dentro do peru. — Não tem nada para contar.

— Ah, claro. — Jodie abriu a geladeira de Claudia. — Tem certeza?

— Não.

— Vinho?

Claudia suspirou e tirou uma mecha de cabelo da testa usando o antebraço. O cabelo tinha crescido perfeitamente depois de ter sido raspado, Jodie reparou. Típico. O dela tinha crescido em cachos esquisitos. Por que *isso* tinha acontecido? Ela não tinha cachos antes de raspar a cabeça. Ainda bem que existiam bonés, vivia dizendo.

— Você deve ter vinho. Eu vou precisar de *alguma coisa* para encarar essas festividades.

— O vinho é para amanhã.

— Você acha que meus pais bebem vinho? Você *conhece* os dois, né? — Jodie encontrou as garrafas atrás do leite e do creme. — Chardonnay?

— Combina bem com peru.

— Como você sabe? Você nem bebe direito. — Jodie pegou um.

— Não ouse abrir. É para o almoço de amanhã.

— Olha… como foi que o Thor te chamou? Tipo A? Olha, Tipo A, nós nunca vamos sobreviver a doze horas de peru, torta e pintura de pinha sem uma bebida.

— Não tem pinha.

Claudia respirou fundo. Aí veio o som de murmúrio. Contando até dez.

— Faz um café — sugeriu ela quando chegou ao dez.

— Chega de café. Você já tomou tanto café que está vibrando, e provavelmente numa frequência tão alta que está existindo em múltiplas dimensões ao mesmo tempo. — Jodie colocou o Chardonnay no lugar. — Ei, tem champanhe aqui.

— É para amanhã também.

— O quanto você espera que a gente beba? Você sabe que meu pai vai tomar algumas cervejas e pegar no sono. E minha mãe é fã de whisky sour.

— É para… uma coisa. É importante, só isso.

Jodie suspirou e fechou a geladeira. A noite seria longa.

— Tudo bem — disse Claudia, se rendendo. — Tem vodca no freezer. Bree deixou aqui da última vez… — Claudia respirou fundo, tremendo — … da última vez que veio aqui. — Jodie ouviu o peru tomar uma porrada.

Sabendo o que encontraria, Jodie abriu o freezer. Mas mesmo sabendo… ver as garrafas azuis de vodca tirou o ar dela. *Bree*. Droga. A dor atacava como um susto barato de filme de terror. Ela nunca ia se acostumar. Nunca.

Jodie tirou uma linda garrafa azul do freezer.

Bree tinha sido patrocinada pela fabricante desta vodca por um tempo. Era isso que acontecia quando se era *influencer* profissional: as pessoas pagavam para você influenciar. O pessoal da vodca tinha pagado a viagem de Bree para o Himalaia. Todo o equipamento de neve de Bree tinha sido daquele mesmo tom de azul royal, com o logotipo em branco no gorro, e toda vez que postava sobre a caminhada até o acampamento na base do monte Everest, ela incluía a hashtag da marca.

Além de dar para Bree a viagem com as despesas todas pagas (em troca de exposição de produto e hashtags), a empresa enviou cinco caixas inteiras de vodca para a casa dos pais delas, porque lá sempre foi o endereço de entregas de Bree. Ela viaja demais para ter uma casa.

Droga. Ela *viajava*.

Jodie odiava tanto aquilo. Ela *viajava*.

Ainda era difícil lembrar de usar o verbo no passado.

Ver a fileira de garrafas azuis de vodca no freezer da Claudia foi como ver um fantasma. Jodie virou a garrafa gelada nas mãos. Pareceu surreal que ela ainda existisse, considerando que Bree não existia.

— Quer? — perguntou Jodie. Ela precisou limpar a garganta, pois a voz tinha ficado engasgada e esquisita.

— Quero.

Jodie olhou e deu de cara com Claudia chorando na frente do peru que mais parecia um elefante.

— Por favor. — Claudia tirou as luvas. — Eu não sei o que eu tenho para misturar com ela.

— Rá. — Jodie fechou o freezer e abriu a geladeira para pegar o molho de cranberry que elas tinham comprado no mercado chique.

— Eu preciso disso para cozinhar.

— Ah, não. Você precisa mais para a vodca. — Jodie encheu duas taças de vinho com gelo e fez coquetéis caprichados. — A Bree — disse ela, batendo a taça na de Claudia. — Se ela já não estivesse morta, eu a mataria por nos obrigar a fazer esse Dia de Ação de Graças.

— A Bree — concordou Claudia. — Mas eu acho que esse Dia de Ação de Graças é uma boa ideia. — Ela virou um terço da bebida de uma vez.

— Provavelmente porque a ideia foi *sua*.

— Ah, nem vem. Eu não vou levar a culpa por isso. — Claudia tirou uma pilha de papéis da porta da geladeira. Um ímã caiu no chão. Ela balançou os papéis na cara de Jodie.

Era o e-mail de Bree impresso. O longo, com todos os planos malucos para os feriados. O e-mail de Bree abordava o Dia de Ação de Graças, o Natal, o Ano-Novo, o Dia de São Valentim, a Páscoa, o Dia das Mães, o Quatro de Julho, o Dia dos Pais, o Halloween e chegava até a um segundo Dia de Ação de Graças. *O primeiro ano vai ser difícil*, escrevera ela. *Mas eu quero que vocês comemorem os bons momentos.* E ela deu instruções detalhadas de como cada ocasião seria comemorada. Até a porcaria do peru. *Eu vou estar com vocês em espírito.*

Bom, ela estava ali em uma espécie de espírito, admitiu Jodie, botando mais vodca no copo.

— Sabe, Bree te dava um banho nesse jogo de controlar as coisas — disse ela para Claudia.

— Você nem faz ideia.

Claudia estava parecendo um pouco mais relaxada. A vodca fazia isso com quem não bebia. Principalmente depois de um espresso martíni. Claudia não estava nem estressada ao olhar o forno.

— Você acha que o peru vai caber aí?

— A gente faz caber.

— Vai ter que começar a ser assado logo cedo. — Ela olhou para o relógio. Claudia devia ser a única pessoa com menos de cinquenta anos a usar relógio de pulso. Pelo menos um que não era smartwatch. — Essa coisa é tão grande que talvez tenha que começar a ser assada antes do nascer do sol.

— Tudo bem, a gente não vai dormir mesmo. — Jodie olhou ao redor. — O que você quer que eu faça? Posso começar a decoração?

— Não, de acordo com o planejamento, a torta vem primeiro. — Claudia colocou as luvas de borracha e começou a passar manteiga de ervas na superfície do peru.

— Tudo bem. O que eu posso fazer da torta?

— Pode picar a abóbora. A gente precisa cozinhar.

Jodie grunhiu.

— Por que você não comprou purê de abóbora, sua louca? — Ela encheu seu copo de vodca com cranberry e se sentou em um banco junto da bancada.

— Eu quero a abóbora em cubos do mesmo tamanho.

— Por quê? Você vai amassar tudo depois. — Mas Jodie obedeceu e cortou a abóbora em cubos *mais ou menos* do mesmo tamanho. Mais ou menos. Claudia não confiou a massa da torta nem a massa do pão a ela e relegou-a aos legumes e verduras pela maior parte da tarde.

Quando Jodie acabou com os legumes e as verduras, ela deixou Claudia com as massas e botou música. Claudia tinha uma vitrola; também tinha uma coleção ótima de discos. Quando Jodie acabou com o silêncio opressor com Radiohead dos anos 1990, ela começou a arrumar a casa.

— Você sabe que pode comprar pães ótimos no mercado — disse ela enquanto ouvia Claudia sovando a massa. — Aposto que aquele Hopper's tem pão com farinha orgânica e tudo. — Ela aproveitou a oportunidade para xeretar enquanto tirava canecas da estante de Claudia. Os livros "sérios" ficavam na sala, mas Jodie achou que era uma aposta segura que ela tinha uma coleção impressionante de romances ao lado da cama. Claudia sempre tinha sido doida por romance; ela levou sacolas com seus livros antigos para Bree no hospital. E quando Bree ficou muito mal, Claudia se sentava ao lado da cama e lia para ela. Mesmo depois que Bree não conseguia mais ouvir.

— Você fica desviando da minha pergunta sobre Thor — lembrou Jodie a Claudia enquanto enchia a pia para lavar as canecas. Ela sentiu o cheiro do detergente. Onde ela comprava detergente de marca chique? Que pergunta idiota. No *Hopper's*.

Jodie sempre ficava surpresa de Claudia estar solteira. Ora, se *Claudia* estava solteira, que esperança havia para Jodie?

— Eu não estou desviando de nada — disse Claudia, desviando da pergunta de novo.

Jodie precisou esfregar com força para tirar o café seco das canecas. Estava lá havia tanto tempo que tinha virado uma pátina, como um verniz de cerâmica.

— Qual é o nome dele?

Houve silêncio.

— Você *deve* saber o nome dele.

— O nome dele é Hopper.

Jodie riu.

— *Ele* é Hopper? O Hopper, o dono do mercado? Você disse que ele era só o barman.

— Eu não disse *só*.

— Foi como se tivesse dito. — Jodie balançou a cabeça. — Eu queria que um cara gato dono do próprio negócio gostasse de mim. Eu ainda estaria lá pedindo bebidas. Ou espressos duplos.

— Ele não *gosta* de mim. — Houve uma barulheira irritada quando ela jogou a massa da torta dentro do forno. — E você ia gostar? Eu nunca vi você com um cara na vida.

Jodie fez cara feia para a espuma.

— Você nem *fala* deles.

— Você quer dizer em todas as vezes que a gente passa tempo juntas? Todas as vezes que a gente sai para beber? Ou quando faz festa do pijama e pintamos as unhas uma da outra? Foi mal.

O silêncio de Claudia se prolongou.

— Entendi — ela acabou dizendo. Jodie ouviu o gelo tilintar quando Claudia pegou a taça da bebida quase vazia. — Eu acho que a gente *nunca* passou tempo juntas — admitiu Claudia —, exceto... — Ela parou de falar e mergulhou em um daqueles silêncios horríveis.

— No hospital — concluiu Jodie.

Ela estava cansada do jeito como todo mundo interrompia o que estava dizendo o tempo todo. Ela amava a irmã tanto quanto qualquer um deles, mas detestava esses buracos de emoção. Se as coisas fossem do jeito dela, eles dirigiriam e passariam por cima de cada buraco, mesmo se fizesse tudo tremer e o eixo do carro quebrasse.

— Sim. — Claudia virou a vodca. — Outro?

— Sério? — Isso era inédito.

— Eu quero ficar bêbada. — Claudia falou secamente, como se estivesse sugerindo que elas fizessem a declaração de imposto de renda.

— Claro. Por que não? Vai ser mais fácil suportar as pinhas.

Mas não havia pinhas. Havia abóboras. Muitas e muitas delas.

— O que *é isso*? — perguntou Jodie, pegando uma coisa listrada de amarelo e verde que era meio abóbora, meio abobrinha.

— É uma abóbora-delicata.

— Uma o quê? — Ela não esperou Claudia repetir. — Por que é esquisita assim? Esta não é. — Jodie pegou outra coisa listrada de amarelo e verde, essa com forma de uma abóbora normal.

— Porque essa aí é uma carnival. — Claudia estava tirando vasos de vidro de um armário. Muitos e muitos vasos. Quem tinha tantos vasos assim? Talvez os homens enviassem muitas flores para ela. Isso faria sentido.

— Como você sabe isso tudo? — perguntou Jodie com curiosidade. Abóboras pareciam ser um assunto estranho para alguém ser especialista.

— Sei lá. — Claudia suspirou ao descer delicadamente da cadeira. Ela enfileirou os vasos na bancada. Eram todos de alturas diferentes. — Vou preparar um para você ver o que fazer, aí você pode fazer o resto — disse ela.

Jodie serviu outra bebida e viu Claudia encher um vaso com abóboras, arrumando-as de forma a haver uma mistura de cores e formas. Ela não encheu o vaso; havia uma aparência aerada estranha. Quando terminou de preparar o vaso, ela passou um fio de luzinhas pelas abóboras. E acendeu as luzes.

— Ta-dá!

Ficou bem bonito, Jodie admitiu.

— Belo trabalho, organizadora perfeita!

— Sua vez.

Certo. Pelo menos, não era para pintar pinhas. E, quando ela superou os primeiros dois desastres (verdes demais em um; uma quantidade exagerada no total em outro), Jodie percebeu que estava gostando de botar abóboras em vasos. Lá fora, o vento açoitava as janelas e as luzes balançavam nos fios finos no sicômoro, salpicando brilhinhos nas vidraças embaçadas. O ambiente estava muito aconchegante. Talvez Jodie devesse ter feito curso de decoração artesanal para festas anos antes. Ou bebido vodca. Uma coisa ou outra. Era relaxante.

Ou pelo menos até Claudia explodir do outro lado da cozinha.

— Ah, meu *Deus*!

Jodie ficou paralisada, o braço enfiado até o cotovelo em um vaso.

— O quê? O que eu fiz? — Por um segundo, ela realmente achou que suas (más) arrumações de abóbora tinham sido o motivo da explosão de Claudia.

— Ah, *meu Deus*. — Claudia se virou, segurando o telefone na frente do corpo. Ela parecia ter visto um fantasma.

E tinha mesmo. Porque, na tela, estava escrito *Bree*.

— Ah, *meu Deus*. — Jodie lutou para tirar o braço do vaso. — O que é isso?

Era um *vídeo*. Da Bree. No hospital. Ela estava acenando para as duas e sorrindo.

Por um momento, o mundo girou. O tempo engasgou. Por aquele momento, Jodie teve *certeza* de que Bree estava viva de novo. De que ela estava *ali*.

— Aumenta o volume! — disse Jodie rispidamente. Ela tentou pegar o celular, mas Claudia não deixou.

— O celular é *meu*! — Claudia se curvou como uma viciada com a droga na mão. Ela voltou o vídeo para o começo.

— O que é isso? É no Instagram? — Jodie estava curvada sobre Bree como uma segunda viciada doente de ciúme. — Como? É um vídeo velho? Como isso funciona? Por que apareceu de novo?

A imagem congelada de Bree a mostrava enrolada no cobertor tricotado amarelo, que ela tinha usado mesmo quando o tempo esquentou. Ela sempre sentia frio no final; nada que fizessem era capaz de aquecê-la.

— É um vídeo novo. — Claudia respirou fundo. — Ela o *agendou*.

Apesar de Jodie saber que Bree não estava lá fazendo vídeos novos e os postando no Instagram, e que ela não *podia* estar ali e nunca mais estaria, ela não tinha conseguido resistir à esperança impossível. E, como sempre, quando a esperança rachou como gelo fino, a dor veio com tudo, tão intensa quanto sempre. Um prego enferrujado enfiado na alma.

— Ah, *meu Deus*. — Claudia estava tremendo. — Você pode servir outro drinque antes de a gente ver isso?

A dor era como o tempo: tinha estações e climas, e sempre podia piorar. O dia tinha começado com nuvens baixas de melancolia e o cheiro chuvoso de desespero; tinha havido frio afiado como uma navalha e estraçalhador de corações; e aí, um vento forte chegou, transformando o céu cinzento em um mar tempestuoso de infelicidade; e havia uma chuva de granizo forte, intensa, dolorosa. Do tipo que arrancava a pele até os ossos. Jodie se sentia hiperciente de tudo ao redor, mas também a uma grande distância de tudo. Entorpecida, como se tivesse ficado tempo demais no frio. Ela mal registrou servir a vodca, mas deve ter feito exatamente isso, pois, quando elas se sentaram no sofá e Claudia apertou play no vídeo, cada uma estava com uma vodca com cranberry na mão.

— Oi! — Bree acenou com alegria para a câmera. Ela estava tão *magra*. E o rosto tinha aquela expressão horrível: assombrada, sombria. Isso foi perto do fim. Ela estava tão magra que estava quase transparente. Como se metade dela já estivesse em outra dimensão, e fosse preciso usar cada grama de força de vontade que ela ainda tinha para permanecer naquela. — Se vocês estiverem vendo isso, é véspera do Dia de Ação de Graças — disse a Bree fantasma com alegria. Alegria demais, considerando as circunstâncias. — E a minha família vai estar preparando o jantar. Estou imaginando todos na cozinha da minha mãe.

Com culpa, Jodie e Claudia olharam para a catástrofe que era a cozinha de Claudia em meio aos preparativos. Bree não era onisciente, então. E estava óbvio que elas não estavam seguindo o roteiro direitinho. Ela não tinha dito nada sobre a cozinha da mãe delas nas instruções...

— Estou imaginando minha mãe rondando e Claudia fazendo tudo.

— Bom, você *está* fazendo tudo, pelo menos — murmurou Jodie, chegando mais perto de Claudia no sofá. Mas a mãe delas não estava lá rondando. A mãe delas não era mais capaz de rondar. Ela existia em uma meia-vida insípida de luto, onde rondar estava além dos poderes dela. E já devia até estar na cama.

— E, se a minha família estiver vendo, eu espero que vocês tenham comprado o maior peru que conseguiram encontrar — disse Bree com provocação. A respiração dela estava curta e pesada, e ela estava da cor de giz úmido, mas corajosamente alegre.

Claudia e Jodie estavam hipnotizadas. Elas estavam tão fixadas no rosto à frente delas que mal ouviram as palavras; o tempo desmoronou em volta delas, apagando os meses de inferno que tinham acabado de viver.

Era *Bree*. Respirando, falando, tentando rir. O vídeo terminou e começou de novo, em loop infinito. Desta vez, elas tentaram prestar atenção. Jodie sentiu o tremor de Claudia piorar. Era choque, ela achava. Ela puxou a manta branca do sofá e a colocou em volta dos ombros de Claudia.

— Eu sei que amanhã vai ser horrível para a minha família — disse a Bree do vídeo para elas. Ou melhor, para seus seguidores. Jodie olhou para os ícones e comentários. Havia curtidas, ao que parecia. E comentários. Ah, *meu Deus...*

— Aí diz trezentos comentários? — disse ela subitamente. — *Trezentos*? Quando ela postou isso?

— Shh. — Claudia balançou a mão para ela.

— A gente pode ver de novo — disse Jodie na defensiva. — Nós já perdemos uma vez.

— *Shhhhhh*. — Claudia deu uma cotovelada nela.

Pelo menos, ela havia parado de tremer. Talvez valesse uma ou duas cotoveladas só por isso.

— Claudia, eu sei que *você* vai estar assistindo — continuou a Bree do vídeo.

— Eu estou — sussurrou Claudia.

— Deve ser tarde e você deve ter acabado de voltar da casa da minha mãe. Aposto que o peru está todo temperado e a torta pronta para ser assada. Você deve ter deixado uma codificação por cores na geladeira dela antes de sair. Imagino que você tenha se sentado para trançar decorações de canudo ou alguma coisa assim, apesar de ser madrugada. — Bree sorriu para a câmera. — Eu sei que você está ocupada, mas preciso que você faça um favor para mim.

— O que você quiser. — Claudia soou abalada.

— Por que ela está pedindo para você? Eu também estou aqui. — Jodie amarrou a cara. Apesar de Bree saber que ela odiava o Instagram e tinha tanta chance de olhar o aplicativo na véspera do Dia de Ação de Graças quanto de arrancar as unhas dos pés uma a uma, Jodie ficou ofendida. *Ela* era a irmã de Bree.

— *Outro* favor — consertou a Bree do vídeo. — Você já fez tanto por mim, Claudia, mais do que eu poderia retribuir.

Claudia fungou. Ela estava começando a chorar. Fez a garganta de Jodie doer e o nariz parecer que alguém tinha enfiado um cobertor de lã nele. Que se danasse aquilo. Quem inventou o luto deveria levar um tiro.

— Amanhã vai ser difícil — disse Bree, o olhar pesado cheio de empatia. — Eu preciso que você esteja lá com eles.

— Eu estou aqui — disse Claudia, a voz rouca.

— *Eu* também — lembrou Jodie, apesar de uma delas não conseguir ouvi-la e a outra não parar de dar cotoveladas nela.

— Eu não consigo imaginar o que a minha mãe e o meu pai estão passando. E a Jodie…

O coração de Jodie deu um nó. Ah, droga. O som da voz de Bree dizendo o nome dela…

— Eu quero que você ajude todos eles a apreciarem o dia de amanhã — suplicou a Bree do vídeo.

— Que pedido difícil — disse Jodie com voz rouca. Ela não ia chorar. *Não ia.*

— Comam o peru, bebam todo o vinho que aguentarem, comam e repitam a torta. E aí, às cinco horas, preciso que você olhe o Instagram de novo, tá? Preciso que você faça todo mundo assistir. Você tem que forçá-los, mesmo que não queiram. Promete?

— Prometo.

Bree abriu um sorriso angelical, como se tivesse ouvido.

— E, para o resto de vocês, tenham um Dia de Ação de Graças *maravilhoso*. — Ela foi capturada por um momento em um raio de sol quando se inclinou de leve para a frente para parar a gravação. Parecia um anjo. O vídeo começou de novo e ela as cumprimentou com alegria.

— Ela fez isso na primavera — disse Claudia, as pontas dos dedos roçando a tela. — Olha, ali estão os galhos de sino-dourado que eu levei para ela. — As flores amarelas ardiam ao fundo.

O horror de tudo ficou claro. Porque Bree *sabia*. Ela sabia que estava morrendo. O restante deles só aceitou depois que tinha acontecido, talvez nem então. Ninguém tinha falado sobre isso com Bree.

— O que vai acontecer às cinco horas amanhã? — perguntou Jodie, entorpecida.

— Outra mensagem, supostamente. — Claudia abaixou o volume, mas deixou o vídeo rodando para que elas pudessem ver Bree iluminada pelo sol e viva. Sorrindo.

— Há quanto tempo isso está no Instagram? — Jodie lembrou de repente que tinha celular e o tirou do bolso.

— Parece que uma hora mais ou menos.

Jodie abriu o app do Instagram, coisa que não fazia desde que Bree tinha morrido.

— Mas tem *trezentos* comentários!

— Trezentos e setenta e cinco.

A julgar pelos comentários, os seguidores de Bree estavam tão estupefatos quando Jodie.

MDDC! É ela mesmo?

É! É ela!

Havia vários emojis de coração partido e gatinhos chorando e todo tipo de expressões fofas de dor.

Alguém da família dela já viu?~

A CLAUDIA já viu?

Ninguém curtiu ainda...

— Curte — disse Jodie para Claudia — para saberem que você viu.

— Curte você.

Jodie deu uma risada debochada.

— Eu não uso Instagram.

— Pode ficar à vontade para começar.

Mas Claudia curtiu a postagem. O que gerou outra avalanche de comentários.

Ela viu!

Abraços, Claudia!

Isso deve ser tão difícil! Muito amor pra você!

Mais corações e gatinhos e carinhas chorando.

— Quem *são* essas pessoas? — perguntou Jodie.

— Pessoas que amavam sua irmã.

— Que amavam o show de horrores, você quer dizer. — Jodie deu um gritinho súbito. — Ah, meu Deus!

— O quê?

— *A minha mãe* curtiu!

— Ah, meu Deus! — Claudia e Jodie trocaram um olhar de pânico. — Você precisa ir para casa, Jodie.

— Como? Você não pode me levar, já tomou um zilhão de vodcas!

— A gente chama um táxi. Rápido! Me ajuda a embrulhar o peru.

— Embrulhar o peru! Em quê? Uma mala?

— A gente tem que ir para a casa da sua mãe. Ah, meu Deus. Bree não queria que ela visse.

— Queria sim... ela disse "se a minha família estiver assistindo".

— Mas não assim! Não *sozinha*.

— Meu pai está lá.

Mas as duas sabiam que o pai de Jodie estaria dormindo no sofá.

— Agora *sim* isso tudo está com cara do último Dia de Ação de Graças. — Jodie suspirou enquanto se preparava para entrar num carro com um banquete de Ação de Graças completo.

Capítulo 6

O pai de Jodie foi o único que dormiu a noite toda. Ele ainda estava no sofá de manhã, roncando como um trem de carga. Ele não tinha acordado quando o vento forte entrou com Jodie e Claudia, nem quando ela e Claudia fizeram viagens múltiplas passando por ele com os braços cheios de peru, torta e vasos cheios de abóboras. Ele não tinha acordado quando Jodie deixou cair um dos vasos com um estrondo explosivo, nem quando elas se sentaram com a mãe de Jodie tomando chá à mesa da cozinha enquanto a mãe colocava o vídeo de Bree no volume máximo. Nem quando elas tentaram obrigar a mãe a ir para a cama. Nem quando elas admitiram o fracasso, pararam de fingir que alguém além do pai de Jodie ia dormir e voltaram a trabalhar na cozinha. Por mais barulho que elas fizessem, o pai dela continuava deitado no sofá como uma baleia encalhada. Uma baleia com um caso severo de apneia do sono.

— Vocês acham que ela só quer dizer Feliz Dia de Ação de Graças? — perguntou a mãe de Jodie pela milésima vez. Ela ainda estava de roupão à mesa, curvada sobre o telefone, vendo o vídeo de Bree. Jodie estava cansada do alegre "Oi!" da Bree do vídeo, que ficava se repetindo eternamente, sem parar.

Claudia estava secando o cabelo e pintando a cara ou algo assim. Jodie queria que ela voltasse logo, porque ela não tinha ideia do que fazer com aquele peru idiota. Além do mais, ela era vegetariana. Era antiético obrigá-la a cuidar da carne.

— Mas por que mandar duas mensagens só para dizer *feliz Dia de Ação de Graças*? — perguntou a mãe de Jodie. Ela estava tratando o vídeo como a pedra de Roseta, como se fosse destravar mistérios se conseguisse decodificá-lo. — Por que não dizer *agora*?

— Não sei, mãe — disse Jodie com impaciência, se perguntando se tinha que fazer alguma coisa com o peru. Tinha que regá-lo, por acaso? Não era isso que se fazia? — Você pode acordar o papai e mandar que ele tome um banho?

— Deixa ele dormir. É melhor porque ele não está atrapalhando.

— É? Porque ele podia começar o recheio horrível dele.

— Ele não vai fazer este ano.

Isso fez Jodie parar.

— Como assim, ele não vai fazer este ano? Ele *sempre* faz. Está na lista da Bree.

A mãe não afastou o olhar do celular.

— Ele não quer.

— Mas *eu* quero. — Jodie percebeu, para seu horror, que era verdade. O Dia de Ação de Graças não era o mesmo sem o recheio seco dele. Sem ele virando a cozinha de cabeça para baixo para fazê-lo e colocando na mesa com um orgulho absurdo. Estupidamente, ela sentiu lágrimas nos olhos. Bree podia não estar lá, mas *ela* estava. Ela não merecia o recheio?

Você está sendo ridícula, disse ela para si mesma. *Ele acabou de perder a filha; tem todo o direito de tirar um Dia de Ação de Graças de folga...*

Mas ela não conseguia afastar a dor. Não que alguém notasse. O pai ainda estava roncando e a mãe estava grudada no telefone.

— Oi! — disse a Bree do vídeo.

Ah, meu Deus, faz isso parar.

— Claudia, me ajuda! — gritou ela escada acima. A casa estreita de dois andares dos pais dela era bem pequena para qualquer barulho se espalhar. Ela não precisava subir para que Claudia a ouvisse.

— Eu estou no celular! — gritou Claudia com irritação.

Ah. Jodie soube pelo tom dela com quem ela estava no celular. Pobre Claudia.

— Desculpa. Diz oi para a sua mãe por mim — gritou ela.

Seu pai roncou.

— Oi! — disse a Bree do vídeo.

— Mãe! — disse Jodie com rispidez, apertando a base das palmas das mãos nos olhos. Ela estava ficando com enxaqueca. — Você precisa ir tomar um banho.

— Comam o peru, bebam todo o vinho que aguentarem, comam e repitam a torta — insistiu a Bree do vídeo pela milionésima vez.

Jodie esticou a mão por cima do ombro da mãe e fechou o app. E tirou o celular dela.

— Jodie! Eu estava assistindo.

— Você pode assistir depois do banho.

— Claudia está no chuveiro.

— Não está, não. Ela está no meu quarto no celular. — Jodie enfiou o celular da mãe no bolso da calça jeans. — Só vou devolver depois que você tiver tomado banho. E feito o cabelo e a maquiagem. — Ela empurrou a mãe na direção da escada. — Sobe. Não quero te ver enquanto você não estiver decente.

Seu pai roncou.

Ah, meu Deus, ainda havia ele.

Um passo de cada vez. Era cedo demais para beber? Ela olhou para o relógio. Sim. Era, sim.

O cheiro de peru assando embrulhou seu estômago.

Ela teve vontade de gritar quando ouviu a campainha tocar. *O que é agora?*

Ela abriu a porta para um dia cinzento e feio, com chuva caindo e vento forte. A vovó Gloria e a tia Pat estavam paradas resistindo aos sopros de vento, cada uma com a capa de chuva abotoada até o queixo (a de Pat de um amarelo-mostarda bem prático, a de Gloria de um rosa brilhante) segurando cestas de comida. Pat trazia o cachorrinho, Russel Sprout, debaixo do braço. Ele abanou o rabo e latiu. Jodie não tinha ideia de por que Pat insistia em levá-lo. Ele provavelmente teria preferido ficar em casa no calor.

— Eu achei que eu ia buscar vocês — disse Jodie, saindo da frente antes que Pat a atropelasse com uma travessa gigante de caçarola de marshmallow. Russel tentou mordê-la no caminho. Jodie desejou não ter colocado os tênis novos. Era capaz de ele os roer.

— A gente queria vir cedo — disse Gloria. — E tem o Lyft agora. Prepara um café, por favor. Eu não preguei o olho, então você vai precisar botar a cafeteira para trabalhar o dia todo.

— Lyft?

Como sempre, sua família a fazia sentir como se estivesse presa em um deslizamento de terra. Eles carregavam você junto. Ela lutou para fechar a porta contra o vento, que estava maltratando a entrada como se quisesse arrancar a porta das dobradiças.

— É um aplicativo, querida. Manda um carro. — Gloria lançou um olhar reprovador para o pai de Jodie ao passar por ele no caminho da cozinha.

— Eu sei o que é Lyft.

— Tem o Uber também, mas a Pat não me deixa usar. — Gloria colocou a cesta na mesa da cozinha e deu um beijo de batom na bochecha de Jodie.

— Eu não aprovo a baboseira deles — concordou Pat.

— Que baboseira?

— Nem pergunta — avisou Gloria. Pat abriu a boca, mas Gloria esticou a mão com unhas longas e vermelhas. — Pat! Não começa. É Ação de Graças.

— Não sei o que o Dia de Ação de Graças tem a ver. — Pat empurrou Gloria e as unhas de acrílico para longe e beijou Jodie na outra bochecha. Em seguida, deu uma boa olhada nela. — Você está com uma cara péssima.

— Obrigada. — Jodie fez uma careta para ela.

— É de se esperar — disse Pat com firmeza.

— Você já fez café! — Gloria ficou feliz da vida quando viu a jarra cheia. — Que bom. Parece que vamos precisar dele para acordar seu pai. — Ela se ocupou servindo canecas.

— Eu não boto açúcar — protestou Jodie quando viu Gloria colocando uma colherada em cada caneca.

— Hoje você bota. Ajuda.

— Com o quê?

— O choque.

— Eu não estou em choque.

Gloria fixou um olhar solidário nela.

— Ela tem Instagram — lembrou Pat a Jodie.

— Ah. — Jodie não resistiu quando a obrigaram a se sentar em uma cadeira e colocaram uma caneca de café com leite adoçado na mão dela. — Acho que eu deveria estar fazendo alguma coisa com o peru — disse ela com voz fraca.

65

— Que se dane o peru. — Pat tomou um gole de café. — Você nem come peru.

Jodie não podia argumentar com isso. Ela relaxou de novo na cadeira.

— Hoje vai ser um horror. — Ela suspirou. E esfregou o rosto.

— Eu trouxe donuts. — Sem se levantar da cadeira, Gloria se contorceu para tirar a caixa da cesta, que estava na bancada atrás dela. — Tem com cobertura de açúcar e de canela. Não deixa o cachorro comer, ele passa mal e eu não quero ter que limpar vômito de cachorro hoje.

Jodie sentiu um nó de raiva crescendo na garganta de novo. Gloria sempre levava donuts na manhã de Ação de Graças. Sempre de açúcar e de canela.

Uma lembrança vertiginosa surgiu. Todas as festas passadas naquela casa, uma atrás da outra... sobrepostas como negativos... naquele aposento e naquele momento. Jodie tinha passado todas as manhãs de Ação de Graças naquela mesa, mesmo no ano anterior, que tinha sido horrível. Ela, a mãe e o pai tinham embrulhado o almoço de Ação de Graças em papel-alumínio para levar para o hospital, enquanto Gloria e Pat ficavam sentadas ali comendo donuts e tomando café e falando que eles estavam fazendo tudo errado.

E no ano anterior, Bree estava lá... puxando pedacinhos do donut de açúcar e colocando cada migalha na boca com a mão, uma a uma, como se ela achasse que comer um pedacinho minúsculo de cada vez fosse de alguma forma negar as calorias. Jodie conseguia vê-la com tanta clareza, com o moletom rosa-pálido enorme, com o capuz puxado sobre o cabelo comprido. Bree sempre se sentava com as pernas encolhidas na cadeira, o corpo de iogue capaz de fazer posições que, de alguma forma, nela pareciam completamente naturais. Até confortáveis. Se Jodie se sentasse assim, ela deslocaria um osso do quadril. E cairia da cadeira.

— Oi!

O som da voz de Bree deu um susto tão violento em Jodie que ela derramou café. Seu coração parecia ter levado um choque de mil volts.

— Se vocês estiverem vendo isso, é véspera do Dia de Ação de Graças. E a minha família vai estar preparando o jantar. Estou imaginando todos na cozinha da minha mãe.

Droga. Ela nunca se acostumaria. Era *absurdo*.

— Mãe! — Ao ouvir a voz de Bree, Jodie sentiu uma dor tão grande que a fez pular da cadeira. — Desliga a porcaria do computador e vai para o chuveiro! — Russel Sprout latiu para ela.

O som do vídeo sumiu na mesma hora, mas Jodie sabia que ela ainda estava assistindo lá em cima. Só tinha tirado o som. E ela devia estar colocando um fone de ouvido.

— Espera! — Vovó Gloria segurou o braço de Jodie. — Eu vou. Ela é minha filha.

— Ela é uma adulta crescida — falou Jodie com rispidez.

— Vamos lembrá-la disso então, hã? — Gloria deu um tapinha leve nela e se levantou da mesa. — Fica aqui, Pat quer falar com você.

Pat riu com deboche.

— A gente ainda nem bebeu. Vamos esperar até mais tarde.

— Que mais tarde? A gente tem um encontro com Bree depois do almoço — disse vovó Gloria com ironia ao desaparecer escada acima. — Ah, oi, Claudia querida — elas a ouviram falar conforme a voz foi se afastando. — Você está no telefone com a sua mãe? Manda um oi, viu?

Pat deixou Russel descer do colo dela. Ele foi direto para os tênis de Jodie. Pat limpou o café derramado de Jodie e serviu outro. Desta vez, como ela gostava, sem açúcar. Em seguida, entregou um donut de canela para ela.

— Come, garota.

— Eu não estou com muita fome. — Ela empurrou Russel para longe dos tênis, mas isso só o deixou mais empolgado. Ele rolou por cima dos pés dela, o corpo musculoso segurando os tênis enquanto os dentes mordiam o cadarço. Toda vez. Ela não aguentava mais brigar com ele. E o peso dele até que era reconfortante.

— Não. Ninguém está mais com fome. Mas come.

Jodie comeu. Canela sempre foi seu sabor favorito. Quando ela era pequena, seu pai comprava donuts quentes de canela depois dos jogos de basquete. O donut da vovó Gloria tinha gosto de felicidade. Mas estava frio.

— Sobre o que você queria falar? — perguntou Jodie, lambendo o açúcar com canela dos dedos.

Pat limpou a garganta.

— Vamos pôr a mesa enquanto a gente conversa, que tal? Essas coisas ridículas são para a mesa? — Ela olhou os vasos cheios de abóbora.

Jodie sentiu uma pontada de desconfiança. Pat era suave como um martelo. Se ela estava hesitando, havia algo sério para falar.

Do sofá, veio um ronco alto que parecia uma serra. Russel prestou atenção e foi investigar.

Pat falou um palavrão.

— Eu esqueci que ele estava ali.

— Minha mãe disse que ele não vai fazer o recheio este ano — disse Jodie secamente. Por algum motivo, isso parecia um carrapicho. Ela não conseguia fazer se soltar dela e estava machucando.

— Bom, ele está deprimido — disse Pat do seu jeito prático.

— *Eu* estou fazendo as coisas e também não estou me sentindo bem.

— Você não é ele. — Pat olhou para a sala escura, iluminada apenas pela luz azul tremeluzente da televisão e pela luz cinzenta do dia entrando pela cortina fina. Ela deu um suspiro fundo.

— Eu também a perdi. — Jodie não sabia por que não conseguia parar de falar. De que adiantava ser ríspida com Pat? *Ela* não tinha feito nada.

— Eu sei, meu amor. Mas perder um filho é outro tipo de infelicidade.

Jodie *mordeu* a língua desta vez. Pat tinha perdido o filho para o suicídio. Se alguém sabia sobre a dor de uma mãe ou um pai, era ela.

— Seu pai tem muita coisa para enfrentar. — Pat suspirou. — Além da morte de Bree.

Jodie se encolheu. Sim.

Ela se sentia uma minhoca. Uma minhoquinha egoísta e mesquinha. Claro que tinha. A mãe dela também. Eles não tinham só perdido uma filha; eles tinham ganhado uma montanha de dívidas. Dívidas e turnos de trabalho e uma falta completa de esperança para o futuro.

— Eu vou acordá-lo e aí a gente vai conversar.

— Eu acordo — disse Jodie apressadamente.

— Não, não, não. Você põe a mesa. Eu o acordo. — Pat dobrou as mangas. — Bom, Joseph, a gente pode fazer isso do jeito fácil ou do jeito difícil — bradou ela, entrando na sala e acendendo a luz. Jodie ouviu seu pai grunhir. — Oi, Claudia, meu amor — disse Pat enquanto arrastava o marido da sobrinha escada acima. — Acho que Jodie precisa de ajuda com o peru.

Jodie ficou de costas para a cozinha quando Claudia entrou para esconder o fato de que ela estava desmoronando como um lenço de papel usado. Ela odiava pensar no estresse que os pais estavam passando. E, por mais turnos extras que ela fizesse no aeroporto, sua ajuda era uma gota inútil em um balde enorme. Um balde enorme com um buraco. Droga. Nada de chorar no Dia de Ação de Graças. Ela tinha prometido. *Todos* tinham prometido.

— Como estava sua mãe? — perguntou ela para Claudia. Sem lágrimas. Ela se virou.

Claudia estava péssima, como sempre ficava depois de falar com a mãe.

— Bem — disse ela brevemente. — Ela está há quinze dias sem beber. — Não havia orgulho nem esperança no jeito seco como Claudia falou. Era só uma declaração concreta. Ela já tinha passado por aquilo vezes demais para ter esperança. — Reclamando da qualidade da comida na reabilitação. — Claudia olhou o peru.

— Eu estraguei? — perguntou Jodie, temerosa.

— Por quê? O que você fez? Você não o regou, né?

— Eu não fiz nada.

— Perfeito. Você fez muito bem.

— Nada é o que eu faço melhor. — Jodie pegou os talheres bons e foi para a salinha de jantar. Ela acendeu as luzes e praguejou.

— O quê? — Claudia botou a cabeça na sala e praguejou também.

A mesa não estava nem vazia. Estava coberta com pilhas de contas e jornais velhos. O local estava uma zona.

— A gente vai ter que arrumar — disse Claudia.

— Não *a gente* — corrigiu Jodie. — Você precisa cozinhar, senão não vamos ter almoço. Eu arrumo e você cozinha. — Ela colocou os talheres na mesa da cozinha com um estrondo. — A gente precisa de música para isso.

— Nada agressivo demais. — Claudia estava remexendo nos donuts. Ela não pegou nenhum.

— É Ação de Graças — disse Jodie rispidamente. — Come uma porcaria de donut. Você pode fazer dieta amanhã. Aff, come dois.

— Bota o CD que sua avó sempre coloca.

Jodie grunhiu.

— Não.

— Coloca e eu como um donut.

— Não vejo como você comer um donut *me* beneficia.

Mas Jodie estava se sentindo melhor já que Claudia estava lá para ela ter em quem descontar. Mais sob controle. Graças a Deus por Claudia. Em uma onda de boa vontade, Jodie cedeu e colocou o CD favorito da avó. Mesmo sendo o idiota do Michael Bublé.

— Ahhhh! — A voz de Gloria soou na escada. — Eu amo esse disco!

— A gente sabe — gritou Jodie para ela. — Você coloca todo ano!

E todos os anos, quando o Dia de Ação de Graças estava acabando, Gloria botava o disco dele de Natal, mais idiota ainda.

— Para a gente entrar no clima! O Natal está aí na esquina!

— Ainda não colocaram decoração nenhuma — observou Claudia, parada na porta da cozinha com a cabeça inclinada. — Cadê a decoração?

— Isso é você sendo passivo-agressiva porque eu ainda não espalhei as suas abóboras?

— *Nossas* abóboras.

— Tecnicamente, minhas, porque eu montei todas.

— Eu estava falando da decoração habitual da sua mãe. Ela costuma colocar umas luzes coloridas. — Claudia fez um som pensativo e desapareceu na cozinha.

Jodie olhou em volta. Claudia estava certa. Sua mãe costumava colocar as luzes de Natal na época de Ação de Graças, apesar de deixar a árvore para dezembro. Jodie se sentou sobre os calcanhares e observou a sala velha. Eles não tinham muito dinheiro desde que seu pai perdera o emprego na GM e teve que aceitar uma posição inferior na fábrica da Pepsi, mas sua mãe costumava deixar tudo arrumadinho. E no Dia de Ação de Graças a sala costumava ficar toda cintilante e colorida. Mas naquele ano não tinham colocado nem as decorações que Bree e Jodie tinham feito na época de escola.

O olhar de Jodie se desviou para o templo que sua mãe tinha montado na prateleira acima da lareira. Era um amontoado de fotos de Bree; na maior, ela estava na beira de um penhasco, os braços esticados, o sorriso tão largo quanto o céu atrás dela. Era a foto que sempre tivera lugar de honra sobre a lareira, mesmo antes de ela os deixar. Bree estava prestes a pular do penhasco no oceano cintilante abaixo. Jodie se lembrava de quando aquela foto tinha chegado pelo celular. Bree tinha partido em uma de suas aventuras; Jodie estava terminando um turno de doze horas no balcão do aeroporto, antes de uma noite virada trabalhando no dever de cinesiologia funcional. Ela estava se arrastando pelo estacionamento em meio à neve derretida e oleosa, se firmando contra os ventos fortes, quando entrou no celular e encontrou a mensagem de Bree. Na tela estava o sol ardente de verão e o mar cintilante e aquele *sorriso*. Aquele sorriso que Bree sempre carregara tão bem: um sorriso de alegria pura e inalterada.

Bree sempre foi emocionada por estar viva. Ela tinha talento para isso. Não como Jodie, que tinha talento para... quê? Ela ainda não tinha descoberto.

No meio dos porta-retratos com fotos de Bree, sua mãe tinha colocado um buquê de flores frescas no vaso bom de cristal. Nada chique. Só ramos de mosquitinhos, comprados por um preço baixo. E havia pires de velas queimadas dos dois lados. Era um templo pequeno e bem deprimente, na verdade. Umas luzinhas de Natal teriam caído bem.

Jodie devia ter pensado em decorar a casa para as festas. *Claudia* tinha pensado. Era tão difícil assim lembrar? Sua mãe e seu pai não estavam no clima, então deveria ter sido função de Jodie pendurar as luzes. É o que Bree ia querer.

Se a sala de jantar não estivesse tão bagunçada, ela talvez tivesse corrido até a garagem para pegar a caixa de luzes e as decorações feitas à mão. Mas o tempo estava apertado até para esvaziar a mesa, pensou ela com uma careta.

Melhor acabar com essa parte.

Enquanto Michael Bublé cantava músicas de amor, Jodie atacou a mesa de jantar. Pai amado, quanta *conta*. Havia as contas comuns do dia a dia (gás, água, luz) e havia as verdadeiramente horrendas. Oncologia, hospital, tomografias computadorizadas, exames de sangue, o transplante de medula óssea...

Jodie segurou a conta do transplante de medula óssea com mão trêmula. Menos de um ano antes... Aquele transplante de medula tinha sido horrendo. Doeu à beça em Jodie e fez Bree passar pela pior rodada de quimioterapia de todas. E não funcionou.

Não só isso, eles ficariam pagando por anos ainda. Apesar de não tê-la salvado. Nada daquele lixo todo tinha adiantado.

Jodie jogou tudo dentro de sacolas: uma com as contas normais e outra com os horrores médicos. Em seguida, ela encontrou uma pilha de papéis que a fez gritar.

— O que é isso?

— Jodie? — Claudia estava ao seu lado antes de ela terminar de gritar. — Você está bem? Se machucou? — Claudia estava dando uma olhada nela em busca de feridas.

— Sim — insistiu Jodie, balançando os papéis na direção dela.

Claudia franziu a testa e os pegou.

— Vão vender a casa? — disse Claudia, surpresa.

— Não podem! — Jodie arrancou os papéis das mãos de Claudia e correu para a escada, sentindo um choque até a alma. — Mãe! Pai! — Ela subiu dois degraus de cada vez.

Ao menos até dar de cara com a vovó Gloria. Que na mesma hora a virou e a fez descer a escada.

— Ei — protestou Jodie. — Eu preciso falar com eles.

— Mais tarde você pode falar com eles. Deixe que eles tenham um pouco de paz para se arrumar.

— Eles vão vender a casa! — sussurrou Jodie.

— Eu soube.

— Você sabe? *Você* sabe? — *Traída* nem começava a descrever o que Jodie sentia.

— Eu sei de tudo, querida. Eu sou velha.

— Eles não podem vender a casa! — Não a casa também.

— Eles precisam do dinheiro, Jodie — disse Gloria severamente.

— Eu estou ganhando dinheiro! — Mas, na hora que falou, Jodie soube que não estava sendo realista. Seu empreguinho no guichê de aluguel de carros não ajudava em quase nada. As contas médicas eram assassinas. Quem conseguiria quitar aqueles pagamentos?

— Não se agita. — Gloria estalou a língua, serviu outra caneca de café para Jodie e colocou uma quantidade absurda de açúcar dentro. — Pat e eu temos um plano. Ela não te contou?

— Não. Ela se distraiu com meu pai.

Gloria colocou a caneca nas mãos de Jodie.

— Qual é o plano? — perguntou Jodie. — Eles vão morar com você?

— Deus me livre! — A vovó Gloria revirou os olhos. — Eu não sou *santa*. E, se eles venderem este lugar, *você* não vai morar com ninguém. Você deveria estar morando sozinha, como uma mulher da sua idade. Eles não deviam ter deixado você voltar para casa. Você não deveria estar cuidando dos seus pais; deveria estar andando por aí com seus próprios saltos. — Ela olhou para os pés de Jodie. — Ou tênis.

— Eu não quero andar por aí com meus tênis. Eu quero ajudar.

— Bom, você não vai. Ouviu? Denise é minha filha. É meu trabalho cuidar dela, não seu. — A vovó Gloria se serviu de um café também. Ela olhou para o açucareiro. Mas balançou a cabeça, abriu um armário e pegou o uísque. Ela serviu uma dose generosa no café. — Saúde.

— Posso tomar uma dessas também?

— Não pode, não. Você tem um Dia de Ação de Graças para preparar.

Jodie olhou para ela de cara feia.

— Deixa de ser azeda, menina. Ninguém vai vender esta casa.

Jodie pegou os papéis, que estavam amassados na mão fechada.

— Aqui diz que vão.

— Não. Diz que eles receberam uma *cotação*. E uma bem ruim, ao que parece. Mas Pat e eu não vamos deixar que aconteça.

— Que bom. — Jodie desamassou a porcaria de cotação.

— A gente vai vender a minha casa.

— *O quê?*

Vovó Gloria deu de ombros.

— Para que eu preciso de uma casa inteira na minha idade? É grande demais para mim.

— Mas para onde *você* vai?

Jodie sentiu como se estivesse ficando louca. A vovó não podia vender a casa dela. Era o *lar* dela. Ela morava lá desde sempre.

— Eu vou para a casa da Pat, claro. Ela também não precisa de uma casa inteira só para ela. — A vovó Gloria verificou o batom no vidro do micro-ondas. Ajeitou os cantos com a unha.

— Você não pode vender a sua casa — disse ela com infelicidade.

— Claro que posso. É só uma casa.

Mas *não era* só uma casa. Era a casa onde Jodie tinha passado as tardes e fins de semana de toda a infância. Era onde suas primeiras e últimas lembranças com o avô estavam. Era onde a vovó Gloria fazia biscoitos de nata e xícaras de chocolate quente com marshmallows gigantes. Era onde ela e Bree tinham entalhado as iniciais nos postes de sustentação da varanda, perto da parte de baixo, onde a vovó nunca tinha visto. Dizer que era só uma casa era *errado*.

— Parece uma boa solução — disse Claudia com calma, de onde estava polindo os talheres que Jodie tinha largado na mesa. Quem polia talheres?

— Pagaria todas as dívidas?

— Algumas. — Vovó Gloria suspirou.

Para seu horror e constrangimento, Jodie começou a chorar. Ela se sentia uma criancinha abandonada. Aquele Dia de Ação de Graças estava sendo o *pior do mundo*.

Capítulo 7

Não melhorou muito. Eles se atrasaram mais de uma hora para comer, pois tiveram que botar a mesa antes mesmo de começarem a decorar, e o peru demorou mais para ficar pronto do que o esperado. Claudia não estava acostumada com o forno (o que quer que isso significasse) e os pais de Jodie pareceram muito desinteressados em ajudar. O pai de Jodie ligou a televisão de novo enquanto eles esperavam a comida e assistiu distraidamente a uma reprise do desfile do Dia de Ação de Graças da Macy's, acompanhado por Russel Sprout, que tinha se deitado sobre os joelhos dele. A mãe de Jodie ainda estava obcecada com o vídeo de Bree. Pelo menos, Gloria a tinha obrigado a colocar fones para ela não estragar a cantoria do pobre Michael Bublé. Gloria também confiscou o controle remoto da televisão e a deixou no mudo. Seu pai não pareceu se importar; só ficou sentado olhando os balões passarem silenciosamente pela Sexta Avenida, em Nova York.

Depois de Jodie ter posto a mesa e Pat acendido o fogo na sala, a chuva caiu com força. Bateu nas janelas e sacudiu as vidraças. A luz aquosa se tornou um cinza profundo e pulsante.

— Espero que o rio não transborde — disse Pat ao andar pela casa acendendo luzes. O dia sombrio pressionava as janelas tentando entrar.

— Uma enchente seria tudo de que precisamos mesmo — concordou Gloria, embora parecesse um pouco mais alegre. Ela sempre gostava de um pouco de drama. — Nós precisamos de velas, Jodie. Para o caso de faltar luz.

— Não vai faltar luz — disse a mãe de Jodie com tom alarmado, afastando o olhar do celular. — Não pode faltar. A gente tem que ver a Bree às cinco.

O vídeo de Bree estava irritando Jodie.

— Você vai ver o vídeo, mãe — disse ela rispidamente. — Seu celular vai continuar a funcionar, mesmo se faltar luz.

—Velas — lembrou Gloria, estalando os dedos para Jodie. — Mesmo que não falte luz, a gente precisa para alegrar este lugar.

— Não na mesa — avisou Claudia, chegando perto quando Jodie pegou as velas e foi colocá-las na mesa de jantar. — As luzinhas dos vasos vão iluminar a mesa.

— Coloque no aparador — instruiu Gloria. — Deixe elas amontoadas, não espalhadas assim.

— Querem fazer vocês?

Elas queriam. Jodie chegou para trás e as deixou com a Guerra das Velas. Michael Bublé entoava uma canção sobre se sentir bem. Obviamente, ele não sabia como as coisas podiam ficar ruins naquela época do ano.

Pelo arco que levava à sala, Jodie tinha uma visão bem nítida do fogo, que estava tentando arder no dia cinzento. Seus pais estavam em pontas opostas do sofá, sentados como zumbis, cada um na frente da sua tela. O barulho nas janelas sinalizava que a chuva estava virando granizo. Meu Deus, que dia horrível. Só o cheiro do peru assando no forno fazia com que parecesse um feriado.

Bom, que se danasse. O jantar de Ação de Graças já estava atrasado. Podia esperar um pouco mais.

Nesse momento, Jodie foi para a garagem e pegou a caixa de enfeites. Ela achava que não conseguiria sobreviver sem eles. Como sempre, os fios das luzes de Natal estavam emaranhados. Droga. Será que *nada* poderia ser fácil naquele dia? Ela tentou desemaranhá-los, mas estava frio demais na garagem. Seus dedos ficaram gelados e as luzes estavam com vários nós. Ela nem podia reclamar, a culpa era dela, que havia tirado toda a decoração no ano anterior. Um tempo depois do Ano-Novo, ela tirou todas as luzes e as jogou na caixa. Ela se xingou pela própria preguiça. Não podia ter tirado dez minutos para enrolar direito os fios e poupar a si mesma do trabalho no futuro?

Só quando estava guardando a caixa de volta na prateleira em rendição abjeta foi que ela se lembrou dos *outros* enfeites. Os que Bree os fez usar quando estava tentando renovar a parceria com a empresa de café. Ela montara um tema de Natal completo com as cores da empresa e tinha banido as luzes coloridas da mãe. Para substituí-las, usou luzes brancas, que a mãe delas odiou. Disse que não transmitiam alegria nenhuma.

Mas eram mais alegres do que nada. E combinariam com as luzinhas de Claudia, que também eram brancas.

Jodie remexeu pela garagem até encontrar a caixa. Tinha a caligrafia de Bree com caneta preta grossa. *Luzes do café*, dizia. A empresa de café *tinha* renovado a parceria depois de toda aquela sedução online cheia de luzes, mas só por alguns meses. O suficiente para pagar pela viagem de Bree a San Francisco, que era o que ela realmente queria. Jodie sorriu com a lembrança, com a alegria saltitante de Bree. Houve uma boa quantidade de copos de café estrategicamente posicionados nas selfies dela daquela viagem. #MochaDesnatadoEspumaDupla

Influencer, Jodie pensou com carinho. Deveria ter sido irritante ter uma irmã como Bree. Mas nunca foi. Porque Bree era... bem, *Bree*. Cheia de alegria. O prazer dela era contagiante, mesmo quando por um motivo tão simples quanto segurar um copo de café enquanto a baía cintilava atrás dela.

Jodie pegou as *Luzes do café* e, aleluia, as luzes de Bree não estavam emaranhadas. Estavam bem enroladinhas, com os fios fáceis de manusear. Jodie testou-as, e todas estavam funcionando. Obrigada, Bree.

Claudia pareceu momentaneamente horrorizada quando Jodie veio da garagem carregando a caixa, mas sua expressão se suavizou e ela assentiu com aprovação.

— Boa — disse ela. — Boa ideia.

Ela serviu outra caneca de café para Jodie e a seguiu para a sala. A mãe e o pai dela já estavam com canecas. Que bom. Talvez devolvesse um pouco de vida a eles.

Quando Jodie pendurou as luzes, o fogo ficou reduzido a estalos felizes e o dia pareceu menos assustador. Ela apertou o interruptor e as luzes douradas-esbranquiçadas se acenderam, lançando reflexos estrelados nas vidraças embaçadas. Na mesma hora, a sala pareceu mais aconchegante.

— Muito bom — disse Gloria com aprovação. Ela havia colocado um prato do seu tradicional pão de milho com queijo na mesa, ao lado da pasta de espinafre da Claudia e da tigela de pretzels de supermercado da Pat. Ela e Pat se sentaram nas poltronas perto do fogo e pareciam prontas para o Dia de Ação de Graças. O que era mais do que Jodie podia dizer sobre os pais.

Estava na cara que Gloria tinha escolhido a roupa da mãe de Jodie. Ela parecia uma versão mais jovem e mais amassada de Gloria, de calça jeans colorida e um suéter vistoso. Gloria também tinha passado nela um batom roxo-rosado. Embora fossem roupas da própria mãe, ela nunca tinha usado o suéter com a calça jeans, e Jodie não acreditava que ela o teria feito sem reclamar.

— Está bonita, mãe — mentiu ela enquanto oferecia o prato de pão de milho.

— Estou parecendo um papagaio.

— Um papagaio lindo.

— Um papagaio solto no corredor de maquiagem da Target.

Jodie riu. Aquilo sim era a cara da mãe dela. Pelo menos ela tinha largado o celular.

— Fique agradecida de não estar mais de moletom — observou Gloria, cruzando as pernas com orgulho.

— Joseph ainda está — disse a mãe de Jodie, tensa.

— Eu não faço milagre — afirmou Pat com rispidez. — Fique feliz de ele estar limpo.

— Eu estou ouvindo — trovejou o pai de Jodie, sem afastar os olhos do desfile enquanto pegava um punhado de pretzels. — Eu já estava limpo antes.

— Meu bom Deus, ele fala — comentou Pat.

— Fala e quer cerveja. — Ele esticou a caneca vazia para Jodie. — Achou o café doce demais.

— Era de doce que você precisava — disse Pat, fungando.

— Bom, eles estão implicando um com o outro, já temos um grande avanço — disse Jodie para Claudia enquanto pegava uma cerveja para o pai na geladeira.

Eles ficaram implicando um com o outro durante as entradas e até a mesa, enquanto Michael Bublé cedia o lugar para a escolha do pai de Jodie, Eagles (música clássica de Ação de Graças, no fim das contas, pensou Jodie revirando os olhos e achando graça), e as coisas pareciam quase normais. Até eles perceberem que Jodie tinha colocado sem querer um lugar a mais.

O silêncio se espalhou como uma súbita escuridão.

Droga. Bree. Ela tinha colocado um lugar para Bree. Jodie sentiu calor e frio de vergonha. Como pôde?

— Eu tiro — murmurou, pegando os talheres.

— Não — disse-lhe a mãe. — Deixa. Por favor, deixa. — Ela parecia um pouco desesperada. — Não tira ela. É bom se ela estiver aqui com a gente.

Mas não era bom. Nem um pouco. Talvez dali a mais um ano pudesse ser um gesto meio doce e meio amargo; talvez levasse a lembranças e risadas e algumas lágrimas brandas. Mas naquele ano era uma artéria aberta bombeando sangue quente.

Eles tentaram passar por tudo. Fizeram *aah* para o peru, que Jodie tinha comprado e Claudia cozinhado com perfeição. Tentaram comer... bom, todo mundo menos Jodie. Ela ficou na batata-doce, no purê e nos acompanhamentos ridiculamente chiques de Claudia: couves-de-bruxelas com pistache e limão; salada de abobrinha e endívia com avelãs torradas; raspas de cenoura com tâmaras tostadas; pastinaca com groselhas em conserva. Deveria ser o paraíso de uma vegetariana. Jodie não estava com fome, mas se obrigou a comer. Todo mundo fez o mesmo. Em pouco tempo, havia apenas o som de talheres com a música do álbum *Eagles Essentials* ao fundo.

Claudia tentou servir o Chardonnay, mas ninguém tomou mesmo. O pai de Jodie só pegou outra cerveja e Pat preparou uma rodada de whisky sour, que Gloria e a mãe de Jodie atacaram. Jodie tomou o Chardonnay só para tirar a expressão de decepção do rosto de Claudia.

— Você devia abrir um restaurante, Claudia — disse Jodie, para romper o silêncio. Mas era verdade. A comida dela era de outro mundo. Quem pensava em juntar groselha com pastinaca? E quem imaginava que faria a pastinaca ficar tão *gostosa*?

— Você sabe quantos restaurantes não dão certo? — respondeu Claudia, balançando a cabeça. — É um risco alto demais.

— Você pode só dizer "obrigada pelo elogio".

— Você pode só dizer "você cozinha bem", e aí eu saberia que era um elogio. Eu achei que você estava falando sério.

— Ah, meu Deus, como você é difícil. "Você cozinha bem." Feliz?

— Obrigada.

Eles brigaram pelo resto da refeição, com Gloria e Pat tentando ajudar Jodie a manter uma conversa em andamento. Felizmente, elas começaram a falar de beisebol, um assunto sobre o qual Jodie sempre conseguia arrumar um jeito de falar. Mesmo que todos estivessem com os olhares distantes.

— Que horas são? — A mãe de Jodie repetia a pergunta a cada vinte minutos mais ou menos.

Na metade das vezes, eles a ignoravam, mas a refeição acabou sendo tensa. Era como se houvesse um relógio do fim do mundo tiquetaqueando. Todos sabiam que estavam esperando dar cinco horas, mas eles não podiam pelo menos *fingir* que não?

— Se você quiser saber a hora, olha o celular — Jodie acabou dizendo.

— Eu não posso. Você tirou de mim. De novo.

Jodie o devolveu para ela.

— Mas, se você abrir aquele vídeo — avisou ela —, eu vou jogar batata-doce em você.

— Eu coloco os fones.

— Eu vou jogar batata-doce em você mesmo assim.

— Não desperdiça a batata-doce — repreendeu Gloria. — Está boa demais. Joga a caçarola de marshmallow. — Ela fez uma pausa. — Sem querer ofender, Pat.

— Não me ofendo. A caçarola é horrível mesmo.

— Então por que você sempre faz? — perguntou Jodie, curiosa.

— Tradição.

— São quatro e meia — disse a mãe de Jodie, interrompendo-as, se afastando da mesa.

— Aonde você vai?

— Vou pegar o antigo iPad da Bree. É maior. Todo mundo vai poder ver melhor.

Jodie soltou um palavrão.

— Que desgraça. — Ela virou a taça de vinho e esticou a mão para Claudia enchê-la.

— É mesmo — concordou Claudia, servindo com generosidade.

— Você também devia tomar uma. Vai precisar.

— Eu estou esperando o champanhe.

Jodie tinha se esquecido do champanhe.

— Para que é, afinal?

— Estou supondo que seja para a mensagem. — Claudia parecia bem murcha. — Estava na lista de compras que ela fez com um bilhete: *Você vai saber quando abrir no dia*. Estou supondo que é para abrir na hora da mensagem.

Jodie soltou um palavrão cabeludo.

— Jodie Ann! — Gloria bateu-lhe na nuca. — Damas não usam esse tipo de linguajar.

— Que bom que eu não sou uma dama.

— Eu *falei* para a sua mãe te obrigar a fazer balé em vez de beisebol.

Jodie revirou os olhos.

— Eu sei falar palavrão igualzinho se estiver de tutu.

— Aqui! — A mãe de Jodie voltou com o iPad e começou a mexer nele para tentar atualizar o app do Instagram.

— O almoço acabou, então. — Jodie começou a tirar a mesa. Havia uma montanha de sobra de comida. — Desculpa, Claudia.

— Não peça desculpas para mim. — Ela suspirou. — Eu não consegui comer quase nada. — Juntas, elas retiraram e empilharam os pratos na cozinha. — Não lava a louça agora — disse ela para Jodie, que foi encher a pia. — Você vai perder a mensagem.

— Que se dane a mensagem. Vai ficar se repetindo sem parar pelo resto da minha vida. Não tem o menor risco de eu perder. — Mas ela não encheu a pia.

— Seus pais por acaso não têm taça de champanhe, né?

Jodie riu.

— Pode lavar as taças de vinho, então. Mas não os pratos.

Quando voltaram para a mesa, elas encontraram todos amontoados em volta da mãe de Jodie, que tinha apoiado o iPad em um dos vasos de abóboras de Claudia.

— Parece que acham que é uma ligação de Skype — disse Jodie.

— É o mais próximo que dá para ter.

— Jodie! Desliga a música!

Convenientemente, o tempo tinha piorado, pensou Jodie desanimada enquanto arrastava os pés até a sala para desligar a música. O vento gemia e murmurava como um fantasma agitado. Desligar a música só fez os barulhos do vento ficarem mais perturbadores. A chuva vinha misturada com o ruído de granizo e havia um galho arranhando a lateral da casa. Jodie olhou lá para fora. O dia tinha sumido e sido substituído por uma escuridão melancólica. A sombra dos arbustos se movia contra a tóxica luz laranja do poste.

Por favor, que esse feriado podre acabe.

— Jodie! Anda! Você vai perder!

Quem dera.

Talvez ela devesse se trancar no banheiro. Só que a casa era tão pequena que provavelmente *ainda* assim ouviria o vídeo horrendo. Principalmente porque sua mãe provavelmente colocaria o volume no máximo.

— Você vai abrir isso? — Jodie perguntou a Claudia, indicando o champanhe.

— *Shhhhhh* — sibilou sua mãe, balançando a mão —, são quase cinco horas.

— Eu não queria interromper — sussurrou Claudia. Ela começara a tremer de novo e estava branca como leite.

Elas deixaram a champanhe na mesa, cercada de copos limpos. A umidade formava gotas no vidro verde da garrafa.

Jodie percebeu que estava prendendo o fôlego enquanto eles esperavam dar cinco horas. Sua mãe ficava atualizando o feed do Instagram procurando Bree.

De repente, lá estava ela.

— Feliz Dia de Ação de Graças!

Bree tinha feito aquele vídeo também no fim da linha, pelo que parecia, pois ela estava magra como um palito e transparente como vidro. Os sinos-dourados permaneciam atrás dela, floridos em toda a sua glória de luz do sol. Mas Bree estava menos gloriosa. Os olhos estavam turvos e em órbitas escuras. Ela estava usando o lenço de seda que a vovó Gloria tinha dado a ela, amarrado em volta da cabeça careca da quimioterapia. As cores intensas (roxo, rosa, verde e azul) só deixaram a pele dela mais cinzenta, e os brancos dos olhos mais amarelos. Quando ela falava, havia linhas em volta da boca, como se ela fosse uma mulher idosa.

Jodie passou o braço em volta do corpo. Meu Deus. Que coisa de pesadelo. Ela se sentiu enjoada e desejou não ter comido tanta batata-doce e pastinaca.

— Espero que tenha muita gente vendo. — Bree indicou a tela. Sua mão estava esquelética. — Com sorte, eu ainda apareço no seu feed do Instagram, apesar de já não estar mais aqui há algum tempo. Espero que vocês não se importem, mas eu paguei para dar impulso em algumas postagens antigas para eu ficar visível de novo. Para que vocês vissem essa postagem especial de Dia de Ação de Graças.

Não estar mais aqui há algum tempo... Ela sabia que ia morrer. Mesmo enquanto os sinos-dourados floresciam atrás dela e todos iam lá levando presentes, garantindo que tudo ficaria bem. Por que isso era tão horrível? Jodie precisou trincar os dentes para não fazer barulho. Claudia segurou o braço dela e apertou com força.

— Eu preciso que vocês todos assistam porque eu tenho um favor *enoooorme* para pedir — disse Bree. Ela estava apoiada na cama de hospital, dando a impressão de que até sentar era um esforço. Mas conseguiu sorrir mesmo assim. — Eu preciso que todos *continuem* assistindo. O máximo de vocês que der. Mas isso vai levar mais do que sessenta segundos, então eu preciso que vocês cliquem no link na bio se quiserem ver o resto. — Ela jogou um beijo e o vídeo recomeçou. — Feliz Dia de Ação de Graças!

A julgar pelos likes aumentando embaixo do vídeo e pela cascata de emojis de coração, as pessoas *estavam* assistindo. Como as pessoas eram vampiras.

Elas deviam estar clicando na bio de Bree, como a mãe dela estava fazendo.

Isso os levou para o site de Bree, que estava inativo havia muito tempo. Mas havia um vídeo na página inicial.

— Obrigada por se juntarem a mim! — disse Bree assim que sua mãe apertou o play. — Eu agradeço muito. Espero que mais e mais de vocês venham assistir ao que vem em seguida para me ajudar nesse projetinho.

Projetinho? *Que* projetinho?

— As pessoas acham que morrer é assustador — disse Bree, olhando direto para a câmera. Ela devia tê-la apoiado na bandeja de jantar. Não teria conseguido segurar naquele estágio. Ela estava respirando como se tivesse corrido uma maratona, só pelo esforço de se sentar na cama e falar.

A mãe de Jodie soltou um choramingo e, com o canto do olho, Jodie viu a vovó Gloria colocar a mão na cabeça da filha, como se ela fosse uma garotinha. Denise se encostou no corpo da própria mãe em busca de consolo. Jodie sentiu cada choramingo da mãe nos ossos. Ver os pais sofrerem era como ser espetada com agulhas quentes. O coração dela estava batendo com tanta força que ela mal conseguia ouvir o vídeo.

— E *é* — continuou Bree. — É assustador. *Foi* assustador. Eu fiquei com muito medo no começo, quando percebi... que eu não sairia dessa. Que não havia mais esperança.

Nesse momento, o pai de Jodie começou a chorar. Ele cobriu o rosto com as mãos e se entregou a soluços altos e feios. E isso alarmou todos. A mãe de Jodie colocou a mão na nuca dele, mas não conseguiu tirar os olhos da tela. Ela pausou o vídeo até que ele ficasse quieto. Quando ele limpou o rosto na manga e se sentou ereto, assentindo corajosamente, ela reiniciou.

— Mas, vocês sabem — Bree continuou falando, sem conseguir ver nem ouvir a dor deles; eles podiam pausá-la, mas não podiam impedi-la, porque tudo aquilo já havia acontecido muitos meses antes —, eu estava com muito medo da parte de *não* saber. Não saber como seria, se doeria, como eu aguentaria…

Jodie estava com medo daquele vídeo, mas era pior do que ela poderia ter imaginado. Como *aquilo* poderia ser um vídeo de Dia de Ação de Graças? Era mais apropriado para um maldito Halloween.

— Mas, quanto mais perto eu chego — disse Bree, afundando no travesseiro —, menos medo eu sinto.

Ela estava falando a verdade. Jodie já sabia que Bree não tinha sentido medo no final, porque ela a acompanhou nos últimos dias. Em pessoa. Ela estava lá fazendo a horrenda vigília da morte. E tinha visto a exaustão total e absoluta, a dor sufocante, que só podia ser aplacada por doses enormes de morfina que faziam com que Bree nem ficasse mais presente. No final, a morte se tornou uma alternativa melhor do que a vida. Do que *aquela* vida. Foi uma libertação, um alívio, liberdade. Mas sem alegria.

— Eu não tenho medo nenhum por *mim* — disse Bree, olhando através do tempo, diretamente para eles. — Eu tenho medo pela minha família.

A mãe de Jodie soltou um soluço estrangulado.

Os olhos de Bree estavam brilhando de um jeito suspeito. Jodie achava que não suportaria vê-la chorar. Isso a partiria no meio.

Que se danasse aquilo. Era tortura. Jodie se encolheu e quase correu para a cozinha. Mas Claudia segurou o braço dela com força e não a soltou.

— Isso vai ser muito difícil para vocês. — Bree estava falando diretamente com *eles*. Com a família. — Eu odeio pensar em vocês sofrendo. Eu sei que vocês devem estar sofrendo.

Ela não tinha ideia.

— Eu também sei que me tornei um fardo.

— Não — choramingou a mãe de Jodie. — Nunca. *Nunca.*

— Eu sei que as contas médicas são absurdas. — Bree fez uma careta. — E é culpa minha, eu nunca tive um emprego e nunca tive plano de saúde.

Culpa dela? Jodie ficou gelada ao ouvir aquilo. Que tipo de país deixava alguém morrer assim? Que tipo de país não deixava alguém no auge da vida receber cuidado médico sem levar à falência a própria pessoa e todo mundo que ela conhecia? Que tipo de governo fazia você pagar e pagar e pagar, mesmo depois que a pessoa morria?

— Eu devia ter vendido a casa enquanto ela estava viva! — sussurrou a vovó Gloria. — Devia.

Pat a abraçou com força. Elas pareciam uma fileira de macacos de plástico, cada um segurando o outro pela mão.

— Meus pais nunca reclamaram — continuou Bree, implacável. — Eles se levantavam e iam trabalhar; fizeram horas extras; pegaram empréstimo do plano de aposentadoria. Minha irmã saiu do apartamento dela e voltou para a casa deles para ajudar com as contas. Minha avó entregou boa parte do dinheiro dela da aposentadoria.

Vovó tinha feito isso? Jodie não sabia.

— Minha tia Pat até vendeu o carro.

— Eu achei que você tinha dito que vendeu porque sua médica não te deixava mais dirigir! — disse Jodie, chocada.

— Ela teria me mandado parar de qualquer jeito. — Pat assoou o nariz ruidosamente em um lenço de papel e passou a caixa adiante. Todos pegaram lenços.

— Mas nada disso chegou perto do custo que foi tentar me salvar. — O sorriso de Bree estava triste. — Mas eu quero que vocês saibam que foi importante. Que eu sempre fui muito grata.

— Nós sabemos — choramingou a mãe de Jodie.

— Eu também sei que vocês *não têm como* pagar as minhas dívidas. Que, sem ajuda, vocês vão perder a casa... e tudo.

Jodie começou a chorar. Tudo? Eles já tinham perdido tudo no dia em que perderam Bree.

— Eu não posso deixar isso acontecer. — Bree sorriu. Ela parecia um fantasma na própria pele. — E é aqui que entram meus amigos do Instagram.

Não ouse pedir dinheiro, pensou Jodie horrorizada.

Mas ela não fez isso. Ela fez uma coisa bem pior.

Uma coisa que envolvia Jodie.

— Vocês sabem o que é isso? — Bree pegou uma coisa fora do alcance da câmera.

— Ah, meu Deus, é a lista dela de coisas a fazer antes de morrer — disse Claudia, antes mesmo que Bree tivesse colocado aquela porcaria no enquadramento.

E era. Era a lista dela de coisas a fazer antes de morrer, escrita no verso daquele jogo americano de papel idiota do "Chili's kids". A parte da frente tinha um labirinto; a parte de trás estava tomada pela caligrafia de Bree. O retângulo de papel estava amassado e dobrado. Ela o carregara na carteira por uma década.

— Eu comecei esta lista quando tinha dezesseis anos, em uma mesa do Chili's da minha região, com minha BFF Claudia.

Foi a vez de Claudia de se encolher e tentar sair. Jodie não deixou. Se ela tinha que assistir, Claudia também teria.

— Eu tinha ido à feira de profissões da escola e me disseram que eu seria uma ótima cabeleireira. — Ela revirou os olhos. E soltou uma gargalhada fraca. — Não que haja algo de errado com cabeleireiras. Eu *aaaamo* a minha cabeleireira. Ou amava. — Ela levou a mão ao lenço de seda cobrindo a cabeça careca. — Não amo tanto esse visual.

O que ela pretendia? Jodie não tinha ideia do rumo que aquilo estava tomando... mas estava com uma sensação ruim.

— Eu estava determinada a fazer alguma coisa com a minha vida. Eu sabia que havia mais para mim do que Wilmington, por mais que eu ame a minha cidade. Eu sabia que queria algo além de ser cabeleireira ou trabalhar na fábrica da Pepsi ou ter um emprego de escritório. Eu sentia que havia... *mais*. — Bree olhou para o papel. — Naquele dia, eu comecei minha lista. Primeiro, só havia cinco coisas nela, sendo que a quinta era me formar na faculdade. E eu fiz isso mesmo — disse ela com orgulho. — Fui a primeira da minha família a ter um diploma.

Ela não tinha só se formado, ela tinha entrado na lista de honra.

— Ao longo dos anos, eu consegui terminar noventa e quatro itens dessa lista! — Mesmo magra e perto da morte, havia um brilho em Bree quando ela olhou a lista. As lembranças estavam evidentes na expressão dela, como cardumes de peixes passando embaixo da superfície de um lago. — Acho que eu devia saber que o tempo seria curto. — Ela olhou para a frente de novo, e a expressão de perda no rosto foi profunda. Ela virou o pedaço de papel para a câmera ver a lista. — Ainda faltam seis itens. Seis que não vou terminar. Eu sei de cor... — Ela começou a recitá-los:

17. Plantar uma árvore que vai viver até bem depois que eu morrer. Algo que dê sombra. Que também tenha flores. (Não acredito que não fiz esse. Parece o mais fácil.)

39. Encontrar o sr. Wong e finalmente ter as aulas de piano pelas quais minha mãe e meu pai pagaram e eu nunca fiz (longa história).

73. Comer um sanduíche na Katz's Deli em Nova York e simular a cena do orgasmo de Harry e Sally, feitos um para o outro. Levar alguém para fazer o papel do Harry.

74. Fazer uma participação em um musical da Broadway (aproveitando quando eu estiver em Nova York, mas talvez seja melhor fazer isso em um dia diferente do número 73, porque acho que nervosismo e pastrami não vão combinar).

99. Sobrevoar a Antártica (é uma coisa que as pessoas fazem. É muito caro, mas a Iris Air aceitou patrocinar a viagem. Também significa que posso acrescentar uma viagem de bônus para Sydney, na Austrália! Eu acho que devia ter colocado isso como número cem, mas tem mais uma coisa que quero fazer por último...)

100. Me apaixonar.

Jodie achou que não poderia chorar mais do que já tinha chorado quando Bree morreu, mas ali estava ela, estabelecendo um novo recorde. E ela não estava sozinha.

— A lista — disse Bree, mostrando-a — é como eu vou salvar a minha família. Ou melhor, como a minha irmãzinha vai salvar a minha família.

Isso fez as lágrimas pararem. *O quê?*

— Eu me recuso a morrer sem saber que essa lista vai ser completada. E me recuso a morrer sem saber que a minha família vai ficar bem. Eu *não vou ser a ruína de vocês. Não vou.* Jodie? — Bree se inclinou para perto da câmera. — Eu sei que você está assistindo. Eu também sei que você vai dar um ataque por causa disso. Mas você é a minha melhor chance. A Iris Air concordou em patrocinar você para terminar essa lista. — Bree mostrou a lista de novo.

Jodie não estava mais chorando. Ela não estava nem respirando mais. O que a irmã maluca estava falando?

— Vão te levar de avião para Nova York; vão te levar para a Antártica. Eu deixo para você minha conta do Instagram e todos os meus seguidores. Meu último desejo é que você termine a minha lista de coisas a fazer antes de morrer. Cada vez que você terminar um item, a Iris Air vai pagar uma parte das minhas dívidas. E, se você completar toda a lista *e* conseguir manter todos os meus seguidores do Instagram, eles vão pagar *todas* as dívidas médicas. Se você não só mantiver os seguidores, mas conseguir aumentar, eles vão pagar mil dólares das dívidas de cada paciente que estava na minha ala.

Como é?

— Estou contando com você, Jodie — disse Bree, o olhar sem hesitar. — Não me decepcione.

— Ela não pode estar falando sério.

— A Cheryl da Iris Air vai mandar um e-mail para você amanhã com a senha da minha conta e todos os detalhes. — Bree sorriu de novo, e fez gelo correr pelas veias de Jodie. Ela *não podia* estar falando sério. — Feliz Dia de Ação de Graças. Pode abrir o champanhe agora, Claudia. — O sorriso dela se tornou levemente malicioso. — Eu amo vocês todos.

O vídeo terminou.

— Por acaso estavam dando *crack* para ela naquele hospital? — explodiu Jodie. — Se ela acha que eu vou fazer as coisas daquela lista idiota, ela vai ver só!

Cantar na Broadway! Fingir um orgasmo em público! Voar para a Antártica! Ela *odiava* andar de avião! E que tipo de corporação sociopata achava que *aquilo* era bom para eles? Por que não simplesmente doar a porcaria do dinheiro? Ela se virou para a família e viu todos sorrindo. Rindo. Alegres.

— Ah, meu Deus, ela nos salvou. — A mãe delas estava chorando. — Ela nos *salvou.*

O estômago de Jodie caiu até os pés.

— Esperem só um minuto aí.

Mas era tarde demais. Eles estavam estourando o champanhe. E, quando a ficha caiu, Jodie sentiu uma mistura surreal de medo e alívio. Alívio porque, nossa, eles poderiam se livrar das contas médicas... Medo porque... aulas de piano e tudo mais.

Bree... você não tem ideia do que está me pedindo.

Não era só uma lista. Era *tudo*. Era o futuro de todo mundo: a casa dela, a casa da vovó Gloria, a aposentadoria dos pais... Todo mundo dependia dela.

Jodie faria qualquer coisa por Bree, e faria *tudo* pela família.

Capítulo 8
17. Plantar uma árvore

Jodie

Cheryl, a representante da Iris Air, era uma pérola de pessoa, com talento para falar em linguagem de marketing. E ela tratou Jodie como se ela fosse um poodle adestrado. Jodie sabia que estava sendo cruel e injusta, mas não se importava. Era bom ser injusta. Cheryl a deixou pouco à vontade desde o começo e Jodie odiava ficar pouco à vontade. Jodie sentiu-se acanhada e desajeitada e sem graça perto do brilho da mulher. Cheryl chegou na semana seguinte ao Dia de Ação de Graças, em um avião da empresa, e foi direto para o guichê de aluguel de carros de Jodie. Ela passou direto pela fila e entrou na frente de Jodie assim que o cliente que ela estava atendendo saiu com a chave. Cheryl abriu um sorriso radiante para Jodie e ofereceu suas mais profundas, emocionadas e *sinceras* condolências. (Isso também foi injusto; Cheryl provavelmente estava mesmo sendo sincera.) Por um momento, Jodie não entendeu por que aquela mulher vistosa estava lhe dando condolências. Ela não estava esperando Cheryl, e levou um minuto para se dar conta de quem ela era. Na verdade, ela só entendeu porque Cheryl colocou o cartão de visita em cima do balcão. *Cheryl Pegler, Vice-Assistente Executiva, Marketing, Iris Air*. Jodie olhou para o cartão com consternação crescente. Ah, não.

Cheryl tinha enviado um e-mail, como prometido, depois tinha ligado, e estava *ali*.

Jodie achou que tivesse sido bem clara com Cheryl ao telefone: elas podiam começar com a lista depois do Ano-Novo.

— Vai ser a aventura de uma vida! — disse Cheryl com alegria, passando rapidamente das condolências profundas, emocionadas e sinceras para um entusiasmo borbulhante.

Se você quisesse comercializar entusiasmo, o rosto dele seria o da Cheryl. Ela era um cruzamento entre a Miss America e a ideia de um executivo de televisão de uma advogada corporativa (ainda muito injusto; ainda não sentindo culpa nenhuma por isso). Quando Cheryl sorria, os dentes eram brancos como balinhas de menta junto aos lábios vermelho-carro-de-bombeiro. E ela sorria muito. Mais com a boca do que com os olhos. Os olhos tinham a tendência a vagar, avaliando tudo.

— Você vai precisar de uma mudança de visual — anunciou ela no primeiro dia em que elas se encontraram em pessoa no balcão de aluguel de carros. Ela não pareceu se importar de Jodie ter clientes esperando. — Depois que nos falamos no telefone, eu achei que você podia precisar, então eu me adiantei e fiz umas reservas.

— Reservas? — disse Jodie, surpresa. — Espera. O quê? Como você sabia que eu precisava de uma repaginada só de falar comigo no celular? — Jodie se sentiu emboscada demais até para registrar o insulto. Sua cabeça estava girando. Ela tinha *mesmo* dito para Cheryl esperar a virada do ano…

No telefone no dia seguinte ao de Ação de Graças, Jodie estava esperando que Cheryl entregasse as senhas da conta de Bree e que deixasse que ela cuidasse das coisas. Mas, claramente, o plano não era esse. Jodie ficou na cozinha com o telefone no ouvido, as costas voltadas para a família, que estava xeretando loucamente. Seu estômago estava embrulhado quando ela aceitou a ligação do número desconhecido. Ela já sabia quem era, porque o e-mail que tinha chegado da Iris Air naquela manhã não tinha incluído senhas nem instruções, só avisava que Cheryl ligaria para ela. Ela deu um horário preciso e foi pontual. Depois de manifestar as condolências, Cheryl atropelou Jodie falando rapidamente, bombardeando-a com uma mistura meio nauseante de compaixão e entusiasmo. E foi só depois que ela desligou o celular que Jodie percebeu que *ainda* não tinha as senhas. Ela só tinha uma vaga sensação de vertigem. E uma semana depois, Cheryl chegou com tudo, em pessoa, com os saltos altíssimos, o sorriso branco-pastilha, falando sobre repaginações e reservas, e um monte de outras coisas que Jodie não conseguiu absorver. Coisas como linhas de base e taxa de rejeição e engajamento. Nada parecia ter a ver com Bree e a lista dela de coisas a fazer antes de morrer.

— Você precisa de um carro? — perguntou Jodie como uma idiota, olhando para a mulher como se ela fosse um animal que escapou do zoológico. Um dos perigosos. Ela devia estar ali para pegar um carro. Por que outro motivo estaria ali, no balcão? Não fazia *sentido*. Elas disseram depois do *Ano-Novo*.

Cheryl sorriu. Ou melhor, *continuou* sorrindo. Porque ela nunca parava. Era possível que o sorriso estivesse grudado com botox (um comentário nada gentil; Cheryl parecia naturalmente fresca como orvalho).

— Que engraçado. — Cheryl riu e bateu nas costas da mão de Jodie de brincadeira com as unhas vermelhas. — Vou te esperar aqui. Como falei, eu fiz umas reservas. — Ela verificou a hora no celular. — Você termina às quatro?

— Como você sabia? — Jodie teve uma sensação consternadora. Algo parecia ter escapado do seu controle. O que tinha começado como um dia normal estava começando a parecer um pesadelo.

— Eu falei com seu chefe. Você tem um tempo de folga. — Cheryl estava bem satisfeita com ela mesma.

— Você fez o quê? Eu o quê?

Foi como estar em um furacão. O furacão Cheryl. E ela era uma tempestade no mínimo de categoria cinco. Talvez mais. Havia mais? Se não havia, deveria.

— Eu não posso tirar folga — disse Jodie, tensa.

— Licença remunerada, claro. — O sorriso de Cheryl parecia um escudo. — A empresa de locação entrou como patrocinadora. Também vão nos dar carros de aluguel sempre que precisarmos. Nós só temos que incluir o logo nas fotos. Não deve ser difícil. É forte, né? — Ela apertou os olhos para a camisa verde-néon de Jodie. — Vai levar um tempo para terminar a lista, você não pode continuar trabalhando. — Cheryl tinha uma imagem da lista de Bree no celular. Ela deu zoom e mostrou para Jodie. — Isso não vai acontecer da noite para o dia. Se esperarmos seus dias de folga, vamos levar cinquenta anos.

Ver a caligrafia de Bree na parte de trás daquele jogo americano fez o estômago de Jodie despencar no corpo.

— Seu chefe foi muito solidário — disse Cheryl com alegria. — E percebeu as oportunidades para a marca. O escritório central também. Vão te dar licença te desejando o melhor. E declarar isso em todas as plataformas, imagino.

Jodie estava tendo dificuldade de acompanhar. Ainda havia uma fila de clientes esperando para serem atendidos, e eles estavam irritados. Música embalava o momento com canções de Natal clássicas, o que não ajudou. Era tudo surreal demais. Jodie chegou para o lado para que Cheryl não a bloqueasse e abriu um sorriso tenso para a cliente seguinte.

— Sim, senhora?

Cheryl parou de falar por um momento. Mas só para observar a fila de clientes com aparência mal-humorada. Jodie viu seu trabalho pelos olhos de Cheryl e fez uma careta. Era tão distante do glamour quanto era possível. O Philly International estava lotado de movimento de fim de ano, reluzindo com o brilho plástico de ouropel e enfeites, com cheiro de café velho, batata frita e produto de limpeza e com a mistura de cores da movimentação de gente passando. Os fins de ano eram ótimos; os aeroportos, não. Os anúncios cortavam a música de Natal regularmente, chamando passageiros atrasados com um tom monótono e sério.

— Eu pedi um SUV.

A mulher que se aproximou do balcão estava amassada por causa do voo e puxava um carrinho. No carrinho havia uma criança pequena mordendo uma barra de chocolate, parecendo imensamente satisfeita. Jodie conhecia aquela expressão. Tinha visto centenas de crianças pequenas com aquela expressão. Era a de uma criança que tinha feito uma birra colossal ao sair do avião e tinha sido subornada com doce. A mãe da criança estava nervosa e com o humor por um fio.

— Pode me ignorar — disse Cheryl para Jodie, totalmente alheia ao humor dela, ou da mulher tensa que mal estava se segurando.

Cheryl puxou a mala de bordo para trás do balcão.

— O que você está fazendo? — Jodie viu a mulher reluzente enfiar a bagagem embaixo da mesa de Jodie.

— O nome da reserva é Channing — disse com voz tensa a cliente atual de Jodie, a mãe cansada, irritada com as interrupções constantes de Cheryl. — Eu pedi um SUV modelo novo com assento para criança. Meu marido levou Oliver ao banheiro. Ele teve um acidente.

Jodie fez uma careta. O SUV que a mulher tinha reservado ainda não tinha voltado para o estacionamento. Jodie só tinha um sedã ou uma minivan para oferecer. Ela estava explicando a situação para a mulher cada vez mais irada quando se deu conta de que Cheryl estava tirando fotos.

— O que você está fazendo? — perguntou Jodie, perplexa.

— Tirando umas fotos do "antes". As pessoas vão querer te ver na vida real. Antes de tudo mudar. Você é tipo Cinderela no borralho.

A mãe cansada não ficou satisfeita com a interrupção.

— Você se *importa*?

Lá se foi o humor. A mulher cansada estava disparando agora. Jodie voltou a prestar atenção antes que ela fizesse uma cena no balcão. *Mais* cena.

Cheryl conseguiu fazer uma filmagem abominável da mãe cansada da viagem arrancando o couro de Jodie.

— Vai ser perfeito para o lançamento — disse Cheryl, satisfeita depois que a mulher saiu andando com a chave da minivan que levara por um preço com desconto. — Você vai ter a solidariedade de todos. Não que já não tenha — acrescentou ela rapidamente, ciente de que Jodie ainda estava de luto.

— Que lançamento? — perguntou Jodie. — E por que você está aqui? Nós dissemos depois do *Ano-Novo*.

— Pense em mim como sua guia, Jodie. — Cheryl abriu um sorriso gentil cheio de dentes.

— Guia de *quê*?

— De maximizar essa experiência para você e seus seguidores.

— Seguidores? Isso não é um reality show. E eu não tenho seguidores.

— Para os seguidores da Bree — consertou Cheryl.

Jodie forçou um sorriso para a cliente seguinte. Mas Cheryl não ia a lugar nenhum. Enquanto Jodie atendia a fila impaciente, Cheryl se mantinha firme. Aparentemente, ela podia "tornar o processo mais suave" e "suavizar as arestas", ela podia "refinar os detalhes" e "ampliar o conteúdo inteligente".

— Conteúdo inteligente? — Jodie olhou para ela com expressão perplexa de novo. — Esses são os últimos desejos da minha irmã. Não é uma campanha de marketing.

— Claro que não. — Pela segunda vez, os dentes brancos de Cheryl desapareceram e ela ficou adequadamente séria. — A Iris Air está comprometida a honrar a memória da sua irmã... — A voz dela engasgou, e por um minuto Jodie achou que ela talvez chorasse. — E eu também.

A mulher era um vampiro, decidiu Jodie, sem humor para aceitar a solidariedade e a gentileza dela. Ela não queria solidariedade; queria ficar em paz.

— A mudança de visual não vai te custar nem um centavo — prometeu Cheryl a Jodie.

— Eu não quero uma mudança de visual.
— Nem... um... centavo.
Jodie mandou uma mensagem para Claudia.

Tem uma mulher maluca da Iris aqui. Ela está falando de mudança de visual. Socorro.

Como assim?

Jodie ficou olhando para a mensagem de Claudia se perguntando como começar a explicar Cheryl.

Aquela mulher. Da companhia aérea. Cheryl. Ela está aqui. Agora. ME AJUDA.

Ajudar a fazer o quê? Mudar seu visual?

Não. Não a fazer nada disso. Os polegares de Jodie ficaram no ar. Ela não tinha ideia do que escrever. O que ela esperava que Claudia fizesse?
Ela estava encurralada. Ninguém podia ajudá-la.
Talvez Cheryl não visse como era estranho e inadequado entrar no local de trabalho de alguém e ameaçar a pessoa com uma mudança de visual. Talvez, se Jodie explicasse para ela...
Mas como? Como você diria para a Barbie Marketeira que você não queria um corte de cabelo e ir à manicure de graça? Como você explicaria que só queria ser deixada *em paz*?
Jodie fez o possível para resistir, tentou muito, mas a Furacão Cheryl era irresistível. Ela tirou Jodie do guichê assim que Nena chegou para o turno da tarde. E a empurrou para a fila de táxi.
— Eu tenho carro — protestou Jodie acaloradamente, puxando o braço do aperto de unhas enormes de Cheryl.
Cheryl arregalou os olhos.
— Fabuloso! Isso vai poupar tempo. Vai na frente!
De alguma forma, Jodie se viu indo na frente. De certas formas, Cheryl lembrava Jodie de Bree. Ela também nunca tinha conseguido resistir ao Furacão Bree...
Jodie tinha tantas perguntas. Quando Bree tinha conhecido Cheryl? De quem tinha sido a ideia dessa maluquice de lista? De Bree ou de Cheryl?

Quando foi a última vez que elas se falaram? O que Bree tinha dito? Por que ela tinha escolhido Jodie para terminar a lista? Jodie: a Boyd menos instagramável de todas.

Ela podia ter escolhido Claudia. Ela *devia* ter escolhido Claudia. Bree e Claudia eram próximas como irmãs; Claudia teria feito isso por ela. E Claudia era mais fotogênica do que uma modelo de capa de revista; ela teria feito a Iris Air muito feliz. Mas a pergunta que Jodie não conseguia afastar, e a que tinha medo demais de fazer, era: *por que Bree não contara a Jodie sobre o plano?* Jodie era a *irmã* dela. Por que Bree não achou que podia contar a Jodie sobre Cheryl, sobre a lista de coisas a fazer antes de morrer? Sobre suas preocupações com as dívidas e suas preocupações com a família?

Mas também... a culpa abaladora e o arrependimento... por que *Jodie* não tinha perguntado a Bree sobre as preocupações dela quando a irmã ainda estava viva? Talvez, se ela tivesse insistido sobre algumas daquelas coisas, Bree tivesse falado. E isso não teria sido melhor do que ficar sozinha com tudo aquilo? Melhor do que levar os segredos com ela para o túmulo?

Essa era a questão da morte: colocava uma pessoa fora de alcance para sempre. Você nunca poderia fazer uma pergunta, nunca mais. E como Bree tinha partido, havia tantas perguntas que Jodie queria poder fazer a ela...

— Você conhecia bem a minha irmã? — perguntou Jodie baixinho, olhando para Cheryl quando elas chegaram no Honda Civic velho.

— Isso é seu? — Cheryl inclinou a cabeça e avaliou o carro modesto.

Jodie suspirou.

— Sim, é meu. — Ela estava dolorosamente ciente do uniforme rígido e feio e do casaco velho de esqui em comparação ao terno poderoso e ao luxuoso casaco de inverno de Cheryl. Cheryl a chamara de Cinderela ainda no borralho. Mas ela não era Cinderela. No máximo, ela era um dos ratos da casa. Um dos que foram transformados em cavalo para puxar a carruagem. Não havia príncipe nem baile para ela.

Só um Honda Civic velho.

Jodie supôs que Cheryl dirigia um carro chique, como um Audi automático ou algo do tipo. Jodie se perguntou se ela já havia se sentado em um Honda Civic antes... e, ainda mais, um velho. Um dia, Jodie seria dona de alguma coisa que não fosse de terceira mão, pensou ao botar os pertences de Cheryl no porta-malas. Mas pelo menos ela era dona daquele carro, que funcionava. E era limpo. Jodie ergueu o queixo. O carro não era nada de que se envergonhar.

— É perfeito. — Cheryl estava com o celular na mão tirando fotos.

Jodie se sentou no banco do motorista para se afastar. Mas Cheryl não se deixou abalar e tirou outra foto quando sentou no banco do passageiro.

— Vão te *adorar* — prometeu Cheryl, mexendo no celular.

— Você não vai postar isso — disse Jodie, horrorizada.

Ela estava no fim de um turno de fim de ano e sua aparência era a pior possível. O cabelo estava desgrenhado e sem vida, o uniforme feio estava amassado e sua energia era a mesma de um balão murcho.

— Por favor, não.

— Eu não vou postar nada ainda. Eu preciso retocar primeiro.

Jodie olhou para ela intensamente.

— A gente precisa conversar.

— Podemos conversar enquanto você dirige. Só deixa eu ver o endereço. É na Filadélfia.

— Seu hotel? — Jodie estava esperançosa.

— O salão.

O salão. Minha nossa.

— Olha, Cheryl, eu tenho certeza de que você é muito boa no seu trabalho e sei que você está aqui para ajudar. — Embora Jodie não acreditasse que elas definissem "ajudar" da mesma forma. — Mas esse é um momento muito difícil para mim e para a minha família.

O rosto de Cheryl se contorceu em uma expressão de solidariedade profunda, emocionada e então sincera.

— Ah, eu sei. Sua mãe me contou como tem sido difícil.

— Espera. Como é? Ela fez o quê? — Jodie não conseguia ficar tranquila com aquela mulher. — Você falou com a minha *mãe*?

— Várias vezes. Você não achou que eu ia chegar rodopiando e bagunçar a vida de alguém sem conversar com ela antes, achou? Ela acabou de perder a filha. — Cheryl estalou a língua. — O que você pensa de mim?

— Sobre o que você falou com a minha mãe?

Jodie sentiu uma pontada idiota de inveja. Bree tinha falado com Cheryl e a mãe dela também… Por que ninguém estava falando com Jodie?

— Sobre você.

— Sobre mim?

— E sobre qual árvore ela queria que você plantasse. Nós achamos que seria legal plantar a árvore da Bree no seu jardim. *Plantar uma árvore que vai viver até bem depois que eu morrer. Algo que dê sombra. Que também tenha flores.* Nós não queríamos plantar nada que sua mãe não aprovasse, claro.

Ah. Por que a mãe dela não tinha comentado nada sobre Cheryl? Ou a árvore? Por que ela não tinha perguntado a Jodie que tipo de árvore seria legal ter no jardim? Era Jodie quem ia plantar, afinal.

— Aqui, é para lá que nós vamos. — Cheryl deu uma batidinha no celular e ele começou a dar instruções.

— Fishtown? — Jodie olhou para ela com expressão duvidosa. — Tem certeza?

Cheryl pareceu tensa por um momento, mas logo se recuperou.

— Sim, tenho certeza. Olha aqui, Manatee, Frankford Avenue, Fishtown.

— Manatee?

— Você já ouviu falar? — Cheryl se animou. — É muito bem avaliado.

Claro que Jodie nunca tinha ouvido falar. Ela por acaso parecia ter ido ao salão ultimamente? Ou alguma vez na vida?

— *Manatee?* Tipo um peixe-boi, o mamífero marinho?

— É uma cor Pantone, eu acho. É o que diz no site. Tudo tem a ver com a cor.

— E que cor é manatee? — perguntou Jodie secamente enquanto saía do estacionamento.

— Cinza.

— Eu não vou pintar o cabelo — disse Jodie com firmeza.

Então, se deu conta de que tinha concordado implicitamente com toda a coisa de mudar toda a sua aparência.

— Claro que não. Queremos que você tenha a sua cara. — Cheryl abriu um sorriso largo. — Mas umas luzes ficariam ótimas em você. — Ela inclinou a cabeça. — Talvez umas mechas?

— Que tipo de árvore a minha mãe disse que queria? — Jodie mudou de assunto.

Ela não ia fazer luzes nem mechas nem nada do tipo, então não fazia sentido discutir essas coisas.

— E dá para plantar uma árvore agora? — Jodie espiou a noite escura. Os limpadores de para-brisa se moveram na chuva. — É dezembro.

— Sua mãe decidiu que quer um corniso, mas que não fique grande demais.

Corniso? Por que corniso? Pareceu estranhamente específico.

— Eu acho que a época para plantar uma árvore precisa ser a primavera — disse Jodie, sentindo como se estivesse em um trem desgovernado. — O solo não vai estar gelado demais agora?

— É por isso que eu estou aqui agora em vez de esperar até o Ano-Novo, como você queria. A gente tem que plantar logo, senão vamos perder a janela.

Jodie pensou ter detectado um leve suspiro.

— Se esperarmos mais, não vai ter como plantarmos nada — continuou Cheryl. — Não conseguiríamos nem cavar um buraco. Eu queria que fosse antes do congelamento. — Desta vez, ela deu mesmo um suspiro audível. — Eu escolhi um corniso e a etiqueta diz *fim de outono*. Então, vai dar tudo certo. Desde que façamos imediatamente. Afinal, ainda era outono até semana passada.

— Você já escolheu a árvore? — Jodie sentiu uma facada. — Você não achou que eu deveria estar envolvida nessa parte?

Cheryl pareceu surpresa.

— Sua mãe achou que seria melhor se eu te ajudasse.

Jodie sentiu mais do que uma facada. Bem na barriga. Sua mãe não confiava nela nem para escolher uma árvore? Ora, que droga, *Bree* tinha confiado nela. Bree não tinha deixado a lista para a mãe, tinha deixado para Jodie. Jodie não tinha pedido por isso, e a ideia a enchia de medo e pavor, mas ela *ia fazer*. Jodie sentiu lágrimas se acumularem nos olhos. Lutou contra elas. Nada de sentir pena de si mesma.

— Por favor, não faça as coisas sem mim — disse ela para Cheryl com voz tensa. — Essa é a *minha* lista de coisas a fazer antes de morrer. E não consulte ninguém além de mim.

— Tudo bem. — Cheryl pareceu meio aliviada. — Eu tenho uma foto da árvore aqui, em algum lugar. — Ela procurou nas fotos do celular. — É um corniso de galhos vermelhos. Eu acho que vai se destacar nas fotos, mesmo não tendo folhagem. Eu estava meio preocupada de que qualquer árvore que encontrássemos nessa época do ano fosse sem graça, mas essa é bonita.

Vai se destacar nas fotos.
Jodie limpou a garganta.
— Parece ótima. Vou dar uma olhada. — Ela fez uma pausa. — Obrigada.
Jodie deu uma olhada na foto do corniso quando elas pararam no sinal seguinte. Sem as folhas, era um punhado de galhos vermelhos. Como se uma criancinha tivesse desenhado galhos com giz de cera vermelho.
— As flores vão ser assim.
Cheryl passou a foto. A imagem seguinte mostrava uma bola formada por dezenas de florezinhas brancas. As flores sozinhas eram delicadas, mas amontoadas se destacavam em branco junto às folhas verdes.
— Bree ia gostar — disse Jodie com a garganta apertada. — Ela amava flores.
Ela amava tudo. Essa era a grande questão de Bree. Ela via beleza em toda parte.
— Eu acho que ela amaria os galhos vermelhos também — completou Jodie.
— São lindos, não são? Eu estou quase torcendo para nevar, apesar de dificultar na hora de cavar o buraco. O vermelho ficaria deslumbrante na neve.
Ela olhou para o céu de inverno. A escuridão tinha caído e as luzes dos postes iluminavam um teto de nuvens. Estava chovendo granizo.
Fishtown brilhava e cintilava com luzes de Natal e alegria. A parte antiga da cidade estava toda decorada e havia bares com temas natalinos e quiosques antiquados cheios de árvores de Natal.
— Por que você achou que aqui não era lugar para mim? — perguntou Cheryl com curiosidade. O rosto dela estava banhado pela luz piscando.
— Você parece mais patricinha. Aqui é mais para hipsters.
Cheryl olhou para ela animada.
— Você não me viu fora do horário de trabalho.
— E tem alguma hora que você não trabalha?
Cheryl riu.
— Não este mês!
"Seu destino está à esquerda", informou-lhes a voz robótica estranhamente calorosa da Siri.

O salão era em um armazém antigo de tijolos; a palavra *Manatee* estava pintada com tinta spray nos tijolos em um grafite decorado. Havia dois manequins quebrados com gorros de Natal na frente. Eles estavam nus, exceto pelos gorros, e entrelaçados em um abraço peculiar com luzes vermelhas e verdes.

— Chegamos! — Cheryl verificou a hora no celular. — Antes de começarmos, só preciso olhar uns documentos com você. Nós temos vinte minutos até a hora marcada.

— Documentos? — Jodie sentiu um espasmo de medo. Isso não parecia bom.

— Vamos tomar uma bebida quente e fazer isso lá dentro.

— Que tipo de documentos? — Jodie foi atrás de Cheryl, que já tinha saído do carro e caminhava até o bar na esquina.

A porta do bar estava emoldurada com bengalas de doce e o interior era uma explosão louca de ouropel vermelho e branco. Cheryl pediu duas bebidas quentes, drinks alegremente intitulados Fadinha do Açúcar, então se sentou em um banco debaixo de um móbile giratório de bengalas de doce. As bengalas estalavam ao baterem umas nas outras quando giravam no ar que entrava pelos dutos de aquecimento. Jodie se perguntou se o bar tinha sido um dos trabalhos de Claudia. Provavelmente não. Claudia teria usado menos acabamento imitando ouro.

Cheryl tirou uma pasta da bolsa e a abriu.

— São documentos? — perguntou Jodie com nervosismo. — Eu preciso de um advogado?

O sorriso de Cheryl se alargou.

— Nada tão assustador quanto você está pensando. Só uns releases de imprensa.

Jodie ficou feliz de Cheryl ter pedido bebidas alcoólicas. Ela precisava do reforço. A Fadinha do Açúcar era um chá de hibisco e frutas vermelhas com rum. Era bem rosa. Jodie estava na dúvida, mas o rum a ajudou a se decidir.

Cheryl explicou o acordo de Bree com a Iris Air, que dava certa limitação legal, só que Bree estava morta e não tinha mais validade, então Jodie estava assinando todos os mesmos formulários. Era assustador. Ela teve a sensação de estar entregando a vida à empresa. E, de certa forma, estava...

A cabeça dela girou enquanto ouvia Cheryl falar sobre voos para Nova York, o acordo com o teatro da Broadway, a viagem pela Antártica...

— Estou pensando para a véspera de Ano-Novo — refletiu Cheryl. — Você não acha que seria incrível passar o Ano-Novo voando por cima da Antártica?

Antártica. No ano anterior, Jodie tinha passado o Ano-Novo ao lado da cama de Bree assistindo aos fogos na televisão. No ano antes daquele, tinha passado no sofá da mãe vendo os fogos na televisão. Todos os eventos de Ano-Novo da vida dela foram ver os fogos pela televisão.

— Com sorte, vamos ter arrumado alguém para você beijar até lá... — Cheryl piscou. — Afinal, precisamos chegar ao último item da lista.

100. Me apaixonar...

Jodie virou a bebida em um gole. Como ela completaria aquele item? Não havia coquetéis suficientes no mundo para convencê-la de que isso era possível.

Capítulo 9

— Vai ser igual ao reality *The Bachelorette* — prometeu Cheryl.

Ela parecia pensar que aquilo era uma coisa *boa*. Ela recebia uma pedicure enquanto Jodie estava sendo tratada como um poodle premiado. Cheryl estava reclinada, os pés mergulhados em uma bacia grande de água aromatizada, o vapor de capim limão e manjericão subindo preguiçosamente pelo interior amplo do Manatee. O local estava tão vazio que ainda parecia o armazém que era antes. Os espelhos eram cercados de lâmpadas, como espelhos de maquiagem de camarins, e havia um arranjo enorme de galhos de salgueiro desfolhados cheios de luzinhas pisca-pisca, mas, fora isso, o local estava repleto de sombras dramáticas e vigas vazias.

Jodie foi depilada e lavada, arrancada e pintada, por duas garotas muito silenciosas e intimidadoras. Pet usava óculos pretos grossos e tinha a cabeça parcialmente raspada (a outra metade era um caos de cachos turquesa); Giselle tinha cabelo prateado tão liso que parecia ter sido passado a ferro, e os braços eram fechados com tatuagens intrincadas. Elas eram descoladas demais. E deixavam Jodie ansiosa. Por sorte, não se dignaram a falar com ela. Só cuidaram do trabalho.

— Não mudem tudo — instruíra Cheryl quando elas chegaram. — Só a tornem uma nova versão *disso*. Ela precisa se destacar nas fotos.

Destacar. Igual ao corniso vermelho.

— Ninguém quer ver a Cinderela de vestido de baile no *começo* da história — avisou Cheryl.

Em seguida, se recostou e apreciou o escalda-pés e a pedicure, mantendo um olho sonolento em Jodie.

— Você não está apaixonada, né? — perguntou Cheryl observando Pet arrancar um pelo do queixo de Jodie.

Jodie nunca tinha reparado que *tinha* pelos no queixo. Não só ela tinha, como tinha o suficiente para manter Pet ocupada por alguns minutos.

— Não — murmurou Jodie com os olhos bem fechados.

— Que bom, isso estragaria toda a diversão. Se bem que talvez tornasse as coisas mais rápidas.

Jodie achava que se apaixonara uma vez na vida, e tinha sido um desastre... Ela não estava animada para passar por isso outra vez. Havia sido muito dolorido.

— Vou apresentar bons candidatos, não se preocupe — continuou Cheryl com alegria. — Eu já comecei a compilar uma lista.

Jodie sentiu o estômago embrulhar. Uma lista? Ah, ela já podia imaginar o tipo de homem que Cheryl incluiria em sua lista. Nenhum deles seria alguém que Jodie escolheria. Não seriam homens como...

Não. Não pensa nele.

Por que Bree não pôde colocar "nadar com golfinhos" como a última coisa da lista? Por que tinha que ser algo tão impossível quanto *se apaixonar*?

Não teria sido impossível para Bree, claro. Se ela tivesse vivido, ela teria encontrado um príncipe. Conhecendo Bree, talvez até um de verdade.

Jodie sentiu a falta de ar súbita do luto de novo, como uma corrente puxando-a para longe da margem. Era Bree quem deveria estar ali terminando a lista; *ela* deveria se apaixonar. Jodie deveria...

— Você precisa de um descanso?

Jodie quase deu um pulo quando Pet falou. Ela abriu os olhos e viu a garota meio careca meio turquesa olhando para ela com uma expressão gentil. Jodie fez que não com a cabeça. Mas aí percebeu, para seu horror, que lágrimas escorriam pelos cantos dos olhos.

— Nós estamos quase acabando com a pinça — prometeu Pet.

Mas não era a pinça que estava provocando aquelas lágrimas.

Jodie limpou as lágrimas e respirou fundo. Ela estava bem.

Quando terminaram, estava mais do que bem. Ela olhou para a mulher no espelho em choque. Estava a mesma, só que... melhor. Uma versão mais bem acabada e colorida dela. As sobrancelhas estavam com um arco forte e em um tom mais escuro do que o cabelo, que estava brilhoso e com mechas suaves, de forma que os cachos pareciam beijados pelo sol, cintilando em luz dourada. Ela estava com uma aparência... *boa*.

— Perfeito — disse Cheryl. — Nós vamos levar a base hidratante e o gloss que você usou. Isso é tudo que ela precisa. Não se mexe em time que está ganhando.

Sem mencionar o fato de que Jodie não começaria a passar maquiagem, nem se Cheryl comprasse. Ela era péssima nisso. Sempre acabava parecendo uma criança que remexeu na gaveta de maquiagens da mãe. Mas precisava admitir, ao observar o brilho orvalhado do próprio reflexo, que ela provavelmente poderia começar a usar a base hidratante.

— Gostou? — perguntou Cheryl, o sorriso largo satisfeito.

Para sua grande surpresa, Jodie tinha gostado.

E a mãe também.

Sua mãe não conseguia parar de tocar no cabelo de Jodie. Foi bom nas primeiras vezes, mas depois de um tempo ficou cansativo.

Cheryl tinha se juntado a eles para jantar e houve mais assinaturas em formulários, desta vez pela mãe, o pai, a vovó Gloria e a tia Pat. E Claudia, quando ela apareceu depois do jantar com um bolo invertido de abacaxi. Claudia olhou para Cheryl com calma. Elas pareciam duas tigresas reluzentes se avaliando.

— Russel Sprout precisa assinar também? — perguntou Pat, apertando os olhos para os formulários.

— Quem é Russel Sprout? — Cheryl olhou em volta, como se esperando que tia Pat tivesse um marido qualquer.

— Ela está brincando — garantiu Denise, passando uma xícara de café para Cheryl. — Russel Sprout é só o cachorro.

— Ele não é só um cachorro, ele é parte da família — Pat disse, ofendida.

Ele era a parte da família determinada a destruir os sapatos de Jodie. Estava naquele momento na porta, com o focinho enfiado nos tênis de corrida de Jodie.

— Ah, que fofo. — Cheryl pegou o celular e tirou uma foto.

— Eu posso te levar para o hotel a caminho de casa — disse Claudia para Cheryl com animação.

Jodie percebeu que ela estava doida para falar com a Barbie Marketeira sozinha. Ela irradiava hostilidade possessiva. Não havia cadeiras suficientes para Claudia, então ela estava de pé junto ao balcão, ainda brincando com a faca do bolo.

— Não precisa se preocupar, querida — disse a mãe. — Cheryl vai ficar aqui com a gente.

— Ela não vai ficar com a gente.

Jodie não conseguiu acreditar no quanto a família dela estava ficando maluca. A Barbie Marketeira tinha cara de que ficaria bem ali? Nossa, imagine aquela mulher usando o chuveiro deles, com os azulejos lascados e xampu de supermercado.

— Ela tem um orçamento para gastos — disse Jodie para a mãe. — Ela com certeza prefere ficar em um hotel.

— Não, eu prefiro ficar aqui. — Cheryl sorriu para eles com seus lábios vermelho-cereja e dentes brancos.

Por que o batom dela não saía nunca? Jodie se perguntou se era tatuado.

— Vai nos dar uma oportunidade para nos conhecermos — disse Cheryl com entusiasmo.

Daria oportunidade para ela tirar fotos deles, isso sim. A mulher era capaz de tirar uma foto antes mesmo de você perceber que tinha um celular virado na sua direção.

— Eu gostaria de plantar a árvore amanhã, se todos puderem — disse Cheryl.

— Já? — disse Claudia subitamente.

Ela olhou para Jodie.

Jodie deu de ombros, impotente. Quem podia atrapalhar o Furacão Cheryl? Além do mais, já que tudo isso estava acontecendo, Jodie só queria que acabasse logo.

— Mas o que... onde... nós não planejamos nada — protestou Claudia.

— Está tudo sob controle — disse Cheryl com um sorriso.

Jodie viu os dedos de Claudia apertarem o cabo da faca de bolo.

— Será que podemos adiar uns dias para que Claudia e eu possamos estar envolvidas no planejamento? — disse Jodie rapidamente. Ela sabia o quanto Claudia gostava de planejar coisas. — É o que Bree ia preferir.

Houve murmúrios em volta da mesa quando todo mundo concordou que era exatamente o que Bree ia preferir.

— Vamos ver o que diz a previsão do tempo — disse Cheryl, o sorriso inabalado enquanto tomava um gole de café. — O tempo talvez leve uns dois dias para ficar adequado.

Jodie teve a sensação de que a previsão do tempo não estaria a favor delas. Havia algo no jeito como o olhar de Cheryl se apertou quando ela encarou Claudia.

Jodie estava torcendo para que as duas felinas mantivessem as garras guardadas. Aquilo tudo já era bem difícil sem uma briga de gatas.

Capítulo 10

Jodie estava na cama quando Cheryl bateu na porta. Ela ainda estava vestida, usando até os saltos altíssimos. Jodie puxou a colcha para esconder o pijama de flanela com estampa de beisebol.

— Desculpa incomodar — sussurrou Cheryl. Ela estava com o laptop. — Eu só queria avisar que vou fazer uma postagem inicial logo pela manhã. Tenho uma série de posts prontos, e distribuí um release para a imprensa. Eu gostaria de ter cobertura no plantio da árvore, se possível.

— Imprensa? — Jodie franziu a testa. — Não.

Ela sentiu uma onda de raiva pela forma como Cheryl estava sequestrando a experiência toda de sua família.

— Eu quero que seja particular — exigiu Jodie.

Cheryl abriu um sorriso solidário.

— Eu sei. Mas você também quer pagar as dívidas da Bree. Bree fez parte desse planejamento; eu só estou aqui para facilitar. — Cheryl se sentou na cadeira da escrivaninha de Jodie e abriu o laptop. — Eu não quero compartilhar nada disso sem sua aprovação explícita. Depois que trabalharmos juntas por um tempo, eu espero que você confie em mim o suficiente para me deixar postar sem sua aprovação direta. Mas agora, acho importante desenvolvermos confiança.

Cheryl virou o laptop para Jodie, que se encolheu. Na tela estava Bree.

— O que é isso?

— Um vídeo — disse Cheryl calmamente. — Bree gravou uns breves clipes para serem lançados conforme você for cumprindo a lista.

Ela se inclinou para a frente e colocou o computador no colo de Jodie e disse:

— Esse é para o lançamento.

Jodie olhou a imagem congelada de Bree.

— Vou te deixar sozinha. Os rascunhos das postagens estão aqui. — A unha vermelha de Cheryl percorreu o ar acima dos documentos abertos na parte de baixo da tela. — Estou aberta a qualquer edição.

Ela teve a graça de se recolher e fechar a porta ao sair com um clique suave para deixar Jodie sozinha com o laptop. E com Bree.

O coração de Jodie estava em disparada. Seu corpo todo tinha se contraído, se preparando para um golpe. Ela estava tão cansada de sofrer o tempo todo. E de ver Bree *sofrer*. Demais.

Na imagem congelada, Bree usava uma boina rosa-clara e estava com o cobertor amarelo puxado em volta do corpo como um xale. Os lábios secos estavam cobertos de vaselina porque, no final, estavam tão secos que rachavam e sangravam se ela não os entupisse de vaselina. Ela parecia toda seca. Era uma casca.

Com o dedo trêmulo, Jodie apertou o play.

— Oi. — Bree sorriu. Foi um sorriso frágil, mas ainda continha um traço da antiga Bree cheia de vida. — Obrigada por embarcar nessa aventura. Eu te amo, Jodie.

Jodie deu um pulo. Ela achou que fosse uma postagem geral para os seguidores de Bree no Instagram, não especificamente para *ela*.

A Bree do vídeo pareceu ler sua mente.

— Esse é só para você. — O sorriso se alargou. — Eu achei que você fosse precisar de uma ou duas conversinhas motivacionais.

Claro que Jodie começou a chorar imediatamente. Uma conversinha motivacional. Resignada, Jodie pegou a caixa de lenço. Era típico de Bree ser atenciosa assim. Meu Deus, ela sentia tanta saudade... tanta que era físico, como se alguém tivesse cortado a perna de Jodie. Ou o seu coração.

— Se você estiver vendo isso, está prestes a plantar uma árvore. Eu espero que você tenha escolhido uma bonita.

Ela não tinha escolhido nada. Sua mãe e Cheryl tinham.

— Espero que você pense em mim sempre que florescer.

Ela também. Esperava que não a fizesse pensar em Cheryl passando as unhas brilhantes sobre a tela do telefone, olhando cornisos de galhos vermelhos.

— Eu tenho umas dicas para você — disse Bree.

Que bom. Jodie precisava. Ela não tinha a menor ideia de como completar a lista, menos ainda de como manter os seguidores de Bree interessados.

— Se eu te conheço, você está tensa até a raiz dos cabelos por causa disso tudo.

Sim.

— Mas não é tão difícil, sabe? A primeira dica é para você *ser você mesma*. Ninguém gosta de fingimento.

Jodie secou as lágrimas. Rá. Era fácil ser você mesma quando se era *Bree*. O que Bree tinha para esconder? E como Jodie poderia ser verdadeira em uma situação tão forçada?

— Não deixa ninguém tentar te polir com bronzeamento artificial e maquiagem. Eu falei para a Cheryl que não é para ela mexer com você — avisou Bree.

Jodie levou a mão aos cachos com luzes.

— Seja você mesma e eu garanto que as pessoas vão te amar.

Bree podia estar sendo vítima da sua visão de mundo extremamente otimista... quando alguém tinha amado Jodie por quem ela era?

— Quando o assunto são as mídias sociais, as pessoas conseguem perceber fingimento de longe. Não se esforça demais, tá? Só poste fotos das suas experiências e coloque as legendas que *você* quiser.

Jodie olhou para a fileira de documentos abertos na parte de baixo do laptop de Cheryl. Ela nem tinha as senhas ainda das contas de Bree, e as postagens já estavam sendo feitas por ela. E, honestamente, isso era um alívio. As postagens de Jodie seriam desoladas. Tristes. Chorosas. Ninguém queria ver isso. Ela afastaria os seguidores de Bree aos montes.

— A segunda dica é que tudo bem ter medo. — Bree estava com uma expressão de compaixão tão grande que fez Jodie começar a fungar de novo. — Fazer coisas novas é assustador. Sabe aquela foto que a mamãe tem de mim, a que fica acima da lareira? Ela foi tirada logo antes de eu pular do penhasco La Quebrada, no México. Você calcula a hora do pulo certinha, para bater na água na hora que ela sobe, e eu estava morrendo de medo. Eu ficava imaginando que ia fazer besteira e acabar em pedacinhos. E tem um restaurante bem ali, cheio de turistas vendo você pular. Foi apavorante! Mas quando eu pulei foi...

Os olhos de Bree brilharam quando ela pausou. Então, ela completou:

— Incrível. Eu faria outra vez num piscar de olhos.

Jodie não amava a ideia de pular de um penhasco. Não imaginava que seria a melhor coisa do mundo de jeito nenhum...

Bree sorriu, quase como se estivesse lendo os pensamentos de Jodie. Ela decidiu seguir outra abordagem.

— Lembra quando você estava jogando como shortstop? Lembra como você ficava nervosa antes dos jogos?

Jodie lembrava. Ela vomitava antes de todos os jogos. Não ajudava o fato de ser a única garota do time que ficava em um vestiário sozinha e não com o restante do pessoal. Só a deixava mais nervosa. Não havia nem líderes de torcida nos jogos de beisebol, então Jodie ficava literalmente sozinha no vestiário das meninas. Sozinha com um medo gigantesco.

— E a posição de shortstop é a mais difícil, né?

Era, sim. O shortstop carregava tanta responsabilidade, tanta pressão. E muita gente (pais, torcedores, até alguns dos colegas de time) não gostavam que houvesse uma garota jogando, menos ainda nessa posição. Mesmo naquele século, as garotas eram líderes de torcida, como sua irmã, e não ficavam no campo com o time dos "garotos". Talvez, numa situação de aperto, eles pudessem jogar com garotas, mas Jodie tinha ido para o campo com o time dos garotos e assumido o local como se fosse seu. E só Bree sabia como ela ficava nervosa e vomitava.

— E você *arrasou* — continuou Bree. — Tantas queimadas duplas! Você foi incrível. E você amava!

Amava mesmo. E odiava. Era um misto estranho de estar totalmente apavorada e extremamente eufórica ao mesmo tempo. Era quando ela se sentia mais viva.

Ela era tão *boa* nisso.

Jodie se lembrava da expressão do treinador quando ela fazia uma queimada dupla. Ele inchava de orgulho. Às vezes, balançava a cabeça como se mal conseguisse acreditar no que tinha acabado de ver.

"Nossa, Boyd, se você fosse um garoto, eu apostaria que você jogaria na liga principal um dia."

Mas ela não era. Então o treinador tinha dedicado a energia dele a Kelly Wong e Mikey Nowiki em vez de Jodie, e tanto Kelly quanto Mikey conseguiram bolsas na faculdade.

Tudo bem. Jodie nunca jogou por uma bolsa. Ela se orgulhava de ser realista. Jodie só estava feliz de o treinador a ter deixado jogar enquanto ela pôde, em vez de relegá-la ao time de softball. As Ligas Júnior e Sênior só deram a ela a opção de softball, então a escola era sua única chance de jogar bola no fundamental II e depois no ensino médio. As pessoas a olhavam como se ela fosse uma aberração quando treinava e jogava com os garotos, o que normalmente a teria feito sair correndo, mas ela amava demais o jogo para fugir. O beisebol era *tudo* naquela época.

Bem, beisebol e Kelly Wong.

Ele foi um crush fulminante para ela. Kelly era o melhor arremessador que ela tinha visto, fora os profissionais. E era lindo. Jovial e alegre, a vida de Kelly Wong sempre aparentava ser ensolarada e ótima. Ele era tão inteligente que entrou na lista de melhores alunos, tão talentoso que tocava na banda da escola, tão charmoso que sempre estava com alguém, tão pé no chão que era adorado pelos garotos, tão popular que foi encorajado a concorrer a presidente de turma, tão confiante que participou do time de debate, e, além de tudo, era o melhor arremessador da liga do ensino médio. Kelly Wong era *perfeito*.

Jodie Boyd, não.

Jodie era estabanada e tímida, sempre tinha dificuldade nas aulas, era péssima em música mesmo depois de anos de aulas e não teria conseguido acompanhar a banda da escola, mesmo que tivesse tido coragem de entrar. Jodie nunca nem pensou em concorrer ao conselho estudantil nem entrar no time de debate. Nossa, só de pensar em debate ela já começava a suar frio. Ela só queria ser invisível e jogar beisebol. Desde que conseguisse as notas necessárias para se formar, ela estava feliz. Tinha um grupinho de amigos e seu jeito de ser. E tudo bem. No anuário, ela não foi votada a aluna com mais probabilidade de nada. Debaixo do nome dela, só havia uma realização: shortstop. E ela ficou emocionada quando viu. Kelly Wong, no entanto, foi eleito o que tinha mais chance de sucesso.

E estava tendo. Kelly estudou na Universidade de Miami para jogar nos Hurricanes e se formar em administração, enquanto Jodie trabalhava no aeroporto Philly International em um guichê de aluguel de carros e se arrastava para conseguir um diploma da faculdade técnica da região. Kelly jogava beisebol AAA no Tacoma Rainiers depois de ser o primeiro escolhido para o time amador depois da faculdade, enquanto Jodie nem jogava mais softball no bairro porque passava todas as horas acordada trabalhando para pagar as dívidas da família. Um dia, sem dúvida, Kelly Wong estaria jogando no time principal no T-Mobile Park, enquanto Jodie estaria... o quê? Perto de se tornar gerente regional numa empresa de aluguel de carros?

— Jodie — disse Bree, trazendo-a de volta ao momento e à gravação. — A questão é que o medo é parte da vida. É um sentimento normal. Então, quando você subir naquele palco da Broadway em breve, *é para você sentir medo*. Todos aqueles atores também sentem, apesar desse ser o trabalho deles. Faça isso do mesmo jeito. Porque vale a pena. E depois do medo tem outra coisa... e a sensação é *incrível*.

Meu Deus, Jodie tinha conseguido reprimir o fato de que teria que subir num palco da Broadway em breve...

— Boa sorte, Smurf Medrosa — disse Bree.

Ela parecia tão feliz. Como ela podia parecer tão feliz estando tão doente? Estando *morrendo*?

— Estou torcendo por você. Eu te amo.

O vídeo parou. E Jodie ficou sozinha no quarto, inchada de tanta tristeza. Se ao menos Bree *estivesse* ali, ainda torcendo por ela. Mas ela não estava. Eram só Jodie e o laptop naquele quarto.

E todas as postagens da Cheryl. Jodie clicou para abrir cada uma.

Ela precisava admitir que Cheryl era boa. O rascunho da primeira postagem mostrava Jodie no guichê da locadora de carros, uma figura clara em uma agitação borrada de humanidade. A foto estava cheia de manchas de luzes de Natal, capturadas no meio do clique. O verde-néon do uniforme de Jodie chamava atenção, mas era a expressão do seu rosto que tornava a imagem chamativa.

É assim que eu sou?

Ela parecia um cachorrinho trancado em uma gaiola no abrigo. Seus olhos observavam a cliente na frente dela com tristeza profunda, e seu rosto estava repuxado e cansado. Ela parecia abandonada.

Cinderela no borralho.

A postagem tinha uma legenda: *A vida depois de Bree*. Foi como levar uma facada no coração com uma faca de desossar. Porque era profundamente, dolorosamente *verdadeira*.

Capítulo 11

Jodie não dormiu. Ficou analisando os rascunhos das postagens até Cheryl voltar para buscar o laptop.

— São muito boas — comentou Jodie.

E eram mesmo. Uma versão hipercolorida do dia delas juntas. Uma versão hipercolorida de Jodie parecendo desolada pelo menos: levando bronca de clientes mal-humorados; sentada ao volante do Civic no trânsito pesado; na chuva de granizo em Fishtown, com a alegria das luzes de Natal contrastando com os ombros caídos e sua expressão derrotada. Ora, mesmo quando estava sentada no bar aconchegante, cercada por bengalas de Natal e aninhando um coquetel rosa fumegante, ela parecia *murcha*. Ela nunca sorria? Parecia pura infelicidade.

De alguma forma, Cheryl conseguiu fazer a infelicidade dela parecer poética, pelo menos. As fotos de Cheryl eram como obras de arte. As imagens dos jantares em família eram lindas, embora não refletissem exatamente a experiência real, barulhenta e caótica da situação. Na vida real, a vovó Gloria e a tia Pat bombardearam Cheryl de perguntas e a pressionaram para comer mais, enquanto Russel Sprout farejava a lata de lixo como um rato gigantesco. A mãe dela insistiu em pegar os álbuns de fotos da família e tinha se desmanchado em lágrimas. Seu pai não disse uma só palavra, mas pelo menos ficou à mesa e não foi ligar a televisão. Mas, nas fotos de Cheryl... era difícil descrever.

Eles eram a personificação de emoções profundamente intensas. Havia uma foto da mãe e do pai e de Jodie sob a luz do exaustor da cozinha; a mãe estava no centro da imagem, olhando para o álbum de fotos, o rosto tomado de lembranças; o olhar de Jodie grudado com determinação nas próprias mãos, o corpo rígido, exalando uma recusa de olhar as fotos; e o pai olhava de lado para a mãe, o rosto em uma expressão espasmódica de dor. Ele parecia... ávido. Faminto. *Feroz* de tanta dor. Jodie nunca tinha visto aquela expressão antes. Era crua, predatória, arrasada. Teria sido uma expressão momentânea, uma que o celular de Cheryl por acaso capturou e eternizou? Ou ele a exibia com frequência, mas elas nunca tinham notado porque estavam envolvidas demais em suas próprias dores?

— Eu ainda não escolhi a legenda para todas as fotos — disse Cheryl gentilmente, rompendo o silêncio. — Você pode me ajudar. Se quiser.

— Eu não saberia o que dizer — disse Jodie para ela com honestidade ao devolver-lhe o laptop.

— Bom, se você pensar em alguma coisa...

Jodie tinha tentado dormir depois que Cheryl foi embora, mas não adiantou. Sua mente estava ocupada demais, e o corpo cheio de emoções. Ela nem sabia *quais* emoções; era tudo muito confuso. Todas aquelas imagens. A expressão do pai. Como ela nunca a tinha *notado*? Bree teria. Jodie pegou o celular e clicou no aplicativo do Instagram. Ela nunca tinha postado nada no Instagram antes. Isso praticamente a tornava uma aberração. Mas o que postaria? O guichê da locadora de carros? Um copo do café horrível da lojinha de donuts do aeroporto? Seu quarto de infância, onde ela ainda morava, mesmo aos vinte e poucos anos, como uma fracassada?

Ela nunca tinha escolhido nem uma foto de perfil. Havia um círculo com a silhueta padrão de cabeça e ombros. Não havia descrição de perfil. Nem postagens. Quando o assunto era Instagram, Jodie mal existia. Ela era uma não-pessoa. Um fantasma assombrando os feeds das outras pessoas. Bom. Nem isso.

Jodie só seguia três contas: a de Bree, a dos Phillies... e a de Kelly Wong. Era um fantasma bem limitado, assombrando apenas três feeds. E ela mal *os* assombrava, especialmente depois da morte de Bree. Ela escondera o aplicativo em uma pasta, porque ver o ícone no celular já era sufocante; as pontadas de dor eram fortes demais. A única vez em que ela abrira o app desde a morte de Bree foi no Dia de Ação de Graças, quando a mensagem de Bree apareceu. Com a morte de Bree, não havia ninguém para assombrar além dos Phillies e Kelly. No momento, o seu feed só tinha os Phillies. A temporada tinha acabado e não havia muita coisa interessante acontecendo, só umas postagens de marketing para encher linguiça. Jodie desceu pelo feed, tentando passar pelos Phillies e encontrar Kelly Wong, o único humano que ela ainda seguia. Na última vez que tinha olhado direito o Instagram, Kelly estava no time de formação dos Mariners; ele tinha ido de time em time, como acontecia com os jogadores na liga principal, postando fotos de longas viagens de ônibus e campos de beisebol. Ele ficou no Arkansas Travelers por muito tempo. Mas Jodie não dava uma olhada nele desde os treinos de primavera, desde antes de Bree...

Parecia que ele ainda estava no time de Tacoma, Washington, ao menos de acordo com o perfil. Ele ainda estava gato. Tinha o queixo quadrado e lábios carnudos e apertava os olhos contra o sol de um jeito que era tão familiar que fez o estômago dela se revirar. Ele estava o mesmo, mas... ainda melhor. Havia linhas fundas saindo dos cantos dos olhos; aqueles olhos castanho-avermelhados incríveis, da cor de jacarandá iluminado pelo sol. O lábio inferior ainda tinha aquele sulco no meio, e os dentes brilhavam quando ele sorria. Kelly estava sempre sorrindo. E ele tinha uma leve covinha na bochecha que aparecia um instante antes de ele abrir um sorriso. Ela a via na foto de perfil dele, uma marquinha modesta, como uma vírgula. Jodie olhou o feed dele, sentindo a vibração de sempre, um leve nervosismo.

A postagem mais recente dele era uma foto de um hambúrguer feito em casa; era uma estrutura enorme, com cores vibrantes. A legenda dizia *três tipos diferentes de queijo*. Kelly sempre tinha sido obcecado por comida. E comia mais do que qualquer pessoa que ela conhecesse, embora não desse para perceber só de olhar para ele. Embora alguns outros caras do time treinassem como demônios e ainda tivessem dificuldade para controlar o peso, Kelly era magro e forte, apesar de comer como um porco. Jodie clicou no story mais recente dele. Seu coração pulou quando ela o viu segurando uma criança no colo. Por um minuto, ela achou que fosse dele. E por que não acharia? Ele estava saindo com aquela garota bonita havia um tempo; a loura que era deslumbrante sem esforço, quer estivesse de roupa de malhar ou de trajes formais. O nome dela era Jessica. Jodie sabia porque fez a burrice de olhar o perfil dela. Só uma vez. Mas foi sofrido. Ela não precisava ver as saídas deles, nem a foto que Jessica postou de Kelly dormindo na cama dela.

Ao ver a criança nos braços de Kelly, por que ela não pensaria que seria dele? Era o que as pessoas faziam, certo? Apaixonavam-se, saíam, compravam diamantes, se casavam, tinham filhos. A loura era o tipo de mulher para quem se dava diamantes, claro. Mas, conforme o story foi passando, Jodie viu que o bebê não era dele e seu coração se acalmou de novo. Ele estava visitando a família e o bebê era uma sobrinha. Parecia que o irmão de Kelly tinha dois filhos. E eram bonitos. Um deles tinha até uma cópia da covinha de Kelly.

E não havia sinal da loura.

Jodie procurou nas postagens mais antigas. Uau. Nenhum sinal da loura por algum tempo...

Ela foi direto para a temporada de beisebol. Havia fotos dele arremessando. Meu Deus, que forma. Os músculos dele, quase de bailarino, paralisados em meio à ação. O verde do campo era um borrão luminoso atrás dele. Ela conseguia ver a camada de suor na sua pele. Praticamente dava para ouvir o murmúrio baixo da plateia e o estouro de uma bola de chiclete, sentir o cheiro da grama cortada e do alcatrão de pinho nos tacos, sentir o calor do sol de verão.

Jodie sentiu uma pontada de inveja visceral.

Mas nada da loura. Por meses. Jodie finalmente a encontrou no finalzinho dos treinos de primavera. Ela estava usando um boné do Mariners e mostrando a língua. Antes disso, ela estava em uma foto tirada na casa dos pais de Kelly. Os dois em uma pose constrangida na sala de jantar. Eles não pareciam muito felizes. Atrás deles, Jodie via o piano familiar, um velho Steinway vertical, e teve uma sensação ruim na boca do estômago. Em breve, ela teria que fazer as aulas de piano da lista de Bree.

Por que precisava ser piano? Por que ela não podia ter pedido que Jodie fizesse aulas de outro instrumento... *qualquer* outro instrumento? Jodie preferia aprender tuba, harpa, kazoo... qualquer coisa. Tinha sofrido por horas e horas de aulas de piano com o sr. Wong quando era mais nova. Por mais aulas que fizesse, ela continuava *terrível*. O metrônomo ainda estava na trilha sonora dos seus pesadelos. Se ao menos Bree tivesse feito as aulas na época, como deveria, em vez de matá-las para ir ao shopping com Claudia... A garganta de Jodie estava inchada. Nada daquilo era justo.

Jodie clicou no perfil de Bree. Ali estava o vídeo de novo. Antes que pudesse começar a rodar, ela passou pela mensagem de Ação de Graças que deu início àquela aventura bizarra. Não precisava ver de novo; sua mãe a repetira tantas vezes que Jodie já sabia de cor. Era um alívio passar direto e seguir para o feed antes da morte de Bree.

As últimas postagens de Bree foram ensolaradas. Havia o galho de sino-dourado explodindo com alegria amarela; um raio de luz nas dobras do cobertor amanteigado de Claudia; um monte de gotas de chuva cintilando na janela. Um close do gato de pelúcia de Bree, Ginger, com a legenda *meu amor*. Nenhuma selfie. Jodie desceu mais. A última selfie que Bree fez estava mais de vinte postagens para trás; nela, ela usava o boné da sorte dos Phillies de Josie e estava com soro no braço. Mesmo então, sua aparência era aquela que Jodie tinha passado a associar com a morte. Havia uma fragilidade na pele, uma expressão esquisita no olhar. Como se ela já estivesse parcialmente em outro lugar.

A última postagem... Jodie parou; ela queria dizer a última postagem de antes de eles começarem a receber as mensagens de Bree do além-túmulo. Essa última foto era de uma única gota de chuva. O inchaço convexo era frágil, a membrana esticada quase a ponto de romper. Parecia que Bree tinha captado o momento logo antes de ela estourar e se espalhar pela vidraça. Suspenso dentro da gota de chuva, havia um mundo em miniatura de cabeça para baixo: espirais e turbilhões de nuvens embaixo com um horizonte de árvores invertidas subindo da agitação. Contido naquela membrana serenamente inchada, havia um dia agitado e com vento; de cabeça para baixo e atrás do vidro, capturado por um celular. Bree estava muito distante do vento que açoitava as árvores e agitava as nuvens, mas ela viu claramente. Viu, capturou e legendou: *meu presente para vocês*.

Essa tinha sido a última postagem dela viva: um mundo de cabeça para baixo no momento antes de explodir.

Jodie ficou acordada noite adentro, perdida nos túneis labirínticos do Instagram, seguindo de postagem em postagem e de perfil em perfil, seguindo migalhas rumo a momentos que já haviam passado, indo na direção de algo que ela não sabia nomear, mas que a puxava adiante, hipnotizada. Era como estar em transe.

Quando acordou na manhã seguinte, ela ainda estava com o celular na mão. Pela abertura na cortina, via uma nevasca pesada, do tipo que deveria estar em cartões de Natal românticos. Flocos grossos e vagarosos giravam e caíam em arcos amplos. A primeira nevasca de verdade da estação.

Cheryl não desperdiçaria aquilo. Assim que Jodie viu a neve, ela soube que a árvore seria plantada naquele dia, quer Claudia gostasse ou não. Porque os galhos vermelhos *se destacariam* na neve. E Cheryl não era de desperdiçar uma boa foto.

Com o celular ainda na mão, Jodie se levantou da cama e andou até a janela. Destrancou-a e abriu-a. Um ar geladinho delicioso entrou. O chão já estava coberto com o pó da neve e as árvores estavam levemente decoradas de branco. Cortinas de neve caíam em pancadas trêmulas, e nuvens baixas deixavam tudo enevoado e suave.

Por impulso, Jodie chegou para trás e tirou uma foto da janela aberta e do dia de inverno. Bree teria aprovado, pensou enquanto carregava a primeira postagem no Instagram. *Dia de neve*, escreveu. Não era muito poético... mas era verdade. Ela respirou fundo e sentiu o ar gelado invadi-la. *Certo, Bree. Lá vamos nós...*

Capítulo 12

Todos queriam participar. Foi um circo. Sua mãe mudou de ideia cinco vezes sobre onde queria a árvore plantada. No jardim da frente, para que desse para ver da sala de jantar. No quintal, na frente da janela da cozinha, para ela poder ver quando estivesse lavando a louça. Na lateral, para poder ver do quarto. Talvez no meio do gramado, para estar em um lugar onde chamasse atenção? Não, definitivamente perto da porta de entrada, para ser a primeira coisa a se ver ao chegar em casa.

Por fim, ficou no meio do gramado da frente, porque Cheryl insistiu que daria uma boa foto.

— Você vai conseguir vislumbrar da sala de jantar *e* da sala de estar — disse ela alegre.

Vislumbrar. De leve. Se você esticar o pescoço.

Cheryl estava toda paramentada com um casaco luxuoso e botas de neve amarelas velhas emprestadas por Denise, com as bochechas vermelhas e os olhos brilhando. Ela queria que Jodie mudasse de chapéu e casaco, mas Jodie se recusou. Ela não pôde escolher a árvore nem onde plantá-la, nem *quando* plantá-la, mas podia muito bem escolher suas próprias roupas. E seu boné da sorte dos Phillies era inegociável.

A vovó Gloria e a tia Pat estavam lá, e Claudia também, parecendo uma nuvem de tempestade. Jodie percebeu que ela estava doida para empurrar Cheryl em um monte de neve. A mãe de Jodie tinha contado a todos os vizinhos sobre a plantação da árvore, e eles se reuniram ao redor da casa, como se estivessem em um memorial. A sra. Tavoulareos até levou um prato de brownie. Sua mãe levou o brownie para dentro e convidou todo mundo para ficar para um café depois. Estava virando uma festa de lançamento da lista de coisas a fazer antes de morrer.

— Você não acha que a Jodie devia cavar o buraco, Joe? — gritou o sr. Schields. Ele estava apoiado na cerca vendo o pai de Jodie raspar a neve da terra.

O pai de Jodie parou e refletiu.

— Talvez. — Ele encarou Jodie. — Mas o chão está congelado, não é uma tarefa fácil.

— Vamos tirar uma foto de Jodie quebrando a terra — sugeriu Cheryl —, e, se ela tiver dificuldade, você pode ajudar. É para isso que servem os pais, afinal.

Jodie sentiu a mão de Cheryl na lombar, empurrando-a para a frente. Ela sabia que Cheryl estava tirando fotos quando pegou a pá com o pai.

A neve tinha aliviado para flocos ocasionais, mas havia uma névoa fazendo o jardim parecer distante do resto do mundo. As luzes de Natal brilhavam pela neblina em movimento; estava tão escuro que quase parecia noite, não o fim da manhã. Os sons estavam abafados. Jodie conseguia ouvir os próprios batimentos cardíacos parada na área aberta de terra. Sua família estava reunida na frente da janela da sala de jantar, delineada pela luz amarela que passava pelo vidro. Claudia estava mais para o lado, as mãos enfiadas nos bolsos da parca preta, a expressão abatida.

— Usa a parte afiada — gritou o sr. Schields —, e bota força.

Jodie notou que Cheryl a rodeava para procurar o ângulo perfeito.

Nada daquilo parecia certo. Parecia apressado e… uma obrigação, sim, era o que parecia. Jodie teria preferido fazer na tranquilidade, sem plateia. Aquilo não parecia significativo.

Pelo menos, ela convencera Cheryl a não chamar os jornais locais e o noticiário noturno. Ela não ligava para quanto "interesse humano" havia na história. Era a vida dela, não um reality show.

A terra estava dura à beça. Era como tentar fazer um buraco em um pedaço de pedra.

Cheryl tinha saído cedo para buscar o corniso; Jodie a levou. Era uma árvore espetacular. Cheryl tinha encontrado uma planta crescida, da altura de Jodie, e elas tiveram dificuldade para colocá-la na parte de trás do Civic, por cima dos bancos dobrados. Ali, no jardim coberto de neve, os galhos vigorosos eram vibrantes como carvões. Se você precisasse plantar uma árvore no inverno, a árvore era aquela.

Porque ela *se destacava*.

No fim das contas, foi preciso uma equipe para cavar o buraco, a pá passando de um para outro sempre que eles se exauriam.

— Não tem como essa pobre árvore sobreviver — disse a mãe de Jodie, agitada.

— Eu pesquisei algumas dicas — arriscou Claudia, se aproximando do círculo em volta da árvore. Ela pegou o celular e abriu um site de jardinagem que estava consultando. Ela estava doida para se envolver. — O principal é regar sempre.

— Vai ficar coberta de *neve* — observou Jodie.

— Bem, aqui diz que as plantas ficam ressecadas no inverno por falta de água. — Claudia ergueu o celular para mostrar para ela.

— O que mais diz, Claudia, meu bem?

A mãe de Jodie quase tirou o celular dela. Claudia não pareceu suportar; a expressão de abatimento sumiu do seu rosto.

— Jodie? — Cheryl voltou a atenção dela para o buraco. — Está na hora. — Ela bateu as mãos, que pareciam congeladas. — Pessoal! Preciso da família posicionada.

Como se combinado, começou a nevar de novo. Jodie ficou ao lado do buraco, observando Cheryl dar ordens à sua família em meio à neve caindo. Ela mudou as posições, tentando fazer com que ficassem emoldurados pelas luzes de Natal piscando pela janela. Claudia recuou para a varanda e tentou parecer absorta lendo sobre plantas, mas Jodie notou a postura defensiva. Era como ela ficava na escola, quando mantinha a cabeça erguida enquanto as outras crianças a zoavam por causa das roupas de brechó. Ou como ela ficava quando estava no telefone com a mãe. Claudia era orgulhosa. Se você a machucasse, ela erguia o queixo e agia como se fosse uma rainha na própria coroação. Mas, por dentro... Jodie sabia que ela se sentia tão longe de ser rainha quanto era possível.

— Ei — Jodie falou alto para a família e Cheryl. — Vocês esqueceram a Claudia! Bree mataria vocês se deixassem a Claudia de fora!

Sua mãe, Gloria e Pat soltaram exclamações horrorizadas e se viraram ao mesmo tempo para chamar Claudia.

— Vem, querida! O que você está fazendo aí na varanda?

— Você ouviu a moça, ela quer toda a família junta!

Jodie viu a onda de alívio tomar conta de Claudia. Ela parecia ter conseguido um adiamento no corredor da morte. Abaixou a cabeça ao correr pelo jardim para se juntar à família, e Jodie se perguntou se ela estava segurando as lágrimas.

— Tudo bem, todo mundo pronto? — Cheryl estava com o celular na mão. — Jodie, lá vamos nós!

— Você vai *filmar*?

— Só um pouco. Para o story do Instagram.

Certo. Que ótimo. Ela ficaria infeliz em movimento, além de imóvel. Ela tentou manter uma expressão menos triste, mas achou que tinha ficado pior. Curvou-se para o corniso e deixou a aba do boné esconder seu rosto. Com sorte, a neve ajudaria a escondê-la também.

Foi difícil tirar a árvore do vaso. Seu pai foi ajudar, mas sua mãe o segurou.

— Ela que tem que fazer — disse a mãe, repreendendo-o.

— Bate no fundo do vaso com a pá — sugeriu o sr. Schields, a voz abafada pelo vento.

Jodie bateu e o corniso saiu.

— Cuidado com os galhos — avisou Cheryl.

Era gente até demais. Jodie virou as costas para Cheryl ao colocar a bola de raízes e terra no buraco. O vento estava aumentando, jogando neve nos seus olhos.

Foi isso que você imaginou, Bree? Quando a árvore estava no buraco, Jodie colocou terra gelada dentro e pisou em volta com as botas. Os galhos escarlate tremiam no vento. Na primavera, teriam folhas novas verdes e brilhantes, e aquela estação de escuridão e gelo seria apenas uma lembrança distante. Jodie esticou a mão e tocou na ponta frágil de um galho vermelho fino. *Não vai morrer, hein.*

Ela virou o rosto para a família, encolhida por causa da neve. Sua mãe abriu um sorriso trêmulo.

— Menos um! — disse tia Pat com um movimento de cabeça. O pompom do gorro dela balançou.

— Menos um e uma parte da dívida paga. — Seu pai se aproximou, pegou a pá de Jodie e lhe deu um beijo no alto da cabeça. Ela sentiu a pressão através do boné.

Plantar aquela árvore tinha levado apenas dez minutos. Sem contar cavar o buraco. No todo, talvez tenha levado uma hora. Jodie tinha acabado de pagar um pouco mais da dívida deles em uma hora do que faria em dezenas de horas de trabalho no aeroporto. Jodie olhou para o céu enevoado. *Bree?* A neve caiu em espiral. Era como estar dentro de um globo de neve. *Não sei como você fez isso, mas, uau. São muitas horas que eu não vou ter que trabalhar...*

— Vamos entrar e sair aqui do vento — disse vovó Gloria bruscamente, levando todos para dentro para tomar café com brownie. Jodie viu o fluxo de vizinhos subir os degraus da varanda.

Claudia se juntou a Jodie perto do corniso.

— É bem bonito — admitiu ela, contrariada. — Bree definitivamente teria gostado.

— É — concordou Jodie. — Teria. — Ela sentiu o ombro de Claudia esbarrar no dela.

— Você se saiu bem.

Jodie engoliu em seco. Ela não sabia por que o elogio de Claudia importava tanto, mas importava.

— Obrigada — disse ela com voz rouca.

— Foi mesmo — disse Cheryl, babando, correndo pela neve na direção delas como um esquilo brincalhão. — Foi *lindo*.

— Lindo não é a palavra que eu usaria — falou Jodie secamente. — Frio, talvez. — Ensaiado, definitivamente. Mas a árvore estava plantada, e era só isso que importava. Onde quer que estivesse, Bree poderia ficar feliz que sua lista de coisas a fazer antes de morrer estava um passo mais perto de ser terminada.

— Acabamos de riscar o número dezessete! — comemorou Cheryl. — Agora, hora das aulas de piano com o sr. Wong!

Ah. Sim. As aulas de piano...

— Hum... — Jodie limpou a garganta. — Isso vai ser difícil. — Seu passeio da madrugada pelo Instagram tinha encontrado um buraco no plano.

— Por quê? — Cheryl inclinou a cabeça. Ela ainda exibia um sorriso largo.

— Porque... — Como se dava notícias assim? Rapidamente, decidiu Jodie. Como se arrancava um band-aid. — Porque o sr. Wong morreu.

Capítulo 13
39. Aulas de piano com o sr. Wong

Ela estava no *jornal*. Jodie olhou para a imagem que sua mãe tinha enviado, os dedos se encolhendo de horror. Bem ali, no *The News*. E a foto era grande. Ocupava boa parte da página acima da dobra, pelo que parecia. Ali estava Jodie, plantando a maldita árvore, com flocos de neve suspensos em manchas brancas ao redor. O vermelho dos galhos do corniso era intenso; o vermelho do boné vintage dos Phillies de Jodie também se destacava. A foto capturava o momento em que ela levou a mão enluvada ao galho escarlate, o rosto reluzindo com tristeza e... outra coisa. Algo suave e carregado de... quê? Esperança?

Moradora de Wilmington realiza último desejo da irmã celebridade.

— Você tirou essa foto — disse Jodie, acusando Cheryl.

Elas estavam em um voo para Nova York, cortesia da Iris Air, apesar de a viagem de trem levar o mesmo tempo (considerando toda a enrolação dos aeroportos). Mas nada de trens para elas, não com a Iris como patrocinadora. Elas estavam em um voo de trinta minutos, na primeira classe, para Nova York. Para comer um sanduíche. Porque a vida dela era louca àquele ponto.

— E Bree não era uma celebridade.

— Era quase — disse Cheryl, dando de ombros. — Eu não aleguei que ela era uma celebridade quando enviei o release. Mas entendo por que eles seguiram esse caminho.

Cheryl estava no fim do segundo gin com tônica. Ela parecia um pouco menos a Barbie Marketeira e um pouco mais humana. O cabelo estava desarrumado e as pálpebras pesadas. A boca carmim se abriu em um grande bocejo.

Foram dois dias longos para Cheryl. Ela tentava salvar a lista depois da revelação chocante de Jodie sobre o sr. Wong. Como as aulas de piano aconteceriam se o professor de piano estava morto?

Coitado do Kelly. Cada vez que Jodie pensava no sr. Wong, a imagem de Kelly parado na frente do piano surgia. Na foto, havia uma expressão dura nada natural nele. Rígida. Ele tentava sorrir, mas não havia sinal da covinha de vírgula de ladinho. E apesar de ele estar com o braço nos ombros da loura, não era um gesto caloroso. O braço estava rígido, como uma tábua de madeira nos ombros dela, que parecia tensa.

O luto era uma merda. Acabava com tudo.

Jodie tinha tropeçado na descoberta sobre o sr. Wong no meio do seu passeio noturno pelo labirinto do Instagram. Não foi por intermédio de nenhum grande anúncio no feed de Kelly; só havia um cartão apoiado naquele piano atrás dele e da loura. Um cartão de uma funerária. Jodie estava dando zoom na foto, tentando entender a linguagem corporal entre Kelly e a namorada (Eles estavam com aquela cara porque estavam terminando? *Tinham* terminado? E quando?) quando reparou no cartão ampliado da funerária. Ela notou que tinha uma foto oval do pai de Kelly. Um conjunto de datas... Foi *nessa hora* que ela percebeu o que estava vendo.

O pai de Kelly tinha falecido.

Jodie aproximou mais a imagem. As datas estavam borradas, mas ela conseguiu entender. O sr. Wong, seu antigo professor de piano, tinha morrido na mesma época que Jodie doou sua medula para a irmã. Meu Deus, coitado do Kelly. Jodie tinha rolado loucamente pelo feed de Kelly em seguida. Ela encontrou a confirmação umas duas semanas antes da postagem do piano com a loura: uma postagem memorial em homenagem ao pai. Depois, havia fotos tristes do banco do piano vazio; do carro do sr. Wong, com a legenda *Primeira vez que não é lavado em uma manhã de sábado*; de uma tigela de ovos e um pão na bancada, *Ninguém fazia rabanada como o meu pai*. Havia postagens da família arrumando a casa. Do piano sendo colocado em uma van de mudanças.

Jodie não tinha boas lembranças daquele piano, nem do sr. Wong. Ele era rigoroso e não tinha senso de humor, e sua presença parado atrás dela no banco do piano a enchia de medo. Mas ele tinha sido um professor dedicado. E tinha criado um filho magnífico.

— Acho que isso quer dizer nada de aulas de piano — dissera Jodie depois de dar a notícia enquanto estava com Claudia e Cheryl na neve depois de plantar a árvore. Sua mente ficava voltando para ela sentada no banco do piano do sr. Wong, as mãos desastradas tentando emitir algumas notas. De vez em quando, o sr. Wong batia no ombro dela para lembrá-la de se sentar ereta.

— Tenha orgulho de si mesma — dizia ele com aquele seu jeito calmo e intratável.

Orgulho. Jodie não via que orgulho havia em transformar Bach em uma confusão ofensiva de agudos acidentais. Quanto mais erros ela cometia, mais tensa ficava, e aí *mais* erros cometia. Era um círculo vicioso. E o sr. Wong exalava uma tensão crescente enquanto ela prosseguia pelo caos. Era como se os erros dela causassem dor física nele.

— O que isso significa para a lista? — perguntara Claudia, preocupada, com as três paradas em volta do corniso de galhos vermelhos recém-plantado, como se fosse uma fogueira de acampamento. — O que significa se ela não puder terminar a lista?

— Não significa *nada* para a lista — respondera Cheryl bruscamente. Ela já tinha perdido o sorriso largo. — Na pior das hipóteses, vamos para o próximo item da lista até resolvermos isso.

E Jodie e Cheryl estavam em um avião para Nova York. Mas Jodie não via como Cheryl ia "resolver isso", não no tempo que elas levariam para comer um sanduíche na Katz's Delicatessen.

E estava tudo no *jornal*. Droga. Imagine o artigo. *Moradora de Wilmington falha com irmã celebridade.* Todo mundo saberia que desperdício de ser humano ela era.

— Eu vou tirar um cochilo. — Cheryl apagou a luz. — Me acorda quando a gente chegar em Nova York.

Nova York. Jodie quase nunca tinha ido a Nova York, apesar de ficar a menos de uma hora de Philly de avião. Tecnicamente, um pouco mais de trinta minutos num voo direto. O que aquele não era. Elas tiveram que ir por Washington, o que esticou a viagem por tempo suficiente para Cheryl tirar um cochilo.

Jodie estava pilhada demais para descansar. Ela odiava andar de avião. Fazia seus pés suarem de puro pavor. Cada sacolejo a fazia agarrar os braços da poltrona. Enquanto Cheryl dormia, ela se mexia, agitada. Talvez devesse assistir alguma coisa, apesar de parecer bobagem, considerando que só havia quinze minutos de viagem entre subida e descida. Ela olhou o menu na tela. *Harry e Sally, feitos um para o outro* estava na lista de comédias românticas. Fez com que ela se sentisse meio mal. Ela não tinha visto. *Deveria* ver; ela teria que fazer aquela cena mortificante. Mas só de pensar em ver Meg Ryan soltando grunhidos roucos e se remexendo e gemendo no meio de um restaurante cheio, Jodie ficou com calor, enjoada e envenenada de pavor. Será que elas podiam fazer a coisa do orgasmo de madrugada? Será que as pessoas da Katz's fariam a delicadeza de esvaziar o restaurante para ela poder se humilhar em particular?

Ela estava feliz de Cheryl ter deixado que ela ficasse com a janela no avião. Ela gostava de ver o chão. Quando o avião sacudia, era tranquilizador ver que a terra não estava se aproximando correndo em direção a ela. Ela apagou a tela e olhou para o céu noturno tentando se distrair vendo o brilho de cidades distantes e rodovias passarem. Quando a comissária apareceu, ela pediu uma cerveja. E tentou relaxar. Não estava funcionando. O zumbido pressurizado da cabine aumentava sua ansiedade. Seus ouvidos estavam entupidos e estranhos.

Manhattan emergiu na noite, como algo saído de *Peter Pan*, mágico, cintilante no ar frio e limpo de inverno. Jodie sentiu uma espiral de nervosismo no corpo. Mas não era totalmente ruim. Um nervosismo vibrante, borbulhante. Quando o avião voou mais baixo, Jodie esticou o pescoço. Parecia que ela estava em um filme. Os prédios brilhantes. O ondular escuro do rio Hudson. O fluxo sinuoso de carros iluminados de vermelho e branco como correntes de lava derretida. O fato de que ela não teria que ir trabalhar no dia seguinte, nem no outro, nem no dia depois do outro. O penhasco da aventura aos seus pés...

Era sufocante. Jodie se sentia como uma máquina de pinball; as coisas estavam apitando e se acendendo dentro dela.

Bree sempre amara Nova York. *Você devia ir comigo! Não tem nenhum lugar no mundo como Nova York!* Mas Jodie não tinha dinheiro para Nova

York. Ela mal conseguia bancar sua vida, menos ainda umas férias. *Nós poderíamos ver um show da Broadway*, cantarolava Bree. *Eu não posso pagar o ingresso*, respondera Jodie, nunca a levando a sério. Nunca considerando a ideia de verdade. As sugestões de Bree sempre entraram por um ouvido e saíram pelo outro, como uma fantasia, como um jogo de faz de conta. *Nós poderíamos fazer coisas de turista, como pegar a balsa para a Estátua da Liberdade e andar pelo High Line. Nós poderíamos ir ao Met!* Jodie nem sabia o que era High Line. Parecia caro. *A gente vai ver um jogo de beisebol*, brincou Bree, sabendo que beisebol era a chave para o coração de Jodie. *Nós poderíamos ver os Phillies jogarem com os Mets no Citi Field e tomar cerveja e comer pipoca de caramelo.* Mas sempre foi mais barato ver o jogo na televisão. Mais barato e menos intimidante. Jodie ficava confortável no canto dela; sabia o que esperar. Não havia muita ansiedade no canto dela; era seguro. Então, ela nunca tinha aceitado as propostas de Bree. Não que tivessem sido propostas concretas. Bree estava sempre ocupada, e a proposta da ida a Nova York tinha permanecido hipotética; mas se Bree tivesse forçado a barra e reservado passagens, ela teria ido. O que, Jodie supunha, era exatamente o que Bree tinha feito...

Porque ali estava ela. Bree não só tinha encontrado um jeito de tornar a viagem grátis, como também fizera uma proposta que Jodie não podia recusar. Não havia desculpas daquela vez.

Mas Jodie estava ali, e Bree não estava. E não haveria jogo de beisebol, porque nem era temporada de beisebol.

Mas *haveria* um show da Broadway. Bree tinha cuidado disso.

Certo, pensou Jodie enquanto olhava Manhattan aumentar na janela. Bree tinha tido muito trabalho para colocá-la naquele avião e naquela cidade. Tinha guardado segredos e feito planos e arrumado um jeito de tirá-los do vermelho, ainda por cima. Então, o mínimo que Jodie podia fazer era tentar apreciar. Por mais apavorante que algumas daquelas coisas fossem (Ah, meu Deus, ela teria que fingir um orgasmo em público...), ela as enfrentaria de frente, como Bree teria feito se estivesse ali. Quando Bree cumpria algo da lista de coisas a fazer antes de morrer, ela o fazia de corpo e alma. Portanto, Jodie também faria de corpo e alma.

O medo é parte da vida.

Bree achava que Jodie já não sabia disso? Ela tinha sentido medo a vida toda. Era de se pensar que já estivesse acostumada, pensou ela, virando a cerveja quando a comissária passou para recolher o lixo.

Bom, ela não estava acostumada. Mas o medo não parecia estar indo a lugar nenhum, então ela teria que levá-lo junto. Por mais assustador que fosse, ela faria aquilo. Fingiria orgasmos, participaria do show da Broadway e todo o resto.

Bom, Nova York, aí vou eu. Eu posso não ser a Boyd que vocês merecem, mas sou a Boyd que vocês vão ter.

Capítulo 14

Cheryl tinha feito reserva em um hotel incrível. Era uma torre de vidro âmbar pálido que brilhava como uma lanterna subindo no céu noturno. Havia porteiros com paletós caros levando as malas delas em carrinhos de metal e vasos de orquídeas com flores quase do tamanho da cabeça de Jodie. Eram verdadeiras? Pareciam verdadeiras.

Cheryl levou Jodie para um saguão com teto altíssimo, com piso brilhante de mármore cheio de veios. No ponto mais alto havia um lustre enorme franjado art déco. Parecia uma água-viva enorme cheia de estrelas. Cheryl ficou pedindo desculpas porque o hotel era apenas de três estrelas, mas Jodie não tinha muito com que o comparar. Era um milhão de vezes mais chique do que os motéis onde tinha ficado quando criança nas férias da família. Parecia o tipo de lugar onde uma Kardashian postaria uma selfie. Embora não fosse tão chique quanto alguns dos resorts de luxo de onde Bree tinha postado nas viagens, então talvez por isso Cheryl estivesse pedindo desculpas.

— É um hotel empresarial bem padrão. — Cheryl suspirou enquanto entregava o cartão de crédito da empresa.

Jodie esticou o pescoço e olhou a água-viva iluminada acima. Que tipo de empresa achava que *aquilo* era padrão? O tipo de empresa que minerava diamantes?

— Eu escolhi Midtown porque achei que você talvez quisesse passear — disse Cheryl enquanto andava pelo saguão de mármore com os sapatos de salto altíssimo, com os cartões magnéticos dos quartos na mão. Ela apertou o botão do elevador. — A maioria das pessoas quer ver a Times Square, o Rockefeller Center, o Central Park e todo o resto; é bem fácil daqui.

— O Central Park é perto? — Jodie se animou. Ela havia levado os tênis de corrida pensando em usar uma esteira do hotel, mas o Central Park seria bem melhor.

— É uma caminhada de dez minutos. Estamos na ponta do zoológico.

Jodie se perguntou quanto tempo teria para passear. Ela nem sabia quanto tempo elas ficariam em Nova York. Tempo suficiente para fingir um orgasmo, comer um sanduíche e estragar uma peça da Broadway…

— Nós estamos perto do High Line? — perguntou Jodie. Ela havia pesquisado. Não era caro; era de graça.

— Não, isso fica no Lower West Side. Mas não é difícil chegar lá.

Até o elevador era chique. Tinha espelhos em tons metálicos nas paredes e um lustre art déco no teto. Assim que as portas se fecharam, Cheryl se encostou um pouco em um espelho. Mesmo depois de um cochilo, ela parecia cansada.

— Sabe — disse Jodie enquanto o elevador subia —, eu supus que você morasse em Nova York. — Ela não sabia por quê, mas Nova York parecia ser o lugar de gente chique como Cheryl.

— Não, senhora — disse Cheryl com um meio sorriso. — Dallas, Texas. É onde a companhia fica. Mas originalmente sou de Las Vegas. Que é um subúrbio enorme com uma estrada bacana bem no meio.

O elevador parou no décimo terceiro andar e elas saíram em um corredor com tapete grosso e sons abafados. Cheryl verificou os números nos cartões e seguiu em frente. Os quartos ficavam em frente um ao outro. Cheryl destrancou os dois e espiou dentro; puxou as cortinas finas e olhou a vista, que consistia em arranha-céus em todas as direções.

— Aqui, fica com esse — disse ela, levando Jodie para dentro. — A vista é melhor.

Como ela sabia? Um arranha-céu cintilante era igual a qualquer outro.

Cheryl parou no corredor. Ela mordeu o lábio.

— Eu tinha que te levar para jantar, mas você se importa se ficarmos aqui? Você pode pedir serviço de quarto e tomar o que quiser do frigobar. É tudo por conta da companhia. — Ela fez uma careta. — Menos champanhe francês e coisas do tipo. Eles olham minhas notas.

Jodie riu.

— Eu não sou uma garota de champanhe.

Cheryl sorriu e desta vez foi diferente. O sorriso foi menos largo e mais genuíno.

— É, sim. Só não sabe ainda. *Todo mundo* é garota de champanhe, Jodie.

— Se você diz.

— Eu digo.

— Ei — disse Jodie quando Cheryl se virou para sair. — A pergunta pode ser bem idiota... mas tudo bem se eu fosse dar uma volta? Talvez para comer alguma coisa?

Parecia um desperdício ir até Nova York e ficar em um quarto de hotel. Principalmente porque a energia da cidade pulsava pelas janelas; as ruas vibravam e giravam com luzes, apesar de ser um inverno frio.

— Claro. — Cheryl pareceu surpresa. — Você não é prisioneira.

Jodie ri de novo.

— Não, eu quis dizer que não sei se é seguro.

Cheryl abriu um sorriso verdadeiro.

— É seguro, sim. Tanto quanto qualquer outro lugar. Você tem meu número, né? Me liga se você se perder. E tenta voltar de manhã. Eu tenho planos para amanhã. — Cheryl pareceu achar que Jodie estava planejando encontrar uma festa. Ela piscou ao sair.

Meu Deus. Se ao menos sua vida fosse interessante assim. Sua única intenção era encontrar algo para comer e sentir um pouco da cidade. Jodie vestiu o casaco de esqui e o gorro de lã, guardou o cartão magnético do quarto e saiu pela noite. Ela sorriu timidamente para o porteiro quando ele abriu a porta para ela, e só depois se deu conta de que tinha que dar uma gorjeta. Ela teria que procurá-lo quando voltasse e pedir desculpas.

Do lado de fora, um vento glacial soprou pelo túnel de vento entre os prédios. Jodie baixou a cabeça e foi andando em direção ao meio de Midtown. Ela deixaria o parque para o dia seguinte. Sentia-se nervosa e exposta, mas também eufórica. Respirou fundo o ar frio. Tudo cintilava. Ou foi o que ela pensou, mas então entrou na Quinta Avenida e foi aí que ela aprendeu o que cintilar *realmente* significava. A rua toda estava decorada de acordo com a glória das festas de fim de ano. Na esquina ficava a Harry Winston, enfeitada de luzes que pareciam pedras preciosas gigantes. Parecia uma coisa saída de um filme antigo de Audrey Hepburn. Jodie quase esperava que uma banda começasse uma serenata. Era impossivelmente encantador. *Mágico*. Ela se sentiu uma criança na manhã de Natal, convencida de que renas podiam voar; tudo parecia possível. Eram quase nove horas de um dia de semana, mas a Quinta Avenida estava lotada. As lojas estavam abertas, espalhando luz na rua cintilante; havia lojas de chocolate e joalherias; pubs irlandeses e bares belgas e brasseries francesas. As pessoas andavam rápido, correndo pela noite, parecendo estarem a caminho de coisas importantes. Jodie não conseguiu andar mais rápido; ela queria olhar tudo. Não parecia real: a loja Ferragamo embrulhada em um laço listrado gigantesco; a Louis Vuitton com projeções de luzes de cores vivas; a Cartier, com uma colagem de presentes enormes, como se estivessem caindo do alto de uma janela em direção ao chão. Era excessivo, majestoso e luxuoso além de qualquer medida. Jodie teve dificuldade de acreditar que havia gente que vivia e trabalhava ali. Certamente não eram pessoas como *ela*.

Ela girou em círculos lentos enquanto andava, sem saber para onde olhar. E quando achou que não dava para ficar mais extraordinário, ela chegou ao brilho e luxo do Rockefeller Center, com o rinque de patinação no gelo e a árvore de Natal de trinta metros. Imagina quanta eletricidade era gasta só naquela árvore… e no resto da Quinta Avenida. Não era de admirar que o planeta estivesse encrencado.

Jodie passou uma hora andando, observando os patinadores e as pessoas saindo da Tiffany's com suas sacolas azuis elegantes. Ela apostava que em algum momento no passado Bree tinha ido até lá e comido um croissant na frente da vitrine da Tiffany's fingindo ser Audrey Hepburn. Jodie conseguia imaginar claramente. Ela também imaginava Bree patinando naquele rinque, no brilho das luzes, a respiração quente soltando vapor no ar frio.

Você devia ir patinar.

Jodie imaginou a voz de Bree tão claramente que foi como se ela tivesse falado. Ela teve que se segurar para não olhar por cima do ombro.

Vai lá. Patina. Você ama patinar.

Jodie fez que não com a cabeça. *Hoje não, mana. Talvez na próxima.*

Na próxima? A voz imaginada de Bree suspirou e se dissolveu no vento.

Na próxima. Porque pensar em patinar sozinha não era muito atraente. Havia muitos casais lá, de mãos dadas, aproveitando a magia. Ela estaria lá sozinha, patinando em círculos, sem ter com quem conversar e nenhuma mão para segurar.

Ela preferia continuar andando. E estava com fome. Já tinha passado da hora do jantar. Mas Jodie duvidava que tivesse dinheiro para um jantar por ali. Não com a deli mais próxima tendo uma placa anunciando caviar Beluga. Jodie pegou o celular e procurou lugares baratos ali perto. Por sorte, não precisou andar muito; havia um lugarzinho coreano a poucos quarteirões. Os quarteirões de Manhattan eram um pouco maiores do que ela estava esperando, mas valeu a caminhada para comer o bibimbap de tofu quente no balcão despretensioso. *E o fato de que tinha custado menos de vinte pratas.* Barato o suficiente para ela poder comprar uma cerveja também.

Ela poderia se acostumar com aquilo, pensou enquanto bebia o resto da cerveja, o estômago cheio de ótima comida, vendo as pessoas passarem na rua. Ela tivera três dias seguidos de folga do trabalho, uma coisa que não acontecia desde o enterro da Bree.

Queria que você estivesse aqui comigo, mana.

Jodie deixou gorjeta no pote no balcão e se preparou para sair na rua. A música não mentia, o lugar realmente parecia não dormir. Ela olhou a hora. A ideia de voltar para um quarto vazio de hotel não era muito atraente. De acordo com o Google Maps, a Times Square não ficava longe, e lá parecia um lugar que valia a pena ver à noite, todo iluminado. Enquanto andava, Jodie percebeu que se sentia mais leve, mais tranquila. *Mais feliz.*

Quer saber, Bree, isso até que pode ser divertido.

Ela apostava que Bree estava revirando os olhos, onde quer que estivesse. *Claro que é divertido, Smurf Cabeçuda. Por que você acha que as pessoas viajam?*

Para se sentirem livres. Porque era assim que Jodie se sentia. Ela não tinha que estar em lugar nenhum, fazer nada, agradar a ninguém além de si mesma. Não havia trabalho, nem responsabilidade. Só havia a noite e as ruas e... a *Times Square.*

Jodie tinha ido lá uma vez quando criança, mas sua memória não fazia justiça ao lugar. Uau, que brega. De uma forma gloriosa. E energética. Era como uma explosão de néon e propagandas e barracas vagabundas para turistas; havia gente fantasiada e artistas de rua e caos generalizado. Ela parou no meio daquilo tudo e deixou que acontecesse ao seu redor. Foi incrível.

Pretendia retornar ao hotel depois daquilo, de verdade. Mas, na volta, por acaso, ela passou por uma champanheria francesa. Quem imaginava que uma coisa dessas existia?

Todo mundo é garota de champanhe, Jodie.

Era um sinal. De que mais ela poderia chamar?

Ela não estava vestida para um lugar chique, mas nem arrumada ela se encaixaria, não era? Seu tipo de roupa arrumada não era o tipo de roupa arrumada de *Nova York*. Então, apesar da calça jeans e da jaqueta velha de esqui, ela entrou.

Jodie nunca tinha ido a Paris, mas ela achava que, em uma versão de Paris de filme de Hollywood, as champanherias seriam *assim*. Era cheia de candelabros, uma visão rosada com veludo rosa-velho e madeira polida. Espelhos refletiam a luz suave e tudo parecia estar meio fora de foco. Havia palmeiras gigantes em vasos de metal e velas tremeluzindo sobre toalhas de linho.

Ela definitivamente não tinha dinheiro para beber naquele lugar.

Mas quando o *maître* a cumprimentou, ela ficou constrangida de sair. Teria que pedir a coisa mais barata da lista. E torcer para ter taça de champanhe em vez de garrafa. Isso existia?

— Mesa para… uma? — O olhar dele foi por cima do ombro dela, registrando o espaço vazio logo atrás.

Jodie empertigou o queixo.

— Sim.

Não havia nada de errado em beber sozinha. Nadinha. Bree ficaria ótima fazendo isso. Tinha feito muitas vezes. Jodie tinha visto as postagens.

Meu melhor encontro comigo mesma. Essa tinha sido uma das legendas. Em um restaurante francês ainda por cima. Então, se Bree conseguia, Jodie também conseguiria.

O *maître* pegou o casaco e o gorro dela e a levou pelo aposento até uma mesa para uma pessoa, aninhada entre as dobras de cortinas de brocado impressionantes. O cara fez um excelente trabalho de fingir que ali era um lugar adequado para ela. Jodie passou a mão pelos cachos sabendo que o cabelo estava um horror por causa do gorro. Não como as outras mulheres ali. Elas pareciam ter acabado de sair do salão. Elas não usavam chapéu? E, se não usavam chapéu, como mantinham aquelas cabeças brilhosas livres dos sopros de vento que corriam pelos túneis entre arranha-céus? Devia haver algum truque.

O maître puxou a cadeira de veludo rosa para ela. Jodie afundou no assento, sentindo-se estranha. Aquilo tinha sido uma idiotice. Era só um reforço de que ela *não era* uma garota de champanhe. Principalmente quando ele entregou o cardápio e ela deu uma olhada nos preços. Deus do céu, um dos champanhes custava cento e cinco dólares *a taça*. O Krug era mesmo tão melhor que o Ruinart, que "só" custava quarenta e cinco dólares? O jantar dela todo tinha sido metade daquilo, incluindo a cerveja e a gorjeta.

O maître tinha sido substituído por um garçom que parecia ter saído de uma agência de atores. Ele era moreno e lindo e elegante demais. Ele deveria estar sentado naquela cadeira e *ela* deveria estar servindo bebidas para *ele*. Ele serviu um copo de cristal com água com gás e ela torceu para não custar nada...

— A mademoiselle está procurando champanhe por taça hoje?

Ela quase soltou uma risada debochada. Claro que era por taça. Mesmo que conseguisse beber uma garrafa inteira, teria que vender um rim para pagar.

— Sim, por favor — disse ela, tentando impedir que a expressão exibisse sua consternação pelos preços. Ele devia perceber só de olhar para as roupas dela. — Hum... o que você recomenda? — Como se ela fosse aceitar a recomendação dele. Ele devia trabalhar por comissão.

— Quais são os perfis de sabor que a mademoiselle prefere?

O que responder para aquilo? *Os molhados?* Ah, para o inferno, os dois sabiam que ela não tinha ideia do que estava fazendo. Jodie fechou o cardápio.

— Eu não tenho ideia nem do que é perfil de sabor — disse ela com sinceridade. Ela pensou ter visto um brilho no olho dele quando ouviu isso. — Eu não tenho muita experiência com champanhe. — Ela não tinha sequer tomado champanhe no Dia de Ação de Graças. Seu estômago estava embrulhado porque Bree a tinha surpreendido com a lista; champanhe era a última coisa que ela queria beber. — Uma vez eu tomei vinho enlatado, e ele era borbulhante, mas acho que não conta.

Ele estava definitivamente vibrando naquele ponto.

— Eu não tenho muito dinheiro. — Como estava sendo sincera, era melhor ser logo *brutalmente* sincera de uma vez. — Mas uma amiga minha me disse hoje que todo mundo é garota de champanhe, e quando eu vi este lugar... bom, eu pensei em ver se era verdade ou não.

O garçom pigarreou delicadamente e apertou os lábios. Ele estava tentando não rir dela em público, o que era legal da parte dele.

— Deixa comigo — disse ele, recuando. — Eu sei exatamente do que precisa.

Ela quase grunhiu. Que ótimo. Ele provavelmente traria para ela o resto de um balde qualquer e diria que o preço era noventa dólares. Ela era uma idiota.

Mas, quando voltou, ele trazia uma garrafa fechada junto com uma taça chique que tinha uma espiral gravada. Uma espiral igual ao rótulo da garrafa. Todos os champanhes tinham sua própria taça? Jodie deu uma olhada na mesa ao lado, mas não conseguiu ver gravação nas taças.

— Algumas pessoas preferem pedir do topo da lista — disse o garçom baixinho enquanto mostrava a garrafa —, como se o preço ditasse qualidade. Mas champanhe é como arte: não tem certo nem errado, tudo é gosto pessoal. Eu não estou dizendo que isto não é caro — avisou ele —, porque aqui é, afinal, uma champanheria. Mas esse é um dos vinhos do meio na nossa escala de preços.

Jodie, claramente, não conseguiu esconder a preocupação, porque ele se curvou para a frente e sussurrou o preço em voz baixa.

— Quarenta e nove dólares a taça.

Quarenta e nove dólares por uma bebida.

Não só uma bebida. Champanhe francês! Na imaginação de Jodie, Bree estava eufórica com a emoção.

Para você, é fácil falar. Não é você que vai ter que pagar. E não eram só quarenta e nove dólares... eram quarenta e nove dólares *mais a gorjeta*. E um lugar daqueles esperaria uma gorjeta de vinte por cento.

— Este é o clássico Billecart-Salmon Brut — disse o garçom com grande seriedade. Quase com reverência, na verdade. — É uma mescla de pinot noir, chardonnay, pinot meunier, claro, da região de Champagne, na França.

Claro.

Jodie não tinha precisado pagar pelo voo, nem pelo táxi do aeroporto, e não teria precisado pagar pelo serviço de quarto (se tivesse pedido) e não teria que pagar pelo quarto chique para o qual voltaria. Até ali, a viagem tinha sido bem barata. Ela podia se permitir uma taça de uvas fermentadas, não podia? Porque *todo mundo* era uma garota de champanhe. Até as garotas que não podiam pagar por essa porcaria; às vezes, até elas mereciam.

— Eu adoraria uma taça — disse com voz rouca. Era melhor que ela cuidasse para não derramar, porque cada trinta mililitros custavam uns doze dólares, pensou enquanto o via abrir a rolha. Ele o fez com um giro lento e gracioso. Não houve estalo, como ela esperava, como se via nos filmes. Na verdade, houve um suspiro quase silencioso quando o gás escapou da garrafa.

— Nós não queremos machucar o vinho estourando a rolha — informou ele. Ela duvidava que ele se desse ao trabalho de dizer aquilo para os outros clientes. Eles já deviam saber.

— Como se machuca um vinho? — perguntou ela, incapaz de conter a curiosidade. — É um *líquido*.

O garçom estava com aquele brilho nos olhos de novo.

— Acho que tem alguma coisa a ver com o sedimento ou a rolha.

— Você acha? Não sabe? — Jodie ficou genuinamente surpresa.

— Imperdoável, eu sei.

Ela riu. Tinha gostado dele. Bree também teria gostado dele.

Ele tinha um jeito hábil de servir, e o líquido dourado pálido não fez espuma demais.

— Este é um vinho maduro com mousse cremosa duradoura, aroma floral e sabor de pera madura.

Certo. Jodie se perguntou o que mousse tinha a ver com vinho. Ou se combinava com pera.

Ele recuou e esperou. Claramente, queria ver o que ela achava.

Com cuidado, Jodie pegou a taça. *Não derrame*. Ela tomou um gole cuidadoso.

Ele estava cheio de expectativa. Ela não sabia o que dizer sem decepcioná-lo. Tinha gosto de... vinho. Borbulhante, meio amargo. Bom.

— É gostoso.

— Seu palato vai se acostumar — disse ele. — No começo, você só vai perceber as notas principais. Deixe que se desenrole.

— Certo. — Ela tomou outro gole. As borbulhas fizeram cócegas no seu nariz.

— Aprecie. — E ele se afastou na direção da luz refletida do lustre, andando entre mesas cobertas de toalhas de linho e pessoas reluzentes.

Jodie deu golinhos pequenos, manteve o champanhe na boca e tentou identificar por que se falava tanto da bebida. O estranho era que ela *conseguia* sentir o gosto da pera madura, mas provavelmente não teria conseguido se ele não tivesse mencionado. E será que a mousse tinha a ver com a sensação cremosa? Era estranho, não era? Que algo pudesse ser intenso e frutado, mas também cremoso? Talvez estivesse machucado.

Ela não queria apressar a experiência. Não por quarenta e nove dólares. Tentou se encostar e relaxar, mas era bem difícil quando se estava sentada sozinha em um bar francês romântico com um cabelo horroroso, de chapéu e tênis, cercada de mulheres de cabelos brilhantes e saltos, que definitivamente *não* estavam sozinhas. Depois de um tempo, ela se sentiu conspícua demais e pegou o celular.

Não havia nenhuma mensagem, então olhou seus aplicativos de notícias. Estava tudo horrível, como sempre. Era por isso que ela não olhava com frequência; acabava ficando ansiosa. E também tinham conseguido fazer com que ela terminasse o champanhe rápido demais.

— O que você achou? — O garçom tinha voltado. Ele pegou a taça vazia e colocou uma limpa no lugar.

— Ah, não — disse ela subitamente. — Eu não posso pagar outra.

— Essa vai ser por conta da casa — disse ele. Ele se curvou para a frente para poder falar mais discretamente. — Eu sei quem você é — sussurrou ele.

— O quê? — Jodie achava que não. Nem *ela* sabia quem ela era.

— Eu sigo sua irmã no Insta. — Ele fez uma daquelas expressões compassivas que as pessoas fazem quando sua irmã morreu. — Cady também.

Ele indicou o bar curvo com tampo de mármore. A bartender estava polindo taças e olhando para eles como um falcão. Quando viu Jodie olhar para ela, seus olhos se arregalaram.

— Nós sabemos por que você está em Nova York. — Ele estava sussurrando como se ela fosse uma agente secreta e ele não quisesse estragar o disfarce.

— Ah, uau. Certo. — Jodie não sabia o que dizer. Era surreal demais.

— Cady e eu sentimos muita falta da sua irmã. — Os olhos do garçom estavam lacrimejantes.

— Você a conhecia? — Jodie sentiu uma pontada de surpresa feliz. Que lindo encontrar um traço de Bree ainda no mundo.

— Não pessoalmente — respondeu ele rapidamente. — Só online. Mas a gente *ama* ela.

Bree tinha *fãs*. Pela primeira vez a realidade disso bateu. Ela sabia que Bree tinha centenas de milhares de seguidores, e tinha visto as curtidas e os comentários, mas ela nunca tinha *conhecido* nenhuma daquelas pessoas. De alguma forma, ver a emoção genuína daquele garçom por Bree tornou tudo real. Quantas pessoas como aquele garçom estavam espalhadas pelo mundo, sentindo falta de Bree, e vendo Jodie percorrer aos tropeços a lista da irmã?

Mas isso não ajudou. Meu Deus. Ela decepcionaria todos eles. Ela decepcionaria aquele pobre homem lindo de olhos escuros e a amiga dele atrás do bar, que ainda estava olhando para eles com atenção.

— Nós só queremos que você saiba que estamos com você até o fim — garantiu ele. E serviu para ela uma taça do "produtor mais antigo do mundo", com notas "cítricas, de flores brancas e pêssego". Ele abriu um sorriso solidário. — Ótima escolha de árvore, aliás. Aquele vermelho...

Saltava.

— Obrigada. — Jodie tomou um gole de champanhe. Ela não podia contar que não tinha escolhido a árvore. Cheryl não era parte da história pública, era? Todo o feed era montado como se Jodie estivesse postando. Cheryl não existia para o resto do mundo. Era uma mentira tão grande. Mais ou menos. Talvez *mentira* fosse pesado. Talvez *fantasia* fosse uma palavra melhor. Era só uma versão de fantasia em tecnicolor das coisas.

— Acho que não importa que não é uma árvore de verdade — confidenciou ele.

Espera... *o quê?*

Ele percebeu sua expressão de choque.

— Eu sei que está estourando online, mas você devia ignorar. Você sabe como as pessoas são. Elas são muito trolls.

O estômago de Jodie se contraiu. *O que* estava estourando online? Ela se segurou até o garçom ter ido para a mesa ao lado e abriu o app do Instagram. Cheryl tinha postado fotos lindas. Cheias de emoção, como sempre. Havia até a mesma foto que o *The News* tinha publicado. Devia ser lá que a pegaram, Jodie percebeu. Ela era tão idiota. Só agora estava ficando claro como aquilo seria público.

Ah, nossa, quantos comentários na postagem da árvore. Centenas. Jodie passou os olhos, o champanhe virando vinagre no estômago. Havia um debate vigoroso e nem sempre educado se desenrolando se o corniso era uma árvore ou um arbusto. O que era uma idiotice, porque todo mundo sabia que um corniso era uma árvore.

Foi quando estava lendo os comentários que ela notou a notificação vermelha no ícone de mensagens diretas. Ela nunca recebia mensagens.

Esperando que fosse uma pessoa maluca querendo falar com ela diretamente sobre o debate entre o arbusto e a árvore, Jodie a abriu. E quase morreu.

Porque era uma mensagem de Kelly Wong. O verdadeiro Kelly Wong. O Kelly Wong com quem ela tinha jogado beisebol na escola; o Kelly Wong que a levou ao baile (como amigo); o Kelly Wong com quem ela não falava havia anos. O Kelly Wong que era o espécime de masculinidade mais perfeito que ela já havia encontrado, tão perfeito que fez todos os seus namorados subsequentes parecerem tão sem qualidades que logo deixaram de ser namorados. *Aquele* Kelly Wong.

E a única coisa que a mensagem dele dizia era... Oi.

Jodie deu um gole grande no champanhe cítrico/floral/de pêssego, o que ela não sabia diferenciar do anterior. O que deveria fazer?

Que tipo de pergunta era aquela? Só havia uma coisa a *fazer*. Ela respondeu.

Oi.

E esperou, olhando a tela idiota como se ele estivesse por lá esperando uma resposta. Só que o ponto verde dizia que ele estava online *naquele instante*. Ele respondeu em seguida.

Sinto muito pela sua irmã.

Por que ele estava mandando mensagem para ela? Ela não falava com ele havia anos. Ele tinha visto o jornal? Mas por que veria? Ele não morava mais em Wilmington. Ela olhou para o garçom, que estava no bar com a amiga, Cady. Eles estavam olhando para ela discretamente. *Eles* sabiam tudo sobre ela e não moravam em Wilmington. O coração de Jodie estava batendo com tanta força que ela ficou surpresa de não estar sacudindo os lustres. Suas mãos estavam tremendo quando ela tentou digitar a resposta.

Obrigada. Sinto muito pelo seu pai.

Talvez ele seguisse Bree no Instagram, como o garçom e a bartender. Talvez tivesse visto todas aquelas postagens em que ela parecia um cachorro patético que levara um chute.
O luto não é divertido, respondeu ele.
Não era mesmo. Ela tentou se acalmar. Estava difícil acreditar que estivesse mandando mensagem para Kelly Wong. Depois de tantos anos.
Eu senti saudade, Boyd, escreveu ele.
Jodie sentiu como se tivessem removido seus ossos. Ele tinha *sentido saudade* dela? Não, não, não. Não leve isso a sério demais. Era só uma coisa que se dizia para uma velha amiga. Mas o que ela devia dizer em resposta? Que tinha sentido saudade dele também?
Ela não podia. Era verdade demais. Ele talvez percebesse que era verdade, e aí as coisas ficariam estranhas.
Mas aí, ele digitou outra coisa, e as coisas ficaram estranhas de qualquer jeito.

Estou ansioso pra te ver amanhã. Diz pra Cheryl que 11h está ótimo.

Capítulo 15

— Por que vamos ver Kelly Wong amanhã?

Jodie entrou no quarto de Cheryl assim que a porta foi aberta. Ela estava batendo naquela porta idiota havia uns cinco minutos. As portas eram grossas e as batidas soaram abafadas. Ela não ligava se acordasse o corredor todo. Estava furiosa.

— Como você *conhece* Kelly Wong? Qual é a sua? O que ele quer dizer com *Diz para Cheryl que 11h está ótimo*?

— Jodie! Estamos no meio da noite. — Cheryl tentou empurrá-la para fora do quarto escuro, mas Jodie não se deixaria ser empurrada.

— Pelo amor de Deus! — As luzes foram acesas e Jodie viu que havia uma mulher na cama de Cheryl. Uma mulher com aparência muito zangada. — Só uma noite, Cher. *Uma noite*. É pedir demais?

Ela era mais velha do que Cheryl, mas, mesmo amassada e quase nua, era glamourosa. Usava delineador dramático de gatinho, que parecia mais sexy ainda porque estava meio borrado, e tinha uma cabeleira cacheada. A mulher puxou a colcha para se cobrir e procurou os óculos na mesa de cabeceira. Ela os colocou e olhou para Jodie.

— Você tem ideia de que horas são?

Jodie ficou presa entre sua raiva de Cheryl e o choque e vergonha de ter interrompido a noite daquela mulher.

— Desculpa — murmurou ela.

— Você *vai* lamentar se não sair daqui. Quem você acha que é para entrar aqui no meio da noite? Acha que é dona dela? Ela trabalhar para você não quer dizer que esteja ao seu dispor o tempo todo.

Depois do choque inicial de encontrar a mulher no quarto de Cheryl, Jodie lembrou por que estava lá. E por que estava com raiva.

— *Eu?* — disse ela, ofegante. — Ela está ao *meu* dispor? — Ela sentiu o sangue subir para o rosto. — Você entendeu tudo errado, moça.

— Calma. — Cheryl suspirou e apertou a faixa do roupão do hotel. Ela puxou o cabelo para trás. — Já chega, Tish. Deixe-a em paz. Eu não trabalho para ela e você sabe, mas eu *estou* ao dispor dela. É meu trabalho.

— Ah, não. *Não!* — Jodie não ia deixar isso passar. — É *você* que fica mandando em *mim*. Se tem alguém ao dispor aqui, sou *eu*.

— Bom, seu trabalho é uma droga. — Tish ignorou Jodie completamente, se apoiou nos cotovelos e fuzilou Cheryl com o olhar.

— Eu sei que você é capaz de segurar essa bronca até eu voltar — disse Cheryl secamente. — Me deixa só resolver isso e eu volto para ouvir.

Jodie não queria ser *resolvida*. Ela tinha ido lá resolver. Mas ali estava ela, no meio da discussão doméstica da Cheryl.

Tish fez um ruído debochado.

— Eu posso não estar aqui quando você voltar. Não depois da forma como nossa noite foi estragada.

— Bom, desculpa por estarmos estragando a sua noite — disse Jodie com rispidez —, mas quero que você saiba que a minha *vida* toda foi estragada.

Isso foi melodramático, mas foi bom dizer. Já estava mais do que na hora de ela dar um chilique, considerando como Cheryl era mandona. Jodie fixou um olhar gelado nela e finalizou:

— Vou te deixar em paz com a sua namorada, ou quem quer que ela seja, mas vamos conversar de manhã.

E bateu a porta. Foi tão gratificante que ela ficou tentada a bater a dela também.

— Espera! — Sem se deixar intimidar, Cheryl abriu a porta e seguiu Jodie para o quarto dela. — O que é esse papo sobre Kelly Wong?

A ira de Jodie voltou com tudo.

— Você entrou em contato com *Kelly Wong*! Por *quê*?

Cheryl esfregou os olhos.

— Você se importa se eu pegar umas coisas do seu frigobar enquanto temos essa conversa? — Sem esperar a resposta de Jodie, ela pegou um copo na prateleira e abriu uma garrafinha de uísque. — Eu fiz contato com a *mãe* do Kelly Wong. Ela fez a gentileza de me botar em contato com Kelly. — Cheryl olhou ressabiada para Jodie por cima da borda do copo. — Você o conhece bem?

Sim. Não. Ugh. Jodie não sabia. E não era essa a questão. A questão era Cheryl se intrometer. Gerenciar. Era fazer as maldades de Barbie Marketeira.

— Eu jogava beisebol com ele no ensino médio — disse Jodie, tensa. — Mas não é disso que estamos falando.

Cheryl tomou o uísque, pensativa.

— Certo. Bom, eu liguei para a sra. Wong porque tive uma ideia. Foi uma ideia brilhante, e você pode me agradecer assim que tiver se acalmado.

Jodie achava que não ia gostar daquela ideia brilhante, e não tinha a menor intenção de "se acalmar".

— Agora, você...

— O número 39 são aulas de piano com o sr. Wong, certo? — disse Cheryl, interrompendo Jodie. — Mas não especifica *qual* sr. Wong...

Ah, não. *Não*.

— Especifica, sim — disse Jodie com firmeza. — Lá diz *Encontrar o sr. Wong e finalmente ter as aulas de piano pelas quais minha mãe e meu pai pagaram e eu nunca fiz*. Minha mãe e meu pai pagaram para um sr. Wong bem específico, que não está mais disponível para dar aulas de piano.

As palmas das suas mãos estavam suadas. Porque Cheryl estava com aquela cara, aquela expressão impassível, implacável, impossível.

— De fato. — Cheryl tomou outro gole do uísque. Ela ficou toda ardilosa. — Seus pais pagaram ao sr. Wong para dar aulas, e ele nunca deu. Pode-se dizer que o sr. Wong está com uma dívida com seus pais, não é... e, agora que ele faleceu, que descanse em paz, a dívida pertence à família...

— Ah, não. Não, não, não. Dívidas não funcionam assim.

— Não? — Uma das sobrancelhas perfeitas de Cheryl se arqueou. — Então por que você está trabalhando turnos duplos há meses?

Droga. Não havia resposta para isso.

— Embora o sr. Wong original não esteja mais conosco, ele deixou dois filhos, e ambos sabem tocar piano. — Cheryl estava triunfante. — Pronto. Um sr. Wong pode dar as aulas de piano, como devido!

Jodie estava sem palavras. Ela tentou elaborar um argumento, mas Cheryl seguiu em frente.

— Eu expliquei tudo para a sra. Wong, e ela disse que os dois filhos são capazes de te dar aulas de piano, mas que você provavelmente preferiria Kelly. — Se a sobrancelha de Cheryl subisse mais, desaparecia no meio do cabelo. — Ela não disse por quê...

— Nós jogamos beisebol juntos — lembrou Jodie rispidamente.

— E foram ao baile juntos, ao que parece.

— Eu achei que ela não tivesse dito por quê. — Jodie amarrou a cara. — Além do mais, não foi romântico. Nós fomos como amigos. Éramos do mesmo time, só isso.

Cheryl girou o uísque no copo e tentou não sorrir.

— Ela não me contou sobre o baile. Foi o Kelly.

Ah, meu Deus, o que mais ele tinha contado? Como Cheryl conseguia tirar tanta informação das pessoas?

Cheryl deu de ombros.

— Não faz diferença para mim qual sr. Wong você vai escolher. Bailey também vai estar lá amanhã.

Certo. Bailey. O irmão mais velho, severo e chato do Kelly.

— Eu marquei de encontrarmos todo o clã Wong na casa de Bailey em Great Neck amanhã de manhã. Ao que parece, o famoso piano está na casa dele. Podemos resolver os detalhes quando chegarmos lá. Eles ficaram felizes em te ajudar a completar a lista. Kelly e a mãe estavam de visita para as festas. Não foi uma sorte danada?

Sim. Sorte...

Cheryl terminou o uísque.

— Melhor eu voltar para a Tish. — Ela ajustou o roupão com nervosismo e olhou para a porta. — Pena que o Kelly te mandou mensagem antes de eu ter a chance de falar com você.

Só depois que Cheryl foi embora Jodie reparou que, apesar de toda a sua ira, ela não tinha dito quase nada. Aquela mulher era mesmo boa no que fazia. Jodie se sentia completamente gerenciada.

Ela se sentou na cama e olhou para o brilho borrado da cidade pela cortina fina. *Kelly Wong.* Ele estava ali, na mesma cidade que ela.

Jodie pegou o celular e abriu o Maps. Onde ficava o Great Neck?

Era em Long Island. Então ele não estava exatamente na mesma cidade.

Jodie se sentou na cama, o peso das lembranças caindo sobre ela como um deslizamento. Aquele baile maldito. Tinha começado tão bem e acabado tão mal. Jodie botou o travesseiro na cara. *Não pensa nisso.*

A dança daquela música lenta ridícula dos anos 1980, as mãos dele nas costas dela, a bochecha dela no ombro dele... Sair com o time de beisebol, se sentir um dos caras. Kelly sendo coroado Rei do Baile com a ex dele, Ashleigh Clark. A festa depois... com todo mundo, menos Jodie, na piscina de roupa de baixo. Kelly desaparecendo em um quarto com Ashleigh.

Ah, meu Deus, tinha sido anos antes. Quem se importava? Que tipo de otária ela era de ainda estar pensando na *noite do baile* na idade dela?

Ela não era uma virgem solteirona. Tinha namorado. Tinha seguido em frente. E Kelly não tinha sido seu namorado nem nada. Se ela ia ficar ruminando problemas com homens, deveria ser por causa de Cooper, que ainda aparecia no Messenger no meio da noite, um não namorado perene. Pelo menos ele tinha sido um *quase* namorado, diferentemente de Kelly...

Para de pensar. Por favor, para de pensar. Jodie saiu da cama e foi para o chuveiro. Ela limparia aquele dia do corpo e dormiria. Ela olhou o banheiro. Era *chique*. Nunca tinha tomado banho em um banheiro de mármore, debaixo de um minilustre, com xampu de marca com cheiro de selva florida. Jodie ficou debaixo da torrente de água inspirando o cheiro intoxicante e tentando se concentrar no positivo. Como Bree teria feito.

E, de manhã, quando saísse daquela cama macia, ela calçaria os tênis de corrida e correria no Central Park. Uma coisa que nunca tinha feito e nunca tinha se imaginado fazendo.

E não pensaria em Kelly Wong.

Capítulo 16

Tish foi com elas para Great Neck. Porque, no fim das contas, a única pessoa que Cheryl não conseguia controlar era a própria namorada.

— Eu tirei folga do trabalho para isso — disse Tish com teimosia, entrando no carro que Cheryl tinha chamado.

— Eu estou trabalhando, Tish — reclamou Cheryl. Ela ficou na calçada segurando o café e se recusando a entrar no carro enquanto Tish não saísse.

As três tinham ido tomar café em uma lanchonete em frente ao hotel. Jodie tinha terminado uma corrida épica depois do amanhecer e estava morrendo de fome. Ela traçou um omelete com panquecas enquanto as ouvia discutir. Cheryl quase não comeu. Ela parecia subsistir de café. Jodie beliscou um danish quando elas saíram da lanchonete.

— Eu não me importo se ela for com a gente — disse Jodie, mais do que feliz de implicar com Cheryl.

Tish tinha pedido desculpas a Jodie no café da manhã; Cheryl, não. Jodie deu uma mordida no danish enquanto via Cheryl olhar de cara feia para dentro do carro. O carro do qual Tish não ia sair.

— Ouviu? Sua cliente não se importa. — Houve um estalo do interior escuro quando Tish prendeu o cinto.

— *Ela* não é a minha cliente — disse Cheryl com rispidez. — Isso é coisa da companhia. Você quer me meter em confusão? Quem vai pagar a hipoteca então?

Houve um silêncio ameaçador dentro do carro.

Cheryl passou a mão pelo cabelo e bagunçou o penteado.

— Nós andamos tendo problemas — confidenciou ela a Jodie, baixinho.

Houve um ruído baixo de deboche dentro do carro. A cabeça cacheada de Tish apareceu. Ela se esticou presa pelo cinto de segurança. Claramente, alguma coisa tinha a incomodado.

— *Nós* não estamos tendo problemas. — Ela falou diretamente com Jodie. — *Ela* está tendo problemas. Em cumprir a *palavra* dela.

Jodie ficou parada com metade do danish enfiado na boca. Ela não sabia o que devia dizer ou fazer.

— Este era para ser nosso fim de semana de descanso — continuou Tish. O cinto de segurança ficou esticado como se fosse parti-la no meio.

— Fim de semana? — Cheryl olhou para o céu, como se os arranha-céus pudessem ter uma resposta para ela. — Hoje é *terça*, Tish.

— É. Dois dias depois do nosso fim de semana. Um fim de semana que incluiu eu ficar sozinha na pousada McKinney para você poder ir plantar um arbusto.

— É uma *árvore* e eu não plantei nada. Foi a Jodie.

— Ei. — O motorista botou a cabeça pela janela aberta. — Vocês estão planejando ir a algum lugar ou vão me pagar para ficar parado aqui?

Cheryl suspirou. E lançou um olhar nervoso para Jodie.

— Eu sei que isso não é nada profissional.

Jodie engoliu o que restava do doce.

— Tudo bem. — E tudo bem mesmo. Tish deixava Jodie menos nervosa em relação ao encontro com os Wong. Enquanto Tish estivesse lá para brigar com Cheryl, Jodie não era a única atração no circo de três picadeiros. Ela gostava de não ser o centro das atenções de Cheryl.

Cheryl apertou os lábios vermelhos.

— Se você puder não mencionar para ninguém... que a minha namorada veio com a gente para Nova York.

— Para quem eu contaria? — Jodie revirou os olhos. Aí lembrou a coisa toda do Instagram. — Ah. Entendi. É para não postar nada com a Tish. Tudo bem. Eu não posto nada mesmo. — Só aquela foto da neve. E foi uma foto ruim. Não como as lindas da Cheryl.

— Obrigada. — Cheryl ainda estava nervosa quando elas entraram no carro ao lado de Tish. Jodie ficou no meio. Ela percebeu que Tish e Cheryl faziam questão de ignorar uma à outra. Havia um silêncio carregado no carro quando elas se afastaram do hotel.

— Quanto tempo demora para chegar em Great Neck? — perguntou Jodie um tempo depois, incomodada demais com o silêncio.

— Meia hora, mais ou menos — disse o motorista com alegria. — É sua primeira vez em Nova York?

— Eu já vim algumas vezes, mas só por um ou dois dias. — Jodie se inclinou para a frente, para longe do casal gelado e na direção do motorista, que tinha experiência em ignorar casais se bicando.

Jodie apoiou os cotovelos nos joelhos e deixou que ele bancasse o guia turístico conforme eles saíam de Manhattan e seguiam na direção de Long Island. Vagamente, ela ouviu Tish e Cheryl começarem a sussurrar atrás dela. E ela captou a palavra *arbusto*.

— Isso tem a ver com o corniso? — Jodie pediu desculpas ao motorista e voltou para o lugar. — Vocês estão falando da árvore da Bree?

— Você quer dizer arbusto da Bree — corrigiu-a Tish.

Cheryl virou o rosto para a janela. Ela emanava azedume.

— Ainda parece haver algum debate sobre se é uma árvore ou não.

— Claro que é uma árvore. É um *corniso*. — Jodie balançou a cabeça. As pessoas online se incomodavam com cada coisa.

— É um *corniso de graveto vermelho* — corrigiu-a Tish, erguendo o celular para Jodie ver a página da Wikipédia que ela estava mostrando. — Que, ao que parece, é um *arbusto*. — O dedo ágil de Tish clicou em um link para uma enciclopédia de jardinagem antes de ela entregar o celular para Jodie.

— Ah, meu Deus, *é* um arbusto.

— É uma *árvore* — discordou Cheryl rispidamente. Ela colocou os óculos escuros e fez uma expressão teimosa.

— Não de acordo com isto. — Jodie desceu pela página passando por fotos de *arbustos* dramáticos de galhos vermelhos. — De acordo com isto, é um arbusto mesmo.

— Mas é resistente a cervos — disse Tish secamente —, o que já é alguma coisa. — Ela pegou o celular de volta.

Jodie grunhiu.

— Isso significa que vamos ter que devolver o dinheiro? A gente pode plantar outra árvore, não pode? — Aí, ela falou um palavrão. — Mas só na primavera! É tarde demais para plantar árvores agora. Meu pai disse que nevou a noite toda.

Quando ela achou que poderia acabar logo com a lista... Se bem que ainda havia o problema do número cem... Não tinha *como* aquilo acontecer rápido. Será que esperar até a primavera seria uma coisa boa?

— Claro que pode plantar outra — garantiu Tish. — Sempre dá para refazer.

— Essa decisão *não* é sua — avisou Cheryl à namorada. — Não prometa coisas. Eu não sei se *dá* para refazer ou não. Vou ter que falar com Ryan.

— Ryan. — Tish revirou os olhos. — Claro, liga para o Ryan. Tenho certeza de que ele vai resolver.

— Quem é Ryan? — perguntou Jodie.

— Um deus, de acordo com Cheryl — disse Tish rispidamente.

— Eu nunca falei que ele era um deus — respondeu Cheryl com a mesma rispidez. — Eu falei que ele era um *gênio*.

Jodie devia ter ficado de boca calada. De que adiantava entrar no meio de um casal brigando? Principalmente quando se estava *literalmente* no meio?

— *Sir Ryan Lasseter* — disse Tish para Jodie. Ela estava com o celular na mão de novo, digitando no navegador. — O dono da Iris Air. — Ela mostrou uma imagem para Jodie.

Ah. Jodie devia ter sabido. Afinal, era ele quem estava pagando as dívidas deles. Se ela conseguisse completar a lista. E ela não estava indo tão bem assim, já que o corniso tinha sido revelado como um arbusto. Na verdade, ela tinha voltado ao começo. Tinha perdido a primeira entrada. Com sorte, esse tal Sir Ryan a deixaria tentar dar outra rebatida.

O cara da imagem estava em uma pista de decolagem em frente a um avião comercial. Estava ladeado por comissários com o uniforme azul-petróleo da Iris Air. Tinha cabelo mais branco do que o sorriso branco (ele dava um banho em Cheryl no que dizia respeito a dentes) e uma expressão diabólica.

Ele era a imagem do playboy milionário.

— Ele é um tremendo fanfarrão — murmurou Tish baixinho, para que só Jodie ouvisse.

— Ele é um gênio — disse Cheryl para Jodie, olhando de cara feia para Tish. Ela sabia que algo tinha sido dito, e adivinhou que não era bom. — Se fez sozinho. É inovador. *Visionário*. E um cara muito legal.

— Se fez sozinho? — exclamou Tish. — Ele estudou em Eton e Cambridge!

— O pai dele era comerciante — disse Cheryl, com a voz tensa. Ela estava parecendo emburrada de novo.

— O pai dele era dono de uma *cadeia* de mercados na Inglaterra — disse Tish para Jodie.

Jodie não ligava se o cara era dono de todos os mercados da Inglaterra, desde que ele pagasse cada vez que ela terminasse um número da lista da Bree. Se ela conseguisse terminar algum...

Um arbusto. Droga, ela deveria ter escolhido a árvore. Teria que ser um cornisio verdadeiro porque sua mãe queria um cornisio. *Sua irmã usou um arranjo de cornisios no baile de volta às aulas, lembra, Jodie? No ano em que ela foi coroada rainha.*

Jodie não se lembrava. Mas sua mãe tinha ficado toda alegre ao olhar o álbum de fotos, com Cheryl sentada ao lado tirando fotos sorrateiras. Foi quando Cheryl tirou a foto do pai de Jodie arrasado.

O pobre Connor McAvoy comprou aquele arranjo para ela sem perceber que era falso. Lembra-se disso, Jodie?

Não. Ela não lembrava de nada.

Ele ficou arrasado quando eu falei que não era de verdade. Coitadinho. Ele tinha passado um tempão escolhendo na floricultura. Foi errado não dizerem para ele. Mas Bree adorava aquela coisa. Ela deixou junto com a coroa na prateleira. Ainda está lá.

E estava mesmo. Jodie tinha ido olhar. Um arranjo de pano duro e velho, com um cornisio branco grande ladeado por dois menores, tudo em uma cama de folhas sedosas falsas e enfiado em uma fita branca fina para o pulso. Ficava no meio da coroa do baile, que era uma coisa brilhosa e boba. Jodie não se lembrava de nada sobre Bree ganhar o título de rainha do baile. Bree era rainha de tudo, sempre. Não pareceu tão especial para Jodie. Não o bastante para ela lembrar. Ela queria ter prestado atenção.

Ela estava tão linda naquela noite. Sua mãe tinha ficado toda sonhadora. Estava com um vestido branco tomara que caia e o cabelo solto. Ela comprou aquele vestido por menos de quarenta dólares, mas não dava para perceber. E mesmo não sendo de verdade, o cornisio era perfeito para aquele vestido. Ela parecia uma atriz saída de um daqueles filmes de Hollywood de antigamente.

Sua mãe tinha suspirado. *Se a gente tivesse um corniso verdadeiro aqui, teria dado para prender uma flor no cabelo dela...*

Bom, agora você tem e pode prender uma flor no cabelo da Jodie no casamento dela, dissera a vovó Gloria, piscando para Jodie do outro lado da mesa. Jodie tinha feito uma careta para ela. Casamento? Gloria estava empolgada demais com aquele último item da lista. Jodie se perguntou como julgariam se ela havia ou não se apaixonado... Simplesmente aceitariam a palavra dela?

Jodie não foi ao baile de volta às aulas dela, foi, Jodie? Sua mãe tinha suspirado de novo.

Não foi, não. E, se tivesse ido, ela não teria usado um vestido branco, nem uma flor de corniso no cabelo. Embora ela *tivesse* usado um vestido no baile de fim de ano. Mas não tinha sido nem tomara que caia nem branco. E Kelly Wong *tinha* levado um arranjo de flores. Não cornisos, e não falsos. A mãe dele que tinha feito, ele contara; ela tinha escolhido frésias porque o cheiro era bom. *Desculpa, ela escolheu amarelo*, dissera ele. *Eu falei que talvez não combinasse com o seu vestido.* Não combinou, mas Jodie não se importou. Ela ficou empolgada demais por ganhar um arranjo, ainda por cima de Kelly Wong, para se importar com a cor.

Naquela noite, ela jogou o arranjo idiota no lixo quando voltava para casa. Sua amizade com Kelly também tinha ido para o lixo na mesma noite. E ela não suportava mais o cheiro doce da frésia. Meu Deus, como ela foi burra. Seu estômago ficava embrulhado só de pensar em como tinha encostado a bochecha no paletó dele enquanto eles dançavam. Enquanto todos os garotos estavam rindo dela...

Ela não pode achar que o Kelly a convidou para o baile para valer.

Ugh. Como uma idiota, ela tinha acreditado mesmo.

— Estamos quase lá — disse Cheryl, eliminando o fedor de frésia das lembranças desagradáveis de Jodie. Cheryl se olhou na câmera frontal do celular e passou outra camada de batom vermelho.

Quase lá. Ela não estava pronta. As palmas das mãos de Jodie suavam. Será que ela deveria ter se arrumado mais? Usava seu melhor moletom, mas, ainda assim... Ela queria estar com o boné da sorte, mas Cheryl tinha botado um limite no boné surrado dos Phillies.

— Você está ótima — disse Tish, lendo a mente dela. — Você fica linda em todas as fotos que ela tirou de você.

Claro. Tish achou que a preocupação dela era com as fotos. Mas Jodie estava preocupada com uma coisa bem mais idiota do que as fotos: se estava com aparência pior do que no ensino médio.

— Passa um pouco de gloss — ordenou Cheryl, lançando um olhar rápido para Jodie para ter certeza de que ela estava usando a base hidratante.

Jodie a ignorou e se concentrou na respiração. *É como naqueles jogos de beisebol, Smurf Esportiva*, ela ouviu a voz fantasma de Bree dizer. *Um pouco de medo nunca te impediu de arrasar com o taco.*

Não, mesmo. E não a impediria hoje.

— Great Neck é lindo — disse Tish, tentando distrair Jodie. Elas sentiam a pressão aumentando; o Furacão Cheryl estava ganhando velocidade de novo. Os polegares dela batucavam baixinho na tela do celular enquanto digitava mensagens.

— Olha essa rua. — Tish assobiou. — Parece uma coisa saída de um desenho da Disney.

Parecia mesmo. Jodie tentou observar tudo, mas estava ansiosa demais para fazer algo além de deixar a paisagem passar pela janela em um borrão de inverno.

— Parece que a qualquer momento vou ver cachorros de desenho animado sugando espaguete nessas vielas. — Tish riu. — É quase bonito demais para ser real. O quanto você acha que é preciso ganhar para morar aqui?

— Mais do que eu vou conseguir ganhar trabalhando no guichê de carros alugados — disse Jodie.

— Ah, sim. — O motorista se intrometeu. — Uma casa aqui custa mais de um milhão.

Jodie ficou meio enjoada. Bailey Wong era rico. Claro que era. E Kelly estava a caminho dos times grandes. Enquanto ela trabalhava em um guichê de aluguel de carros e morava com os pais.

Desajeitada, Jodie passou gloss nos lábios.

Ela ficou aliviada quando o motorista parou na frente de uma torre de tijolos. Por fora, não era um prédio chique, mas isso não significava nada ali em Nova York, certo? As coisas podiam custar uma fortuna sem serem chiques.

— Obrigada — disse Jodie para o motorista enquanto Cheryl deixava uma gorjeta em dinheiro no banco da frente ao sair. Ela se sentiu estranha por Cheryl estar pagando por tudo. Não gostava disso. Fazia com que ela se sentisse endividada com Cheryl. Ou melhor, com a Iris Air. Com aquele tal Lasseter.

— Está se sentindo bem? — perguntou Tish para Jodie.

— Claro que está. Por que ela não estaria se sentindo bem? — Cheryl segurou o braço de Jodie e foi na direção do prédio. — Olha, Kelly já desceu para nos encontrar.

Jodie parou. Não foi de propósito. Só aconteceu. Foi como se seu corpo todo travasse e se recusasse a se mexer.

Porque, sentado no muro baixo ao lado do caminho de entrada estava *Kelly Wong*.

— Parece que vocês têm um amor por moletom em comum — disse Cheryl secamente.

Meu Deus, como ele estava lindo. O cabelo estava supercurto, exibindo as linhas esculpidas da mandíbula. E ele fazia o moletom cinza largo dos Rainiers parecer sexy à beça. Como conseguia isso?

Tish soltou um assovio baixo.

— Ele tem uns ombros e tanto, hein?

Cheryl lançou um olhar maligno para ela enquanto puxava Jodie para frente. Ela era forte.

— Ele é arremessador — disse Jodie com a voz entorpecida enquanto parava um momento para apreciar aqueles ombros.

— Eu talvez precise começar a ver beisebol.

— Você odeia esportes — disse Cheryl com rispidez.

— Talvez eu não tenha visto os esportes certos — disse Tish.

Naquele momento, Kelly ergueu o olhar e as viu, e Jodie perdeu a capacidade de ouvir direito. Ela só conseguia ouvir o sangue correndo nos ouvidos.

Kelly deu um pulo do muro e seu rosto se iluminou.

— Boyd! — gritou ele, acenando.

— Boyd — disse Tish. Ela cutucou Jodie nas costas. — Parece que ele se lembra de você.

Jodie sentiu o rosto pegando fogo quando elas chegaram a ele.

E aí, para seu choque, Kelly Wong a *abraçou*. Jodie ficou surpresa demais para retribuir. Ela só ficou parada enquanto aqueles braços longos a envolviam e ele a puxava para junto do corpo. O corpo duro e em forma.

— Eu fiquei tão triste de saber sobre a Bree — disse ele quando finalmente se afastou.

Ela o encarou e seu choque virou algo muito, muito pior. Algo derretido e trêmulo e bambo, uma sensação que ela não tinha havia muito tempo. Os olhos dele eram do mesmo castanho-avermelhado, brilhando como se iluminados por um sol interno. Estavam calorosos de solidariedade e preocupação. E ele ainda estava com as mãos nos braços dela enquanto a olhava.

— Foi um choque tão grande quando soube. Ela sempre era tão... viva. — Ele deu de ombros e fez uma careta pela estupidez das próprias palavras. — É a única forma que eu consigo pensar de dizer.

Jodie devia dizer alguma coisa. Era a parte em que se dizia *Obrigada* ou *É, tem sido difícil* ou algo igualmente inadequado. Mas ela não conseguiu falar. Na verdade, para seu horror, ela sentiu os olhos se encherem de lágrimas. Foi a solidariedade que provocou aquilo. Ou melhor, o fato de ser genuína.

— Ei — disse ele, a voz rouca. Uma linha franzida surgiu entre suas sobrancelhas.

— Tem sido horrível para caralho — disse Jodie. E as lágrimas caíram pelo seu rosto.

— Ah, Boyd, é mesmo. É horrível para caralho — concordou ele.

— Desculpa — disse ela, esfregando o rosto.

— Não peça desculpas. Eu choro por qualquer coisa ultimamente. — Ele suspirou. — Outro dia, eu estava no supermercado e comecei a chorar no corredor de papel higiênico. O luto é uma merda.

É. Era mesmo.

— Está meio caótico na casa do Bailey — avisou Kelly quando as levou para o saguão do prédio. — Está bem cheio.

— A gente gosta de cheio — garantiu Tish. Ela empurrou Jodie para o canto do elevador ao lado de Kelly. — Cheryl vem de uma família de oito irmãos. Você não sabe o que é cheio até ir a um jantar da família Pegler.

Cheryl lançou a Tish outro olhar furioso.

— O que foi? — Tish agraciou Cheryl com um sorriso largo.

— Essa é minha *vida profissional* — sussurrou Cheryl, dando as costas para Jodie e Kelly enquanto encurralava Tish no canto do elevador.

— Bailey tem dois filhos agora — disse Kelly para Jodie, fingindo educadamente não ouvir uma palavra da conversa no canto, que era composta de muitos sussurros.

— Eu vi no Instagram — admitiu ela. E corou, ciente de que estava confessando ter olhado o feed dele. Mas o Instagram era para isso, não era? Ele não teria postado se não quisesse que as pessoas vissem.

— Eles são fofos. Harper dá um certo trabalho. — Ele sorriu. — A minha mãe acha que ela está possuída. Mas ela deve começar na Liga Infantil na primavera, e isso deve consumir um pouco da energia dela.

Quando a porta do elevador se abriu, eles ouviram gritos.

— É ela — disse ele. A covinha de vírgula torta ganhou vida. Ele parecia tão absurdamente orgulhoso que Jodie riu. — Ela acabou de fazer quatro anos. A festa foi ontem e a casa ainda está uma bagunça — avisou ele ao abrir a porta.

Estava mesmo. O espaço que era cozinha e sala se tornara uma explosão de faixas roxas e balões prateados de hélio em formato de unicórnio.

— Ela gosta de unicórnios — disse Kelly enquanto eles olhavam a bagunça.

Harper estava vestida com uma fantasia de sereia roxa, com cauda de cetim e lantejoulas e tudo e uma tiara em cima de um boné do Mariners. Ela estava pulando no sofá de couro branco, gritando com alegria enquanto a avó fazia bolhas de sabão.

— Se lembra da minha mãe, Jodie? Mãe, você se lembra da Jodie Boyd, né?

— Como eu poderia esquecer? — A sra. Wong não se levantou do sofá, mas abaixou a varinha de bolhas de sabão e abriu um sorriso para Jodie. — Ninguém massacrava Bach como Jodie Boyd.

Jodie fez uma careta.

O sorriso da sra. Wong ficou mais gentil.

— Fiquei triste de saber sobre a sua irmã, Jodie.

— Obrigada — murmurou Jodie. As malditas lágrimas voltaram.

A sra. Wong estava igual ao que Jodie lembrava. Impecável de calça marinho de alfaiataria e uma blusa branca, ela usava contas brilhantes de jade escuro no pescoço e aros dourados nas orelhas. Até o corte curto do cabelo era o mesmo de quando Jodie era criança, apesar de estar grisalho.

— Eu também fiquei triste de saber sobre o sr. Wong — disse Jodie.

A sra. Wong assentiu seriamente.

— Não tão triste quanto ele ficou.

Jodie não soube o que dizer.

Kelly grunhiu.

— Mãe, para de assustar as pessoas. Só diz obrigada.

— Eu tenho que agradecer pela morte dele? — A sra. Wong pegou a varinha e soprou uma série de bolhas para Kelly.

— Ei! Essas bolhas de sabão são minhas! — berrou Harper, pulando do sofá direto para cima de Kelly. Ele a pegou sem esforço.

— Harps, esta é minha amiga Jodie. A gente jogava beisebol juntos. — Kelly a virou de cabeça para baixo e a ergueu até o rosto estar da altura do de Jodie. As pernas dela passaram pelos ombros dele.

— Mas não tem nenhuma menina no seu time. — Harper avaliou Jodie.

— Na escola, Harps. E *essa* garota era a melhor. Nunca se viu tantas queimadas duplas. Jodie era a rainha das queimadas duplas.

— Eu também jogo beisebol — disse Harper para Jodie. — Eu sou a *princesa* do beisebol.

— Seu tio Kelly disse que você vai começar na Liga Infantil ano que vem — disse Jodie, meio constrangida. Ela nunca tinha tido muito jeito com crianças.

— Eu vou ser arremessadora — disse Harper de cabeça para baixo, imperiosamente. — Arremessar está no sangue.

— Está mesmo. — Kelly se virou, de forma que ele e Harper ficaram virados na outra direção. — E estas aqui são a Cheryl e a…?

— Tish — disse ela. Ela estava com um sorriso largo. — Feliz aniversário — disse ela para Harper. — Se a gente soubesse que era seu aniversário, teria trazido bolo.

— *Tem* bolo! — gritou Harper. — *Bolo de unicórnio*.

— Bolo de unicórnio de arco-íris — concordou a sra. Wong. Ela estava tão calma quanto Harper estava hiperativa. — Por que você e seu tio não fazem café e cortam uns pedaços de bolo pras nossas convidadas?

— Boa ideia — concordou Kelly. — Vem, interbases. — Ele a levou para a cozinha no canto.

— Bailey e Faith foram dar uma volta com o bebê — disse a sra. Wong. — Vocês vão ter que tomar café instantâneo, infelizmente, porque nem Kelly nem eu sabemos usar a máquina.

— Ah, a Cheryl deve saber — ofereceu Tish. — Como viciada em café, ela sabe usar todas as máquinas conhecidas pela humanidade. — Ela empurrou Cheryl na direção da cozinha.

— Que maravilha. — A sra. Wong guardou o potinho de bolha de sabão embaixo da mesa lateral. — Por que as moças bonitas não tiram os casacos e vêm se sentar comigo no sofá enquanto eles organizam o café?

Jodie ficou feliz de Tish estar lá. Ela estava muito nervosa, e não conseguia tirar os olhos da cozinha, onde Kelly tinha colocado Harper na bancada e estava conversando com Cheryl. Cheryl mal prestava atenção nele enquanto mexia na máquina de café. Os lábios vermelhos de Cheryl emolduravam o sorriso normalmente largo, mas as sobrancelhas perfeitas delineavam uma curva de irritação. Jodie supôs que ela não gostasse de ser relegada a cuidar do café.

— Gene e eu fomos casados por trinta e três anos, sabe — disse a sra. Wong para Jodie e Tish quando elas se sentaram na beira dos sofás de couro. — Eu falei que, se ele morresse antes de mim, eu tornaria a vida dele após a morte um inferno, e eu pretendo cumprir a minha promessa. — Ela riu. — Me pareceu um bom começo Jodie vir aqui torturar o Steinway de novo.

Jodie fez uma careta.

A sra. Wong deu um tapinha no joelho dela.

— Nem todo mundo é musicista — disse ela com alegria. — Gene sempre gostou de você — confidenciou a sra. Wong, para a surpresa de Jodie.

— Duvido — Jodie deixou escapar. — Eu devia ser a pior aluna dele.

— Ah, não, não a pior — gritou Kelly da cozinha. — Vários foram muito piores.

— Mas você sempre comparecia — disse a sra. Wong —, e sempre fazia seus deveres.

— Não que ajudasse. — Jodie suspirou.

— Eu aposto que você pode tocar melhor do que sua irmã — garantiu a sra. Wong. — Ela nunca veio a nenhuma aula. Eu sei porque achei o caderno dele. Nenhuma!

Não. Ela não tinha ido. E tinha feito Jodie mentir para a mãe e para o pai, o que ainda embrulhava o estômago de Jodie de ansiedade.

— Espero que vocês estejam com fome, porque Harps cortou uns pedaços enormes de bolo — anunciou Kelly. Ele e Harper atravessaram a distância curta da cozinha até o sofá, os dois segurando pratos. Em cada prato havia um pedaço enorme de bolo listrado de arco-íris.

Ele piscou para Jodie quando entregou um prato para ela, e ela sentiu o estômago dar um nó, e não de ansiedade desta vez.

Quando Cheryl levou o café, Bailey, o irmão de Kelly, chegou em casa com a esposa e o bebê, e o apartamento, já cheio, chegou ao limite. O carrinho ocupou a cozinha quase toda. O bebê começou a chorar. A sra. Wong pegou o bebê dos pais cansados e começou a cantar uma cantiga de ninar. De alguma forma, Harper espalhou bolo de arco-íris pelo tapete e começou a chorar. A mãe a repreendeu, e o pai pegou mais bolo. Cheryl estava tirando formulários da bolsa. Jodie se sentia presa no meio de uma tempestade.

E Kelly se sentou no sofá ao lado dela.

— É sempre assim — garantiu ele enquanto comia um terço do bolo em uma garfada só. — Melhor deixar rolar.

Certo. Jodie comeu bolo e, lado a lado, eles viram a tempestade passar. De alguma forma, Cheryl conseguiu que todos assinassem um formulário de autorização, mesmo no meio do caos.

— Que bolo gostoso. — Jodie não sabia o que mais dizer. Ela estava constrangida demais. Ficou olhando para Harper, curvada sobre uma nova fatia de bolo com cobertura na cara toda. Kelly estava tão perto. Ela sentia o calor do corpo dele.

— Eu vi a coisa sobre a sua árvore — disse ele.

— Você quer dizer meu arbusto?

— É. Isso vai ser um problema?

— Provavelmente.

Ele assentiu.

— Meu pai deixou umas contas médicas horríveis, e ele nem ficou doente por muito tempo. É bom você ter uma oportunidade de pagar assim. — Ele sorriu. — Ainda que seja bem esquisito.

Só a menção às contas deixou Jodie tensa. Aquele maldito arbusto.

— Olha só o caderno do Gene! — A sra. Wong se curvou sobre as costas do sofá diretamente entre Kelly e Jodie. Ela havia colocado o bebê no colo de Tish e estava segurando um caderno de registro barato, do tipo que se compra em papelaria. Ela o abriu e apontou com alegria para o nome de Jodie, escrito com a caligrafia cuidadosa do sr. Wong. — Aqui, você. Está vendo, ele registrou todas as músicas em que você trabalhou. Aqui, no final, foi Gershwin.

Jodie se lembrava do Gershwin: "Our Love Is Here to Stay." O sr. Wong quis que ela tocasse como uma peça intensa e sonhadora, suave, cheia de saudade. Mas, quando ela tocou... o amor parecia uma cacofonia irregular e inquieta cheia de notas erradas.

— Seu pai sabia tocar piano. — A sra. Wong suspirou, se inclinando para a frente para apoiar a bochecha na cabeça de Kelly. Ele esticou o braço e apertou o dela com a mão grande.

— Toca você, Kelly. — A sra. Wong fechou o caderno. — Eu pediria para Bailey, mas ele está ocupado com o bebê.

Bailey piscou e parou com uma garfada de bolo a caminho da boca.

— Eu não estou com o bebê.

— Dá o bebê para ele — ordenou a sra. Wong a Tish. — Nós temos coisas a fazer.

Tish obedeceu e Bailey suspirou, olhando desejoso para o bolo.

— Bailey toca piano muito melhor do que Kelly — confidenciou a sra. Wong a Jodie. — Pena que ele está ocupado com o bebê.

Kelly grunhiu.

— Não começa. O papai nunca me deixou esquecer que eu era o segundo.

— Kelly não treinava o suficiente. Beisebol demais.

— É, que desperdício. — Kelly revirou os olhos. Mas se levantou. — Vem, Boyd. Parece que está na hora de tocar piano.

Jodie sentiu uma onda de pânico. Já? Ela quase hesitou de novo, mas Tish estava ali, como uma espécie de animal de apoio emocional. Ela olhou para Jodie com solidariedade e esticou a mão para levantá-la do sofá. Jodie sabia que Cheryl fotografava tudo enquanto eles iam para a salinha onde o piano ficava. Era um quarto de hóspedes, além da sala do piano. Havia uma cama de solteiro bem estreita, e a mala da sra. Wong estava aberta sobre a colcha. Não havia muito espaço entre a cama e o piano. E havia muita gente espremida naquele espacinho.

— Fica fora da foto — Jodie ouviu Cheryl sussurrar para Tish quando elas entraram. — Você não deveria estar aqui.

— O quarto é pequeno — sussurrou Tish.

— O *apartamento* é pequeno — concordou a sra. Wong.

Tish pareceu constrangida, mas a sra. Wong não pareceu chateada.

— Mas, olha — ela apontou para a janela —, se você se curvar para lá, dá para ver um pouco do rio.

Elas se inclinaram e viram mesmo uma fatia de água.

— Apartamento com vista — disse a sra. Wong, acenando. — Muito valorizado.

— É lindo — garantiu Tish.

— Mas Great Neck é um nome horrível para um bairro — reclamou a sra. Wong. — Significa Pescoço Grande. Eu não poderia viver num lugar com um nome horroroso desses.

— Onde você mora?

— Coral Gables.

— Ela escolheu o lugar por causa do nome — disse Kelly secamente. — Quando eu fui estudar na faculdade em Miami, minha mãe e meu pai foram atrás, e ela escolheu um bairro com um nome bonito.

— Parece um bom lugar para morar, né? — A sra. Wong pareceu satisfeita consigo mesma. — E *é* um bom lugar para morar. Tem muita gente velha como eu. Agora, vai tocar, Kelly, antes que a gente fique sem oxigênio aqui.

A sra. Wong fechou a mala e a tirou da cama. Em seguida, fez todo mundo se sentar. Exceto Jodie, que teve que ficar de pé ao lado de Kelly para virar as páginas.

Obedientemente, Kelly se sentou no banco do piano.

— Caramba. Eu não me sento aqui desde que ele morreu. — Ele pareceu meio abalado.

— A gente não precisa fazer isso agora — disse Jodie apressadamente. Como tudo desde que o Furacão Cheryl chegou, aquilo parecia apressado. Eles tinham chegado subitamente no apartamento dos Wong e tudo estava caótico e barulhento; não houve tempo para absorver as coisas conforme elas aconteciam. — Nós também não precisamos fazer isso aqui — garantiu ela a Kelly. — Tenho certeza de que podemos encontrar outro piano.

— Não seja boba — repreendeu-a a sra. Wong. — Claro que ele tem que fazer isso agora. Você quer que elas tenham que vir até Great Neck de novo, Kelly?

— Nós não nos importamos — garantiu Jodie.

— Bom, na verdade... — Cheryl estava com o sorriso largo. — Estamos muito gratas de vocês terem nos encaixado, porque temos muita coisa para fazer esta semana. Temos mais dois itens da lista para riscar depois disso.

— Está tudo bem — disse Kelly para Jodie. — Fico feliz em ajudar.

Jodie não se sentia bem com nada daquilo.

Gentilmente, Kelly levantou a tampa do piano. As teclas de marfim brilhavam depois de anos sendo polidas por gordura de dedos. Ela o ouviu soltar o ar, trêmulo.

— Meu Deus. É como se ele estivesse aqui, atrás de mim. Sabe como ele sempre ficava atrás quando você tocava? Lendo a música por cima do seu ombro.

Jodie sabia.

Ele levantou os dedos sobre as teclas.

— Me deixava tenso.

— A mim também. — Jodie suspirou.

Eles ouviram um fungado, se viraram e viram que a sra. Wong tinha começado a chorar.

— Mãe...

Ela levantou a mão, impaciente.

— Não! Me ignora. Eu só estou vazando de novo. Toca o Gershwin.

Kelly respirou fundo e olhou a partitura rapidamente. Jodie o ouviu murmurar baixinho: *Não faz merda*.

E aí, os longos dedos dele se abriram sobre as teclas, e ele começou a tocar.

E Kelly *sabia* tocar. A música começou lenta e baixa, quase triste, com um trinado aqui e ali prometendo alguma coisa, um tremor de expectativa. Ele tocando era como uma carícia. O som girou pelo quarto em correntes, envolvendo corpos que tinham ficado imóveis e pensativos. As notas eram profundas e melancólicas, vibrando com uma *saudade* fantástica e caprichosa.

Era assim que Gershwin tinha que soar, pensou Jodie com um suspiro interno quando virou a página para ele. Como ele fazia as notas soarem como perguntas? Elas giravam nos refrãos suplicantes agridoces, apelativas, desesperadas, sedutoras.

Enquanto a parte final sumia no ar, bem depois que ele já tinha tocado a última nota grave, houve um silêncio reverente.

— Foi ruim? — perguntou Kelly com voz rouca.

— Foi *incrível* — sussurrou Tish. — Espero que você tenha filmado isso. — Ela deu uma cotovelada em Cheryl, que, é claro, estava com o celular na mão gravando cada segundo.

— O terceiro melhor da família — disse a mãe de Kelly com orgulho.

Kelly riu e bateu nas teclas.

— Terceiro melhor. A história da minha vida.

— Ela está brincando — disse Bailey, colocando a cabeça no quarto. Ele estava balançando o bebê, que continuava agitado. — Kelly é mil vezes melhor do que eu. Meu instrumento é o trompete.

— Tão barulhento — reclamou a sra. Wong. — Nós tiramos dele. Ele vivia soprando. — Ela ainda tinha o caderno nas mãos. — De acordo com isto, nós devemos aos Boyd mais do que seis aulas de piano. Você vai passar a semana em Nova York? Kelly também. Momento perfeito.

— Seis? — Cheryl empalideceu. Fez o batom dela ficar ainda mais forte. — Não eram só duas? — Ela olhou para Jodie em pânico.

Jodie fez uma careta.

— Bree me fez mentir *muito* para a minha mãe e meu pai.

— É melhor vocês começarem agora — disse a sra. Wong. — Eles pagaram por uma hora de aula. Nós vamos para a sala e vamos mandar Bailey fazer mais café.

— Não, eu preciso tirar fotos — protestou Cheryl.

— Tira no final. Ninguém ouve música nas fotos. Ninguém vai saber que ela não está tocando de verdade. E assim, você não vai precisar sofrer com essa barulheira. — A sra. Wong não aceitava um não como resposta; ela levou todo mundo para fora como um limpador de neve abrindo caminho numa estrada. — Toca muito mal — gritou ela por cima do ombro. — Lembra que eu falei para o Gene que ia fazer com que ele sofresse se ele me deixasse.

— Sua mãe tem um senso de humor estranho — murmurou Jodie quando a sra. Wong fechou a porta, deixando-a sozinha com Kelly e o piano.

— Tem mesmo. — Os dedos longos de Kelly tocaram nas teclas do piano. — Quando eu cheguei na liga principal, sabia que ela me mandou um e-mail de parabéns? Ou melhor, mandou para o time e pediu que lessem na transmissão quando arremessei no meu primeiro jogo. Sabe o que dizia? *Nós estamos muito orgulhosos de você, filho. Não se esqueça de lavar o suporte atlético depois do jogo*. Sabia que ela riu tanto que distendeu um músculo? Teve que fazer fisioterapia depois para melhorar. "Eles leram do jeitinho que eu escrevi!" — Ele imitou a voz da mãe perfeitamente. — Pode acreditar que eu sei como é ter uma mãe que se acha comediante. Você sabe qual passou a ser meu apelido depois disso, né?

Jodie apertou os lábios. Ela podia imaginar.

— Isso mesmo. *Suporte atlético*. E aí virou S. Atlético. Agora é só Atletics. Pelo resto da vida, o bom povo de Tacoma vai me conhecer como Atletics, por causa da minha mãe sacana.

Jodie riu.

— Ela parece uma mulher de classe, mas não é. — Kelly chegou para o lado para abrir espaço para ela no banco. — Vem, Boyd, é melhor a gente começar sua aula de piano.

O que você está esperando? A voz de Bree praticamente berrou na cabeça de Jodie. Ela parecia Harper, que estava fazendo uma barulheira na sala de novo. *Você vai ter uma aula de piano com Kelly Wong!*

Não só uma aula de piano, mas *meia dúzia*.

Com cuidado, Jodie assumiu seu lugar no banco. Ela olhou para as teclas com a antiga sensação ruim de novo.

— Eu sou muito ruim nisso — avisou ela.

— Eu lembro. — Ele riu. — Você sabe como era difícil estudar para um teste de trigonometria com você atacando o piano no andar de baixo?

Jodie corou. Ela apostava que ele não sabia quantas das suas notas erradas tinham sido causadas por ela estar pensando nele no andar de cima, ouvindo.

— Tudo bem, Boyd. Vamos mostrar ao Gershwin como se faz. Você lembra como se lê música?

Coitado do Gershwin, pensou ela ao colocar os dedos nas teclas. Ele e o sr. Wong estavam prestes a sofrer juntos.

Capítulo 17

Quando a aula acabou, o Furacão Cheryl tinha atacado de novo. Jodie ficou estupefata de ver que, ao longo de uma única aula de piano, Cheryl tinha sequestrado Kelly também. De acordo com ela, ele ia junto delas naquele passeio insano.

— Vai ser *incrível* — prometeu Cheryl enquanto tirava algumas fotos dos dois no banco do piano. De vez em quando, ela mandava que eles se aproximassem para ela poder tirar uma foto melhor. — Não vai, sra. Wong?

— Não tem espaço para você aqui mesmo — disse a sra. Wong para Kelly, que pareceu tão confuso quanto Jodie se sentia. — Você vai ficar bem mais à vontade em um hotel do que no sofá.

— Eu não posso pagar um hotel, mãe. Principalmente um em Manhattan. Ainda não cheguei nos clubes grandes — disse ele com pesar.

— Todas as despesas pagas — disseram Cheryl e a sra. Wong juntas.

— Ainda faltam cinco horas de aula de piano — disse a sra. Wong para Kelly. — E Bailey não pode. Ele tem um *bebê*.

Kelly expirou lentamente.

— Eu achava que era uma coisa de uma tarde só.

— Desculpa — justificou-se Jodie. Ela se sentia com dois centímetros de altura. Elas estavam obrigando *Kelly Wong* a passar um tempo com ela. Era uma humilhação. — Você não precisa mesmo fazer isso.

— Precisa, sim — discordou a sra. Wong. — Uma dívida é uma dívida.

Kelly passou a mão no rosto.

— Mas eu vim visitar a família, mãe.

— E visitou. Além do mais, aulas de piano não tomam o dia todo. Nós vamos te ver em Manhattan. Eu prometi a Harper uma visita ao zoológico e ao museu infantil.

— Zoológico! — Harper começou a gritar de novo. — Igual no *Madagascar*! Vou poder ver o leão Alex!

— O hotel fica perto do zoológico — disse Jodie. Mas ela estava se encolhendo por dentro. Ah, meu Deus, imagina o que ele devia estar pensando.

— Pronto — disse a sra. Wong com animação. — Harper pode ir e ficar decepcionada porque não tem leão de desenho animado. E vai te dar a oportunidade de botar a conversa em dia com a Jodie. Você não a vê desde o ensino médio.

— Mas e você?

— O que tem eu? Eu não vou sair de Great Neck. Eu tenho um bebê para ninar. — A sra. Wong passou a mão pela cabeça de Kelly. — E você não pode abandonar Jodie, pode? Cheryl falou o quanto ela precisa disso.

Jodie tentou encarar Cheryl. *Abandonar Jodie*. O que exatamente Cheryl tinha dito para os Wong? Cheryl tinha um jeito de distorcer as coisas de modo que elas não parecessem tanto com a verdade. Embora a verdade já fosse bem exagerada...

— Certo. — Kelly pareceu encurralado, e quem poderia culpá-lo? Ele se virou para Jodie, que ainda estava ao lado dele no banco do piano. — Parece que vamos ter umas aulas de piano, então.

E foi assim que Jodie se viu enfiada em um carro com Kelly Wong voltando para Manhattan. Cheryl se exilou no banco da frente para poder trabalhar na conta do Instagram, e deixou os três no banco de trás. Ela havia contratado um serviço de carros particulares chiques de novo.

Kelly batucou com os dedos no joelho e olhou pela janela. Ele estava com raiva? Elas praticamente o tinham sequestrado. Meu Deus, ele devia achar que ela era um pesadelo. Tish olhou para Jodie com pena, o que só confirmou os medos de Jodie. Ele a *achava* um pesadelo, não achava?

— Então você joga profissionalmente, Kelly? — disse Tish com determinação. Novamente, Jodie estava grata de ela ter ido com as duas.

Kelly se virou da janela e fez uma expressão educada. Mas, antes de surgir, Jodie teve um vislumbre de testa franzida.

— Sim. Sou arremessador. Entrei na liga principal ano passado.

— Uau. — Tish claramente não tinha ideia do que nada daquilo queria dizer.

Kelly sorriu. Ele percebeu.

— E o que você faz? Também trabalha para a companhia aérea ou também foi capturada acidentalmente por esse circo? — Ele sentiu Jodie se encolher ao ouvir isso e lançou um olhar delicado para ela. Um que dizia *Você não tem culpa. Você está tão presa quanto eu.*

Era *por isso* que ele era tão bom arremessador, lembrou Jodie. Porque conseguia se comunicar sem dizer uma palavra. E conseguia interpretar as pessoas em um nanossegundo. Ele via você mais claramente do que você se via.

— Ah, não, eu sou hacker ética — disse Tish com alegria. — E estou aqui por vontade própria.

— O quê? — disse Jodie. *Hacker*? Por que Jodie não tinha pensado em perguntar a Tish o que ela fazia?

— O que é uma hacker ética? — Kelly estava cheio de curiosidade. Ele se inclinou para a frente e deu atenção total a Tish.

— Eu testo softwares para empresas. Sabe como é, tento hackear. Para ver quais são os pontos fracos.

— Uau. Que legal.

— É mesmo. Eu adoro.

Jodie olhou para a namorada da Cheryl com novos olhos enquanto ela falava das alegrias de ser hacker. O rosto de Tish se iluminava quando ela falava do trabalho. Jodie ficou sentada como uma bolota entre Kelly e Tish e se sentiu a pessoa mais chata do planeta. Havia Cheryl, que transformava a vida diária em coisas mágicas nas redes sociais; havia Kelly, que arremessava bolas para chegar nos times grandes, com a faculdade paga; e havia Tish, uma espécie de espiã maluca e legal. Enquanto Jodie... estava de saco cheio de si mesma e do quanto era inútil. Era melhor que ela terminasse o curso de ciência do exercício quando a lista terminasse. Ela não queria ser chata assim para sempre.

Eles ainda estavam falando sobre o trabalho de Tish quando chegaram ao hotel. Jodie foi atrás enquanto os dois seguiam Cheryl pelas portas deslizantes, passavam pelas orquídeas grandes e iam até a recepção, onde Cheryl cuidou de arrumar um quarto para Kelly. Kelly e Tish estavam brincando como velhos amigos, e Jodie se sentiu a garota chata da escola. Ela nunca conseguia pensar em nada de interessante para dizer. Certamente, não tão interessante quanto hackear eticamente.

Jodie se afastou deles e fingiu estar absorta observando o lustre brilhante. Tentou afastar a onda de inveja que a estava percorrendo. Por que ela não podia ser como Tish?

— Tem alguma coisa errada?

Jodie deu um pulo de um quilômetro. Um cara tinha se juntado a ela para olhar o lustre. Ele estava curvando o pescoço, como se tentando ver o que ela estava olhando. Era um sujeito com aparência cara, de terno chumbo e óculos estilosos. Por trás dos óculos, ele tinha olhos azuis, da cor de um céu de julho. O sotaque britânico era coisa de filme. Jodie se perguntou se ele era o concierge.

— Não, nada de errado — disse ela nervosamente. — Eu estava... hã... me perguntando como fazem para limpar. A água-viva. Quer dizer... hã... o lustre.

Quando o homem de terno olhou para o lustre, seu cheiro florestal os envolveu. Ele tinha cheiro de couro quente e floresta molhada de chuva.

— Imagino que tenham um cara do lustre — disse ele. — Por que, você está procurando um? — Os olhos dele cintilaram.

Jodie não sabia se ele estava brincando ou não.

— O que, um cara do lustre?

— Eu conheço um bom se você precisar.

Ela continuava sem saber se ele estava brincando.

— Certo. — Ela *parecia* ser o tipo de pessoa que precisava de um cara do lustre? Jodie enfiou as mãos nos bolsos da frente do moletom e abriu um sorriso educado. — Obrigada, eu acho.

— Você é muito familiar — disse ele, inclinando a cabeça e abrindo um sorriso intrigado. — Nós nos conhecemos? De Hamptons, talvez?

Jodie levou um susto tão grande que quase gargalhou.

— Acho que não.

— Eu nunca me esqueço de um rosto.

Jodie sentiu um choque súbito quando uma ideia surgiu. Será que aquele cara britânico a reconhecia das redes sociais? Ela nunca se acostumaria com isso.

— Você usa Instagram? — perguntou ela com cautela.

Ele pareceu sofrer.

— Ah, você me reconheceu. — Ele fez uma careta. — Não dá mais para ir a lugar nenhum ultimamente. — Ele pareceu genuinamente constrangido.

Ah, não. Ela deveria conhecê-*lo*? Quem ele era? Ela não seguia ninguém, como ia saber quem ele era?

— Ryan?

— Cheryl!

Ryan? Jodie quase grunhiu quando viu Cheryl andar rapidamente pelo piso de mármore de saltos, o sorriso enorme e genuíno enquanto ela se aproximava do cara britânico de terno. *Ryan* só poderia significar... *Sir Ryan Lasseter*. O homem que estava pagando para ela terminar a lista. E ela não tinha percebido quem ele era.

O cara britânico pareceu empolgado de ver Cheryl. Ele deu um beijo estalado em cada bochecha dela e depois mais um "só para ser bem europeu", disse ele, rindo. Cheryl estava rosa e sorrindo. Jodie viu Tish na recepção, o rosto parecendo tempestuoso. Kelly estava olhando com curiosidade, a bolsa ainda pendurada no ombro.

— O que você está fazendo aqui? — perguntou Cheryl sem fôlego.

— Eu pedi a Maya para me colocar no seu hotel para eu poder acompanhar o projeto.

O olhar de Cheryl pulou para Jodie. Foi aí que Jodie percebeu que *ela* era "o projeto".

— Ah, Ryan. — Cheryl indicou Jodie. — Esta é Jodie Boyd. A irmã da Bree. A que está terminando a lista.

— Eu sabia que conhecia você! — Ele estava feliz da vida. E aí, salpicou "beijos europeus" nas bochechas dela. — Está gostando de Nova York?

— Ela acabou de fazer a primeira aula de piano — disse Cheryl com orgulho.

— Ótimo. Maravilhoso. Bom saber. Uma pena o arbusto. — Ele fez uma careta.

Cheryl empalideceu.

— Eu vou resolver isso.

— Sei que vai. Você é um gênio, Cher, muito gênio. — Sir Ryan Lasseter conseguia ser mais entusiasmado do que a própria Cheryl, ao que parecia.

Ele abriu um sorriso para Jodie. — Eu *sabia* que tinha te reconhecido — disse ele de novo. — Eu nunca esqueço uma mulher bonita.

Jodie corou. Ela não conseguiu controlar, apesar de saber que não era bonita e que ele só estava sendo "todo europeu".

— Eu pensei em levar as moças para jantar hoje — declarou ele. — Para ver como estão os planos. Tirar umas fotos com o talento. — Ele piscou para Jodie.

Houve um pigarro claro de Tish nesse momento. Ryan se virou. Tish e Kelly tinham se juntado a eles debaixo da água-viva. Kelly estava segurando o cartão magnético de um quarto, Jodie notou.

— Desculpa — disse Tish com doçura ácida. — Mas nós já temos planos.

— E quem nós temos aqui?

Cheryl arregalou os olhos de pânico. Ela pareceu ficar paralisada. Tish cruzou os braços e ficou olhando para ver o que Cheryl faria. Ela pareceu não conseguir fazer nada.

Tish não deveria estar ali, lembrou Jodie. Cheryl deveria estar trabalhando, não passando tempo com a namorada. O olhar de Jodie foi de uma à outra, tentando entender o que estava acontecendo. Ryan não parecia saber quem Tish era…

— Ah, esta é minha amiga Tish — disse Jodie. Ela não sabia por que estava ajudando Cheryl depois da história do Kelly Wong. Mas estava. — Ela veio dar apoio moral.

Cheryl lançou um olhar de profunda gratidão para Jodie.

— Tish! — Ryan deu os dois beijinhos europeus nela. — Bem-vinda!

Tish fingiu um sorriso, mas Jodie reparou que ela não gostava do Sir Ryan nem dos beijos dele.

— Obrigada — disse Cheryl para Jodie apenas com movimentos labiais.

— E esse é seu companheiro, Tish? — Ryan tinha ido falar com Kelly.

— Não, eu sou o professor de piano. — Kelly ofereceu a mão para Ryan apertar antes que mais beijos pudessem ser dados.

— O professor de piano! — Ryan ficou maravilhado. — Excelente. — Ele lançou um olhar de provocação para Cheryl. — Eu estou pagando pelo quarto de todo mundo?

Cheryl ficou vermelha.

— Nós estamos em quartos simples. E tem gente dividindo. — Ela evitou o olhar fulminante de Tish.

— Eu estou brincando. Claro que estamos pagando os quartos de todo mundo. E não precisa dividir! Só não deixa de tirar um monte de fotos — disse Ryan com alegria. — Eu estou acompanhando. Está meio triste até agora. Você não pode incrementar com alguma diversão aqui e ali também?

— Cheryl é uma ótima fotógrafa. — *Por que* ela ficava indo ao resgate de Cheryl? Jodie não sabia por que se via ofendida em nome dela. — As postagens dela são obras de arte.

— Ela é um *gênio* — concordou Tish com azedume.

— E eu não sei? — concordou Sir Ryan Lasseter. — Ela vale cada centavo. Mas a felicidade pode ser tão artística quanto o sofrimento, não pode? — Ele bateu as mãos. — E aí, jantar para cinco? É isso? Ou tem mais gente?

— É isso — disse Cheryl rapidamente.

— Uma mesa para cinco, então. Vou mandar Maya reservar no Alodie. Vocês vão amar. É divino. — Ele olhou o relógio. — Eu tenho uma reunião agora e vou encontrar vocês lá, pode ser? Maya vai fazer uma reserva para as 20h. *Ciao.* — E ele foi embora.

Estava claro onde Cheryl tinha aprendido sua tática de furacão.

— *Ciao* — rosnou Tish. — O que foi aquilo? Eu achei que *nós* íamos jantar juntas hoje. — Ela lançou um olhar sombrio para Cheryl.

Cheryl deu de ombros, impotente.

— Eu não posso dizer não para o meu chefe.

— Claramente. — Tish foi andando para o elevador.

— Tish! — Cheryl passou a mão pelo cabelo. — Jodie, você pode levar Kelly até o quarto dele? — suplicou ela. — Desculpa. — E ela saiu andando, conseguindo por pouco pegar o mesmo elevador que Tish.

Jodie observou a confusão de Kelly.

— Bem-vindo à minha vida — disse ela.

— É sempre assim?

— É. Ultimamente, é. — Ela não conseguia imaginar o que ele estava pensando. — Em que quarto você está?

Kelly mostrou o cartão. Ele estava no mesmo andar que ela. Bom, isso era fácil. Ela apertou o botão para chamar o elevador. Jodie tentou pensar em algo para dizer. Não havia nada. E havia muito.

Foi Kelly quem rompeu o silêncio, como sempre.

— Quer tomar um drinque antes do jantar? — perguntou ele quando o elevador chegou e eles entraram. — Tem muito tempo entre agora e oito horas. Acho que vou malhar agora. Mas depois? Nós podemos dar uma volta e tomar um drinque?

Kelly Wong tinha mesmo a convidado para tomar um drinque?

— Claro — disse ela, parecendo mais calma do que se sentia. — Parece um bom plano.

— Que tal a champanheria onde você foi ontem? A gente pode ir lá?

— Como você sabe que eu fui a uma champanheria? — perguntou ela, surpresa. Ela não tinha contado para ninguém.

— Está no Instagram.

Capítulo 18

Quando ficou sozinha no quarto, Jodie abriu o Instagram. Realmente, lá estava ela, com aquele cabelo horrível, sentada à luz de velas sozinha com uma taça de champanhe. Parecia um peixe fora d'água. Lamentável. E o garçom a tinha marcado, assim como site oficial de Bree: #DefinitivamenteUmaGarotaDeChampanhe. Já era sua parca privacidade. E ela tinha ganhado seguidores. Mais de cem. Ela olhou os comentários embaixo da foto. Havia uma mistura de gentilezas motivacionais e trolls horríveis. Jodie grunhiu e se deitou na cama.

E não tinha sido só o garçom. Cheryl tinha andado ocupada. O Instagram de Bree era um ensaio de fotos das vinte e quatro horas de Jodie em Nova York. Como sempre, Cheryl tinha capturado a parte patética da situação. Mas também outra coisa...

Outra coisa chamada Kelly Wong...

E, meu Deus, o jeito como Jodie estava olhando para ele em algumas das fotos. E o vídeo de Kelly tocando Gershwin, o jeito como Cheryl deu zoom em Jodie...

Todo mundo ia ver o que ela sentia por ele.

Que se danassem. Jodie ligou para Claudia.

— Oi. — Claudia pareceu surpresa de ter notícias dela. — Como está Nova York?

— Uma loucura. — Jodie ouviu barulho de muita gente ao fundo. — Onde você está?

— No Hopper's. — Claudia tentava falar com indiferença.

— É mesmo?

— Eu faço compras aqui toda semana — lembrou-lhe Claudia com afetação.

— Você está fazendo compras?

— Estou tomando um espresso duplo.

— Manda um oi para o Thor por mim.

— Ah, para com isso e me conta o que está achando de Nova York.

Jodie riu.

— Estou com saudade de você, Claudia. — Ela estava. Muito. Caiu sobre ela como uma onda dolorosa. O que ela não daria para ter Claudia com ela naquele momento. Ela provavelmente estaria rearrumando almofadas ou algo assim.

— Eu também estou com saudade. — Havia emoção na voz de Claudia. — Me conta o que está acontecendo. Eu estou morrendo de curiosidade.

— Pede um daqueles espressos martíni — disse Jodie. — Tem muita coisa para eu contar. — Claro que Claudia não pediu um martíni. Mas pediu outro café, e Jodie contou sobre os dias anteriores.

— Você conheceu *Sir Ryan Lasseter*?

— Por que todo mundo o chama assim?

— Porque ele é *Sir Ryan Lasseter*.

Jodie ouviu alguém ao fundo.

— O que foi isso?

— Thor... quer dizer, Hopper. Ele quer saber como o Lasseter é.

— Ele beija muito as pessoas. *Muito*. Três vezes cada uma. Bochecha esquerda, bochecha direita, bochecha esquerda. Ou talvez seja o contrário...

Claudia riu e Jodie a ouviu repetir aquilo para Thor.

— Hopper diz que ele parece ser metido.

— Diz a Thor que vou contar a ele depois do jantar de hoje. — Jodie ouviu Claudia repassar a mensagem. — Mas, para ser sincera, ele parece um amor. — Ela se lembrou do brilho quente nos olhos azuis de céu de julho.

— O que você vai usar para o jantar? — perguntou Claudia. — Parece chique.

O estômago de Jodie despencou.

— Ah, meu Deus, não sei. Eu não sei ser chique.

— Vai até o armário e me diz o que você vê.

— Tudo ainda está na mala — disse Jodie com culpa.

— Então olha na mala. — Claudia suspirou. — E aproveita e desfaz. Tem um motivo para haver armários nos quartos de hotel, sabia?

Quando Claudia começou a dar um ataque de estresse por causa das roupas amassadas, Jodie abriu a mala e remexeu nas roupas que tinha levado. Calças jeans. Moletons. Calças pretas. Um suéter de lã.

— Você deve ter *alguma coisa*. — Claudia suspirou indignada. — O que você estava pensando? Você devia saber que ia sair para jantar em Nova York.

— Eu saí para jantar ontem e minha calça jeans estava ótima — disse Jodie na defensiva. — Eu comi bibimbap.

Claudia grunhiu.

— Mas agora você vai ao *Alodie*.

— É chique?

— Você não pesquisou?

— Eu liguei para você primeiro — respondeu Jodie com rispidez. Honestamente.

— Tudo bem, nada de pânico, você tem tempo.

— Eu não estou em pânico. Calça preta é chique, né?

— Você *não* vai de calça.

— Acho que vou. Não tem muitas opções.

— Eu vou te botar em espera, Jodie. Não se atreva a desligar. Já volto.

— Por quê? O que você… — Droga, ela já foi. Jodie olhou de cara feia para o celular. Uma calça preta estava *ótimo*. Até celebridades usavam, não era? Se bem que deviam ser calças de marca, não Levi's. Jodie remexeu na mala. Calça preta e suéter preto. Pronto, roupa resolvida. Mas os únicos sapatos que tinha eram tênis. Isso poderia ser um problema.

— Tudo resolvido! — Claudia voltou toda alegre para o telefone.

— O que você quer dizer com tudo resolvido? Você quer dizer que tudo bem eu ir de calça jeans?

— Não. — Ela parecia feliz da vida.

Jodie teve uma sensação ruim.

— Toma um banho e relaxa um pouco. Vai chegar uma entrega. Deve estar aí em umas duas horas.

— Entrega? De quê?

— De nada! — cantarolou Claudia e desligou.

O que aquela mulher tinha feito? Jodie tentou ligar para ela, mas Claudia não atendeu. Droga. Jodie pegou a calça preta e o suéter preto. Ela não ia participar daquele joguinho idiota. Mas tomaria um banho de banheira. Afinal, com que frequência uma garota como ela jantava com Kelly Wong e *Sir Ryan Lasseter*? Meu Deus, ela estava até *pensando* no nome dele daquele jeito idiota.

A banheira era enorme e levou uma vida para ficar cheia. Jodie jogou o sabonete líquido tropical dentro até fazer uma montanha de espuma, depois entrou e ficou sentada um tempo. E não se sentiu nem um pouco relaxada. Jodie lavou o cabelo com o xampu com aroma de selva tropical e fez um condicionamento caprichado. Depois, raspou as pernas. Estupidamente, pois quem veria? O que as pessoas faziam na banheira? Ela estava sentada lá como um galho em um tronco.

Que se danasse. Não era nada relaxante. Jodie saiu e decidiu que era uma garota de chuveiro. Ela teria que secar os cachos molhados, que ainda não tinha dominado. O pessoal do Manatee lhe dera um spray antifrizz, que ela tentou usar, mas ainda era questão de sorte como as coisas ficariam. Outra coisa que podia atribuir ao câncer de Bree. Ela não tinha cachos *antes* de raspar a cabeça.

Jodie passou a base e o gloss. E se olhou no espelho. A calça preta e o suéter não pareciam nem um pouco arrumados. Droga. Se ao menos ela tivesse alguma joia ou algo que enfeitasse um pouco. Será que devia pedir o batom da Cheryl emprestado?

Ah, não seja idiota. Ela ficaria ridícula de batom vermelho. Como uma criancinha brincando com a maquiagem da mãe.

O telefone do quarto tocou, e ela praticamente saltou até o teto. Ela atendeu, o arrancando com violência da base.

— Alô?

— Sra. Boyd? Chegou um pacote da Macy's para a senhora. Podemos enviar para o quarto?

Macy's.

Claudia, o que você fez?

— Ah, sim, tudo bem. Pode enviar. — O que mais ela poderia dizer? Ela pegou a carteira. Teria que dar uma gorjeta ao carregador. Qual era a quantia certa para se dar de gorjeta a um carregador?

Depois de fechar a porta, ela olhou as sacolas da Macy's como se fossem cobras preparadas para o ataque. Ela e Claudia não tinham o mesmo gosto, e ela não estava esperançosa. Só que, pensou, olhando para o seu reflexo de novo, aquela não era a hora para o gosto *dela*, era? Talvez fosse a hora para um pouco do gosto de Claudia.

Ah, meu Deus, Smurf Medrosa, quer abrir logo esses pacotes?

Ela abriu e ouviu o suspiro fantasma de admiração de Bree. *Ah, muito bem, Claudia.*

Muito bem, Claudia, mesmo. Jodie tinha ficado ressabiada, admitia, ao tirar um vestido preto sem mangas do papel de seda. Era simples, sem firulas, de gola alta.

Vai exibir seus braços, sussurrou Bree. *Você tem braços lindos. E não são muitas as pessoas que podem usar um vestido grudado. Essa é a melhor parte de ser atleta, né?*

Jodie revirou os olhos. Não, a melhor coisa de ser atleta era praticar o esporte, mas ela nunca tinha tido sorte para convencer Bree disso.

Claudia também enviou um paletó preto de smoking e um par de botas que subiam ao tornozelo. A única concessão ao estilo de Claudia era uma meia de renda.

Sexy. A Bree fantasma soltou um assovio baixo.

Ela também tinha enviado um par de argolas de prata grandes. Jodie nunca tinha tido uma roupa tão chique. Ela remexeu nas sacolas procurando a nota, mas não havia. Meu Deus, ela esperava que Claudia tivesse comprado tudo na liquidação.

Me manda fotos quando estiver pronta, escreveu Claudia.

Certo. Fotos.

Jodie tirou a calça preta e o suéter e colocou o vestido preto. Meu Deus, que apertado. Mas a lã macia não a fazia se sentir apertada. A fazia se sentir...

Sexy.

Ah, cala a boca, Bree.

Mas ela estava certa. Sexy era a palavra certa. Mais ainda quando ela colocou as meias de renda e fechou o zíper das botas.

Uau. Quem imaginava que ela poderia ficar *assim*?

Claudia. Ela imaginava.

Os dedos de Jodie estavam tremendo quando ela tirou os brincos de bolinha e colocou as argolas no lugar.

Você tem braços incríveis, Smurf Forte. Nível Michelle Obama.

Obrigada, Bree. Jodie se viu pelos olhos da irmã. Seus braços eram bonitos. E ela conseguia usar um vestido apertado daqueles graças a anos correndo.

Mas ela *nunca* tinha ficado bonita assim. Na vida toda.

Com nervosismo, ela tirou umas fotos e enviou para Claudia.

MDDC!!!!!!!!!!

Jodie riu.

Thor mandou dizer que você está um arraso!

Você é um gênio, Claudia.

Eu sei.

Jodie riu de novo. Meu Deus, como ela queria que Claudia estivesse lá em vez de em Wilmington.

Fotos com o paletó tb, pf!

Jodie vestiu o paletó de smoking. O tecido deslizou, frio nos braços expostos. Ela mandou uma foto para Claudia.

Claudia mandou de volta um meme. *Rainha!*

Jodie riu.

Vou ficar de olho no Insta. Divirta-se.

Ah, isso mesmo. O Instagram. Bom, pelo menos naquela noite o cabelo dela não estaria achatado do chapéu.

Capítulo 19

Jodie queria poder ter tirado uma foto da cara de Kelly Wong quando a viu. Teria sido bom ter prova, porque ela tinha certeza de que duvidaria que tinha acontecido na manhã seguinte, mas Cheryl não estava presente para tirar uma foto sorrateira.

Jodie estava morrendo de nervosismo enquanto o esperava bater na porta. Eles tinham combinado seis e meia, e ela tinha ficado pronta cedo demais. Tinha passado o tempo andando de um lado para o outro. Não era relaxante. Quando ele bateu na porta, ela estava tensa como uma mola encolhida.

Ela abriu a porta com energia demais. Bateu na parede e ele deu um pulo. Mas aí, ele a viu.

E ela nunca esqueceria a cara dele enquanto vivesse. Ela poderia duvidar, mas não esqueceria.

O queixo dele literalmente caiu, como uma cena de filme antigo. Os olhos se arregalaram e ele a olhou de cima a baixo em um momento de perplexidade que pareceu durar uma eternidade. Ela não teria ficado surpresa de ver passarinhos de desenho animado circulando a cabeça dele, como se ele tivesse sido golpeado por uma bigorna.

— Uau — ele acabou dizendo. E não pareceu capaz de muito mais. — Uau. — Ele pigarreou. — Eu quero dizer *uau*. — Ele pareceu ter travado. Passou a mão pela camiseta, sentindo-se claramente malvestido. — Eu pesquisei o lugar — disse ele. E olhou para o rosto dela, ainda parecendo meio atordoado. — Fica a uma caminhada de um pouco mais de uma hora. Você quer tomar um drinque e depois pegar um táxi ou ir andando?

— Andando — respondeu Jodie. Ela pegou o casaco de esqui. Era o único agasalho que tinha, e estava frio demais para ir a qualquer lugar sem um. — Vamos andar até o restaurante. Vai ser bom ver mais de Nova York — disse ela.

Ele pareceu mais à vontade agora que ela tinha colocado um casaco mais informal por cima da roupa chique.

— Tudo bem para você ir andando? — Ele olhou para os pés dela, como se esperasse ver saltos.

Jodie não usava saltos. Ela achava igual a amarrar os pés. Ainda bem que Claudia não tinha forçado a barra nisso; se Claudia tivesse comprado sapatos com saltos, Jodie estaria usando os tênis velhos com aquele vestido novo chique. As botas que Claudia encomendara eram baixas e confortáveis.

— Eu consigo andar mais que você a qualquer momento — disse ela, e puxou o capuz do casaco. Ela não colocaria chapéu; não valia a pena ficar de cabelo amassado.

Kelly sorriu.

— Vamos ver, Boyd. A gente pode estar fora da temporada, mas eu continuo treinando.

Era como antigamente, pensou Jodie enquanto os dois seguiam pela Sexta Avenida a caminho de Lower Manhattan: sempre uma competição. Eles começaram a conversar sobre beisebol, como antigamente também. E Kelly voltou a tratá-la como um dos garotos. Ela guardou a lembrança da expressão perplexa no rosto dele e o fato de ele não conseguir parar de falar "uau" para refletir depois, quando estivesse sozinha, e se rendeu a ser um dos caras de novo. Suas bochechas ainda estavam coradas da emoção do olhar dele, e ela andou com os ombros para trás e um gingado nos pés. Sentia-se sexy à beça, e mais confiante do que em qualquer outra época da sua vida. Obrigada, Claudia.

Eles estavam andando pela noite vibrante iluminada por néon, olhando para a cidade e não um para o outro, e a conversa veio fácil. Kelly falou sobre o tédio de viajar nas ligas menores, sobre motéis de beira de estrada e a comida horrível, sobre ser negociado de uma hora para outra e ter que botar a vida na mala. Jodie o encheu de perguntas, doida para saber cada detalhe. Era uma noite fria e a respiração deles formava fumaça no ar enquanto caminhavam. Jodie queria que a caminhada durasse para sempre. Cada centímetro dela se sentia vivo.

Eles pararam algumas vezes para apreciar a vista: o Radio City Music Hall, um sonho retrô néon em cores primárias; o vilarejo de inverno do Bryant Park, com o rinque de patinação no gelo, cintilando com o espírito de um parque de diversões; e o Empire State Building, uma lança vermelha e verde para o Natal. Mas, mesmo com todas as pausas, Jodie e Kelly andaram mais rápido do que o Google Maps previu, porque eles chegaram ao restaurante cedo demais.

O Alodie não parecia chique visto por fora. Era só uma vitrinezinha em Tribeca.

— Quer continuar andando mais um pouco ou vamos sair do frio? — perguntou Kelly. Os olhos dele estavam cintilando, e o rosto estava corado do frio. Jodie optou por ir para o calor. Dentro, o restaurante era intimista. Havia muito metal e vidro leitoso. Compartimentos de couro. Um bar comprido de madeira. O maître pegou os casacos e os levou para um local no bar para esperar até a mesa ser liberada. Jodie não duvidou que o nome *Lasseter* tivesse conseguido uma recepção mais calorosa para eles.

— Coquetel? — sugeriu o barman, oferecendo o cardápio de bebidas.

— Quer saber, por que não? — disse Kelly. — Parece apropriado para a situação. — Ele sorriu para Jodie. — Com que frequência você é sequestrado por sua antiga companheira de time e arrastado para um jantar com um bilionário britânico?

— Não esquece ser obrigado a dar aulas de piano — lembrou Jodie.
Kelly riu.

— Eu não ousaria esquecer. Minha mãe me mataria. — Ele se virou para o barman. — Vamos tomar o que você recomendar.

— Isso não é perigoso? — murmurou Jodie quando o barman puxou o cardápio de volta e desapareceu na outra ponta do bar. — Você olhou os preços?

— Ah. Não. Eram ruins?

— Muito.

— Melhor fazer durar então. Você tem alguma ideia do que os jogadores da liga principal ganham? Acho que isso deve ser minha verba de alimentação do mês inteiro.

— Bryce Harper ganhou 330 milhões nos Phillies — provocou Jodie.

— Eu não sou Bryce Harper, gata — disse Kelly com alegria, mas fez uma careta imperceptível.

— Um dia.

Kelly riu.

— Gosto do seu otimismo, mas, confia em mim, agora que estou jogando com os grandes, eu não pareço tão bom assim. *Eles* são bons.

— Você também é. — Jodie estava falando com sinceridade. Ele percebeu e ficou acanhado.

— E você? — perguntou ele, mudando o assunto. — Ainda está jogando?

Jodie revirou os olhos.

— Onde? Nas ligas de softball?

— Tem beisebol feminino.

— Não para gente como eu. Como eu pagaria as contas?

— Você não jogou na faculdade?

— Eu ainda estou na faculdade. Meio período na Delaware Tech. Mas não tem um time de beisebol feminino. Só de softball.

Kelly inclinou a cabeça.

— Mas você está pelo menos jogando softball?

Jodie ficou feliz de os coquetéis chegarem nessa hora. Ela não queria falar sobre o quanto de beisebol (ou softball) ela não estava jogando. Nem sobre o quanto sentia falta. Nem que ainda estava na faculdade considerando que ele já tinha se formado.

— Le Soixante-Quinze — disse o barman ao empurrar duas taças de champanhe pelo bar encerado. As bebidas eram de um amarelo frio, com espirais de limão apoiadas de forma exuberante nas bordas. — Um coquetel francês clássico inventado na Primeira Guerra Mundial, batizado em homenagem à arma de setenta e cinco milímetros. Porque acerta com tudo. — Ele abriu um sorriso ousado.

Acertava mesmo. Era tão forte que o rosto de Jodie quase desmoronou quando ela tomou o primeiro gole.

— O que tem nele? — A voz dela soou meio estrangulada.

— Gin, champanhe, suco de limão, xarope de açúcar.

— Muito gin? — supôs Jodie.

O barman piscou e seguiu para os clientes seguintes.

— Bom, acho que pelo menos isso vai dar uma porrada no meu nervosismo — disse ela para Kelly ao se sentar em um banco no bar.

— Você está nervosa? — Ele pareceu surpreso. Tirou o enfeite de casca de limão em espiral do copo e o enrolou entre os dedos longos. — Não parece.

Jodie fez um ruído de deboche.

— Agora você só está sendo educado. Eu pareço um coelho com faróis na cara. Perpetuamente.

— Não.

Ele sorriu e pareceu relaxar um pouco. Ficou de pé, mas se encostou no bar. O olhar castanho caloroso desceu até as pernas dela quando ela tentou cruzá-las. Ela balançou no banco, desajeitada, e se segurou no bar para se equilibrar. Ele pareceu gostar das meias de renda. Boa escolha da parte de Claudia, pois chamavam atenção para as pernas dela, que também eram uma das suas melhores características. Jodie ficou feliz de ter passado o luto correndo. Foi a única coisa que manteve a tristeza dilacerante longe. E ela tinha corrido *muito*. O que significava que podia usar bem um par de meias de renda, pensou com gratidão.

— Mas você nunca parece nervosa — disse Kelly. — Você era a única que ficava tranquila em alguns dos nossos jogos mais difíceis.

Jodie ficou tão chocada que quase caiu do banco.

— Não mesmo. Eu ficava *uma pilha*.

Ele revirou os olhos.

— Ah, tá.

— Não, sério — disse ela, atônita. — Eu ficava pirada. Vomitava antes de todos os jogos, não só os difíceis. — Ela não sabia por que estava contando aquilo. Ela estava chocada demais. — Você achava que eu ficava normal? Quer dizer... calma?

— Todo mundo achava. Você era famosa por isso. Nós todos achávamos que você tinha gelo nas veias.

Jodie estava sem palavras. Ela tomou um gole do coquetel letal.

— Você vomitava mesmo? — Ele não parecia acreditar nela.

— Sim! É só que eu estava no vestiário das meninas sozinha e nenhum de vocês via.

A linha estreita estava de volta entre as sobrancelhas de Kelly.

— Não é possível. — Ele balançou a cabeça. — Mas você entrava na maior tranquilidade, parecendo a frieza em pessoa.

— Parecendo *petrificada*, você quer dizer. — Ah, meu Deus, só de pensar a sensação volta. Seu estômago ficava embrulhado; ela mascava chiclete loucamente para se livrar do gosto ruim de vômito; e o rosto dela parecia ficar congelado em uma espécie de máscara. A máscara branca comprida uivante do filme *Pânico*.

Mas Kelly estava contando para ela que todo mundo achava que ela era fria, calma e controlada? Estar petrificada era assim por fora?

— Você não faz ideia de como era intimidadora — disse Kelly, balançando a cabeça de novo. Ele tomou um gole da bebida amarela.

— Eu? — Jodie estava sentindo os efeitos do coquetel. — *Eu?* — Pela primeira vez no dia, o nervosismo estava passando. Uma sensação soltinha gostosa estava começando nos ombros e descendo pelo corpo dela.

— É, você. — A bebida estava exercendo sua mágica sobre Kelly também. Ele estava relaxando, se apoiando mais no bar. — Você ficava sempre tão controlada.

Fechada, corrigiu Jodie silenciosamente, não controlada. Enfiada bem dentro de si, morrendo de medo de fazer besteira ou fazer papel de idiota. *Controlada?* Ela estava era escondida.

— Parecia que nada poderia te abalar — comentou ele.

Jodie não acreditava no que estava ouvindo. *Tudo* a abalava. Passara todo o ensino médio em constante estado de ansiedade.

— Até quando as pessoas gritavam com você, e eu não tenho ideia de como você aguentava isso, aliás… mesmo quando estavam gritando todas aquelas coisas horríveis, você jogava como se fossem só você e a bola. — Ele olhou para ela, maravilhado. Jodie sentiu o estômago revirar. — Você levava tudo no seu tempo. Fazia uma jogada, puxava a aba do boné, nem piscava.

Era isso que parecia? Porque não era essa a *sensação*. Nem de longe. Se ela não piscava era porque piscar faria as lágrimas caírem.

— E eu não sei como você aguentava ser a única menina do time, os caras sabiam ser nojentos. — Kelly fez uma careta. — Até eu os achava nojentos, e eu era um deles.

Ela aguentava se recolhendo completamente para dentro de si. Não tinha sido divertido.

— É verdade que todos os caras estavam meio apaixonados por você — disse ele —, mas nenhum deles tinha coragem de te chamar para sair. — Kelly sorriu para ela, sem perceber que ela quase caiu do banco de novo. Ela teve que se segurar na borda do bar com os nós dos dedos.

O quê?

Jodie ouviu, estupefata com a realidade alternativa de Kelly.

— Eles quase enfiaram a minha cabeça na privada quando nós fomos ao baile juntos.

Ele riu.

— *O quê?* — Ela não conseguiu se segurar para não falar isso em voz alta desta vez.

— Ah, é. Eles ficaram *furiosos*. Principalmente o Josh. Ele ficou meses tomando coragem para te convidar.

— Josh? — Jodie não conseguiu absorver isso. — Josh *Josh*? Josh Sauer? — O defensor externo? O astro do rock de quase dois metros? Aquele que Bree e Claudia achavam "bonito demais". *Existe bonito e existe bonito demais, e aquele garoto é bonito* demais.

— Posso pedir outra bebida? — pediu Jodie ao barman, virando o coquetel.

— Também quero — disse Kelly em seguida. — Cara, como é bom te ver de novo. Tem tempo demais, Boyd. Por que a gente nunca se encontrou de novo depois da escola?

Porque você me largou por Ashleigh Clark no baile e eu fiquei tão furiosa que nunca mais queria te ver.

Mas ela não disse isso. O que disse foi:

— Porque você se mudou para Miami.

— Mas a gente não manteve contato pelas redes sociais.

— Eu não curto redes sociais. — Jodie estava sentindo os efeitos do drinque. Sua língua estava solta. — Além do mais, você nunca me ligou.

Ele fez uma careta.

— Não, né? Acho que fiquei constrangido por causa do baile.

Por sorte, Cheryl e Tish chegaram e pouparam Jodie da humilhação de falar sobre o baile.

— O que aconteceu com *você*? — disse Cheryl, ofegante, olhando Jodie de cima a baixo.

— Você está incrível! — Tish ocupou o banco que Kelly não estava usando. — O que vocês estão bebendo? Não importa, eu quero um — disse ela ao barman. — Não ligo para o que é, desde que haja birita dentro.

— Tem *muita* birita dentro — avisou Jodie.

— Melhor ainda.

— O que você fez? — reclamou Cheryl. Ela parecia perturbada.

— Pedi um drinque — disse Tish. — Como uma pessoa normal em um encontro. Ah, espera, não é um encontro. É um jantar com o seu chefe.

— Não você. *Você*. — Cheryl fixou o olhar sombrio em Jodie, que estava se acostumando com aquele olhar.

— Eu? O que eu fiz?

— Você deveria estar com cara de você! Não *assim*.

— Ah, cala a boca, Cher. — Tish suspirou. — Ela está linda. — Tish tinha visto Cheryl em ação de verdade naquele dia, e estava completamente do lado de Jodie.

— Está, sim! Ela não deveria ficar linda! Ainda não! Nós temos que deixar para o final da lista. Sinceramente, Jodie, você não pode melhorar agora, senão não vamos ter para onde ir depois.

Jodie corou, dolorosamente ciente de que Kelly estava olhando. *Cinderela no borralho*, lembrou ela. Era como Cheryl a tinha chamado no guichê da locadora no dia em que elas se conheceram. Bom, que se danasse aquilo. Ela não tinha vontade de bancar a Cinderela para a fada-madrinha da Cheryl.

— Então não tira nenhuma foto minha — disse ela rispidamente.

Tish riu.

— Boa resposta. — Ela pegou o coquetel que o barman entregou a ela e o ergueu para brindar com Jodie. — Não deixa que ela mande em você.

— É meu *trabalho* — resmungou Cheryl.

— Acabou o expediente, princesa — ronronou Tish. — Pega uma bebida e para de encher o saco da moça bonita.

Quando *Sir Ryan Lasseter* chegou, quase uma hora atrasado, todos já tinham tomado alguns drinques, e Cheryl tinha relaxado consideravelmente.

— Eu sinto muitíssimo! — Ele interrompeu a conversa deles e praticamente *todas* as conversas do restaurante com seu intenso britanismo. — Foi muito rude deixar todos esperando. — Ele distribuiu generosamente beijos europeus de novo e levou o grupo do bar para a mesa. Sua mão estava quente no cotovelo de Jodie, e ela foi envolvida naquele aroma paradisíaco de couro quente e floresta chuvosa. Jodie se viu espremida ao lado de Sua Sir-eza em uma banqueta de couro, em frente a Kelly, que estava olhando o cardápio com uma expressão vaga de horror. Jodie olhou para o cardápio que tinha na mão para ver qual era o horror.

Ah.

Era difícil dizer do que eram os preços, pois o cardápio estava em francês. Mas alguma coisa era cinquenta e nove dólares.

— Hum — Jodie pigarreou. — Eu não falo francês... Tem alguma coisa vegetariana?

— Você é vegetariana? — Sir Ryan se empolgou. — Eu também! Mas eu como peixe.

— Peixes não são animais? — perguntou Tish com falsa doçura. E pulou no assento quando Cheryl deu um chute nela por baixo da mesa.

— Posso pedir para você? — Sua Sir-eza perguntou a Jodie, os olhos azuis cintilando como se ele estivesse sugerindo uma grande aventura. — Confia em mim?

— Claro. Mas eu sou o tipo de vegetariana que não come peixe. — Meu Deus, ele era um encanto.

— Porque eles são animais. — Tish aguentou outro chute de Cheryl.

No final, Sir Ryan pediu para todo mundo, e ele foi generoso. Jodie viu como Kelly ficou observando com cautela. Ela sabia que ele estava somando uma conta imaginária na cabeça. Mas o vinho que Ryan pediu tirou a ansiedade dele, e de Jodie também, porque Ryan pediu vinho *em quantidade*.

Quase tanta quantidade quanto a de comida. Havia ovos trufados, filé de berinjela, cenoura caramelizada, nhoque em óleo de manjericão. Foi um banquete. Os carnívoros do outro lado da mesa devoraram um robalo inteiro e um pato crocante. E havia muito vinho.

Jodie ficou feliz de o vestido esticar.

— Você parece estar se divertindo — disse Tish quando elas foram ao toalete feminino antes da sobremesa.

— Acho que estou — admitiu Jodie. Sir Ryan era encantador e engraçado (e cheirava bem), e Kelly era... bom, Kelly.

— Você acha? — Tish riu.

— Já faz um tempinho.

— É, eu te entendo. — Tish revirou os olhos. — Eu passo o tempo todo esperando a Cher terminar de trabalhar.

Jodie parou para esperar Tish passar batom. O banheiro estava balançando um pouco. Ela apoiou a mão na parede para firmá-lo.

— Você está se divertindo hoje, mesmo que esteja só esperando Cheryl terminar o trabalho?

— Estou — disse Tish, mas pareceu meio desanimada.

Jodie sentiu uma onda de pena por Tish, que queria uma coisa tão simples. Tempo. O tempo de *Cheryl*, especificamente. E o tempo era tão limitado, não era? Em algum momento ele acabava.

— Tish — disse Jodie quando elas saíram do banheiro. Ela percebeu que estava falando meio arrastado. Ela parou e bloqueou a passagem de Tish.

— Sim, querida? — Tish pareceu achar graça da embriaguez de Jodie.

— Você é incrível, sabia?

— Aham. — Ela estava achando *muita* graça. — Você não achou isso ontem à noite.

— Não. *Você* não achou isso. De mim. Claro. — Jodie se lembrou da fúria de Tish quando Jodie invadiu o quarto delas. — Desculpa por ter estragado seu tempo com Cheryl ontem à noite — disse ela.

Tish riu.

— Ah, bom, você tinha todo o direito de sentir raiva dela.

— Ela tem sorte de ter você. Você é mais do que incrível. Você é *a melhor*. — Jodie seguiu um impulso e deu em Tish alguns dos beijos europeus de *Sir Ryan Lasseter*.

Tish riu.

— Obrigada, querida.

Capítulo 20

— Eu estou um pouco bêbada — admitiu Jodie.
— Eu também — disse Kelly ao jogar o casaco na cadeira do hotel. Ele errou e Jodie riu.
— Eu achava que você era arremessador.
— Eu sou. Mas eu não arremesso casacos. — Ele mexeu com a televisão e o celular. — Espero que funcione — murmurou ele.
— Quer uns petiscos para gente ver o filme? — Jodie pegou a cesta de petiscos no banco acima do frigobar. E abriu um chocolate. Beber sempre a deixava com fome.
— Aqui está! — Kelly estava triunfante.
O leão da Metro-Goldwyn-Mayer rugiu. E aí, o som de um piano tocando jazz encheu o quarto. Jodie e Kelly iam assistir a *Harry e Sally, feitos um para o outro*. Tinha sido decidido quando a segunda bandeja de conhaques chegou no restaurante. Cheryl estava regalando Sir Ryan com os planos dela para a lista de Bree.
— Eu reservei a *exata* mesa do filme — dissera ela para o chefe, enchendo-o de entusiasmo.
Ryan ficara satisfeito.
— E quem vai fazer o Harry?
Jodie olhara para Kelly.
Mas antes que Cheryl pudesse responder, Sir Ryan Lasseter se sentara ereto como uma vareta e ofegara.
— Espera! Tive uma ideia incrível! *Eu* vou ser o Harry!

Jodie quase cuspira o vinho em cima da mesa de tanto rir. Ele *o quê?*

— Mas vai ter que ser amanhã — dissera Sua Sir-eza com alegria. — Eu vou para Londres no dia seguinte.

Para o horror de Jodie, ela descobriu que a história do orgasmo aconteceria *no dia seguinte*. E com *Sir Ryan Lasseter*. Pela primeira vez, Cheryl talvez tenha ficado mais horrorizada do que Jodie, pois ela teria que tentar mudar a reserva para o dia seguinte.

— Não aceitam reserva para menos de dez pessoas — murmurou ela quando Sua Sir-eza se despediu e deixou que eles terminassem a rodada de bebidas.

Jodie sentira um calor gostoso quando ele apertou a mão dela. Ele era de uma potência descomunal mesmo, isso era certo.

— Vocês sabem os pauzinhos que eu tive que mexer para conseguir aquela reserva? Não posso ligar e pedir para mudarem a data.

Jodie começou a rir. Aquilo estava virando uma idiotice.

— Eu nem vi o filme de novo para ver o que eu tenho que fazer. — Ela soltou um soluço.

E foi nessa hora que Kelly se ofereceu para ver com ela. Naquela noite. Ela estava bêbada o suficiente para achar que era uma *ótima* ideia.

— Bree *amava* esse filme — disse Jodie com a boca cheia de chocolate enquanto Kelly ajustava o volume. Ela tirou o paletó e o jogou na cadeira. — Viu? *Isso* foi um arremesso.

Kelly olhou para ela e voltou a encarar. Ele também estava meio além do limite e oscilou. Sua expressão estava meio atordoada.

Jodie grunhiu.

— Eu estou com chocolate na cara toda, né?

— Não — disse ele com voz tensa. — Não, você está ótima. — O olhar dele desceu pelo corpo dela.

— Esses casais velhos! — Jodie apontou para a tela. — Se lembra deles?

— Eu nunca vi esse filme — lembrou Kelly.

— Ah, claro. Vou ficar quieta. — Jodie esticou a mão e apagou a luz para ficar parecendo um cinema. Ela jogou para Kelly um pacote de M&M's. Ele sempre adorou M&M's.

Ela abriu o zíper das botas e caiu na cama.

— Você também devia tirar os sapatos.

Ele se sentou com muito cuidado na beira da cama olhando para ela. Jodie ainda estava tão bêbada que não tinha passado pela cabeça dela que "nós podemos ver o filme no meu quarto" poderia ser uma coisa duvidosa de se dizer para um homem. Assim como "tira os sapatos".

Ele tirou os sapatos e se juntou a ela na cama, mas longe o suficiente para estar fora do alcance dela. Jodie jogou um travesseiro na direção do pé da cama e se deitou de bruços. Apoiou o queixo nos braços cruzados. Ela devia ter visto aquele filme umas cem vezes. Bree o amava *taaaanto*.

— Eu amo essa parte — disse ela quando os jovens Harry e Sally discutiram se homens e mulheres podiam ser amigos.

Depois de um tempo, ela ouviu Kelly abrir o M&M's e ouviu o crocante do chocolate. Um tempo depois, ele se deitou ao lado dela. Na manhã seguinte, ela se deu conta de que deve ter sido nessa hora que ele concluiu que ela não estava dando mole para ele. Que "ver um filme" significava "ver um filme". Que vergonha. Mas, no momento, nem ocorreu a ela. Ela estava tão feliz ali no quarto, na cama, só vendo um filme com ele.

E ele pareceu gostar. Riu muito. Principalmente quando chegou a cena do orgasmo.

— Você tem que fazer *isso*? — disse ele sem acreditar, virando a cabeça para olhar para ela. Ele estava bem perto, Jodie percebeu. Tão perto que ela sentiu o calor da respiração dele quando ele falou.

O coração dela deu um salto.

— Tenho — sussurrou ela. — Ao que parece, tenho. — Imagine se ela tivesse coragem de beijá-lo ali, naquela hora, com ele a poucos centímetros dela. Tão perto que a dobrinha no lábio interior dele estava sexy à beça.

Ele negou com a cabeça.

— Nossa, como eu estou feliz de não ser você.

É. Jodie queria não ser ela também. Ela queria ser o tipo de pessoa que tinha se arriscado a beijá-lo antes de ele se virar para a tela. O tipo de pessoa cuja mente não se antecipava para pensar nas consequências. Como as consequências de beijá-lo. Consequências que incluíam Kelly ficar horrorizado e a humilhação total dela. E depois, ela teria que olhar para a cara dele nas aulas de piano, a vulnerabilidade dela dolorosamente óbvia. Tudo documentado por Cheryl e sua fotografia de guerrilha.

Não. Melhor deixar o impulso passar e ver o filme.

Mas houve um momento esquisito, bem no final, quando Jodie sentiu o clima no quarto mudar. A atmosfera ficou mais densa e lenta. Foi durante a cena de Ano-Novo, bem no fim do filme. Frank Sinatra estava cantando lentamente — *For nobody else gave me a thrill... With all your faults I love you still* — e havia luzinhas ao fundo enquanto Sally andava pela multidão para ir embora antes da meia-noite e Harry ia correndo atrás dela.

Ela o vê. Uma expressão surge no rosto dela: prazer imediato e incontrolável; uma testa franzida; um brilho de algo vulnerável e exposto. E aí, ele *a* vê. E um monte de coisas acontece. Alívio, suavidade, determinação. Ela está orgulhosa e irritada e magoada. Ele vê tudo.

Antes mesmo de os personagens falarem, Jodie sentiu o tempo desacelerar, a imobilidade sem ar se espalhando pelo quarto do hotel. Sentiu o corpo de Kelly ao lado dela na cama. Ouviu a respiração dele travar. Sentiu formigamentos de expectativa percorrer seu corpo.

Eu ando pensando muito, disse Billy Crystal. *A questão é que eu te amo.*
Como você espera que eu responda isso?
Que tal que você também me ama?

O estômago de Jodie estava fraco. Kelly estava tão próximo que ela poderia tocar nele com um leve movimento. Ela quase não ouviu nada enquanto Harry e Sally percorriam o momento do "eu te amo". Só dava para ela ouvir seus próprios batimentos cardíacos. Os últimos momentos do filme pareceram durar para sempre.

Mas aí os créditos subiram e acabou.

— Foi ótimo — Kelly acabou dizendo depois de eles ficarem deitados em silêncio com Harry Connick Jr. reprisando "It Had to Be You". — Eu não acredito que não tinha visto ainda.

— Nem eu. Como se chega à sua idade sem ver *isso*? — A própria Jodie tinha esquecido como era ótimo. Mas nunca tinha sido *tão* bom antes. Ver com Kelly Wong foi um milhão de vezes melhor do que ver sem ele.

Kelly virou a cabeça e apoiou a bochecha no antebraço e encarou Jodie diretamente. Jodie ficou meio tonta.

— Você é uma mulher corajosa, Boyd — falou ele baixinho.

Não, ela não era. Uma mulher corajosa não estaria deitada ali, paralisada, ao lado do homem com quem já sonhara. Uma mulher corajosa aproveitaria o momento...

Ela era covarde.

— Você acha que consegue fazer aquela cena do orgasmo no meio de um restaurante movimentado?

Ah, meu Deus. Era no dia seguinte. Jodie estava sóbria o suficiente para a realidade bater com tudo.

— Não — disse ela com honestidade. — Não, eu realmente não acho.

— Quer que eu vá junto para dar apoio moral?

Sim.

Não.

O que era pior, Kelly testemunhar a vergonha dela ao vivo? Ou ver no Instagram?

Diz sim, Smurf Medrosa! Você não o tem por muito tempo. Enquanto ele está aqui, você pode muito bem passar todos os minutos que puder com ele.

Bree tinha razão. Quando as aulas de piano acabassem, Kelly Wong desapareceria da vida dela de novo. E só faltavam cinco aulas de piano.

— Sim — disse Jodie com voz rouca. — Eu vou adorar se você for.

Bom trabalho, Smurf Medrosa.

Era mesmo? Ou era loucura? Aquele fantasma sexy do passado estava prestes a testemunhar a sua completa e total humilhação pública.

Junto com mais de um milhão de pessoas online...

Ah, meu Deus.

Capítulo 21
73. Bancando a Sally na Katz's

— O que é isso?

Jodie acordou com uma ressaca desesperadora e uma Furacão Cheryl mais desesperadora ainda. Jodie não conseguia entender Cheryl. Às vezes ela era polida e suave, às vezes ardente e insegura, às vezes gentil e às vezes (como naquele momento) explosiva. Jodie se perguntou quem ela era por baixo. Porque por boa parte do tempo ela parecia dedicar toda a sua energia a atuar, a ser alguém que ela não era. Alguém que impressionaria Sir Ryan Lasseter, Jodie supôs, a julgar pela forma como Cheryl ficava tentando se superar perto dele.

Quando o Furacão Cheryl chegou, Jodie tinha acabado de sair da cama e notado que ainda estava com o vestido preto e as meias. Ela adormecera depois que Kelly saiu, bêbada demais para tirar a roupa.

— Jodie! — Cheryl chegou lá numa hora ingrata. Assim que Jodie abriu a porta, o celular de Cheryl foi enfiado na cara dela. — Que *diabos*?!

O "diabos" na pergunta era uma postagem de Instagram com Jodie e Tish no restaurante na noite anterior. Era uma postagem em *vídeo*, ainda por cima, na qual Jodie estava beijando Tish apaixonadamente nas bochechas, no estilo europeu, como o bom Sir fazia. Cheryl aumentou o volume.

— Você é mais do que incrível. Você é *a melhor* — disse a Jodie do vídeo com fervor.

— Quem filmou isso? — perguntou Jodie, olhando para a tela com olhos embaçados.

— Alguém na porcaria do restaurante. — Cheryl balançou o telefone para Jodie. — Viralizou!

— É mesmo? Por quê? — Jodie não conseguia entender por que Cheryl estava tão chateada. Seria porque ela tinha ficado tão bêbada? Jodie estava meio envergonhada por isso. E bem enjoada também.

— As pessoas acham que vocês são um casal!

Espera. Cheryl estava com *ciúme*?

— Acham o quê? — Ela estava. Ela estava com um ciúme venenoso. A cabeça de Jodie estava doendo. A gritaria de Cheryl não estava ajudando em nada.

— Acham que vocês são um *casal*. — Cheryl passou o vídeo de novo.

— Ah.

Ao olhar o vídeo de novo, Jodie percebeu por que as pessoas pensariam isso. Principalmente pela forma como ela estava enchendo Tish com esses "beijos europeus". Caramba, aqueles coquetéis tinham sido uma péssima ideia. Tudo depois daquilo foi uma espiral inevitável para baixo.

Exceto por *Harry e Sally...* Jodie se lembrou do jeito como Kelly tinha olhado os olhos dela, a centímetros de distância, parecendo beijável demais para ser colocado em palavras. Isso valeu cada segundo daquela ressaca.

— Olha os comentários — rosnou Cheryl. — As pessoas acham que Tish vai ser o número cem da lista! Tish. A *minha* Tish!

— Bom, obviamente ela não é, então não sei por que você está com tanta raiva.

Cheryl a fuzilou com o olhar.

— Estou com tanta raiva por causa do *Ryan*.

Ryan? O que *Sir Ryan Lasseter* tinha a ver com aquilo tudo?

— Ele acha isso excelente — bufou Cheryl. — Ele quer que Tish fique com a gente pelo resto da lista.

— Mas isso é ótimo. — Jodie sorriu. — Vocês duas podem passar tempo juntas! — Tish ficaria feliz da vida.

— Não, sua idiota, ele quer que *vocês duas* passem tempo juntas. Ele acha que isso é ouro para o marketing.

— Mas você também vai estar junto.

— Jodie — disse Cheryl, lutando claramente para se controlar e falhando —, eu ia perguntar se ela queria se casar comigo.

— Mas isso é *ótimo*!

— Ah, meu Deus, você não está entendendo mesmo. — Todos os sinais da Barbie Marketeira tinham sumido. Cheryl parecia cansada e frágil. — Ryan acha que eu não conheço Tish, lembra? Tudo bem se ele só a visse uma vez, mas agora eu vou ficar *mentindo para o meu chefe* pelo tempo que essa lista idiota durar. Mais, até! Como eu vou poder levar Tish para eventos do trabalho agora? E como você acha que Tish vai reagir quando eu pedir para ela tirar mais tempo de folga do trabalho dela? Você acha que ela vai gostar de ser capturada por esse circo?

Era cedo demais para aquela conversa. Jodie massageou a testa.

— Espera. Você já não se ferrou quando fingiu que ela não é sua namorada? Quer eu tivesse dado beijos nela ou não em um vídeo, ele vai achar estranho se você pedir em casamento uma mulher que acabou de conhecer.

Cheryl pareceu ter levado um tapa. Era possível que ela não tivesse pensado naquilo? Com certeza. Quando Cheryl abriu a boca, Jodie levantou a mão para fazê-la parar.

— Espera — disse ela com firmeza. — Vou precisar de uma xícara de café antes de continuarmos.

— Não tem nada para continuar. — Cheryl suspirou. — Ryan quer, então tem que acontecer. Mas eu gostaria que você conseguisse lembrar que está sendo observada pelo público agora. Tudo que você faz tem *consequências*.

Consequências insanas, na opinião de Jodie. Ela não via como podia prever como um bando de estranhos online reagiria às coisas.

— Eu não sabia que estava sendo filmada — disse Jodie na defensiva.

— Claramente. — Cheryl sacudiu o telefone para ela de novo. — A partir deste momento, suponha que você está sendo filmada o tempo todo.

Jodie não gostou dessa ideia.

— E para de beijar a minha namorada. — Cheryl ajeitou o paletó e apertou os lábios vermelhos, se recompondo. — Vamos nos encontrar no saguão ao meio-dia. Entre agora e essa hora, vou fazer mágica para conseguir a mesa de Sally na Katz's. *De nada*.

Cheryl deu meia-volta, parou e virou de volta. Ela olhou Jodie de cima a baixo.

— E você pode descer como você e não como... o que quer que seja isso. Nós ainda estamos muito no começo para você ficar bem assim. Precisamos de algum lugar para ir.

Ela bateu a porta do quarto ao sair.

Lugar para ir... Jodie não sabia se queria ir para onde Cheryl estava planejando levá-la. Droga. Ela podia muito bem seguir sua própria direção, obrigada.

Capítulo 22

Apesar de estar péssima, Jodie botou a roupa de treinar e foi correr. Ela precisava do ar fresco e de distância do circo no hotel. A temperatura tinha despencado de noite e estava um gelo lá fora. Literalmente. Havia uma camada de gelo na beira do lago. Os patos estavam com as penas eriçadas para se proteger do frio. Jodie não levou o celular; sem a playlist, ela só podia ouvir a batida dos pés no chão e a respiração ofegante. Correr foi difícil naquele dia. Seu corpo todo estava contaminado pelo vinho.

Jodie amava o Central Park. Até o frio ártico era lindo. Um mundo próprio. *Eu te disse.*

Não precisa ser arrogante, ela repreendeu a irmã ausente. Estou aqui. *De nada.*

Jodie fez um círculo sofrido em volta do lago, mas logo acabou relaxando, encontrando um ritmo, se acomodando no próprio corpo. Ela fez caminhos sinuosos sem ligar para onde estava indo. Tudo era novo para ela. Sua respiração quente formava nuvens brancas na sua frente. Seus pensamentos circulavam como um bando de pássaros, passando por ela, levantando voo. De vez em quando, um pousava.

Josh Sauer quis convidá-la para sair.

O que tinha sido aquilo, hein? Jodie via Kelly com clareza, como se ele estivesse ali, na frente dela, encostado no bar. *Todos os caras estavam meio apaixonados por você.*

Jodie não sabia o que fazer com essa informação. Não podia ser verdade. Mas Kelly não era cruel; ele não debocharia dela. Até na noite do baile ele foi gentil. Foram os outros caras, inclusive Josh Sauer, que tinham debochado.

Jodie parou de repente.

Josh Sauer.

Meu Deus, você viu como ela estava olhando para ele? A voz dele chegou a Jodie como um tapa na noite do baile. Ela estava saindo do banheiro no andar de cima. Josh e alguns caras estavam embaixo, as vozes chegando a Jodie no patamar. *Ela não pode achar que o Kelly a convidou para o baile pra valer.* A voz de Josh transbordava escárnio.

O corpo de Jodie reagiu como se ela fosse adolescente de novo, parada no patamar com aquele vestido de baile idiota, com aquele arranjo de frésia idiota no pulso. Seu estômago borbulhou e ela ficou quente e arrepiada, como se estivesse sendo picada por formigas no corpo todo.

Você conhece a Jodie, disse um dos outros caras. Eles estavam tomando bastante cerveja. *Ela não é como as garotas normais.*

Não é como as garotas normais. Isso a tinha dilacerado por dentro. Ela tinha se agarrado àquilo por anos. Cada vez que colocava um vestido. *Você conhece a Jodie.* Cada vez que ela pensava em experimentar maquiagem. *Ela não é como as garotas normais.*

Jodie nem sabia quem tinha dito isso. Podia ter sido Mike ou Tyler. A voz arrastada era difícil de reconhecer. Mas quem quer que tivesse dito a deixara sem chão. Ela já era insegura, mas, depois disso, ficou destruída.

Todos os caras estavam meio apaixonados por você.

Meu Deus, você viu como ela estava olhando para ele?

Jodie ainda estava parada no caminho, como se tivesse sido grudada ao chão com supercola. Porque uma ideia tinha ocorrido a ela. Uma ideia tão maluca que não podia ser verdade.

Era possível que Josh estivesse com *ciúme*? Porque ela tinha ido ao baile com Kelly Wong e não com ele?

Não. Não era *possível*.

Não ela. Jodie Boyd. A garota interbases. A tímida e enrolada.

Você ficava sempre tão controlada.

Jodie foi até um banco. Ela precisava se sentar. Era demais além da ressaca. Eles achavam que ela era controlada, tipo uma espécie de rainha do gelo?

Não era *possível*.

Mas, pela primeira vez, Jodie começou a ter um ponto de vista diferente. Era verdade que ela vomitava antes de cada partida, mas como eles iam saber?

Eles não estavam por perto. Ela ficava isolada, sozinha, no vestiário de uma pessoa só. E como ela ia saber como ficava sua cara quando ficava ansiosa? Talvez ela *tivesse* parecido fria, calma e controlada, embora por dentro o nervosismo estivesse aos berros.

Você era famosa por isso. Nós todos achávamos que você tinha gelo nas veias.

Ora, caramba. Jodie se encostou no banco. E se fosse verdade?

O que mudava?

Tudo.

Cala a boca, Bree.

Mudaria tudo. Ela era tímida, mas talvez passasse a impressão de ser fechada? Ela se sentia apavorada, mas talvez parecesse friamente confiante? Ela ficava tão ocupada se concentrando no caos vívido de sentimentos dentro dela que nunca tinha parado para considerar como parecia por fora.

Pensando bem, Josh Sauer quase sempre era seu parceiro de treino. Não podia ter sido coincidência. Jodie mal tinha notado, porque estava ocupada demais tentando não olhar para Kelly Wong. E porque nunca passou pela cabeça dela que algum dos garotos fosse gostar dela assim. Porque ela era Jodie, não Bree. Ela não era o tipo de garota que...

Que o quê?

Era notada.

Aham. A Bree imaginária parecia estar revirando os olhos. *Só que você era notada. Você talvez precise repensar algumas coisas.*

Jodie sentia como se o mundo tivesse virado de cabeça para baixo. Se ela *era* o tipo de garota que os caras notavam... o que isso queria dizer?

Quer dizer que você está completamente errada sobre você mesma.

O vento aumentou e Jodie tremeu. Ela olhou para o céu, que estava ameaçador, cheio de nuvens. Não queria pegar chuva com um frio daqueles. Ela se levantou e começou a andar de volta pelo caminho que tinha feito.

Ela não gostava daqueles pensamentos. Eles bagunçavam os sentimentos dela. Além do habitual, de qualquer forma. Jodie começou uma corridinha leve.

Você não pode fugir da verdade, mana.

Vamos ver se não. Jodie acelerou o ritmo a caminho do hotel. Onde havia mais realidade do que o suficiente esperando por ela.

Capítulo 23

Jodie não tinha comido e sentia um misto de fome e raiva quando eles chegaram à Katz's Delicatessen. A culpa era dela. Tinha cometido o erro de olhar o Instagram quando voltou da corrida. Estava um hospício. Um hospício no qual Jodie tinha viralizado. Seu feed estava lotado de postagens marcando-a, algumas da página oficial da Bree, cortesia da Cheryl, mas a maioria não. A maioria era de gente aleatória que ela não conhecia. Havia uma caça ao tesouro maluca acontecendo, as pessoas fotografando-a sem ela saber. #JodieVista estava nos trends. Assim como #ListaAntesDeMorrer e #KellyWong e #MulherMisteriosa. A mulher misteriosa era Tish, claro.

O vídeo de Jodie enchendo Tish de beijos europeus não parava de aparecer. As pessoas adoraram. O perfil oficial de Bree tinha ganhado milhares de seguidores mais, e até o perfil triste de Jodie, com o feed vazio, tinha explodido de seguidores. Eles pareciam amar tudo que ela fazia. A outra postagem que tinha viralizado era o vídeo em que Kelly tocou "Our Love Is Here to Stay" e a câmera idiota deu zoom no rosto de Jodie. Mas até as postagens mais banais tinham milhares de curtidas. Jodie comendo bolo de arco-íris. Jodie olhando pela janela do carro em Great Neck. Jodie com olhos brilhantes desconfiados, parecendo prestes a começar a chorar.

O que aqueles estranhos achavam de tão interessante nela? Ela não tinha feito nada além de tomar café da manhã, dar um passeio, fazer uma aula de piano e jantar.

Sua família estava tão perplexa quanto ela. Ela sabia porque todos ligaram para falar, um a um. Sua mãe estava particularmente confusa.

— Você não está nem pulando de um penhasco ou subindo o Himalaia.

— Bree não subiu o Himalaia, mãe, só fez uma caminhada por lá.

— Você usou um vestido! — exclamou vovó Gloria. Pat gritou algo ao fundo. — Patricia disse que você estava gata.

— Aposto que ela também disse para você não a chamar de Patricia.

Eles a ocuparam a manhã toda. Ela mal teve tempo de entrar no chuveiro e se vestir, menos ainda de comer. Pegou uma garrafa de suco no frigobar. Sem aquilo, poderia ter matado alguém.

— Você está atrasada — disse Cheryl com rispidez quando Jodie saiu do elevador. O humor dela não tinha melhorado desde a discussão da manhã. Cheryl estava vestida para matar com um terninho moderno, o cabelo preso em um coque banana, os lábios vermelho mate, os saltos vertiginosamente altos. Estava parada no saguão de mármore como uma espécie de valquíria. — Não há tempo a perder se queremos conseguir uma mesa na Katz's.

— Cadê a Tish? — Jodie sabia que era pedir para se meter em confusão, mas estava mal-humorada e não tinha gostado do tom de Cheryl.

— Ela não vem — disse Cheryl, tensa.

— Vem, sim. — Tish parecia tão de ressaca quanto Jodie ao atravessar o saguão com cafés para viagem na mão. — Preto. — Ela entregou um copo para Jodie e remexeu no bolso. — Açúcar? Creme? — E ofereceu um punhado de sachês.

— Você é a minha salvadora. — Jodie suspirou e colocou açúcar e creme no café.

— Você não trouxe um para mim? — Cheryl pareceu magoada.

— Aquele era o seu. — Tish tomou um gole de café. — Você não mereceu depois de falar com ela daquele jeito.

Cheryl amarrou a cara.

— Vamos. Nós temos que chegar à deli antes de Ryan. — Ela saiu andando, os saltos clicando num ritmo irritante no mármore.

— Ela não reservou a mesa. — Tish suspirou. — Não deixaram. Então vamos depender de sorte para conseguir a certa. Isso a deixou enfezada.

— Ela já estava enfezada antes — falou Jodie brandamente, se perguntando se Tish tinha visto o vídeo.

— Ela está com ciúme. — Tish lançou um olhar sorrateiro para ela e piscou. Então ela também tinha olhado o Instagram.

Lá fora, o dia estava cinzento com a chuva de inverno. Cheryl já tinha deixado um carro esperando por elas e estava no banco da frente, cutucando o celular com as garras.

O estômago de Jodie estava um nó. Ela não sabia se conseguiria prosseguir com aquilo.

— Ei! — Kelly foi correndo na direção delas, pela chuva leve, ofegante. — Desculpem o atraso, fui a um brunch com a minha mãe e Harper. A minha mãe a está levando para ficar decepcionada com a ausência de leões de desenho animado no zoológico. — Ele estava úmido, com gotas de chuva cintilando no cabelo.

Jodie não tinha ideia de como ele podia estar tão vibrante se ela estava tão de ressaca.

— Como você está se sentindo? — perguntou ele. — Pronta para o seu orgasmo?

Tish deu uma cotovelada em Jodie.

— Está, Jodie? Pronta? Para o seu orgasmo?

Jodie corou.

Tish riu.

— Vem, princesa, sua carruagem a espera. — Tish se curvou na direção do carro.

Todos entraram. Ela estava reunindo um séquito, pensou Jodie sem energia. Mais e mais pessoas para testemunhar sua humilhação.

Ah, ela ia vomitar. Talvez fosse bom não ter comido. Ela se sentia cada vez pior conforme o carro ia percorrendo o trânsito a caminho do centro.

— Você está bem? — perguntou Kelly.

— Não, acho que não. — Ela fechou os olhos. A sensação era a mesma de antes de um jogo…

— Aqui. — Ele esticou a mão na frente dela e abriu a janela. — O ar fresco vai ajudar. — O som da cidade entrou com a brisa gelada.

Jodie se inclinou para o fluxo de ar gelado e inspirou fundo.

— Tenta respirar normalmente.

Ela sentiu a mão grande dele nas costas, massageando-a em círculos calmantes. Jodie tentou, de verdade, mas sua cabeça estava tomada por Meg Ryan fingindo um orgasmo alto e gráfico no meio de uma delicatessen lotada.

Bree, você é escrota.

Você consegue, Smurf Medrosa. Vai ser divertido!
Diz a mulher que pulou de um penhasco.

— Ah, minha nossa, olha a fila. — Tish ofegou quando eles pararam junto ao meio-fio. — Percorre o quarteirão todo.

Era uma fila de pessoas encolhidas na chuva, lutando para que os guarda-chuvas não virassem ao contrário por causa do vento.

Cheryl falou um palavrão.

— Esperem aqui — instruiu ela. Eles a viram seguir pela chuva com os saltos de solas vermelhas, indo direto para a porta lotada da deli.

— Bom, não sei vocês dois, mas acho que as chances dela não estão boas. — Tish falou com certa arrogância.

Talvez Jodie não tivesse que fazer. Não haveria mesa para eles. Eles teriam que voltar. Ela se apoiou no encosto, ainda inspirando o ar frio de forma irregular.

— Sabe, Boyd — disse Kelly —, você não precisa fazer isso.

Jodie olhou para ele, sobressaltada. *Claro* que precisava. Ela não tinha escolha nenhuma.

— Eu sei que tem muita coisa envolvida. Mas ninguém vai te condenar se você não fizer. Não é vida ou morte. — O olhar castanho-avermelhado dele estava caloroso. Reconfortante. — Você pode abandonar essa loucura a hora que quiser. Não seria fácil, mas você não está encurralada. Você pode ir. — Os olhos castanhos dele cintilaram de malícia. — Mas, se você quiser *mesmo* fazer, eu posso te dar um discurso motivador sinistro.

Jodie respirou fundo para se acalmar. A chuva entrava pela janela. Ela pensou nas contas médicas empilhadas na mesa de jantar dos pais. No jogo americano amassado do Chili's que Bree carregara na carteira por uma década.

— Discurso motivador — disse ela baixinho. — Por favor.

Ele deu um sorrisinho.

— Você quer Al Pacino ou Matthew McConaughey?

O sorriso de Kelly era irresistível. Apesar do estômago embrulhado, Jodie não conseguiu deixar de sorrir para ele.

— Pacino? — arriscou ela.

— Tudo bem. Lá vamos nós. — Ele pigarreou e se alongou. Em seguida, fixou nela um olhar intenso de Al Pacino. — "Nós estamos no inferno agora" — disse ele com uma voz rouca estranha. — "Nós podemos ficar aqui e levar uma surra. Ou podemos lutar até voltarmos à luz. Nós podemos sair do inferno um centímetro de cada vez."

Jodie riu. Ele havia incorporado a energia concentrada e fumegante de Al Pacino. Não que a imitação fosse boa... mas não era ruim.

— "Quando você fica velho" — disse ele com voz rouca —, "as coisas são tiradas de você. É parte da vida. Mas você só descobre isso quando começa a perder coisas."

Jodie engoliu em seco. Sim. Era tão verdadeiro que doía.

— "Você descobre que a vida é um jogo de centímetros. Neste time, nós lutamos por esse centímetro."

— *"Um domingo qualquer!"* — gritou ela, reconhecendo o discurso.

Ele balançou o dedo para fazê-la se calar.

— "Porque nós sabemos" — disse ele, a voz ficando mais séria a cada momento —, "quando somamos esses centímetros, que isso vai fazer a porra da diferença entre ganhar e perder. Entre viver e morrer." — Ele segurou a mão dela. A pele dele estava quente na dela. — "Porque viver é isso. Os centímetros na frente da sua cara." — Ele apertou a mão dela.

Jodie assentiu. Ela se sentia estranhamente emocionada. E tentou engolir o nó na garganta.

Kelly abandonou Pacino e a covinha de vírgula invertida ganhou vida.

— Vamos andar alguns centímetros?

— Deixa comigo, treinador. — Jodie ouviu o tremor na própria voz.

— Boa garota. — Ele esticou a mão e abriu a porta.

— Uau — murmurou Tish. — Me sinto capaz de fazer um touchdown. — Ela fez uma pausa. — Isso existe ou eu inventei?

— Existe.

Jodie saiu do carro sentindo-se um pouquinho menos enjoada. *Nós podemos sair do inferno um centímetro de cada vez...* uma conta médica de cada vez. Alguns minutos de humilhação fariam diminuir milhares de dólares da dívida. Jodie se lembrou da expressão no rosto do pai depois do plantio da árvore. Depois do plantio do *arbusto*. Ele pareceu mais relaxado do que em anos. Cada dólar tirou um peso das suas costas. Então, Jodie entraria lá e faria aquilo. Um centímetro de cada vez.

— Vamos para a fila — sugeriu Tish. — Caso Cher não consiga fazer a mágica dela.

Eles seguiram a fila até o final e assumiram seus lugares, se encolhendo juntos para se protegerem do vento e da chuva.

— Ho, time! — gritou uma voz britânica ressonante.

Tish gemeu.

Sir Ryan Lasseter caminhava pela rua embaixo de um enorme guarda-chuva azul-petróleo da Iris Air. Os óculos estavam respingados de chuva, mas ele estava com o bom humor de sempre. Parecia empolgado de estar ali na chuva em frente à Katz's. Empolgado de vê-los. Só empolgado em geral. Houve mais beijos europeus. Ele entregou o guarda-chuva para Kelly e abriu o casaco para exibir a roupa que usava por baixo.

— Olhem o que eu pedi para Maya conseguir! É o mesmo que Billy Crystal usou no filme!

Não era exatamente igual, mas era bem parecido. Um suéter de lã cinza quadriculado e uma calça jeans brega. Jodie odiou pensar na manhã que a assistente pessoal dele tinha passado tentando montar aquele traje. Ainda faziam calças jeans assim? Ela devia ter revirado sites vintage para encontrar. Quem quer que ela fosse, a mulher merecia um aumento.

Era impossível não sorrir com o tanto de prazer que Sir Ryan sentia por causa da roupa. O entusiasmo dele era contagiante.

— Uau — disse Jodie, sorrindo. Ela não sabia o que dizer. — Eu devia ter me vestido igual a Meg Ryan também?

Sir Ryan riu como se ela tivesse contado uma piada ótima, pegou o guarda-chuva de volta e disse:

— Eu mandei a Maya imprimir o roteiro para nós. — Ele pegou uma folha de papel dobrada no bolso e entregou para Jodie. — Esta é sua.

— Você parece bem empolgado com isso — observou Tish.

— E por que não estaria? É divertido! E você viu os números dessa campanha? As pessoas estão amando.

Jodie fez uma careta. Tanta gente olhando...

— Só pega o dinheiro e ignora a baboseira dele — sussurrou Tish para ela assim que Sua Sir-eza tinha saído quicando atrás de Cheryl. — Você sabe por que está fazendo isso. Quem liga para o que ele pensa?

Tish não era gentil com ele. Ela sentia ciúme do poder dele sobre o tempo de Cheryl. E talvez do quanto Cheryl parecia precisar da aprovação dele.

Jodie gostava do inglês entusiasmado. Ele a lembrava de Bree no jeito como andava de um lado para outro aproveitando cada pequena experiência.

— Ele podia ter deixado o guarda-chuva com a gente — resmungou Tish. Ela estava parecendo um pouco com um gato afogado.

— Esperem aqui — disse Kelly, e saiu correndo na chuva.

— Para onde ele foi? — perguntou Tish. E sorriu para Jodie. — E aí, o que aconteceu ontem?

Jodie ficou corada. Ela tinha uma vaga lembrança de dar boa-noite embriagada para Tish e Cheryl no corredor do hotel em frente ao quarto. E da cara de Tish quando Kelly seguiu Jodie lá para dentro.

— Não aconteceu nada. Nós vimos *Harry e Sally*.

— Aham.

— É mesmo. — Ele estava tão perto que teria dado para beijá-lo. Como na noite do baile. Mas ela não o beijou, assim como na noite do baile...

— Ah, meu Deus. Ele é de verdade?

Jodie acompanhou o olhar de Tish e viu Kelly correndo na chuva. Debaixo de um guarda-chuva. Um guarda-chuva amarelo enorme. Ele estava sorrindo de orelha a orelha.

Ele era de verdade. Jodie quase precisou beliscar a si mesma quando estava do lado dele debaixo do guarda-chuva ensolarado. De alguma forma, ela estava em Nova York e ao lado de *Kelly Wong*.

— Neste time, nós lutamos por aquele centímetro! — rosnou ele com a voz boba de Al Pacino. — Mesmo que esse centímetro seja só comprar um guarda-chuva grande o suficiente para caber todos nós.

Tish riu.

— Nossa. Você parece saído de um filme.

— Que nada, isso é *ele*. — Kelly indicou Sir Ryan Lasseter, que foi para o começo da fila, chamando todos eles. — E eu sei de que filme ele saiu, Boyd, e é sua vez de fazer uma imitação.

Jodie respirou, trêmula. Sim. Era hora.

Eles furaram a fila cheios de culpa, cientes da fileira trêmula de pessoas olhando de cara feia para eles.

— Obrigado, minha boa gente! — gritava Sir Ryan Lasseter com energia para as pobres pessoas molhadas. — Nós apreciamos a compreensão. Nós temos uma cena a filmar.

— Como se fosse um filme de verdade — murmurou Tish.

Lá dentro, Cheryl estava guardando a mesa. *A* mesa. Havia uma placa em cima que dizia HARRY E SALLY, FEITOS UM PARA O OUTRO... ESPERAMOS QUE VOCÊ PEÇA O MESMO QUE ELA! APROVEITE!

— Boa sorte, Boyd. — Kelly piscou para ela. — Vai ganhar aqueles centímetros.

Jodie empertigou-se. Ela não vomitaria. Ela *não* vomitaria.

— Sim, treinador.

— Vamos? — Sorrindo, Ryan a levou até a mesa. Tish e Kelly ficaram junto à porta. Jodie queria que eles a acompanhassem.

— A luz aqui vai dificultar as fotos — murmurou Cheryl para Sua Sir-eza quando eles se sentaram. Ela ficou em pé por um momento, a boca vermelha mate repuxada. Parecia tensa. — Obrigada por conseguir a mesa, Ryan — disse ela docilmente.

— Não foi nada.

Ele sorriu. Em seguida, voltou a atenção para o roteiro, que estava aberto na frente dele.

— Agora, tem um problema — disse ele. — Aqui diz que Sally está comendo sanduíche de peru e eu estou comendo pastrami. Mas nós dois somos vegetarianos.

— Ah. — Cheryl piscou. — Acho que não precisamos ser detalhistas. A lista de Bree só dizia "Comer um sanduíche". Não especificava qual tipo de sanduíche.

— Certo. — Ele assentiu. — Vamos pedir, então, e botar o show na estrada. — Ele piscou para Jodie.

Afobada, Cheryl chamou uma garçonete. Jodie olhou para Kelly, que estava com Tish encostado na parede, tentando não atrapalhar. Ele fez um sinal de positivo.

— Tem lugar na mesa para eles também — comentou Jodie. — Cabem quatro.

— Ah, não, tem que ser só nós dois. — Ryan mostrou o roteiro para ela. — Se nós vamos fazer isso, temos que fazer direito. Tenho certeza de que Bree ia querer assim. — Ele pediu um bagel com salmão defumado e cream cheese e esperou Jodie. Ela não tinha nem olhado o cardápio.

Caramba. Aquele lugar era para carnívoros. Claro que era. Era famoso pelo pastrami.

— Eu quero o sanduíche de salada de ovo — disse ela apressadamente, escolhendo a primeira coisa que viu sem carne. E inseriu um Dr. Brown's cream soda no pedido. Ela precisava do açúcar. — Você conheceu minha irmã? — perguntou Jodie, curiosa.

— Eu me encontrei com ela algumas vezes. — Ele se encostou na cadeira e tirou o casaco. Ele fazia o suéter ridículo ficar encantador. — Ela era uma das nossas embaixadoras da marca, e eu tive o prazer de conhecê-la em alguns dos nossos eventos. Ela tinha um jeito natural pras redes sociais; o tipo de pessoa que parece cheia de luz. E uma pessoa muito doce. — Ele suspirou e se acomodou melhor. — É difícil acreditar que ela se foi.

— É — concordou Jodie. — É mesmo. — Ela não tinha planos de ficar emocionada no meio de uma deli lotada, então afastou os sentimentos quando eles começaram a aparecer. — Embora ela não tenha ido completamente enquanto eu ainda estiver terminando a lista dela...

Ele abriu um sorriso triste.

— Não, acho que não. — Ele pigarreou e passou a mão no suéter de lã. — Vamos ensaiar? — perguntou Sir Ryan.

— Ensaiar? Ah, por favor, não. Eu não quero ter que fazer isso mais de uma vez. — Ela olhou para Cheryl com expressão de pânico.

Cheryl ficou com pena dela.

— Nós não queremos perder o frescor, não é? — disse ela para o chefe. — Vamos só tentar quando a comida chegar. Se Jodie precisar de uma segunda tomada, a gente dá um jeito. Mas pode ser que ela arrase de primeira.

Ela definitivamente arrasaria de primeira. Mesmo que não arrasasse, ela não ia fazer mais de uma vez.

— Sua irmã tinha coragem, né? Planejar fazer uma coisa assim — disse Ryan com admiração assim que Cheryl se afastou. Ela tinha conseguido uma mesa próxima para ela, Tish e Kelly, e estava com o celular na mão pronta para gravar o momento.

— Ela era louca — disse Jodie. Ela estava tão nervosa que se sentia enjoada. E a chegada da comida não ajudou. Ela estava enjoada demais para comer. E o sanduíche era enorme, uma enorme pilha cremosa de ovo entre fatias de pão de centeio.

— Você sabe suas falas? — perguntou Sir Ryan.

— Ah, não. — Para ser sincera, ela não achou que diria as falas; achou que só teria que fingir o orgasmo e sumir dali.

Sir Ryan sugeriu gentilmente que ela escondesse o roteiro no colo e olhasse para baixo quando precisasse de uma fala.

Era totalmente surreal.

Jodie ficou olhando para o lado, para Kelly e Tish, enquanto Sir Ryan começava a ser Harry. Kelly e Tish estavam segurando cardápios, mas olhando fixamente para Jodie e Sua Sir-eza. Os dois estavam hipnotizados. Jodie achou que era como ver um acidente de carro em câmera lenta.

A delicatessen estava lotada e barulhenta. Talvez ninguém a ouvisse...

— "Isso não tem a ver com você" — disse Sir Ryan. Jodie deu um pulo, confusa. Mas percebeu que ele tinha começado a "representar". Ele não se parecia em nada com Billy Crystal.

Jodie olhou para o roteiro.

— Hã... "Tem, sim. Você é uma afronta humana a todas as mulheres e eu sou uma mulher."

Sir Ryan sorriu e fez um sinal encorajador de positivo. Ele limpou a garganta e continuou com a cena.

— "Ei, eu não me sinto ótimo com isso, mas não estou ouvindo ninguém reclamar."

No começo, Jodie leu as falas como uma estudante do ensino fundamental lendo uma cartilha, mas o entusiasmo de Ryan era contagiante. Ela relaxou. E começou a se divertir um pouco também. Era uma coisa tão ridícula de se estar fazendo.

— Come o sanduíche — sussurrou Sir Ryan, os olhos azuis quentes como o verão. — Na cena, eles estão comendo.

Jodie fez o que ele mandou e deu uma mordida. Um pedaço enorme de salada de ovo caiu em cima do roteiro dela. Bem no lugar onde a assistente pessoal de Sua Sir-eza tinha escrito os barulhos do orgasmo.

— Você acha que eu não percebo a diferença? — perguntou Sir Ryan com a boca cheia de bagel.

Jodie botou o sanduíche no prato. Ah, era a hora...

— Não — sussurrou ela. E respirou fundo.

Vamos lá, Smurfette, mostra como se faz!

Ela era capaz. Era como jogar bola. Era só bloquear o medo. Concentrar-se no jogo.

Não pensar.

Jodie fingiu ser a única pessoa no salão. E continuou se sentindo idiota. Mas fez. Ela gemeu e se contorceu e foi aumentando. Ela ouviu o restaurante ficar em silêncio, mas só por um momento. As pessoas estavam acostumadas com gente fazendo a cena naquele lugar. Na sua mente, ela ouviu Bree começar a dar risadinhas.

Ei, você é boa!

Isso mesmo. Jodie se soltou com um grito gutural e bateu na mesa.

— Sim! Sim! Sim! Sim! — E aí, como no filme, ela se sentou ereta, tirou o cabelo do rosto e pegou uma garfada de salada de repolho.

Sir Ryan estava olhando para ela com a boca aberta. Atrás dos óculos, os olhos azuis estavam atordoados.

— Uau — disse ele. Havia algo na voz dele que a fez tremer.

Ela tinha conseguido. Tinha realmente conseguido. Corando, apavorada, Jodie olhou em volta. Cheryl estava filmando loucamente; Tish sorria como um gato de Cheshire; e Kelly estava com uma expressão que ela nunca tinha visto. Fez os dedos dos pés dela formigarem.

— "Eu quero o que ela pediu" — disse Kelly, com a voz rouca.

Uma onda lenta de aplausos se espalhou pela deli. Foi aumentando até virar uma salva de palmas. Jodie achou que tinha ouvido risadas, mas não eram maldosas.

— Foi a melhor que nós vimos desde o *flash mob* — disse a garçonete. — A sobremesa é por conta da casa.

— Sorria — disse Sir Ryan com alegria, acenando para as pessoas, que estavam tirando fotos com os celulares.

Jodie olhou para o mar de telefones. Bree tinha dito para ela ser verdadeira. Que as pessoas conseguiriam ver uma mentira.

Ela não sorriu.

Capítulo 24
74. Participação na Broadway

De acordo com Tish, Cheryl teve uma dificuldade danada de encontrar um musical que permitisse que Jodie entrasse no palco. No final, encontrou uma remontagem em dificuldades de *Amor, sublime amor*.

— Eles perderam quatro pessoas por conta de lesões — disse ela, lendo artigos enquanto ouvia Jodie massacrar Gershwin no piano do hotel. — Sabia que Cher queria que você cantasse "I Feel Pretty"? Mas aí, ela descobriu que cortaram a música da peça. Ela não está dando muita sorte.

— "I Feel Pretty"? — Jodie franziu o nariz. Bom, isso não ia acontecer.

— Foi exatamente o que Stephen Sondheim achou, de acordo com isso aqui. E é por isso que não está nesta versão.

O piano estava no canto do salão de baile. Havia um monte de lustres de água-marinha pendurados no teto, os penduricalhos se refletindo na pista encerada de parquete. Do lado de fora dos janelões do chão ao teto, a cidade cintilava na chuva. Jodie tinha acabado de terminar a terceira aula de piano com Kelly. Não tinha sido muito melhor do que as primeiras duas. Ela realmente tinha zero habilidade musical. Por sorte, Kelly tinha uma paciência infinita. Se bem que de vez em quando ela o ouvia fazer um ruído sofrido quando ela tropeçava em algumas notas seguidas.

Naquela noite, ele a deixara torturar o instrumento enquanto corria para jantar com a família em Great Neck. Ele tinha deixado um dever de casa, mas Jodie estava tendo dificuldade em manter a cabeça na tarefa. Era difícil se concentrar com o corpo dele ao lado dela no banco, os dedos compridos roçando nos dela e gerando arrepios nela, mas era mais difícil ainda se concentrar sem ele lá. Quando ia embora, ele levava algo junto. Uma magia secreta que deixava a lista de coisas a fazer suportável.

O que Kelly Wong tinha? Ele era só um *cara*. Andava para lá e para cá de calça jeans e moletom, comia porcarias, contava piadas bobas e vivia e respirava esportes. Ele não era especial. Só que sabia arremessar divinamente e tocar Gershwin com tanta alma que fazia as pessoas chorarem. E ele *ouvia* quando Jodie falava. Ouvia de verdade. Que homem fazia isso? Sem mencionar que tinha ido buscar um guarda-chuva quando estava chovendo nela; tinha tirado um tempo das férias com a família para ensinar piano a ela para que ela pudesse liquidar as dívidas da irmã; aguentava ser arrastado por toda a cidade naquela missão insana, e até conseguia parecer alegre no meio daquilo tudo. *E* fazia imitações ruins de filmes sobre esportes, ainda por cima. Imitações que de alguma forma deixavam tudo bem.

— Você canta tão bem quanto toca? — perguntou Tish quando Jodie *detonou* outra nota errada.

Jodie tinha esquecido onde estava. Era incrível que tivesse acertado alguma nota. Ela estava olhando para a partitura sem sequer vê-la.

— Eu canto exatamente tão bem quanto toco — admitiu ela, os pensamentos em Kelly se afastando como fumaça se espalhando. — No coral da escola, a sra. Harris me falou para fingir.

— Será que te deixam fingir na Broadway?

— Podemos torcer. — Jodie tocou uma nota aguda. Se fingir um orgasmo tinha sido intimidante, a ideia de subir em um palco da Broadway estava fazendo Jodie passar noites acordada. Eles não a fariam cantar um solo nem nada, né? Porque ela não sabia cantar.

Amor, sublime amor tinha muita dança também, né? Ela também não sabia dançar.

— Ah, meu Deus. — A voz chocada de Tish se espalhou pelo salão.

Jodie olhou para a frente. Ela sabia que não seria bom. Nunca era bom quando as pessoas diziam *Ah, meu Deus* para o celular. Ela queria que as pessoas largassem os celulares. Só complicava a vida dela.

A expressão de Tish estava dividida entre horror e euforia.

— Isso é ridículo.

— Eu acho que não quero saber.

— Ah, eu acho que quer. — Tish atravessou a pista de dança. — Olha! Tem times!

Jodie não entendeu.

— Times! — Tish enfiou o celular na cara de Jodie.

Times? Ah, meu Deus. *Times*. Tipo... Time Tish. Time Kelly. E Time *Ryan*.

— Fizeram camisetas! — Tish riu. — Olha!

Ela foi passando o feed do Instagram. Havia uma série de postagens mostrando pessoas com suas camisetas de time: #100 #Time Kelly; #100 #Time Tish.

— Eu estou indo muito bem até agora — disse ela para Jodie. — Em segundo lugar.

— Quem está em primeiro?

— Ugh. Sir Narcisista. — Tish não pareceu satisfeita. — Eu aposto que é só por ele ser milionário. As pessoas amam uma narrativa de Príncipe Encantado que é totalmente distante da realidade.

Ela fez uma pausa.

— Ah, não, espera. Eles estão empatados. Kelly e Ryan estão empatados. Isso quer dizer que eu sou a *última*? Para com isso. Depois dos beijos europeus e tudo? Talvez eu precise fazer uma imitação do Pacino também.

Jodie riu. A imitação que Kelly fez de Pacino tinha viralizado. Alguém da fila em frente à Katz's tinha filmado pela janela aberta do carro. #JodieVista. O som não estava ótimo, mas bom o suficiente. A filmagem estava borrada em close extremo, mas também estava boa. Pobre Kelly. Ele nunca achou que estivesse se metendo nisso quando aceitou dar umas aulas de piano.

— Ei, Jodie? — Tish fez uma expressão diabólica. — Quer me fazer um favor? — Ela se sentou ao lado de Jodie no banco. — Quer fazer uma serenata para mim tocando aquele Gershwin?

— Você está planejando filmar? — Jodie já sabia a resposta.

— Claro. Vai deixar a Cheryl maluca.

Jodie riu.

— Eu toco, mas não vou fazer serenata para você, eu só estou treinando. — Quando levou os dedos às teclas de novo, Jodie se perguntou o que Kelly estaria fazendo. Ela o visualizou no meio de uma horda de balões de unicórnio, a sobrinha pendurada nas costas. Feliz.

Ele estava sempre feliz. De um jeito contagiante.

Ele lembrava um pouco Bree nisso. Ela percebeu que tinha pensado a mesma coisa sobre Ryan. Ambos eram entusiasmados, como Bree. Pessoas que mergulhavam no mar agitado e brilhante de cabeça.

Jodie ainda estava pensando em irmãs, bilionários e jogadores de beisebol quando Cheryl chegou com os sapatos clicando para pegar Tish para jantar.

— Nós não podemos deixá-la aqui sozinha — sussurrou Tish para Cheryl. Ela não era muito boa de sussurro; a voz dela parecia preencher o salão.

Jodie sentiu um embrulho familiar no estômago. Odiava quando as pessoas sentiam pena dela. Ela manteve os olhos grudados nas teclas.

— É você que fica reclamando que a gente nunca passa tempo juntas. — Cheryl suspirou. — Eu não me importo se ela vier com a gente.

Jodie falou antes que elas começassem a brigar de novo.

— Eu estou feliz aqui. Tenho um montão de dever de casa. — Ela *bateu* com as mãos nas teclas.

— Você precisa comer — disse Tish, repreendendo-a.

— Tish, para de reclamar — resmungou Cheryl. — Ela pode pedir serviço de quarto se ficar com fome.

— Tem certeza, querida? — Tish olhou para Jodie com preocupação.

— Ah, meu Deus, não me admira que as pessoas achem que vocês são um casal! — Cheryl amarrou a cara para elas. Ela claramente não era do Time Tish. E claramente ainda estava morrendo de ciúmes.

Jodie reparou que Tish ficou bem satisfeita de fazer aquilo.

— Tudo bem, a gente te deixa aqui. — Tish capitulou. — Mas nos liga se quiser que a gente traga comida.

— Tish! Ela tem *serviço de quarto de graça*.

— Talvez ela não goste do que tem no cardápio.

— Aí tem o Uber Eats. E *Nova York*. — Cheryl indicou a cidade cintilando como uma terra de fadas pelas janelas enormes.

— Come, tá? — Tish deu um tapinha no braço de Jodie. — Boa sorte com seu ensaio.

— Vou precisar. — Jodie suspirou.

— Eu preciso me retocar — disse Tish para Cheryl. — Eu te encontro no saguão. — Ela desapareceu com um pulinho, claramente ansiosa por uma noite sozinha com Cheryl.

Jodie sentiu Cheryl rodeando-a quando ela voltou a atenção para a partitura.

— Você parece cansada — observou Cheryl quando Jodie começou a tocar com hesitação.

— O dia foi longo. — Jodie tocou uma nota errada. — Não se preocupe, vou passar a base hidratante para não parecer uma bruxa nas fotos.

Cheryl fez uma careta. E apertou os lábios vermelhos.

— Eu não estava preocupada com as fotos. Estava preocupada com você.

Jodie olhou para ela em dúvida.

Cheryl suspirou e pareceu murchar.

— Eu prometi a Bree que faria isso dar certo — disse ela, parecendo desanimada. — Mas não está dando certo, está? Eu fiz merda. Ela não ia gostar de te ver assim.

— Assim como? — Jodie ficou sobressaltada. Ela não tinha visto esse lado de Cheryl. O verniz estava descascando e, por baixo do brilho, havia uma pessoa comum com dúvidas sobre si mesma. Uma pessoa bem parecida com a própria Jodie.

— Triste — disse Cheryl.

Jodie tirou os dedos das teclas. Claro que estava triste. Ela estava ali fazendo todas as coisas que Bree deveria estar fazendo.

— Eu acho que perdi de vista o fato de que isso era para ser divertido... — admitiu Cheryl lentamente. — Eu fiquei tão absorta no... bom, no trabalho.

— Eu não sei se dá para ser divertido — disse Jodie sem rodeios. — Minha irmã morreu.

Cheryl se encolheu.

— Isso é *tudo* em que eu penso — disse Jodie simplesmente. — Que deveria ser ela aqui, não eu. — Ela respirou fundo e empertigou a coluna. — Mas você tem razão, *ela* queria que fosse divertido.

— Eu também penso nela. Penso mesmo... — Cheryl se juntou a Jodie no piano. Ela se encostou na lateral brilhante de ébano. — Ela me pediu para ajudar. Eu quero ajudar... Como a gente faz isso funcionar?

Jodie soltou uma gargalhada inesperada.

— Meu Deus, não sei. Eu mal sei como continuar respirando sem ela.

Houve um momento de silêncio. E Cheryl persistiu.

— Mas nós nos divertimos na outra noite no jantar, né? — perguntou Cheryl. — Com Ryan?

— Houve um monte de vinho envolvido — disse Jodie secamente — e alguns coquetéis bem fortes.

— Então a resposta é álcool para você? — brincou Cheryl com ironia.

Jodie deu de ombros.

— Eu tive alguns bons momentos — confessou ela. Ela se lembrou da liberdade na primeira noite em Nova York, quando andou pela cidade gelada e cintilante, pela festa da Quinta Avenida. Da champanheria. De assistir *Harry e Sally* com Kelly Wong. Da euforia estranha de fazer o papel da Sally em frente a um eufórico Sir Ryan Lasseter. Não tinha sido tudo ruim. Na verdade, pensando melhor, tinha sido quase tudo bom.

— Amanhã de manhã nós vamos ao teatro — falou Cheryl baixinho. — Vou fazer o possível para que seja melhor. Eu prometo.

Ela passou a mão pelo piano ao sair.

— Come alguma coisa, tá? Pede serviço de quarto. Mesmo que seja só para Tish não me matar.

O estômago de Jodie se embrulhou quando ela ouviu os saltos de Cheryl clicarem saindo do salão. O teatro. Bree, sua louca. Como você pôde fazer isso comigo?

Vai ficar tudo bem. Você vai saber quando estiver debaixo daquelas luzes que nem dá para ver a plateia.

Não, mas dá para ouvir todo mundo rindo de você.

Ah, ela não queria pensar nisso naquele momento. Não poderia fazer nada sobre isso, poderia? Então era melhor deixar para o futuro.

Sentada no salão vazio, sozinha com o piano e seus pensamentos, Jodie sentiu a melancolia cair nela como uma chuva leve. Havia tantas coisas que estava deixando para o futuro. Coisas demais. Tudo.

O que o futuro *guardava* para ela?

Jodie olhou para as gotas de chuva descendo pelas janelas enormes. As luzes da cidade estavam manchadas e tristes. Engraçado como dava para se sentir tão sozinha no meio de milhões de pessoas.

Ela estava com um nó na garganta. Também era engraçado como o Gershwin parecia triste quando ela tocava. Era para ser uma canção de amor. Ela se lembrava de ouvir outras versões dela quando estava tentando aprender com o sr. Wong. Alguns artistas a faziam parecer brincalhona e provocadora; outros a enchiam de saudade; alguns a tornavam aconchegante, outros sufocante. Mas, naquela noite, quando Jodie a tocou, foi a música mais triste do mundo.

Está bem claro, nosso amor veio para ficar... mas as notas dela diziam que o amor já tinha ido embora, que nada ficava, que todas as coisas morriam.

As coisas passam, Jodie. Mas o amor fica. Nada desaparece, as coisas só se transformam. Você ainda me ama, não ama?

Ah, Bree. Ela amaria a irmã até o último suspiro. Mas o amor que permanecia era triste da mesma forma que o fim do outono era triste. A transformação nem sempre era boa. A primavera e o verão tinham passado e o inverno estava caindo como uma sombra comprida. Ela estava sofrendo. O tempo todo. Como se tivesse um membro fantasma que doía sem parar, apesar de não estar mais lá.

Jodie só percebeu que estava chorando quando as lágrimas começaram a cair nos dedos. As notas tristes e desajeitadas se silenciaram.

O que se fazia quando se tinha um amor confuso tão poderoso e ninguém a quem oferecê-lo?

Capítulo 25

Jodie estava de pijama quando escutou uma batida baixa na porta. Ela quase a ignorou. Não queria ver ninguém. Tinha chorado no salão de baile por um tempo, debaixo do amontoado de águas-vivas, e aí subiu para o quarto e chorou mais. Quando acabou de chorar, ela tomou um banho. Estava sem lágrimas, mas ainda profundamente desanimada. Tinha passado a noite sozinha com seus pensamentos e a noite chuvosa de Nova York, se afundando na melancolia, se rendendo a ela. Tinha aberto bem as cortinas, puxado uma cadeira até a janela do quarto de hotel, apoiado os pés no parapeito e olhado Manhattan na chuva.

As barrigas irregulares das nuvens estavam tingidas de laranja pelas luzes da cidade, e as ruas brilhavam, reluzindo chuva, óleo e faróis. As gotas capturavam as luzes da cidade e cintilavam ao cair. Os prédios eram diamantes encrustados de chuva, torres de magia escura na noite de inverno. Jodie sentia como se estivesse isolada de tudo. A um mundo de distância. Mas talvez fosse só o efeito hermético do quarto de hotel. Ou talvez fosse outro estágio do luto. O que quer que fosse, era alarmantemente confortável. Jodie teve um medo vago de ficar presa naquela tristeza abafada para sempre, assim como Dorothy ficou presa pelo sono nos campos de papoulas em *O mágico de Oz*.

Havia algo inflado e mágico no sentimento de tristeza no qual ela estava mergulhada. Era como ficar presa dentro daquela gota de chuva que Bree tinha fotografado e postado no Instagram em sua última postagem em vida: suspensa, de cabeça para baixo e prestes a romper.

Não tinha passado tempo sozinha assim desde a morte de Bree, ela percebeu. Tinha precisado cuidar de pais arrasados, de Claudia, Gloria e Pat, tinha trabalhado um milhão de horas no guichê da locadora de carros sempre que possível, enfrentando longos turnos sofridos para pagar as contas. Ela não tinha tido privacidade nem solidão. Nem tempo.

A dor cresceu, tomou conta dela e transbordou, formando uma bolha em volta dela. Era silenciosa e calma, e estranhamente sagrada. Não que Jodie curtisse esse tipo de coisa. Mas *sagrada* era a única palavra em que ela conseguia pensar para descrever. Vibrava com algo de espiritual. Ela ficou no quarto escuro olhando a chuva borrar a cidade desconhecida. Sentia tanta falta de Bree que era difícil respirar. Mas era um tipo de sentimento limpo. Afiado, mas limpo.

Eu sinto saudades, Bree.

Ela não respondeu. Porque não estava lá. Havia só o quarto vazio e Jodie. Jodie, que estava sozinha... e profundamente solitária, mas não de uma forma desagradável.

Por aquele tempo suspenso, naquela dor infinita, a solidão profunda não foi *ruim*. Era só um sentimento. Como sair em uma noite gelada e sentir o ar ficar tão seco quanto pó nos pulmões. Ainda dava para respirar. Só era diferente.

Quando a batida soou na porta, ela já se acomodara no gelo profundo da tristeza. Mas havia algo na batida, na curiosidade suave do som e no fato de não ter parado, que a fez se levantar e andar até a porta. Achou que devia ser Tish levando um saquinho de papel pardo com o que tinha sobrado da comida. Ela não ficaria aborrecida de ver Tish, que não romperia a membrana da bolha. Ela seria silenciosa e gentil e entregaria a comida. Ela seria generosa. Cheryl tinha sorte de ter encontrado uma pessoa como Tish, Jodie pensou.

Mas não era Tish.

Era Kelly.

O cabelo dele estava molhado da chuva, espetado com mechas úmidas, e a covinha de curva deitada fez uma fenda profunda quando ele sorriu para ela.

— Pijama bonito.

Jodie olhou para baixo. A bolha se rompeu e a dor evaporou Ah, meu Deus, ela estava com o pijama de beisebol. Era tão velho, estampado com desenhos de bolas e bastões. Ela cruzou os braços sobre o peito, dolorosamente consciente de não estar de sutiã.

— Espero não ter te acordado.

Ela fez que não com a cabeça.

— Não. Eu estava... olhando a cidade.

Argh. Era verdade, mas parecia ridículo. Kelly sempre a fazia se sentir tão constrangida. Ela ficava hiperciente do próprio corpo quando ele estava por perto. E do dele. Que estava bem próximo.

Como ela tinha passado de melancolia espiritual profunda a idiota trivial avassaladora em um período tão curto? Como ele fazia isso a ela? Jodie se sentiu meio tonta. Uma gota de chuva rompida se derramando no chão.

— Minha mãe mandou comida para você. Ela parece achar que serviço de quarto é punição. — Ele revirou os olhos. — Acho que ela nunca experimentou.

Ele ofereceu um saco de papel para ela.

Com cuidado, Jodie o pegou e olhou dentro. Havia uma pilha organizada de recipientes de plástico.

— São só sobras — disse ele. — Eu falei que você não tinha micro-ondas, mas ela insistiu. Eu não tenho ideia do gosto de curry de berinjela frio...

— Obrigada. — Ela ficou sensibilizada, apesar de desconfiar que curry de berinjela frio devia ter um gosto nada ideal. Ela não estava mesmo com fome.

— Como foi tudo depois que eu fui embora? — Ele estava parado na porta e não parecia com pressa para ir embora. — Conseguiu passar bem pelo Gershwin?

Deveria convidá-lo para entrar? Mas ela estava de pijama. E sem muito humor para socializar.

— Consegui — disse ela com cuidado —, mas não sei se alguém chamaria de bem.

Não podia convidá-lo para entrar. Podia? Parecia íntimo demais. Principalmente porque ela estava *de pijama*.

Mas ele não se mexeu. Na verdade, ele se encostou na moldura da porta.

— Cheryl disse que você vai ao teatro tentar participar de *Amor, sublime amor* amanhã, né?

— Ah, por favor, não me lembra. — Os joelhos dela ficaram bambos.

— Ruim assim, é?

— É o pior da lista toda — disse Jodie com sinceridade. — Você não faz ideia. Acho que eu preferia comer aranhas.

— Ainda está cedo... — Ele abriu um sorriso meio triste. — A gente pode fazer uma noite de filme. Eu toparia ver *Amor, sublime amor*. Se você tiver vontade. Se quisesse relembrar, sei lá... — Ele pareceu meio envergonhado. — Deu certo com *Harry e Sally*.

Jodie ficou atônita de ver que ele estava corando.

— Você foi incrível hoje. — Ele limpou a garganta. — Naquela coisa do orgasmo de mentira. — Ele estava mesmo corando.

Jodie se surpreendeu tanto que riu.

— Incrível? Eu parecia um papagaio emboscado. Não nega, eu vi o vídeo online.

— Você *não* pareceu um papagaio. Foi...

— Foi o quê? Como um poodle com angústia de separação?

— Não.

— Uma criancinha que perdeu a chupeta?

— *Não*.

— Um bode geriátrico gritando para sair do cercadinho?

— Você foi sexy. — Ele a encarou e em seguida desviou o olhar antes que ela pudesse interpretar sua expressão.

Sexy.

Kelly Wong a chamou de sexy.

O que estava *acontecendo*?

MDDC, Smurfette, me diz que você não vai desperdiçar isso! Chama ele para ver o filme idiota! Bree não estava em lugar nenhum uma hora antes, mas, como Kelly estava ali, ela voltou correndo para a consciência de Jodie com força total.

Mas o pijama de beisebol!

Então tira. Ou deixa que ele tire.

Foi a vez de Jodie de corar. Uma onda de imagens tomou conta dela, todas envolvendo o sumiço do seu pijama de beisebol.

— *Amor, sublime amor*, é? — Foi praticamente um guincho.

Ele sorriu e a vírgula invertida voltou a aparecer na bochecha.

— Eu já baixei — admitiu ele. — Estava torcendo para você topar.

Kelly Wong tinha baixado *Amor, sublime amor*. Para assistir. Naquela noite. Com ela.

Era surreal demais. Ele parecia feliz de estar com ela.

Deixa o homem entrar, sua idiota!

Jodie abriu mais a porta para ele poder entrar. Ela teve um momento de *déjà vu* quando ele atravessou o quarto e foi na direção da televisão. Ela colocou o curry de berinjela no frigobar, se sentou na cadeira junto da janela, botou um travesseiro no colo e passou os braços em volta. Estava tentando se esconder atrás dele para não se sentir nua. Era bobagem se sentir nua com um pijama de flanela do pescoço até o tornozelo, mas ela não estava usando roupa de baixo e intimamente sentia os mamilos roçando no tecido.

— Eu peguei o filme dos anos 1960. Minha mãe disse que adorou, mas que não garante nada. Eu não vi... Você viu? — perguntou ele ao se sentar na beira da cama e tirar os tênis.

Ele estava tirando a roupa. Não, os sapatos. Ele estava tirando os sapatos. Mas isso despertou uma chama de empolgação na boca do estômago dela. Ou mais para baixo.

Ela gostou da aparência dele sentado na beira da cama dela tirando os sapatos.

— Não. Nunca — admitiu ela, tentando manter a cabeça no filme. Tinha levado tempo demais para responder à pergunta... E se ele percebesse o que ela estava pensando?

— Ganhou, tipo, um milhão de Oscars. De acordo com a minha mãe. Quer alguma coisa para comer antes de começar?

Ela fez que não com a cabeça. Não. Ela que não ia levantar da cadeira e atravessar o quarto na frente dele só de pijama.

— Tudo bem. — Ele sorriu para ela, apertou o play e se deitou na cama. O quarto estava iluminado só pelos brilhos da cidade e a luz azul da televisão. De repente, a luz ficou vermelha e a abertura começou. O olhar de Jodie ficava se desviando para Kelly. A luz piscante deixava suas feições delicadas em destaque.

— Não vem para cá comigo? — A voz dele soou rouca quando ele virou a cabeça e a viu olhando para ele.

Jodie sentiu os mamilos endurecerem. O que *estava* acontecendo? Era uma cantada? Ou um filme?

O que você quer que aconteça, Smurfette?

Nada! Tudo. Qualquer coisa...

Cautelosamente, Jodie foi para a cama levando o escudo de travesseiro junto. Kelly abriu um sorriso lento e se virou para o filme.

A abertura era bem longa. Bem, bem longa. Jodie se sentou de pernas cruzadas na cama ao lado de Kelly, que estava deitado de bruços, com o queixo apoiado nas mãos. Ela abraçou o travesseiro com força. A vista dos ombros largos dele estava clara, das costas magras, da cintura... melhor parar aí. Ela obrigou o olhar a voltar para a tela na hora que o título foi substituído por uma imagem de uma quadra de basquete.

— Em que parte da peça você vai aparecer? — perguntou Kelly quando o número de abertura começou.

— Eu não faço ideia — admitiu ela. — Tish disse alguma coisa sobre "I Feel Pretty". Mas acho que ela disse que não está na remontagem. Cortaram.

Para o desconforto dela, Kelly rolou de lado na direção dela e se apoiou em um cotovelo. Ela queria que ele ficasse olhando para a tela.

— Você precisa cantar? — perguntou ele.

— Meu Deus, espero que não. A lista de Bree só dizia "participação em um musical da Broadway". — Jodie abraçou o travesseiro com tanta força que ele encolheu.

Ele reparou, porque reparava tudo. Esticou a mão e fez carinho no pé dela com o polegar; Jodie deu um pulinho com o toque.

— Você vai se sair muito bem.

— Todo mundo diz isso, mas você sabe que pode *não* ser assim. — Todo o ser dela parecia fixado na pequena área de pele em que o polegar dele estava tocando. Ela não sabia como ele conseguia falar como se nada estivesse acontecendo. — Eu posso cair de cara no chão.

Kelly fez cara de quem estava pensando naquilo com calma. Ele deu de ombros.

— É verdade, pode acontecer.

— E todo mundo na plateia idiota vai estar com o celular na mão, gravando, e vou ficar imortalizada online para sempre. De cara no chão. — Ah, meu Deus, o polegar dele estava fazendo carinho no pé dela. Estava provocando coisas estranhas dentro dela. Coisas trêmulas, agitadas, abaladoras.

Ele assentiu.

— Ah, é. Isso pode acontecer.

Ela estava perplexa.

— E isso é para me fazer me sentir melhor?

Ele sorriu.

— Não melhor. Só menos louca. Todas essas coisas podem acontecer. Eu estou validando você. — O carinho parou, mas só porque ele fechou a mão no tornozelo dela e segurou. E se virou para o filme. Mas não soltou o tornozelo dela.

Jodie não tinha ideia de que seus tornozelos eram uma zona erógena. Acabou que eram. Era ridiculamente erótico ficar sentada ali, totalmente vestida, com um filme esquisito dos anos 1960 passando, enquanto Kelly Wong segurava seu tornozelo.

Aquele pequeno círculo de pele ficou ardente. Espalhou filetes de calor por ela, espirais longas e preguiçosas de calor cintilante. Ela sentiu um desejo louco de que ele movesse a mão, a passasse sobre a pele, subindo pela perna, por todo o corpo. Ela nunca tinha ficado tão excitada na vida, pensou, sentada ali, imóvel, com a mão dele no seu tornozelo. Fantasias surgiram na mente dela. Todas envolviam pele exposta e bocas molhadas e a largura e o comprimento daquela cama king-size.

Ela nem prestou atenção no filme de tão distraída que estava por seus pensamentos. Pelo menos até o blackface acontecer.

— O que é *aquilo*? — Ela ficou genuinamente chocada.

O cara da tela tinha uma maquiagem marrom oleosa no rosto.

— Acho que é para ele ser italiano... — Kelly olhou para a tela com repulsa.

— Mas... isso é...

— É. — Ele limpou a garganta. — Minha mãe não falou nada sobre isso. Piorou. Uma cena ou duas depois, a heroína apareceu.

— Isso definitivamente é blackface — disse Jodie, perplexa.

— Tecnicamente, acho que é marrom. Supostamente, ela é porto-riquenha.

— Sério? Mas a outra garota é latina? Por que ela não?

Kelly deu de ombros.

— Vou chutar que é racismo.

— Uau.

— A gente pode parar. — A mão de Kelly sumiu do tornozelo dela e Jodie teve uma enorme sensação de decepção. Ele desligou o filme.

— Você acha que a peça é assim? A peça da qual eu vou participar? — Todos os medos que ela sentia do número 74 da lista voltaram com tudo.

— Não. Nãããão. Não, claro que não.

Ele se sentou na beira da cama e olhou para a tela vazia. E olhou para ela. Ele não passava de uma silhueta no quarto escuro sem a luz da televisão.

Ah. A luz da televisão tinha sumido. Sem filme, não havia motivo para ele estar lá.

Ele pareceu meio chateado de o filme não ter dado certo.

Jodie abraçou o travesseiro, sem fôlego. O que ele ia fazer? Ela não queria que ele fosse embora. Só queria que ele segurasse seu tornozelo de novo...

Meu Deus, Smurfette, pula logo nele!

Ah. Nossa.

Ela podia fazer alguma coisa, não podia? Não precisava esperar por *ele*... Se o quisesse, ela podia...

O corpo todo de Jodie estava formigando. Ela não sabia se estava com calor ou com frio. Sentia-se terrivelmente... alguma coisa. *Vibrante*, era assim que ela se sentia. O pensamento de assumir o controle da situação girava na cabeça dela. Imagine se ela...

— Será que a gente pode só ouvir a trilha sonora? — sugeriu ele. A voz estava tensa. Rouca. Jodie se perguntou se ele também estava um pouco vibrante. — Você teria uma boa ideia da história pela trilha sonora? Talvez eu possa encontrar uma versão onde não estejam disfarçando brancos de italianos e porto-riquenhos.

Ele queria ficar.

Kelly Wong queria ficar. Ali, no quarto dela, com ela.

Caramba, ele era lindo. Tinha um jeito sexy de sugar o lábio inferior enquanto procurava a trilha no Spotify. Ela se perguntou o que aconteceria se o beijasse. Ele retribuiria?

— Ah, essa parece boa. — Ele estava triunfante. A abertura começou a tocar.

— A gente pode pular essa — sugeriu Jodie. — Durou uma eternidade.

— Ela se arrependeu de falar assim que ele pulou a música. Ela *queria* que durasse uma eternidade. Quanto mais cedo terminasse, mais cedo ele iria embora...

Sem a televisão ligada, o quarto estava escuro, exceto pelas luzes da cidade brilhando atrás do vidro.

— Você já viu a peça? — perguntou Kelly baixinho, se apoiando nas mãos. Jodie sentiu uma pontada de decepção de ele não estar se deitando de novo.

— Não — admitiu Jodie. — Na verdade, eu só fui ao teatro na escola. Fui a algumas peças da escola.

— *Nossa cidade?* — Ele riu. — Se lembra dessa?

Ela se lembrava. Bree tinha participado.

— Tão brega.

Era brega. E chata. As peças da escola eram sempre tão *looongas*. Intermináveis. E era preciso ficar quieta e parada. Jodie tinha sido arrastada pelos pais e passou a noite toda desejando que acabasse. Não conseguia se lembrar de nenhuma das falas de Bree nem como era o figurino dela. Pela centésima vez, Jodie desejou ter prestado mais atenção. Na ocasião, não pareceu importante. Assim como o arranjo de corniso de Bree. Mas aí, as coisas terminaram, e todos aqueles pequenos momentos acabaram, e não dava para tê-los de volta.

— Eu era chamado para tocar piano às vezes nos ensaios do clube de teatro — disse Kelly. — Tommy me disse que seria um ótimo jeito de conhecer garotas. — Ele riu. — Era um jeito *chato* de conhecer garotas.

Ashleigh Clark frequentava o clube de teatro, Jodie lembrava. Ela era a principal em musicais, toda ingênua e radiante. Uma menina boazinha. E bonita.

— Alguma vez fizeram *Amor, sublime amor*? — perguntou Jodie, a garganta apertada.

Não pense em Ashleigh Clark agora, ela disse para si mesma. Na trilha sonora, um cara estava cantando sobre o ar vibrar e algo ótimo estar a caminho. Aquele caminho específico de lembranças que ela e Kelly estavam percorrendo não parecia tão bom e não vibrava.

— Não. Fizeram *Oklahoma!* uma vez. — Kelly balançou a cabeça. — Eu devo ter tocado "People Will Say We're in Love" um milhão de vezes. Eles tiveram muita dificuldade com essa.

— Minha irmã foi Ado Annie em *Oklahoma!* — *Disso* Jodie se lembrava.

— É mesmo. "Eu sou uma garota que não sabe dizer não." Ela falava alto à beça.

Jodie riu.

— É, ela nunca foi discreta. — Jodie deu um pulo quando a mão de Kelly encontrou a dela no escuro. O toque dele foi tímido e gentil. Havia uma pergunta nele. Jodie respondeu não recusando.

— Sinto muito pela sua irmã. Ela era uma das pessoas luminosas do mundo. Do tipo que deixa uma marca.

— É — concordou Jodie, sem ousar se mover para o caso de ele afastar a mão. — Ela era mesmo. — Jodie sentiu os dedos dele se fecharem nos dela até as mãos estarem entrelaçadas. A pele dele estava quente. As sombras de gotas de chuva rolando pela janela caíam na cama.

— Você também era memorável — disse ele subitamente. Ela sentiu os dedos dele tremerem nos dela.

Estava escuro, mas as luzes refletidas da cidade mostravam o suficiente do rosto dele para ela ver que estava sendo sincero. Sincero e vulnerável.

As palmas das mãos dela estavam suando. Ele sentiria isso da mesma forma que ela o sentiu tremer.

— Porque eu era a única garota do time? — Ela não conseguiu se segurar. Ficar na defensiva era automático.

— Não. Bom, sim. Mas não só isso. — Ele apertou a mão dela. — Você era a mais… não sei… você era só você. Eu não conhecia mais ninguém assim. Ainda não conheço. Você não parecia ligar para o que os outros pensavam. Não havia sorriso falso, nem conversinha inútil. Se tivesse alguma coisa a dizer, você falava. Se não tivesse, ficava quieta.

Ele não tinha ideia. Ela ligava tanto que chegava a passar mal. Ligava tanto que tinha passado boa parte do ensino médio escondida no quarto, com medo de fazer a coisa errada, de dizer a coisa errada, de *ser* a coisa errada.

— Eu ficava muito quieta — admitiu ela. E ela não achava que fosse uma coisa boa de se admitir.

— Você só fazia o que queria. Como ser a única garota do time. Eu achava aquilo tão legal.

Ela fazia o que queria… argh, quando ela *fez* o que queria? Metade do tempo ela nem chegava a entrar em campo, menos ainda rebater a bola. Na verdade, na maioria das vezes ela nem botava o uniforme. Ficava no vestiário. Ela estaria trabalhando no guichê da locadora se fizesse o que queria? Para falar a verdade, ela não sabia. Não sabia nem *o que* queria…

Bom, ela queria beijar Kelly Wong. Queria sentir como era aquele vinco no lábio inferior dele ao encostar nos lábios dela. Queria saber como era o gosto dele. Ela queria beijá-lo até nenhum dos dois se lembrar do próprio nome. Ele acharia *isso* legal? Ali estava ela, na zona de strike dela. Se não rebatesse, ela se arrependeria pelo resto da vida. Ela sabia até nos ossos.

Foda-se. Só se vivia uma vez.

Foi a coisa mais corajosa que ela já tinha feito. Mais corajosa do que ser a única garota do time de beisebol. Mais corajosa do que fingir um orgasmo em um restaurante lotado. Talvez tenha sido a música que eles estavam ouvindo, o *eu te vi e o mundo sumiu*. Talvez tenha sido a melancolia dela antes de ele chegar. O que quer que fosse, Jodie bateu na bola.

Tudo ficou mais lento quando ela se inclinou na direção dele; o momento se estreitou para um único instante no tempo. A luz azul-escura aquática, tremendo com redes de brilhos faiscantes da cidade, tornou o momento surreal. Enfeitiçado. Fora do tempo normal.

Jodie sentiu o calor do hálito dele, ouviu a hesitação quando ele percebeu o que estava prestes a acontecer. Sentiu os dedos dele apertarem os dela. Os cílios dele tremeram quando o olhar se desviou para a boca de Jodie. O vinco no lábio inferior era uma sombra. Ele não se encolheu nem disse não.

Jodie fechou os olhos quando sua boca se encontrou com a dele.

Ela tinha imaginado aquele momento um milhão de vezes. Mas nenhuma fantasia chegava perto da realidade.

Era como ser acertada por um raio. A força elétrica praticamente parou seu coração, a voltagem criando fagulhas pelo corpo e calor se espalhando por cada centímetro quadrado dela. E ele começou a retribuir o beijo. Ela esticou as mãos para ele com a certeza de que estava prestes a derreter, precisando encontrar apoio.

Ele a puxou para perto, os braços atléticos segurando-a com facilidade, o que foi bom, porque ela sentia-se incapaz de se manter erguida.

Ele virou a boca na dela e abriu seus lábios. O beijo ficou mais profundo, floresceu, se abriu, questionou. Jodie se ouviu gemer quando a língua dele passou pelos seus lábios e entrou em sua boca. Ele tinha um gosto cítrico doce, tinha cheiro de ervas e sal. Os braços eram fortes nas costas dela. A boca era quente como o verão.

Quando eles pararam para respirar, o coração de Jodie estava disparado como se ela tivesse corrido uma maratona. Ela sentia como se uma cortina tivesse sido puxada e o mundo exposto. Por trás da chatice da realidade diária havia uma radiância néon vibrante.

Kelly parecia igualmente atônito.

Eles ficaram em um silêncio enfeitiçado, ainda emaranhados no abraço. Jodie sentiu o coração dele batendo. Ele olhou para ela com uma confusão muda, mas havia mais alguma coisa ali. Uma coisa que Jodie não conseguia nomear. Uma coisa que parecia assombro.

Ela não queria romper o feitiço falando, e esperava de coração que ele também não fizesse isso.

Ele respirou fundo.

Não. Ainda não. Ela não queria que aquilo acabasse ainda.

Então ela o beijou de novo.

Capítulo 26

A gente pode conversar? Kelly mandou essa mensagem logo cedo de manhã. Jodie já estava acordada, arrancada da cama por Cheryl em uma hora imoral. Ela mal tinha dormido, e estava na cara. Felizmente, Cheryl tinha levado café forte. Jodie não teria conseguido funcionar sem café.

Ver o nome de Kelly no telefone fez o estômago de Jodie flutuar, dar pulos e fazer coisas que um estômago não devia fazer. *A gente pode conversar?* Jodie não gostou da impressão que isso passou. *A gente pode conversar* nunca era bom, era? Ela e Kelly não tinham falado nada na noite anterior. Bem, só duas palavras: boa noite. E isso foi depois de horas de beijos, quando o hotel estava em silêncio e a noite chuvosa chegava ao fim. Nenhum deles quis quebrar o feitiço.

Jodie teria feito mais do que beijar, porém nada mais tinha acontecido. E ela não sabia bem como, mas foi bom assim mesmo. Foi um feitiço longo e lento. Como um transe. Ela ainda sentia a mão dele aninhando seu rosto enquanto a língua a deixava drogada.

Nossa, como ele beijava bem.

Mas, na luz baça do comecinho da manhã de inverno, Jodie não tinha certeza se não tinha imaginado tudo. Tinha sido perfeito demais. Encantador demais. Como um sonho.

A gente pode conversar?

Era o toque da meia-noite no baile, não era? Quando o cavalo mágico voltava a ser um rato comum. E Cinderela voltava correndo para casa vestindo trapos.

Jodie não queria ouvir que a noite anterior tinha sido um erro. Que não deveria ter acontecido. Que ele não queria estragar a amizade...

Amizade. *Que* amizade, Kelly? Jodie entrou em uma discussão imaginária com ele enquanto tomava banho, enquanto Cheryl esperava do lado de fora da porta do banheiro. *Que* amizade? Ele tinha ido para a faculdade sem nunca olhar para trás. O que havia para estragar com um beijo?

Quando ela já estava seca e vestida, a discussão imaginária que entabulara com Kelly tinha deixado Jodie mal-humorada. Ela descontou em Cheryl.

— Não entendo por que eu preciso acordar tão cedo — reclamou ela. Ela se perguntou se podia evitar Kelly para poder se agarrar à magia por mais um pouco.

— Nós temos que chegar ao teatro antes do *Good Morning America*.

Isso acertou Jodie como um tijolo quebrando uma vitrine.

— Nós *o quê*?

Cheryl estava exasperada.

— Eu sei que devia ter te avisado, mas aconteceu tarde da noite ontem. Ryan é amigo do produtor. Ele que arrumou tudo.

Jodie estava perplexa de saber que organizaram uma entrevista sua ao vivo na televisão, no teatro, para falar sobre sua "estreia na Broadway".

— Eu não vou fazer.

— Vai ficar tudo bem. A entrevista vai ser rápida. Vai acabar antes de você perceber.

— E é só a entrevista? — Jodie estava desconfiada.

Cheryl fez cara de culpa.

— Também querem umas imagens de você nos bastidores. E vão nos seguir pelo ensaio e pela apresentação. Vão botar no ar na quinta.

— Que dia é hoje? — Jodie não conseguia lembrar de jeito nenhum. As coisas estavam anormais demais para coisas como dias da semana importarem.

— Quarta. Você pode ensaiar hoje e amanhã e subir no palco na quinta à noite. — Cheryl olhou a hora.

— Eu não vou fazer. — Jodie se firmou na cadeira perto da janela e cruzou os braços. — Eu me recuso.

— Você não pode — disse Cheryl com infelicidade. — Você é obrigada por contrato.

— Eu sou o quê?

— Lembra os formulários que você assinou no bar?

Jodie sentiu o estômago despencar. O que ela tinha assinado? E por que não tinha lido as páginas com mais atenção?

Porque estava em legalês, e ela não entendia uma palavra... De repente, ela se sentiu um pouco menos como se estivesse em *Cinderela* e um pouco mais como se estivesse em *A pequena sereia*. Ela tinha mesmo assinado o não reconhecimento da sua própria voz?

— Eu quero ver os contratos. E quero falar com Ryan.

— Ele está viajando.

— Tenho certeza de que o telefone dele funciona no jatinho particular — disse Jodie com rispidez.

Cheryl estava tensa de estresse.

— Por favor, Jodie. Eu pego o contrato. Vou minimizar o que você vai ter que fazer no *GMA*... mas Ryan cobrou um favor para conseguir essa entrevista. Eu não posso cancelar. — Cheryl se sentiu enjoada só de pensar.

Jodie cruzou os braços. Não queria aparecer na televisão. Mas também não tinha tempo de percorrer todo o legalês antes da entrevista.

— Tudo bem. Eu vou. Mas *chega*. De agora em diante, você não marca nada sem falar comigo primeiro.

— Sim. — Cheryl expirou. — Obrigada.

O celular de Jodie vibrou de novo. Kelly.

Me manda mensagem quando acordar?

Jodie esperou até ela e Cheryl estarem no elevador para responder.

Desculpa, a Cheryl me arrastou para o teatro. Falamos depois?

Ela desligou o celular antes que ele pudesse responder, se sentindo covarde. Como alguém podia se esconder do inevitável? Se Cinderela não podia parar o tempo, o rato que virou cavalo e estava puxando a carruagem de abóbora é que não podia mesmo.

— A gente vai andando? — Jodie ficou surpresa quando Cheryl foi para a rua em vez de parar e esperar um carro. Ela deveria ter reparado que daquela vez Cheryl não estava de saltos.

— Vai ser mais rápido — disse Cheryl quando elas saíram na direção do bairro dos teatros. Estava tão frio que as palavras formavam vapor, como o bafo de um dragão.

Jodie ficou feliz. Ela precisava andar para gastar a raiva. E a ansiedade relacionada a Kelly.

A rua estava gelada, cheia de poças esbranquiçadas e cobertas de uma camada fina de gelo, e as vitrines das lojas estavam embaçadas. Era uma hora mágica entre a noite e o dia; as luzes em todos os arranha-céus piscavam enquanto a cidade se preparava para a semana à frente, e as decorações das festas de fim de ano cintilavam na manhã azul enevoada. O trânsito estava começando a ocupar as ruas. Subia vapor das grades do metrô, deixando as luzes piscantes difusas.

Jodie ainda tinha dificuldade de acreditar que estava em Nova York. A magia do local aliviava o que ela estava sentindo. Ela enfiou as mãos nos bolsos, desejando ter levado luvas. Apesar do café, seu estômago estava reclamando alto porque ela não lhe dera jantar na noite anterior. Ela achava que um café da manhã de verdade estava fora de cogitação até depois da entrevista. Se bem que talvez fosse bom ela não ter comido muito... não haveria nada para vomitar quando o nervosismo batesse. Quando elas se apressaram pelas ruas geladas ao amanhecer, a mente de Jodie voltou para o quarto de hotel e a noite anterior.

Talvez aquilo tudo fosse um sonho estranho. Devia ser, porque não era possível que ela tivesse beijado *Kelly Wong*. Não só beijado, mas beijado *a noite toda*.

Se fosse sonho, que ela ficasse dormindo mais um pouco. E talvez que tivesse mais dos beijos e menos do pesadelo de entrar em um teatro da Broadway para se humilhar na televisão ao vivo. Ah. E não só *um* teatro da Broadway, era o Broadway Theatre, ela viu quando elas entraram na Broadway e ela notou a marquise. Provando que aquilo podia ser mesmo um sonho, as luzes se acenderam, como se combinado, cortando a aquosa manhã cinza-azulada com rosa e azul néon vívidos. O antigo prédio art déco era convidativo em sua glória tecnicolor, radiante como um farol.

Havia uma van branca parada bem na frente; tinha um logo amarelo alegre escrito *GMA* na lateral. Jodie olhou para Cheryl.

— Você vai ficar bem — prometeu Cheryl. — Eu vou estar com você a cada passo.

Dentro, o local era chique de uma forma indescritível. O veludo, os lustres e as cadeiras vinho faziam as águas-vivas no hotel parecerem sem graça. E aí, Jodie reparou na quantidade de lugares.

— Quantas pessoas cabem aqui? — sussurrou ela enquanto andava pelo corredor entre os assentos. Ela se virou e esticou o pescoço para olhar os balcões e andares superiores.

— A resposta é 1.761 — respondeu uma voz animada de um camarote acima. Havia uma jovem lá, olhando para elas.

Cheryl soltou um ofego ultrajado.

— Não é gente demais? — perguntou Jodie secamente.

— Maya! — Cheryl estava ficando vermelha ao olhar para o camarote com decoração dourada. — O que você está fazendo aqui?

A jovem se reclinou sobre a amurada acima. Tinha uma aparência enérgica, com o cabelo preso em um coque bagunçado. Estava usando óculos grossos de moldura preta e batom coral vibrante. Era mais jovem do que Cheryl e menos radiante. Mas, de alguma forma, mais descolada.

— Ryan me pediu para vir junto. Ele não te contou? — A mulher inclinou a cabeça.

— Não — rosnou Cheryl. — Não contou.

— Ah, bom, você sabe como ele é. — A mulher balançou a mão em um gesto de descaso. — Ele tem tanta coisa na cabeça. — Ela abriu um sorriso coral vibrante. — Essa é Jodie, suponho? — Ela acenou.

Jodie se viu acenando de volta. Cheryl olhou de cara feia para ela. Jodie deu de ombros.

— Eu só estava sendo educada.

— Eu sou Maya. Sou a mão direita do Ryan.

— Assistente. — Cheryl estava fumegando.

— Prazer te conhecer — disse Jodie com cautela, por causa da reação extrema da Cheryl. — Suponho que tenha sido você que o vestiu como Harry para a cena do orgasmo na Katz's, né?

— Supôs certo. O suéter não foi um *achado*? Espera aí que já vou descer. O *GMA* quer você aí embaixo nas cabines, com o palco ao fundo, então eu vou até aí.

— Você estava falando com o *GMA*? — Cheryl pareceu pronta para explodir. Mas ela estava falando sozinha, porque Maya já tinha desaparecido atrás da cortina grossa de veludo no fundo do camarote. — Qual é a dela? Essa lista não tem nada a ver com ela!

Jodie não achava que tivesse muito a ver com Cheryl também, mas Cheryl estava andando pelo corredor furiosa, como se tivesse sido pessoalmente ofendida.

Jodie se sentou em uma das confortáveis cadeiras de veludo e esperou que alguém lhe dissesse o que fazer em seguida. O teatro era legal quando ela estava sozinha. Não parecia tão assustador. Na verdade, era meio tranquilizador. Era um pouco como estar dentro de uma almofada.

Ela observou tudo. Todos os 1.761 assentos, arrumados em balcões em camadas. Era um lugar vermelho e dourado. O palco era profundo e escuro, o chão da cor de um quadro-negro. Jodie imaginou Bree escrevendo o número setenta e quatro da sua lista na parte de trás do jogo americano de papel do Chili's cheia de otimismo. Aquilo era exatamente como ela teria imaginado um teatro da Broadway. Pena que ela não estava ali; teria ficado feliz da vida. Provavelmente estaria correndo para o palco e fazendo um número improvisado de dança.

Quando Jodie olhou para o palco, uma figura surgiu da coxia. Um homem jovem. Carregando dois copos de café e um saco de papel.

— Jodie? — Ele ficou no centro do palco e sorriu para ela. Era bonito, magro, de membros relaxados e claramente à vontade lá em cima. — Pronta para conquistar a Broadway?

O estômago de Jodie despencou e a sensação pacífica de estar segura dentro de uma almofada evaporou. Ah, não, era hora da montanha-russa de novo.

Ela devia ter parecido alarmada, porque ele franziu a testa.

— Você é a Jodie, não é?

— Sou — disse ela, na defensiva. E não se levantou da cadeira.

— Eu sou Jonah. — Ele sorriu para ela como se aquilo devesse significar alguma coisa.

— Oi...?

— Jonah Lourdes.

Ele *definitivamente* achava que isso deveria significar alguma coisa para ela. Era um dos apresentadores do *Good Morning America*? Ela não via, então como saberia?

— Eu faço o Tony — disse ele.

Tony. Ah. *Tony*. Na peça. Ele era o cara que cantava sobre algo zumbindo e algo grandioso estar por vir.

— Ah, *oi*. — Jodie se levantou da cadeira e passou a mão no cabelo com nervosismo; seus dedos prenderam nos cachos. — É um prazer te conhecer — disse ela, sem graça. — Ou seria se eu não estivesse apavorada.

Jonah Lourdes riu.

— Apavorada é normal.

— Minha irmã me falou.

Ele fez a cara que todo mundo fazia quando oferecia condolências.

— Eu lamento muito sobre a sua irmã. — As pessoas falavam com sinceridade, mas também pareciam meio incomodadas. Ninguém sabia como agir. Nem mesmo atores, ao que parecia.

— Obrigada. — Jodie não se importava em fazer uma cara em resposta. A cara de *você é tão gentil*. Ele não se importava, nem conhecia Bree. Só estava sendo educado.

— Eu trouxe café — disse o ator Jonah mostrando os copos. — E uns docinhos. — Ele estava sorrindo de novo.

O estômago de Jodie roncou. Apesar das reservas, ela cedeu à fome e aceitou o que ele ofereceu.

— Obrigada. — Ela viu Jonah contornar o poço da orquestra e se juntar a ela na primeira fila do teatro.

Ela pegou o café com gratidão.

— É preto — disse ele se desculpando. — Eu não sabia de que você gostava.

— Desde que esteja quente, está ótimo. Obrigada. É muita gentileza sua. — Se bem que, quando Jodie olhou para os copos, ela viu um nome escrito neles com caneta metalizada. *Maya*.

Jonah esticou as pernas compridas ao se sentar na cadeira. Ele ofereceu um doce para ela escolher primeiro, pegou um cronut no saquinho e o partiu no meio com uma única mordida.

— Nossa, eu amo isso.

Não parecia, a julgar pelo quanto ele era magro. Jodie observou a musculatura das coxas, visível nos jeans apertados. Jodie supunha que oito espetáculos por semana deviam queimar muitos cronuts.

— Então você não está ansiosa pela sua aparição? — perguntou ele depois de terminar o doce. Ele lambeu cobertura de açúcar dos dedos.

— Eu preferiria montar em um tubarão.

Ele riu.

— Uma vez, eu li que falar em público é o medo número um das pessoas. Mais até do que a morte.

— Falaram alguma coisa sobre cantar e dançar em público?

— É a melhor adrenalina do mundo.

Foi a vez de Jodie rir.

— Claro que você diria isso. Você canta e dança.

— Mas a sua irmã gostava, imagino.

— Minha irmã gostava de tudo. Ela era esquisita assim.

— Eu a pesquisei no Instagram. Ela fez umas coisas loucas. — Ele não fez a cara desta vez. Pareceu falar com admiração.

— Fez. E deixou algumas para eu fazer. — Jodie gostou daquele cara. Ele era direto. Ela ofereceu a ele o saco de doces de volta. — Tem outro cronut aqui.

Ele olhou para ela com expressão maliciosa.

— Meu personal trainer me mataria. — E o pegou.

Jodie gostou mesmo dele.

Enquanto eles tomavam seus cafés, houve uma comoção nas portas. Jodie se virou e viu Cheryl e Maya vindo pelo corredor central, ladeando uma equipe de filmagem e um produtor de cara amarrada carregando vários equipamentos. Eles falavam todos ao mesmo tempo.

— Não precisa de mais ninguém além de Jodie — insistiu Cheryl.

— Claro que precisa — argumentou Maya. — Isso é maior do que só a aparição dela na Broadway. É sobre a lista toda.

— Eu não ligo para quem vocês querem botar na frente da câmera, mas o segmento ao vivo é em quinze minutos, então vocês têm que decidir logo — disse o produtor.

Jodie o ignorou e pegou o saco de papel na mão de Jonah. Ele tinha colocado o café de lado e estava ajustando a roupa. Jodie pegou um danish e deu uma mordida. Ela adorava um bom danish, e aqueles estavam *bons*. Se ela tivesse um personal trainer, ele estaria horrorizado. Ela tinha comido doces todas as manhãs até ali. Ah, bem, ela provavelmente teria um ataque de nervos e vomitaria tudo mesmo. Jodie se acomodou na poltrona de veludo e apreciou o café da manhã enquanto a equipe de filmagem escolhia ângulos e montava o equipamento e Cheryl e Maya discutiam.

Ela se lembrou de ter sentado com Kelly no sofá do irmão dele, comendo bolo de arco-íris. *É sempre assim... melhor deixar rolar.* Ela seguiu o conselho dele e deixou rolar enquanto comia. Pelo menos quando botassem o microfone nela, ela teria açúcar e cafeína no organismo para combater a brutalidade de ter acordado tão cedo e a falta de sono.

— Agora, Jodie — disse Maya, entrando entre a câmera e Jodie. — Eu tenho alguns pontos para você falar. — Ela entregou um cartão para Jodie.

— Que pontos? — Cheryl também entrou junto.

— Não deixe de citar *Amor, sublime amor* e o Broadway Theatre, e de dizer que estará aqui na apresentação de quinta à noite. — A unha curta e pintada de esmalte transparente de Maya apontou para a lista escrita em caneta preta no cartão. — E não esqueça de mencionar o patrocínio generoso da Iris Air da lista. E aqui embaixo tem algumas hashtags úteis pras pessoas que quiserem nos seguir.

Nos? Jodie encarou Cheryl e franziu o nariz.

— O pessoal do *GMA* vai mencionar tudo isso nas perguntas, mas só por garantia.

Cheryl pegou o cartão nas mãos de Jodie e o rasgou no meio.

— Ela não precisa disso — disse ela, tensa. — É melhor ela ser natural. Deixe que ela seja ela mesma.

Maya fez um ruído que conseguiu ser ao mesmo tempo duvidoso, condescendente, piedoso e irritado. Cheryl pareceu querer empurrá-la.

— Eu vou te ajudar se você esquecer — sussurrou Jonah para Jodie. Ele estava sendo equipado com microfone também e, ao que parecia, se juntaria a ela na entrevista.

Jodie teve uma vontade louca de rir. Aquilo estava virando uma grande propaganda. Citar nomes de empresas? Listar hashtags? Nada daquilo tinha a ver com a lista, nem com Bree, na verdade. Era só para conseguir tempo para a Iris no ar, na plataforma de Bree, cooptando a sua marca e sua audiência estabelecida. Ostensivamente, para botar mais alguns milhões nas contas bancárias já abarrotadas de Sua Sir-eza. Eles estavam pegando a morte de Bree e a montanha-russa de dor de Jodie e transformando em *propaganda*. Era doentio. Mas, estranhamente, fez Jodie relaxar quando ela olhou para a câmera. Quem ligava se ela fizesse besteira? O que importava ali não era a promoção de uma linha aérea idiota. Era a irmã dela, e os últimos seis itens da sua lista de coisas para fazer antes de morrer que ela não pôde terminar. Era o sorriso largo e reluzente de Bree ao encarar o mundo. E o mundo que Jodie encarava, agora que Bree não estava mais nele. Jodie poderia pagar a dívida de Bree com esses atos malucos, mas a lista não tinha a ver com dinheiro, não para Jodie. O que quer que acontecesse naquela entrevista, Jodie subiria no palco e riscaria o número 74 da lista. E não o faria pela Iris Air. Faria por *Bree*.

Jodie teve um momento de horror quando as luzes apontaram para ela e o produtor fez a contagem regressiva, mas ela não precisava ter se preocupado. A entrevista acabou antes que ela percebesse que estava acontecendo. Jonah foi quem falou quase o tempo todo. Ele ficava muito à vontade na frente da câmera, e, para alguém que ela havia acabado de conhecer, parecia saber muito sobre a lista de Jodie. Ele era o parceiro que ela nem sabia que precisava.

— Acho que todos podemos concordar que Jodie nasceu para ser atriz depois de vermos a imitação dela de Sally na Katz's. — Ele riu.

Ah, nossa, era verdade. Ele tinha olhado o Instagram da Bree.

— Ela vai ser igualmente incrível no palco na quinta — disse ele, abrindo um sorriso tranquilizador para Jodie.

Ele tinha visto o orgasmo. Jodie percebeu que todos os homens que ela conheceria dali em diante poderiam vê-la se contorcendo naquela deli...

— Agora que você falou, Jonah, nós temos algumas imagens das aventuras de Jodie outro dia, do Instagram — disse o âncora alegremente no ponto no ouvido de Jodie. E então, Jodie teve a experiência vergonhosa de se ouvir fingir um orgasmo. Ela se sentiu ficando vermelha. Ninguém tinha avisado a ela que *isso* ia acontecer. Meu Deus, ela esperava que ninguém que ela conhecesse estivesse assistindo. Os pais dela. Os caras do guichê da locadora...

Ah, quem ela queria enganar? Claro que todos veriam no Instagram, de qualquer jeito. Ela não tinha mais privacidade. Cheryl e a #JodieVista tinham cuidado disso.

— Boa sorte, Jodie, da família *GMA*! — Os âncoras estavam ficando melosos ao encerrar a entrevista. — Nós todos estamos torcendo por você, e precisamos lembrar aos espectadores que nossas câmeras estarão acompanhando Jodie ao longo da semana enquanto ela ensaia para a estreia na Broadway.

E acabou. Ao menos a parte da entrevista. Acontece que eles ainda tinham horas de filmagem pela frente. A equipe de filmagem estava grudada em Jodie, como se ela fosse algum tipo de estrela de reality.

— Eu não concordei com nada disso — disse Jodie para Cheryl durante a "voltinha" em que a equipe de filmagem do *GMA* os seguia enquanto Jonah levava Jodie para conhecer o teatro. A câmera tinha seguido Jonah até o camarim. Ele tinha assumido o papel de anfitrião e guia, para o imenso alívio de Jodie. Ela aproveitou a oportunidade para puxar Cheryl de lado e deixou que ele ficasse sozinho com as câmeras um momento.

— Eu sei — disse Cheryl com infelicidade. — Eu sinto muito.

— Não o suficiente para impedir — retrucou Jodie.

— Esta é a última vez — lembrou Cheryl. — Eu prometo. Depois da Broadway, tudo vai ser tratado com você primeiro.

— Você fica fazendo promessas — disse Jodie com raiva —, mas elas só contam se você cumprir.

Cheryl se encolheu.

Jodie não se deu ao trabalho de esconder a irritação quando filmaram Jonah levando-a para o palco. Ela se sentiu uma foca de circo.

— Você pode cantar alguma coisa? — gritou o produtor da escuridão da plateia.

— Meu Deus, não!

— Não você! Jonah. *Tony.* Canta alguma coisa romântica para ela.

Porque as garotas amavam que cantassem *para elas*. Jodie não pôde deixar de revirar os olhos.

— Você se importa? — perguntou Jonah baixinho. Ele fez uma careta pela insistência do produtor.

— Desde que você cante e não eu, tudo bem. — Mas ela não gostou, e estava claro.

Jonah olhou para ela com solidariedade e começou gentilmente a cantar "Tonight". Jodie tinha uma vaga lembrança de que era um dueto. Mas ele arrumou um jeito de fazer com que fosse um solo, sem constranger nenhum dos dois.

Ele segurou as mãos dela e a levou para o centro do palco, cantando com paixão crescente: *Tonight, tonight, there's only you tonight...*

Ele era muito bom. Tão bom que Jodie ficou arrepiada. Em sua mente, ela ouvia Bree dando gritinhos de prazer. Ela teria amado tudo naquilo, e tudo nele.

Jodie caiu sob o feitiço dele enquanto ele cantava. A voz dele ocupou o teatro, dolorosamente linda e cheia de amor. Ele foi para trás dela e virou-a para que olhasse as cadeiras vazias. Seu corpo musculoso de dançarino estava quente em suas costas e seu hálito era açucarado, de cronut.

Quando acabou, houve uma salva de palmas fraca do teatro vazio.

— Bravo — gritou Maya.

— É isso que nós vamos fazer na quinta? Essa música? — perguntou Jodie, se soltando das mãos de Jonah. O coração dela estava pulando. Ninguém jamais tinha cantado para ela assim.

— Ah, não. — Jonah pareceu achar graça. — Essa é uma das músicas mais importantes da apresentação. A produção não deixaria que mexêssemos com ela.

Certo. Não iam querer estragar essa.

— Vamos ensaiar agora — disse Cheryl apressadamente — e você pode aprender sua música.

Sua música. Lá vinham eles de novo, com o circo...

— Não se preocupe — garantiu Cheryl. — Você não precisa cantar a parte principal.

— Eu não vou cantar nada — disse Jodie com firmeza. — A lista fala *participação*, e é só isso que vai acontecer.

— É um musical — disse Maya na plateia, a voz contundente —, claro que você precisa cantar.

— Você pode falar suas partes — falou Cheryl baixinho.

— Não.

Cheryl olhou para Maya e se virou para que Maya não pudesse ler seus lábios.

— Por favor — sussurrou ela.

— Não.

— Venham — chamou Maya —, o carro está esperando para nos levar para o local de ensaio.

Cheryl soltou um chiado baixo. Jodie não entendia por que Cheryl não mandava Maya se lascar.

— Eu não vou cantar — disse Jodie ao descer do palco.

Cheryl olhou para Maya.

— Tudo bem. — Ela suspirou. — Eu vou dar um jeito.

Capítulo 27

Ela nunca deveria ter ligado o celular. Havia mais mensagens do Kelly. A maioria variações de *precisamos conversar*, e uma dizendo que ele estava disponível para uma aula de piano mais tarde, mas que naquele momento estava indo ver a família para almoçar. Só de lê-las, Jodie ficou tonta. Aulas de piano. Ela o veria depois. Quando ele diria para ela em pessoa que tudo tinha sido um grande erro. Que ele tinha deixado que ela o beijasse na noite anterior, mas, sabe como é, já era outro dia...

Ugh. Ela não suportava.

O celular vibrou na mão dela. Era uma mensagem de Cheryl. Onde você está?

Ela estava trancada no banheiro em frente ao estúdio de ensaios, era lá que ela estava. Tinha se enfiado lá assim que eles chegaram ao local, depois da farsa com o *GMA* no teatro. O dia tinha sido longo e ainda era de manhã.

O banheiro em que ela tinha se trancado era um cubículo comprido e estreito com privada, em vez de um banheiro de verdade. Havia um banco de madeira junto à parede e vários ganchos onde as pessoas podiam pendurar roupas. Uma sapatilha de balé velha estava pendurada em um deles; estava tão surrada que deixou Jodie preocupada com o pé de quem a usava. O local tinha cheiro de suor velho e desodorante barato. Jodie tinha se trancado para aproveitar a privacidade. Ela precisava de alguns minutos sozinha. Queria olhar o celular, mas não queria abrir as mensagens de Kelly em público. Só para o caso de ele tentar pôr fim em tudo por mensagem. O que não era inédito. Acontecia. Já tinha acontecido com Jodie. Mais de uma vez. Ela talvez até fosse culpada de já ter feito isso ela mesma. Mas, em sua defesa, tinha sido um encontro muito ruim.

Teria *ela* sido um encontro muito ruim na noite anterior?

Não tinha sido nem um encontro… tinha sido um filme truncado, seguido por muitos beijos com a trilha sonora de *Amor, sublime amor*.

Será que ela beijava mal?

Ele não pareceu achar ruim na hora.

O celular de Jodie vibrou de novo. Cheryl.

Não olha o Instagram.

Bem. Isso era uma bandeira vermelha para um touro, não era? Jodie abriu o aplicativo, se preparando para o que encontraria.

Acontece que havia muito para encontrar. Droga, não eram nem onze da manhã, como podia já haver tanto material? E quem tinha capturado aquilo tudo? Jodie desceu pelas imagens no Instagram. Havia fotos em alta definição da manhã dela no teatro: Jonah no palco segurando o café; Jodie pegando o café da mão dele; os dois sozinhos na imensidão do teatro luxuoso. Parecia uma propaganda da Cartier ou da Tiffany ou algo assim, de tão trabalhada no romance. #TimeJonah já estava nos trends.

Time Jonah? Rá. Jodie estava mais interessada nos doces dentro do saco de papel do que nele. Mas as fotos faziam parecer diferente. Em um close, os olhos de Jodie pareciam brilhar com a magia da atração.

Pelo *danish*, mas claro que o danish tinha sido retirado da foto.

As filmagens de Jonah cantando para ela no palco eram bem reais. Jonah era todinho um herói romântico. Ele parecia um membro de boy band. Maya não perdia tempo, né? E Jodie sabia que era coisa de Maya. Primeiro, porque aquelas imagens não tinham nada da verdade visceral de Cheryl. Eram só momentos no estilo revista de moda. Segundo, por causa do nome no copo de café. Maya tinha armado toda a história do Jonah. Ela estava querendo que Time Jonah pegasse.

Mas não tinha sido ela quem tirou as fotos, porque, na hora que foram tiradas, Maya estava de lado travando uma guerra passivo-agressiva com Cheryl. Ela devia ter alguém plantado na escuridão do teatro. Um fotógrafo sniper.

Jodie olhou os comentários embaixo de uma das imagens. Eram bem engraçados, ao menos os que não a chamavam de porca gorda ou piranha inútil.

Eu não diria não para Jonah Lourdes!
De jeito nenhum. Olha a cara dela! Ela está fingindo.

Não fingindo. O homem tinha uma voz que deixaria qualquer garota com joelhos bambos. E o resto dele não era nada ruim. Closes faziam as coisas parecerem mais dramáticas do que eram, só isso.

— Por que Maya tem acesso à conta? — perguntou Jodie depois de procurar Cheryl e a levar para o banheiro. Ela tinha trancado a equipe de filmagem e Maya do lado de fora. O cubículo parecia uma cela de prisão, mas pelo menos era uma cela de prisão *particular*. Desde que não tivessem câmeras secretas lá dentro. Jodie se viu as procurando na maior paranoia. Tijolos expostos. Piso de madeira. Uma privada velha com caixa atrás. Uma pia de cerâmica quadrada. Um espelho lascado e manchado. Nada de câmeras. — Como ela tem as senhas?

Cheryl estava pálida e com os olhos afundados de estresse. Estava segurando o celular como se fosse uma bolinha de aliviar estresse.

— Eu não sei!

— Ryan mandou para ela? Ou ela está invadindo por conta própria? — Jodie pensaria bem menos de Sir Ryan e dos olhos azuis de céu de julho se ele *tivesse* enviado para ela.

— Eu também não sei. — Os lábios vermelho-sangue de Cheryl estavam bem finos e não havia sinal do sorrisão branco de sempre.

— Bem, o que você *sabe*?

— Eu sei que ela é louca por atenção e não tem o menor pudor em prejudicar os outros, e que eu vou tirá-la daqui nem que seja a última coisa que eu faça — disse Cheryl sombriamente.

Nada parecia útil a Jodie. Por que nada daquilo podia ser *simples*?

Não ficou mais simples quando elas saíram do banheiro. O estúdio estava cheio de dançarinas. O local era uma caixa oblonga sem janelas, com paredes espelhadas. Havia barras de dança e piso de madeira gasto e cheiro de suor velho. As dançarinas eram todas mulheres, leves e musculosas à beça. Elas estavam em volta do piano vertical no canto, segurando partituras e conversando.

Jodie teve vontade de se agarrar no batente da porta e se recusar a se mexer. Seu nervosismo voltou com tudo, como um enxame de abelhas.

Seus ouvidos estavam latejando e a pele estava quente e arrepiada. Aquilo não parecia a preparação para uma simples aparição. E ela não faria mais do que isso de jeito nenhum.

Cheryl atravessou o salão como uma general conquistadora e estava apertando mãos e cumprimentando todo mundo com um sorriso, portando-o como se fosse uma arma. Jodie esperava que ela estivesse usando os poderes para o bem e não para o mal.

Cheryl se virou e a chamou, mas Jodie não conseguia se mexer. O pianista tinha começado a tocar baixinho e Jodie estava grudada no chão. Ela conhecia aquela música.

— Cheryl... — disse Jodie. — Que diabos é isso?

Cheryl abriu um sorriso simpático e só o olhar agitado revelava sua culpa.

— Eu os convenci a acrescentar valor à apresentação de quinta. As pessoas vão amar, e assim não vamos estragar os números de sempre.

— Acrescentar valor... — Jodie sentiu uma pontada de raiva.

— Isso tudo foi combinado antes de nos falarmos hoje de manhã — disse Cheryl apressadamente.

Bom, podia ser *descombinado*, então.

O pianista estava ganhando vigor e não havia dúvida de que música era. "I Feel Pretty." Que nem estava mais na peça.

— *Cortaram* "I Feel Pretty" — protestou Jodie. — Sondheim não gostou. Tish me contou.

— Tish? — Maya apertou os olhos ao ouvir o nome de Tish. Um sorriso lupino surgiu nos lábios dela.

Ela sabia, Jodie percebeu. Ela *sabia* quem Tish era, que era a namorada da Cheryl e que eles estavam todos mentindo para Ryan Lasseter. Estava no olhar sorrateiro que Maya lançou para Cheryl.

Jodie decidiu que não gostava de Maya.

— Sim. *Tish* — disse ela com implicância —, a garota que saiu comigo na outra noite. — Que diferença faria outra mentira àquelas alturas?

— A companhia concordou em fazer o número desde que façamos como foi feito na última montagem — disse Cheryl para Jodie, dando as costas para Maya, afastando a conversa de Tish. — Em espanhol.

— Em espanhol... — repetiu Jodie, parecendo um papagaio lerdo. — Mesmo que eu fosse cantar, e eu não vou, eu não falo espanhol.

— Você não precisa falar. Dá para aprender os sons — disse Maya. Ela não se deixou abalar pelos protestos de Jodie.

Cheryl pegou a partitura na bolsa.

— Nada de cantar — prometeu ela. — O elenco pode cantar. Você pode fazer a aparição enquanto eles cantam.

Jodie olhou para a partitura como se estivesse coberta de aranhas.

O sorriso coral de Maya se fixou em Jodie.

— Sinto que preciso dar a minha opinião sobre a escolha da música.

— Por quê? — Jodie cruzou os braços.

Maya piscou.

— Como?

— Por que você sente que precisa me dar a sua opinião? — perguntou Jodie. — Eu não pedi.

Uma expressão de irritação surgiu no rosto de Maya.

— *Ryan* pediu. Eu vim *ajudar*. E meu conselho é: este é o número errado de se fazer. É um desperdício de oportunidade de fazer um número feminino na peça. Não se esqueça de que nós estamos indo para o número cem da lista.

Número cem? O que... ah. Time Jonah.

Aquela garota estava irritando Jodie de verdade.

— *Nós* estamos, é?

Maya não captou o tom de Jodie.

— E essa é a oportunidade perfeita de fazer um dueto com Jonah. As pessoas vão *amar*.

— Eu não vou cantar — disse Jodie secamente. — A lista diz *participação*.

— Só imagina — Maya fez gestos com as mãos, como se conjurando uma imagem — você e Jonah sozinhos no palco com holofotes. O teatro está em silêncio. A música começa baixinho. E você canta "Tonight". Uma das músicas mais românticas da história da Broadway...

— Não vai rolar. — Jodie olhou para Maya como se ela tivesse duas cabeças. — Nem "I Feel Pretty".

— "Me Siento Hermosa" — corrigiu Cheryl.

— Pretty, bonita, hermosa... eu não vou cantar nada. A lista dizia *aparição*. Eu estou cumprindo a lista, não o ato de circo que vocês duas estão montando.

Maya inclinou a cabeça e apertou os olhos. Ela estava avaliando Jodie. Mas simplesmente seguiu em frente com tudo.

— Não *me* culpe por esse circo. Se dependesse de mim, seria um ato simples. Só vocês dois.

— Nada de atos! — disse Jodie com rispidez. Ela estava cansada de ser empurrada para lá e para cá. — Esqueça os malditos atos. Só me deixa aparecer, como Bree queria.

Cheryl suspirou.

— Ela tem razão.

— Não tem, não.

— Tenho, sim. — Jodie não queria mais saber. Ela se virou e saiu pela porta. — Vou encontrar um palco para eu aparecer. Eu não preciso deste lixo.

— Jodie! — Cheryl foi correndo atrás. — Você, não! — ela ouviu Cheryl rosnar para Maya quando ela foi atrás. Cheryl praticamente bateu a porta na cara de Maya, e Jodie e Cheryl ficaram sozinhas no patamar da escada.

— Espera e escuta, tá?

Jodie esperou, mas não com muita paciência. Ela estava com um pé no primeiro degrau. E mal estava ouvindo.

— Eu estou fazendo o melhor que eu posso — disse Cheryl, seu sorriso largo desaparecido. — Isso tudo não é tão fácil quanto parece.

Jodie não achava que parecia fácil. Mas a maior parte também não parecia necessária. Cheryl estava se virando do avesso para transformar a lista de Bree em um circo que não precisava ser.

— A música extra foi uma solução, tá? A companhia não queria que você aparecesse no meio da apresentação. — Cheryl segurou o corrimão no alto da escada. — É uma questão de segurança para você e as dançarinas.

— Não é possível que todos os números tenham dança — disse Jodie. — Deve haver uma cena na qual eu poderia entrar.

— É uma peça bem intensa. Atlética.

— Então escolhe uma peça diferente.

— Eu tentei. De verdade. Mas está muito em cima da hora. E *essa* peça disse sim e foi muito colaborativa. Eu só estou tentando encontrar outra solução que funcione para você *e* para eles. Um número extra em que você não corra o risco de levar um chute voador e eles não corram o risco de você machucar alguém acidentalmente. Foi a melhor solução. E a plateia vai ficar feliz porque vão ter uma coisa que mais ninguém tem, um número único.

— Mas *não* funciona para mim — disse Jodie com firmeza. — Eu só quero *aparecer*. Já falei um monte de vezes: eu não canto. Não vou cantar. Eu não vim aqui para ser humilhada desnecessariamente. Essa é a minha vida, Cheryl. Eu não sou palhaça.

Cheryl assentiu.

— Tudo bem. Está certo. Nada de cantar. Eu falei nada de cantar e estava falando sério.

— Maya não.

— Que se dane a Maya — disse Cheryl por entre dentes. — Esse show é meu, não dela.

— Não — disse Jodie rispidamente. — É *meu*.

Cheryl ficou convenientemente envergonhada.

Jodie olhou para ela de cara feia.

— Nada de cantar. E nada de dançar.

Cheryl assentiu.

— Nada de cantar. Nada de dançar.

— Eu entro. Eu apareço. Só isso.

Cheryl suspirou.

— Tudo bem.

Jodie não conseguiu acreditar. Ela tinha mesmo contido o Furacão Cheryl?

— Mas você vai precisar vir ensaiar mesmo assim — disse Cheryl. — Eles vão precisar coreografar em volta de você. — Cheryl parecia murcha. — Tem ensaios amanhã de manhã também, aqui de novo, e depois vamos fazer um ensaio com figurinos no teatro antes da apresentação. — Ela mordeu o lábio vermelho. — Isso está bom?

Jodie assentiu brevemente.

— Eu achei que poderíamos fazer mais de uma coisa ao mesmo tempo e trazer Kelly — sugeriu Cheryl —, e aí ele pode dar umas aulas de piano no piano daqui e no do teatro. — Cheryl forçou um sorriso. — Que tal isso, dois itens cortados de uma vez?

Quando Jodie voltou para a sala de ensaios, ela não estava muito sorridente, apesar de ter conseguido o que queria. Havia tão pouco tempo com

Kelly. Ele voltaria para Tacoma, para a vida dele. E ela voltaria a vê-lo de longe. A ser alguém que ele já havia conhecido.

— Pronta para a Broadway? — perguntou Cheryl gentilmente.

Não. Mas ela faria tudo mesmo assim.

Jodie estava se acostumando a fazer coisas para as quais não estava pronta, mas seu estômago embrulhou mesmo assim quando Cheryl abriu a porta e todas as dançarinas se viraram para olhar para ela.

Capítulo 28

— Você vai ter que cantar?

Tish foi uma brisa fresca muito bem-vinda no fim do ensaio. Ela e Kelly chegaram juntos, subindo a escada enquanto as dançarinas passavam por eles. Maya e a equipe de filmagem tinham ido embora horas antes. Cheryl parou Kelly na porta para falar sobre horários de aulas de piano, e o corpo todo de Jodie estava vibrando de nervosismo quando ela o viu. Ela ficou grata de ele não ter chegado quinze minutos antes, senão ele teria visto sua tentativa infeliz de seguir a coreografia. Naquele dia, Jodie tinha aprendido que não sabia nem *andar* direito.

— Nada de cantar. Mas eles parecem determinados a me fazer dublar — contou Jodie para Tish, sem conseguir afastar o olhar de Kelly. Por sorte, ela podia observá-lo sorrateiramente pelo espelho. — O coreógrafo está pronto para dar um ataque por causa disso.

— O que querem que você duble? — perguntou Tish com alegria, puxando o cachecol e olhando o estúdio.

— Ah ah. Lala la la la. E tem um pedacinho em espanhol. *Porque soy amada/Por un maravilloso chico.*

Tish riu.

— Eu quis dizer que música.

— "Me Siento Hermosa."

Tish pareceu confusa.

— "I Feel Pretty." — Jodie suspirou.

Tish soltou uma risada sobressaltada e horrorizada.

— Ela não fez isso!

— Fez.

— Quer que eu suma com o lençol dela hoje como vingança?

— A cama é sua também — lembrou Jodie.

Tish revirou os olhos.

— Não que desse para saber, considerando como ela finge não me conhecer quando o chefe dela está por perto.

— Bom, *ele* pode não saber, mas Maya sabe — afirmou Jodie.

— Maya? — Tish ficou imóvel. — Maya está aqui?

— Cheryl não te contou?

Claramente, não. Tish foi direto até Cheryl e Kelly.

— Maya está aqui? — A voz dela ecoou no estúdio de dança vazio. — Você está *bem*?

Kelly olhou para trás e seus olhos se encontraram com os de Jodie. Ela sentiu como se um raio de sol a tivesse atingido em um dia frio. Tudo ficou quente.

O que ela deveria fazer? Dizer oi? Ir até lá? Esperar que ele fosse até ela? Pedir desculpas por não ter respondido as mensagens? Agir como se nada tivesse acontecido?

Dar um beijo nele.

Droga. Ela queria. Ele era Kelly Wong. Quem não ia querer?

No fim das contas, ela não fez nada. Ele foi até ela.

— Oi — disse ele baixinho. Ele parecia tímido.

— Oi — disse ela em resposta.

Ela não sabia o que fazer com as mãos. O que normalmente fazia com as mãos? Por que estava reparando nelas? Ela tentou botá-las nos quadris, mas a sensação foi estranha; era mais estranho deixá-las pendendo ao lado do corpo. Qual era o *problema* dela?

Ela sempre esquecia como os olhos dele eram lindos. Pareciam acesos com fagulhas vermelhas. Melhor não olhar para eles, pensou ela quando percebeu que estava encarando.

— Como foi? Tão ruim quanto você temia? — perguntou ele.

— Foi — disse Jodie. Ele pareceu surpreso. Talvez não estivesse esperando honestidade. — Acontece que eu não sei nem andar, menos ainda dançar.

— Eu já te vi andar — disse ele suavemente. — Você anda direitinho.

— Era o que parecia, mas você está enganado. Pelo menos de acordo com o coreógrafo.

Kelly pareceu estar tentando não sorrir.

— Ah, é? O que você está fazendo errado?

— Aparentemente, eu preciso andar de forma *mais terrena*. — Jodie revirou os olhos. — Ele diz que eu passo tempo demais apoiada na bola dos pés.

Kelly assentiu.

— Certo. Bem, quando se é atleta, isso faz sentido. Você quer bater no chão com a bola do pé quando está correndo. Que é o oposto de "terreno".

Jodie levou um susto. Ela não tinha pensado dessa forma. Só tinha ouvido que estava fazendo errado. Que havia algo de errado com ela.

— Pelo que eu vi no filme ontem à noite, essa é uma coreografia do tipo bem "terreno". Não é tipo um balé chique nem nada. Eu acho que eles só querem que você se adapte ao estilo.

— Bom, eles são livres para sonhar. São todas tão boas — disse ela, examinando os próprios pés. Kelly tinha razão. Eram ótimos para correr. Então talvez não fosse ela. — As dançarinas, claro.

— Claro que são. É o trabalho delas. — Ele riu. — Era de se imaginar que quem trabalha na Broadway é bom no que faz.

— Bom ponto.

Jodie se empertigou. Ele tinha razão. Elas eram as melhores do mundo no que faziam. Ela não devia se comparar, mesmo que tivesse acabado de passar o dia se olhando no espelho no meio delas, se sentindo um pombo em um campo de pavões.

— Você devia ver o estado dos pés delas — disse Jodie, só falando para ocupar o silêncio.

Quanto mais eles falassem sobre aquilo, mais ela podia adiar falar sobre a mensagem dele. *A gente pode conversar?* Eles estavam mesmo conversando.

— Os pés delas são mesmo maltratados.

— Dançarinos são atletas incríveis — concordou Kelly. — Eu namorei uma dançarina. Ela era mais forte do que eu.

Ele tinha namorado uma dançarina. Quem? Era Jessica, a loura? E nam*orei*. Passado. Por que eles tinham terminado?

— Hora da aula de piano? — perguntou Cheryl. Ela pegou uma cópia da partitura na bolsa enquanto atravessava o salão.

— Você carrega uma biblioteca de partituras nessa coisa? — perguntou Jodie. — Tem *A noviça rebelde* aí também?

— Eu trouxe só por garantia. Sempre que houver um piano, a gente devia aproveitar para ter uma aula — disse ela. — Nós temos o tempo certinho para uma agora para depois voltarmos ao hotel e trocar de roupa.

— Trocar de roupa? — Jodie piscou. O dia todo estava sendo sequestrado de novo. Ela queria ir ao High Line em algum momento...

— Nós temos ingressos para *Amor, sublime amor*. Eu talvez tenha me esquecido de contar. O dia foi cheio — disse ela, envergonhada. — Eu sei que essa coisa toda de Broadway fugiu do controle. Eu juro que o próximo item da lista não vai ser sequestrado assim.

Cheryl tinha feito tantas promessas. Jodie acreditaria quando acontecessem.

— O *GMA* quer te filmar vendo a peça — disse Cheryl para atualizá-la — e depois falar com as dançarinas nos bastidores. Para o pacote. Acho uma boa ideia você ter visto a peça antes de aparecer.

Jodie achava que sim.

Tish não ficou feliz.

— Você vai nos largar *de novo*? O que Kelly e eu vamos fazer enquanto vocês estiverem na peça? — Ela falou como se Kelly e Jodie fossem um casal, como ela e Cheryl eram, como se, claro, eles fossem sair juntos hoje se Jodie não fosse arrastada para a peça.

Jodie olhou para ele. Ele não disse nada.

— Para de reclamar — disse Cheryl brevemente. — Vocês também vêm.

Tish se animou.

— Vou?

— Vocês dois.

— Vamos? — Kelly pareceu satisfeito.

— É de graça? — Tish ficou desconfiada. — Ou vamos ter que pagar?

— É de graça. — O entusiasmo normal de Cheryl estava apagado naquela tarde.

— Os lugares são bons?

Cheryl revirou os olhos.

— Andem logo com a aula de piano — ordenou Tish, mudando o disco. — Quero voltar a tempo de arrumar o cabelo. A gente devia ir jantar junto depois. Vou procurar um lugar. — Ela estava com o celular na mão e estava clicando em sites.

— Estão prontos? — perguntou Cheryl. — Tudo bem eu tirar umas fotos e um ou dois vídeos? Podem fingir que eu não estou aqui. Não precisa ser uma aula longa. Uma vez está bom.

— Te incomoda que a lista da Bree tenha sido sequestrada assim? — perguntou Kelly baixinho depois que Cheryl tinha tirado fotos e ido se juntar a Tish no canto. O piano do estúdio tinha um banquinho redondo, não um comprido, e Kelly ficou em pé atrás de Jodie enquanto ela destroçava o Gershwin.

— Se me incomoda? — repetiu Jodie, fazendo uma careta ao tocar uma nota aguda. — Sim, me incomoda. Me *enfurece*. Mas… Bree organizou tudo assim, e eu não sei se *foi* sequestrada. Foi ela que envolveu Cheryl. Mas… é… eu não adoro.

— Você não pode surtar e fazer tudo por sua conta?

Jodie riu.

— Sobrevoar a Antártica por minha conta? Vou lá esquentar o motor do jatinho. — Ela fez uma careta. Como se ela pudesse pagar uma viagem para a Antártica sem Sir Ryan Cheidagrana. — Eu acho que vou ter que ir ficando.

Por um tempo, houve o som de Jodie destroçando "Our Love Is Here to Stay". Ele limpou a garganta.

— Então você conheceu o cara da peça? O tal Jonah?

Maldito Instagram. Jodie tropeçou na parte final e o piano fez um som torturado. Mas… ele parecia estar *com ciúme*?

— Conheci — concordou ela —, ele me deu café. Ele não *comprou* o café, mas definitivamente me deu.

— Certo.

— Acabou a aula? — Tish estava de pé, pronta para ir embora. — Vocês pararam de tocar. Acabou, né? Porque meu cabelo leva uma vida.

— Vocês podem encaixar outra aula antes de irem dormir hoje? — perguntou Cheryl. — O salão do hotel está livre. Eu verifiquei. Vocês podem usar o piano de novo. E vocês podem tirar uma selfie para mim? Eu prometi a Tish que encerraria cedo hoje, senão eu faria.

— Claro — disse Kelly rapidamente. — Fico feliz em ajudar.

Jodie não estava nem um pouco feliz em nada. Quanto mais rápido eles terminassem as aulas, mais rápido o tempo dela com Kelly acabaria.

Ela arrastou os pés quando eles voltaram para o hotel, e logo Cheryl e Tish tinham seguido à frente. Kelly reduziu o passo para ficar ao lado dela. Era fim de tarde e já estava ficando escuro. Jodie se perguntou quando teria tempo para ver Nova York. Na luz do dia.

— Você está bem? — perguntou ele.

— Estou.

— Nervosa?

— Sempre. — Ela suspirou. — Mas, não, agora eu estava me perguntando quando vou poder tirar um tempo e ir ver umas coisas. Bree me disse uma vez que me levaria para ver o High Line, e eu gostaria de ir lá antes de voltar para Wilmington.

— Ah. Posso fazer uma pergunta?

Claro, desde que não seja *A gente pode conversar?*

— Por que você não vai e faz? Por que precisa da permissão de alguém? — Ele falou com gentileza, mas Jodie se sentiu cutucada.

— Eu não preciso de permissão — disse ela na defensiva.

O silêncio dele foi de quem não acreditava.

— Eu *não* preciso. — Jodie acelerou o passo. Talvez ela devesse ter optado pela conversa do *A gente pode conversar?*

— Então vamos ver o High Line.

— Está *escuro.*

— Amanhã, então.

— Ensaios — disse Jodie, tensa.

— Falta. Ou se atrasa. Ou termina mais cedo.

— Eu preciso terminar essa lista. — Jodie não estava gostando da sensação de se irritar com Kelly Wong. Ele estava fazendo com que ela se sentisse uma criancinha prestes a ter um ataque de birra. Estava tão calmo e racional. Ele não parecia estar julgando, parecia estar *curioso.* Como se ficava com raiva de alguém curioso?

— Não é uma coisa ou outra — disse ele gentilmente. — Você pode fazer *as duas.* Terminar a lista *e* ver o High Line.

Jodie fez cara feia para a calçada ao passar. Ela odiava ser... o quê? Repreendida por ser passiva?

Meu Deus. Ele tinha razão. Ela *era* passiva.

— Vamos amanhã de manhã. Cedo. — Ele a cutucou com o cotovelo enquanto eles estavam andando. — Nós podemos tomar o café da manhã enquanto andamos lá. Por minha conta.

— É de graça — disse Jodie. — Eu pesquisei.

— Eu quis dizer o café da manhã.

Era um encontro? Ele estava fazendo um convite para um encontro? O que tinha sido aquela coisa de *A gente precisa conversar*? Jodie estava confusa, mas não queria olhar os dentes do cavalo dado. Ela aceitaria cada segundo que pudesse daquilo e guardaria para lembrar quando a inevitável Vida Depois do Kelly chegasse.

— Tudo bem — disse ela. — Café da manhã no High Line.

— Antes de voltarmos ao hotel, eu queria saber se a gente pode conversar...

Ah, era *a hora*. Fortuitamente, o telefone de Jodie começou a vibrar no bolso. Ela o pegou antes que Kelly pudesse dizer que ele estava falando que eles podiam tomar café *como amigos. Foi tudo um erro, desculpa por dar esperanças, sua pessoa triste, desesperada e solitária.*

— É a minha avó — disse Jodie com um pedido de desculpas para Kelly, interrompendo-o. — Desculpa, eu preciso atender.

— Você apareceu no *Good Morning America*! — gritou a vovó Gloria com alegria no ouvido dela. — Por que você não nos contou? Eu liguei a televisão e lá estava você!

— A gente se fala depois — disse ela para Kelly com movimentos labiais. Ele assentiu, mas ela pensou que ele não pareceu muito feliz com isso. Como uma grande covarde, Jodie manteve vovó Gloria falando até ela e Kelly chegarem aos quartos de hotel. Ela acenou para ele e desapareceu no dela. Pura covardia. Como sempre.

Capítulo 29

Jodie só tinha o vestido preto que Claudia tinha dado a ela para usar no teatro, então colocou-o de novo, lembrando, ao entrar nele, a cara que Kelly fez quando a viu. Ela tremeu. Ele faria a mesma cara de novo?

— Sabe de que você precisa? — disse Tish quando foi bater na porta para dizer a Jodie que o carro estava chegando. — Batom! — Ela tirou um tubinho da bolsa de noite chique de redinha e o jogou para Jodie.

Instintivamente, Jodie o pegou. Claro, por que não? Kelly já tinha visto o vestido, mas não a tinha visto de batom, tinha? Jodie abriu o tubo. Vermelhão. Bom, ela podia muito bem mergulhar de cabeça. Jodie passou o vermelho vibrante com cuidado nos lábios.

Tish assobiou.

— Garota, você está *arrasando*. — Ela abriu a bolsa e tirou outro tubinho brilhante. — Nenhuma ida a teatros famosos fica completa sem um pouco de Chanel. — Ela pegou o perfume de tamanho portátil e o borrifou em Jodie, que espirrou. — Ta-dá! Você vai estar preparada para os paparazzi hoje.

Ugh. As fotos infinitas. Quem precisava de tantas fotos assim?

— Agora vem, eu quero passar no bar antes da peça. — Tish puxou Jodie do quarto.

Cheryl e Kelly estavam esperando no corredor. Jodie lançou um olhar para o rosto de Kelly. Ele a encarou de novo. Se tinha parecido perplexo na outra noite, naquela ele parecia... bem, parecia capaz de beijá-la na frente de Tish e Cheryl.

Jodie teria aceitado o beijo. E eles talvez nem chegassem ao teatro.

Cheryl provavelmente nem teria reparado, pois estava ocupada demais digitando no celular para olhar, mas Tish teria. Tish estava com um sorrisinho, e não havia sequer um beijo acontecendo.

— Kelly — ordenou Tish —, quando a gente sair do carro, você e eu vamos ficar perto de Jodie. Eles que quebrem a cabeça. Ninguém vai saber se é Time Kelly ou Time Tish que deveria estar nos trends.

— Tudo bem — disse Kelly, a voz rouca. — Eu não vou sair de perto dela.

— E eu? — perguntou Cheryl.

— Você está falando comigo ou com o celular? — Tish fungou ao andar na direção do elevador. — Nem sempre eu sei.

— Você está incrível — sussurrou Kelly para Jodie quando ela passou por ele para entrar no elevador.

— É o mesmo vestido.

— Eu disse que *você* está incrível, não o vestido. — A covinha dele surgiu, mas o olhar estava intensamente sério.

Por um minuto quente, Jodie desejou que eles estivessem sozinhos. Se estivessem, ela talvez perdesse todo o autocontrole, o puxasse para perto e o beijasse loucamente. Era o que ela queria fazer.

Quando o elevador foi descendo, lembranças da noite anterior fizeram Jodie tremer. Aquela sensação de balão de hélio estava de volta. Todos os nervos do corpo dela estavam cantando. Ela sentia as coxas juntas debaixo do vestido de lã, sentia o peso dos seios e o endurecimento dos mamilos, sentia o ar soprando no pescoço. Cada centímetro dela queria ser tocado. Por ele. *Naquele instante.*

O trajeto de carro foi uma tortura. Tentar sustentar a conversa durante as bebidas foi impossível. Sentada no teatro, no meio das cabines, Jodie não conseguia pensar em nada além do corpo de Kelly ao seu lado.

— Nada de dar as mãos — disse Tish para Kelly de brincadeira — senão todo mundo do Time Kelly vai achar que ganhou. Eu não vou perder tão fácil.

Kelly riu.

— Assim, você quer dizer? — Ele esticou a mão e segurou a de Jodie. Ela sentiu o calor ir da palma da mão até... outros lugares.

— Se você não vai jogar limpo, eu também não vou. — Tish se inclinou e deu um beijo estalado na bochecha de Jodie. Ela ficou assim por um tempinho. — Será que alguém fotografou isso? — perguntou ela com alegria ao se afastar.

— Eu peguei — disse uma voz melosa. Era Maya. Em algum momento, ela tinha se sentado no lugar vazio ao lado de Cheryl. Ela se inclinou para a frente e mostrou a foto que tinha tirado. Era em cores gloriosas, um close do beijo de Tish, os olhos fechados em êxtase.

Cheryl fez um som estrangulado.

Jodie afastou a mão da de Kelly. Ela não queria que sua expressão de êxtase viralizasse. E não podia garantir que não pareceria em êxtase. O toque de Kelly a deixava ardendo de desejo.

— A equipe do *GMA* está ali — Maya fingiu sussurrar para Jodie, se inclinando tanto por cima de Cheryl que a eclipsou. Com a cabeça, ela indicou a parede extrema do teatro. — Vão fazer umas imagens de você na plateia e depois nós vamos para os bastidores quando a peça acabar.

— Obrigada, Maya — disse Cheryl, se inclinando para a frente para que Maya tivesse que se mexer. — Eu já contei os planos de hoje a ela.

O sino começou a tocar, indicando que era para as pessoas irem se sentar, e as luzes piscaram. A orquestra começou a afinação.

— Que legal — disse Kelly, sorrindo.

Jodie levou um susto. Sentia-se tão tensa que mal tinha percebido o que estava acontecendo. Era *mesmo* legal. Ela nunca tinha ido a um musical da Broadway. Ela sentiu um tremor de empolgação quando o barulho no poço da orquestra aumentou. As luzes ficaram mais fracas e houve uma agitação de expectativa na plateia.

Quando a abertura começou, Jodie levou um susto ao sentir o toque leve como uma pena da mão de Kelly na dela. A palma cobriu as costas da mão dela e os dedos se entrelaçaram com os dela. O coração de Jodie trovejou. Como sempre, o toque dele foi elétrico. Ela sentiu como se tivesse segurado um fio desencapado. Lançou um olhar furtivo para ele, mas ele estava olhando para o palco, que permanecia escuro. Ele pareceu absorto. Ela olhou em volta. Alguém repararia nas mãos dele. Estaria nas redes sociais antes da peça acabar. Como se pudesse ler sua mente, Kelly puxou a mão dela do joelho para debaixo do apoio do braço, entre os dois corpos, para ficarem escondidas pela escuridão.

E não soltou.

O toque da mão dele se misturou com a experiência da peça. A batida das músicas combinou com o ritmo do coração dela enquanto o polegar de Kelly fazia carinho no dela. A falta de ar do amor de Tony por Maria espelhava a falta de ar dela por estar ali, naquele momento, com Kelly Wong. A escuridão da história, dos amantes torturados, pegou os medos dela e os transformou em algo real, em algo que fazia sentido. A peça era sinuosa, apresentada contra uma tela que projetava imagens de redes sociais e momentos particulares transmitidos ao vivo. Pareceu bem verdadeira para Jodie. Mas enquanto aqueles personagens eram condenados por circunstâncias e brigas, ela era condenada por... o quê? Uma vida comum. Dívidas e o guichê da locadora.

Hoje o mundo era só um endereço, um lugar no qual eu podia viver, apenas bom...

Jodie se viu derramando lágrimas quando a atriz que fazia Maria cantou essa letra no palco, e não foi por causa da peça. Foi por pensar em voltar para o aeroporto e o guichê da locadora. Ela odiava aquilo. Odiava sua vida toda.

Mas aqui está você e o que era só um mundo é uma estrela...

Jodie fechou os olhos e se concentrou na sensação da pele de Kelly na dela. Fagulhas voavam da mão dele para as veias dela. Ela sentia o chiado quente por cada afluente de fluxo sanguíneo. A vida deveria ser *assim*. Apavorante, mágica, maravilhosa, arriscada... Ela não sabia o que as mãos unidas significavam, não sabia o que ele estava pensando nem aonde aquilo ia dar, mas estar na beira do penhasco daquele sentimento era milagroso. Era o oposto polar da sua vida horrenda. Ali, naquele momento hesitante, sacudida por ventos na beirada de um penhasco, sem conseguir ver ou confiar em que estava pulando, Jodie se sentiu viva.

A peça terminou rápido demais. Kelly soltou a mão dela para aplaudir. Jodie teria ficado feliz em continuar de mãos dadas e pular os aplausos, mesmo que todo mundo no teatro tivesse tirado foto com o celular. Com relutância, ela se levantou e aplaudiu também. O elenco veio saltitando para o cumprimento, onda atrás de onda, até estarem só Tony e Maria ali.

Os aplausos morreram de repente quando Jonah Lourdes ergueu as mãos para silenciar a plateia.

— Obrigado!

Mesmo de figurino e maquiagem, com uma tatuagem no pescoço e uma cicatriz feita na sobrancelha e toda a parafernália da participação de Tony na gangue, Jonah parecia estranhamente arrumadinho. A alegria que ele tinha por estar no palco era palpável; ele brilhava com ela.

— Se vocês viram *Good Morning America* hoje, alguns de vocês devem saber que temos uma convidada muito especial na plateia hoje.

O estômago de Jodie azedou. Ah, não.

O azedume aumentou quando ele começou um discurso comovente sobre Bree. Foi real. Sincero. Para o horror de Jodie, ela se viu à beira das lágrimas quando a tela atrás dele projetou uma imagem da irmã. Era a foto da lareira da mãe delas, de Bree na beira do penhasco com os braços abertos, um sorriso alegre ofuscante brilhando mais do que o sol refletido no mar atrás dela. Uma série de hashtags ocupava o pé da tela. A maioria mencionava a Iris Air.

Jodie se sentou. Ela estava com a sensação de que tinham derramado água gelada na sua cabeça.

— Você está bem? — sussurrou Kelly ao se sentar na cadeira ao lado dela.

Ao redor deles, as pessoas estavam seguindo a deixa e se sentando, percebendo que o discurso de Jonah não seria rápido. Ver Jonah Lourdes ali, na frente de uma foto gigante de Bree e várias hashtags de marketing, deixou claro para Jodie como a situação era ridícula e surreal. Como era repulsiva.

Quem eram aquelas pessoas? E por que ficavam sequestrando sua lista?

Jonah estava convidando a plateia e os telespectadores do *GMA* a "se juntarem a nós nessa aventura maluca". *Nós*. Como se ele fosse algo além do que uma mera parte tangencial dela. Se Jodie estivesse lá com ele, ela o teria empurrado no poço da orquestra. Mas ela não estava lá em cima. Estava ali embaixo. Na plateia.

— Eu gostaria de dedicar esta música para Bree. — Jonah falou com muita sinceridade, como se tivesse conhecido e gostado da irmã de Jodie, como se ela fosse para ele mais do que uma foto em uma tela, e uma orgia de autopromoção. — E para Jodie... — A voz dele ficou mais tímida e o braço se moveu em um arco fluido de dançarino para onde Jodie estava.

Um holofote seguiu o gesto dele e encontrou Jodie.

Porra.

O teatro fez silêncio, todos os olhos nela. Jodie tinha enrolado o programa como se fosse um bastão curto. Segurou-o com mãos brancas de tanto apertá-lo, se perguntando o tamanho do estrago que poderia causar com ele.

Os instrumentos de corda começaram no poço da orquestra, frágeis e tristes. E, claro, Jonah começou a cantar. Enquanto o holofote cegava Jodie, identificando-a na cadeira, Jonah ficou na beiradinha do palco, olhando para ela, da mesma forma como tinha olhado para a atriz fazendo o papel de Maria durante toda a peça. Ele estava transbordando carinho, nem uma gota dele real.

Vai haver uma hora para nós, um dia, uma hora para nós...

Era melhor ele torcer para que não. Assim que estivesse sozinha com ele, ela mostraria o estrago que um programa de teatro era capaz de fazer. Ele que postasse isso nos stories.

Quando ele terminou de cantar, as palavras finais, *em algum lugar*, pairaram no ar, sumindo no silêncio do teatro. Subitamente, a plateia ficou de pé de novo, os aplausos trovejantes. O teatro todo parecia que ia cair em volta deles.

Jodie ficou sentada, o programa um bastão amassado nas mãos dela.

Kelly e Tish também ficaram sentados. Jodie manteve o olhar grudado no encosto do assento vermelho à frente.

— Bem — Tish acabou dizendo, quase impossível de ouvir em meio aos aplausos —, fico feliz de ele ser morto todas as noites. Estou ansiosa para ver ele levar um tiro na quinta.

Capítulo 30

Jodie não estava com vontade de sair depois da peça. Ela se sentia um animal do zoológico, e um bem enfurecido ainda por cima. Um tigre preparado para destroçar a primeira pessoa que visse. Ela não podia se virar sem alguém tirar uma foto dela. Jodie não sabia por que estavam se dando ao trabalho. #JodieVista não era uma coisa rara. Parecia que todo mundo em Nova York tinha tirado uma foto dela. E, na maioria delas, ela estava horrível.

Os pensamentos de Jodie estavam tão confusos que pareciam sem pé nem cabeça. Ela precisava de paz e tranquilidade. E estava exausta de todas aquelas pessoas.

— Eu sinto muito — disse Cheryl, as palavras saindo assim que eles escaparam do ambiente vermelho sufocante do teatro.

Jodie estava cansada dos pedidos de desculpas de Cheryl. Ela deu as costas para Cheryl e para o Broadway Theatre e se virou para a rua iluminada e cheia de buzinas. O ar gelado da noite fazia seus pulmões arderem.

— Eu não sabia sobre essa coisa do Jonah — disse Cheryl em desespero.
— Foi uma emboscada.

No reflexo de uma janela de táxi, Jodie viu Maya mexendo no celular. Subindo vídeos, sem dúvida. Na conta da *Bree*. Maya tinha perseguido Jodie como uma hiena durante o safári do *GMA* pelos bastidores, clicando sem parar, tentando tirar o máximo de fotos possível de Jodie e Jonah.

— Vão vocês jantar, eu não estou no clima — disse Jodie rispidamente. Ela refutou os protestos. — Vão — disse ela. Não olhou para ninguém. Estava com raiva demais.

Kelly, sendo Kelly, respeitou o desejo dela, apesar de olhar para trás com pesar ao seguir Cheryl e Tish para jantar.

— Eu volto para a aula de piano depois? — perguntou ele baixinho quando se despediu. Ela deu de ombros. Não sabia como se sentiria nem onde estaria até lá.

Quando eles foram embora, Jodie foi para a porta do palco. Ao passar por Maya, ela pegou o telefone da mão dela e o guardou.

— Ei! — Maya ficou indignada.

— Eu devolvo quando terminar. — Jodie foi para a porta do palco e bateu. Quando o porteiro a abriu, ela passou e fechou a porta antes que Maya pudesse entrar junto. — Não deixa aquela mulher entrar! — ordenou ela ao porteiro, que estava atordoado. Ele sabia quem ela era por causa das filmagens do *GMA*, mas não estava querendo aceitar ordens dela. — Ela está me perseguindo — disse Jodie ao seguir para os camarins. — Se ela tentar me seguir, chama a segurança!

— Eu sou a segurança — protestou ele.

Jodie se perdeu no labirinto dos bastidores e só encontrou o lugar certo por sorte.

— Jodie! — Jonah Lourdes já tinha tirado o figurino. Ela o encontrou enquanto estava amarrando os cadarços. Ele pareceu satisfeito de vê-la.

Idiota.

Ela fechou a porta e observou o aposento. O celular dele estava na bancada. Ela também o guardou.

— Ei — protestou ele, confuso.

— Só por segurança — disse ela. — Isso é entre nós. Não quero que vá parar online.

— Eu não faria isso. — Ele se levantou. A confusão dele tinha virado perplexidade genuína.

Jodie fez um ruído debochado.

— Claro que não.

Ele franziu a testa.

Jodie cruzou os braços.

— O que foi aquilo tudo?

— Aquilo o quê?

— Aquilo *o quê*? *Aquilo!* Transformar a lista da minha irmã de coisas a fazer antes de morrer em um show de horrores público.

Jonah ficou imóvel. Ele parecia um garoto levando bronca da mãe.

— Eu sei que para você isso tudo é só diversão — disse Jodie, tensa —, um show paralelo. Uma chance de botar seu rostinho bonito no *Good Morning America*. Mas para mim… isso é tudo. É o último desejo da minha irmã. E uma chance de acabar com a dívida dos meus pais. Apesar do que você, Maya, Cheryl e Sir Ryan maldito Lasseter acham, isso não é um circo. Não é uma campanha de marketing. Não tem a ver com índices e taxas de rejeição e quantos seguidores eu consigo. Tem a ver com a minha *irmã*, entende? E eu me ressinto de você por usá-la para atingir seus objetivos. — Jodie estava respirando fundo. Como era bom dizer.

Jonah Lourdes estava de olhos arregalados.

— Meus objetivos… mas… eles me disseram… — Ele grunhiu. — Meu Deus. Me disseram que era o que você queria.

Jodie soltou uma risada seca.

— O que eu *queria*, o que eu *quero* é entrar, aparecer e sair, como a lista diz. E quero um momento de paz para honrar a minha irmã enquanto faço isso.

Ah, meu Deus, lá vinham as lágrimas de novo. Elas surgiam em todos os momentos inconvenientes, cada vez que ela queria parecer forte. Jodie as limpou. Estavam quentes na mão fria.

— Eu não quero a minha dor exibida na frente de um monte de estranhos. Não quero ser humilhada e constrangida. Não quero ser forçada a ser alguém que não sou. E não quero uma pessoa que eu acabei de conhecer cantando para mim na frente de uma foto enorme da minha irmã morta. Você tem alguma ideia de como isso *dói*?

Jonah estava sério, abalado.

— Me desculpa — disse ele. — Eu achei… me disseram… — Ele respirou, trêmulo. — Isso não é desculpa. Eu devia ter perguntado diretamente para você.

— Sim. — Jodie não conseguiu segurar as lágrimas. Mas elas não a deixavam fraca, ela percebeu. Naquele momento, faziam com que se sentisse mais forte. Mais segura. — Devia.

Ele assentiu.

— Eu não pretendia tomar posse de nada. Eu sinto muito.

Jodie assentiu, tentando aceitar o pedido de desculpas com educação. Mas ela ainda era uma maré de fúria e dor.

— Quem te pediu para fazer isso? — Mas ela já sabia.

— Maya. Ela disse que era o que você queria. — Ele estava envergonhado. Quando as lágrimas caíram, Jodie as secou com raiva.

— Posso pagar uma bebida como pedido de desculpas?

A gentileza na voz dele a abalou. Ela se sentiu desmoronando, as lágrimas uma maré furiosa. O caos dos dias anteriores a alcançou. Ela se sentia uma criança cansada e sufocada: irritada, estimulada demais, exaurida. Ela apoiou o queixo no peito e tentou respirar, trêmula.

— Ei — protestou Jonah. Ele estava irradiando preocupação. — Está precisando de um abraço?

Jodie deu de ombros. Ah, droga, ela acabaria chorando com tudo. Ela só ficava pensando naquela foto de Bree na tela enorme do teatro, naquele sorriso de alegria, aqueles braços abertos. Bree presa em um momento. Sempre lá, nunca *aqui*.

Ela se entregou às lágrimas; não só lágrimas, mas soluços profundos e estrangulados.

Ela sentiu Jonah Lourdes passar os braços em volta dela. Ele era mais alto, e a cabeça dela ficou debaixo do queixo dele. Ela encostou a bochecha no suéter macio de lã e fechou os olhos. Ele tinha um cheiro suave, de creme. Ela sentiu a mão dele na nuca, fazendo carinho no cabelo. Ele fez ruídos suaves.

Ela acabou se acalmando e ficando constrangida. Meu Deus. Ela tinha entrado ali, brigado com ele e desmoronado. Ela era louca. Acabou se afastando e passou a mão no rosto.

— Desculpa — murmurou ela.

— Meu Deus, não peça desculpas. Eu que tenho que me desculpar com *você*.

— Você já se desculpou — lembrou ela. Ela grunhiu ao se ver no espelho. A moldura de lâmpadas iluminou seu estado chocante. Ela estava toda vermelha e inchada. Até os lábios estavam inchados, e os olhos vermelhos. — Vão amar tirar fotos minhas saindo do teatro assim — resmungou ela.

— Que nada, você pode esperar aqui até tudo se acalmar. — Jonah sorriu e pegou uma garrafa de bourbon na bancada. — Olha, a gente nem precisa sair para tomar uma bebida. — Ele serviu uma dose em duas canecas de café. — Sinto muito mesmo. Eu jamais teria feito aquilo se soubesse que ia te chatear. Foi burrice. Eu devia ter pensado...

— Obrigada. — Jodie pegou a caneca. Ela se sentia como se tivesse sido atropelada por um caminhão. Ela afundou na cadeira perto da poltrona. Era um camarim pequeno. Quando ele se sentou na cadeira perto da penteadeira, seus joelhos quase se tocaram. — Coragem líquida para antes de você subir no palco? — perguntou ela, tomando um gole.

— Direto do Kentucky. — Ele riu. — Mas, não, nunca antes de uma peça. Me deixa meio mole. O nervosismo é necessário para uma boa apresentação. Eu guardo para depois, quando estou me acalmando.

Jodie suspirou e se encostou na cadeira. Um celular vibrou no bolso. Ela o tirou.

— Esse é o seu ou o da Maya?

— Não é o meu. Quantos têm aí?

— Não o suficiente. — Jodie pegou o dele e devolveu para ele. — Não posta isso no Instagram, tá?

— Prometo. — Ele pegou o celular e o guardou na mochila. Tomou um gole de bourbon e abriu um sorriso satisfeito. — Você acha que eu tenho um rostinho bonito, é?

Capítulo 31

Quando voltou ao hotel, Jodie se recolheu no santuário do salão de baile e do piano. Deixou a maior parte das luzes apagada. Havia tanta luz entrando da cidade lá fora que ela mal precisava dos lustres de água-viva. Ela colocou a bolsa na mesa e foi parar junto das janelas.

Jodie apoiou a testa no vidro frio, a respiração formando uma nuvem de condensação na janela. Ela deixou que o silêncio do salão a dominasse. Ainda não conseguia tirar aquela imagem gigantesca de Bree da cabeça. O sorriso, os braços bem abertos, o mar cintilando por cima do ombro dela. Jodie bateu com a cabeça de leve no vidro. Sentia tanta saudade dela.

Bree teria amado aquela noite. Se o holofote a tivesse encontrado na plateia, ela teria brilhado, tão incandescente quanto fogos de artifício. Ela também teria adorado Jonah. Ele combinaria com ela, cada fogo de artifício. Jodie conseguia imaginá-los juntos. Duas pessoas bonitas e reluzentes sob os holofotes.

Jodie ficava mais feliz na plateia, no escuro.

Ela suspirou e a janela na sua frente explodiu em condensação branca. Com as nuvens baixas, uma noite dessas significava neve na cidade dela. Jodie sentiu uma saudade de casa repentina. Imaginou seus pais em casa na frente da televisão, debaixo do cobertor feio que a tia Pat tinha tricotado para eles. Eles não gostavam do cobertor, mas não conseguiam se livrar dele. Assim como a caçarola de marshmallow. Sua mãe e seu pai estariam lado a lado no sofá, comendo uma barra de chocolate, vendo algum drama policial. Sua mãe pegaria no sono antes do fim e seu pai ficaria parado para não acordá-la, e mudaria silenciosamente o canal para o de esportes. Por um momento, Jodie quase os viu nos reflexos na janela, e sentiu tanta saudade deles que foi como uma dor de dente.

Ela pegou o telefone na bolsa. Havia um zilhão de mensagens. De Claudia. Gloria. Pat. De alguns amigos da faculdade e alguns amigos do guichê da locadora. Até de Cooper, que ainda estava tentando ficar com ela, apesar de ela não o responder há meses. Fora as mensagens, havia uma torrente de notificações do Instagram. Jodie ignorou tudo e ligou para casa.

Que alguém atenda. Ela precisava de uma âncora. De algo que a lembrasse quem ela era.

— Alô. — A voz grave do pai grunhindo soou em seu ouvido. Ele tinha atendido no segundo toque, o que significava que sua mãe devia estar dormindo e ele estava tentando não deixar que o telefone a acordasse.

— Oi, sou eu. — Jodie se sentou no banco do piano virada para a cidade.

— Oi.

Ele pareceu tão feliz de ter notícias dela que Jodie sentiu lágrimas nos olhos. Estava com saudade dele. Havia muito tempo que ele não parecia feliz com nada.

— Sua avó Gloria disse que você apareceu na televisão hoje. Você não contou para a gente que isso ia acontecer.

— Eu não sabia que ia. — Jodie bateu com os calcanhares no piso de parquete. — Parece que eu não sei mais de nada que vai acontecer. Tudo parece acontecer *comigo*.

— Isso parece a vida — disse ele com o jeito plácido de sempre. Ela o ouviu grunhir ao se levantar do sofá. Ouviu-o andando para a cozinha, pegando um copo no armário e abrindo a geladeira. Ele estaria se servindo de um copo de leite e pegando um biscoito da lata. Ela via claramente. Seu pai era como um urso cansado no fim do dia, grisalho e meio fofo. Ela estava com tanta saudade dele.

— As coisas não simplesmente *aconteciam* com a Bree…

Jodie fez uma pausa. Ela tinha tanto a dizer, mas seu pai ainda ficava tão machucado ao falar de Bree. Era como chutar um cachorrinho. Mas ela precisava falar, e só seus pais entendiam o buraco que havia na vida dela. Mas também… havia um tipo de buraco mesmo antes de Bree morrer. Naquele momento, ela tinha *dois* buracos. Um no formato de Bree e um no formato de Jodie.

— A *vida* não simplesmente acontecia com Bree. Ela a fazia acontecer.
Houve um silêncio, e Jodie o ouviu expirar devagar.
— Bom, isso é verdade — disse ele.
Jodie continuou.
— Eu ando pensando muito. — Argh, como era difícil. Jodie curvou o pescoço e olhou para o brilho escuro do lustre apagado acima. — Sobre Bree... e sobre, bom, a vida, eu acho.
Ela ouviu o som da lata de biscoito sendo aberta.
— É, eu também — admitiu ele, quase baixo demais para ser ouvido.
Jodie sentiu os olhos ficando quentes.
— Eu acho que desperdicei a minha vida — disse ela subitamente. Meu Deus, como isso era difícil de dizer. Porque era tão *verdade*. Devia ter sido Jodie. Jodie devia ter ficado doente. Ninguém sentiria falta da fracassada do guichê da locadora. As lágrimas vieram, quentes. Fizeram seus olhos arderem. Ninguém sentiria falta dela como sentiam de Bree...
— Ei — disse seu pai. — Ei, ei, ei. — Era a voz que ele usava quando ela era criança. Aquele tom atônito e meio temeroso. Ele sempre odiara quando ela chorava. — O que está acontecendo? — Ela o ouviu se sentar pesadamente à mesa da cozinha.
E tudo saiu de repente. Bree na tela, o holofote, o sequestro da lista de coisas a fazer antes de morrer.
— Isso é muita coisa, gatinha — disse seu pai brandamente quando ela parou de falar e começou a soluçar.
— Eu sinto muito.
— Não sinta.
— Mas eu sinto. Eu *sinto*. — As lágrimas continuavam caindo. Jodie ouviu a voz da mãe ao fundo. Ela secou as lágrimas com a palma da mão. — Ah, meu Deus, desculpa, o telefone acordou a mamãe?
Seu pai grunhiu.
— Essa mulher não dorme mais.
Jodie ouviu a mãe pegar a extensão.
— Jodie?
— Oi, mãe.
— Por que você não contou que ia aparecer no *Good Morning America*?
— Agora não, Denise — disse o pai de Jodie. — Ela não quer falar sobre isso.
— Ah, não, por quê? Qual é o problema? Houve algum problema com Jonah?

— Jonah? — Jodie apertou as mãos sobre os olhos. Ah, meu Deus. O Instagram. Claro que sua mãe tinha visto tudo. — Não aconteceu *nada* com Jonah. — Nada de mais. Só um abraço e um drinque. E um pouco de flerte casual.

— Nada exceto o fato de que ele cantou para você! Na *Broadway*. Você sabia que ele tem um disco solo à venda? Acabei de baixar.

— Denise! — disse o pai de Jodie. — Agora, não.

— É muito bom. Ele participou de *O fantasma da ópera*. Tem clipes no YouTube. Ele não foi o fantasma, foi aquele outro, como é mesmo, o que canta as músicas românticas. — A mãe de Jodie continuou falando como se o pai nem existisse. — Bom, eu sei o que vai te animar. Seu pai contou a novidade?

— Que novidade?

— Denise...

— A Iris Air pagou o transplante de medula hoje, o procedimento todo! — A mãe dela parecia animada. — Você está fazendo um trabalho incrível, Jo-Jo! Bree ficaria muito orgulhosa.

Jo-Jo. Sua mãe não a chamava assim desde antes de Bree morrer. Jodie não conseguiu engolir com o nó que estava na garganta dela.

— Então pagaram, é.

— Jodie... — Seu pai pareceu perdido.

— Eu estou bem, pai.

Ela estava arrependida de ter jogado tudo em cima dele. Ele não precisava das angústias dela. Não naquele momento.

— É uma ótima notícia. Até quinta à noite eu vou ter terminado mais duas, e eles vão pagar mais coisas. Ah, eu tenho uma aula de piano agora — mentiu ela. — Desculpa por ligar e depois sumir, mas eu tenho que ir. Amanhã eu ligo.

Ela desligou o mais rápido que pôde, se sentindo do tamanho de uma formiga. Não devia ter contado aquilo tudo para o pai. Ele já estava muito triste. Burrice. Que burrice.

Jodie se virou no banco para ficar de frente para o piano. Ela ergueu a tampa. Devia praticar, pensou enquanto olhava para as teclas de marfim. Seu celular vibrou na mão. Ela olhou para a tela. Claudia.

— Oi — disse ela, tentando parecer que não estava chorando.

— Qual é o problema? — Claudia estava com a voz mandona. Jodie pensou em desligar.

— Nada.

— Nada. Claro. *Nada*. Deve ser por isso que eu recebi uma mensagem do seu pai. A primeira mensagem que ele me mandou. Na vida.

Jodie fechou bem os olhos. Ela se sentia péssima. Era uma péssima filha.

— O que ele disse? — perguntou ela com voz baixa. Ah, ela odiava a ideia de tê-lo deixado preocupado.

— É seu pai, então não muito. Mas vamos dizer que ficou bem claro que ele está preocupado. Ele acha que você precisa conversar com outra garota.

Jodie grunhiu.

— Não é nada. Eu estava com saudade de casa. Não devia ter ligado.

— Ele disse que, o que quer que você dissesse, era para eu ficar no telefone, então desembucha. O que está rolando?

— Nada. Sério. Eu só tive uma noite ruim, mais nada.

— Ah, eu vi. Aquele astro gato da Broadway. Que horrendo. Pobrezinha. — Houve uma pausa e Claudia falou com mais gentileza e de uma forma mais genuína. — Vamos, Jodie, o que está acontecendo?

Jodie não tinha energia para contar tudo de novo.

Claudia ouviu o silêncio.

— Você está sentindo que desperdiçou a vida — disse Claudia baixinho. — Que deixou a vida passar... de uma forma que Bree nunca deixou.

— Ele até que escreveu bem, então. — As lágrimas estavam caindo de novo.

— Você acha que devia ter sido você e não Bree.

— Eu não falei isso para ele. — Jodie chorou mais.

— Não precisava. Também não precisa dizer para *mim*. Eu penso isso todos os dias. — A voz de Claudia soou rouca. — Por que não fui *eu*? Me responde isso, Jodie. Ninguém se importaria se eu tivesse morrido, só a sua família. Minha mãe provavelmente nem notaria. Eu nem tenho gato para sentir a minha falta. Eu poderia morrer amanhã e as únicas pessoas no mundo que notariam seriam a família da *Bree*.

— A gente notaria mesmo — disse Jodie com veemência. Ela ficou horrorizada de ouvir a frieza na voz de Claudia. — Você é da nossa *família*.

— Você tem pais que te amam — lembrou Claudia a Jodie. — É verdade que eles estão meio mergulhados na própria dor agora, mas isso vai passar. Seu pai acabou de me mandar uma mensagem de texto que foi o equivalente a *Guerra e paz* para ele, de tanto que ele te ama. Ele pediu para eu mandar uma mensagem para ele depois que falar com você para eu dizer se você está bem.

— Por que ele não fala comigo ele mesmo? — choramingou Jodie.

— Porque ele é péssimo nisso e sempre foi péssimo nisso? O que ele *faz* é te levar a jogos e levar Pepsi para você e se sentar ao seu lado no sofá. Ele mal consegue respirar sem Bree, e teria sido exatamente a mesma coisa se tivesse sido você. E se *tivesse* sido você, Bree estaria sentindo a mesmíssima coisa que você está sentindo agora. Ela estaria se torturando e pensando que devia ter sido ela.

Isso fez Jodie ficar imóvel. Era verdade. Ela sabia, lá no fundo. Porque, se ela tinha certeza de uma coisa, era que a irmã a amava. E apesar dos medos e irritações, ela sabia que os pais a amavam também.

— O luto é horrível. — Claudia suspirou.

Era, sim.

— Mas isso não é só luto — admitiu Jodie, sentindo um pavor visceral e simples ao falar as palavras em voz alta. — Isso é de antes de Bree.

— O quê?

— Eu trabalho em um guichê de locadora de carros. — Jodie não sabia como aquilo tinha acontecido. Como *aquilo* era sua vida? Ela era Jodie Boyd, a garota que arrasava no time da escola. Conseguia queimar adversários mais do que todo mundo. Ela era a *melhor* nisso. Mas ali estava ela, com vinte e poucos anos, sem nem jogar mais. Ela não fazia *nada*.

— Eu sei que você trabalha em um guichê de locadora. — Claudia pareceu perplexa. — E daí?

Jodie não sabia como dizer.

— Eu… desisti — disse ela. — Ninguém lutou por mim… e *eu* não lutei por mim. Só deixei passar. Eu desisti. Bem no começo.

— Desistiu? De quê? — Claudia pareceu mais perplexa ainda.

— De *mim*. De tudo. Quer dizer, "desistir" é generosidade. Eu nunca cheguei a *tentar*. E agora, estou presa. — De alguma forma, ela tinha parado no tempo. Não podia ter o beisebol, não podia ter Kelly, e não tinha tentado mais nada. Quão estúpido e cheio de ódio por si mesma era *isso*?

Houve outra pausa. Jodie quase conseguia ouvir a moeda cair. Houve uma inspiração e outra pausa. Claudia acabou falando:

— Me dá um minuto, é difícil saber por onde começar.

— Eu trabalho em um guichê de aluguel de carros — disse Jodie com voz entorpecida. — E eu nem sei como fui parar lá.

— É um bom emprego — disse Claudia secamente. — Não ouse se torturar por ter um emprego decente. Você sabe quantas pessoas não têm emprego? Você trabalha muito desde que eu te conheci. Mesmo quando criança, você cortava grama, lembra?

— Meu pai me fez fazer isso — sussurrou Jodie. — Não fui eu que fiz.

— Você cortou todos aqueles gramados sozinha.

— Mas eu nunca fiz nada por iniciativa própria — disse Jodie. — É isso que eu quero dizer. Eu nunca... — O que ela estava tentando dizer... — Bree decidiu o que queria da vida e foi lá e fez...

— Bom, você também pode fazer isso. O que você quer?

— Eu não sei — admitiu ela, se sentindo boba.

Para sua surpresa, Claudia não riu.

— Bom, você consegue descobrir. — Ela fez uma pausa. — E o seu curso? Você deve ter escolhido aquilo por algum motivo.

Jodie engoliu em seco.

— Jodie?

É, ela tinha feito por um motivo. Um motivo maluco. Um que ela tinha medo de contar para as pessoas. Um que ela mal conseguia admitir para si mesma, menos ainda para Claudia.

— Anda, panaca — insistiu Claudia. — Sou eu aqui.

— Beisebol — disse Jodie.

— O quê?

— Beisebol — disse ela em tom mais alto. — Eu quero trabalhar com beisebol. — Parecia que ela estava dizendo que queria ser astronauta. — Eu quero trabalhar com os times grandes — admitiu ela, esperando que Claudia risse.

Ela não riu.

— Como olheira. Ou treinadora. Ou alguma outra coisa... — Jodie estava corando, apesar de não haver ninguém olhando. Era loucura, não era? Quem era ela para achar que poderia trabalhar nos times grandes? Ninguém. — Eu achei que Ciência do Exercício podia ser um jeito de entrar — admitiu ela. — De algum jeito.

O beisebol era seu universo inteiro quando criança. Só de pensar nisso, seu coração apertou e sua respiração ficou presa. O cheiro de argila e grama cortada, a sensação da bola batendo na luva, o estalo de um line drive vindo direto em sua direção. Ela amava as estatísticas, a estratégia, o treinamento e a energia intensificada do dia do jogo. Ela amava até o maldito nervosismo que a fazia vomitar antes de um jogo. Tudo no beisebol a fazia se sentir viva. Sentar na arquibancada com o pai com a caneta na mão enquanto preenchia o cartão de pontuação era a segunda melhor coisa depois de jogar. Acompanhar as negociações, assistir aos treinos de primavera, passar a temporada convivendo com o time...

Ela queria estar no meio disso. Queria ir além do que ser uma espectadora permitia. Queria fazer parte. De alguma forma...

— Se tem alguém que pode fazer isso, esse alguém é você. — Claudia foi firme. — Eu sei que fui a primeira a te chamar de panaca e pateta, mas é só porque... eu aprendi com a Bree... é o que as irmãs fazem. O fato é que você sempre foi durona. Você era uma criança ansiosa, mas ia lá e jogava mesmo assim. Não só jogava. *Ganhava*. Você sempre foi dura demais consigo mesma, sabe. Se isso é algo que você quer, vai com tudo. *Alguém* faz esses trabalhos. Por que não você?

Jodie estava vazando lágrimas de novo.

— Bree disse uma coisa parecida — confessou ela.

— Então escuta o que ela diz, viu? Ela era inteligente. Agora eu tenho que mandar mensagem para o seu pai para dizer que foi mais uma conversa sobre beisebol do que sobre meninos.

— Sobre meninos? — gritou Jodie.

— É, a sua mãe está deixando seu pai estressado com atualizações sobre qual time está ganhando.

— Ganhando? — O coração de Jodie despencou. — Como eles sabem quem está ganhando?

Claudia riu.

— Tem um placar! As pessoas estão fazendo apostas de verdade.

Jodie fechou os olhos.

— Eu não quero saber.

— Alguma dica de em quem eu devia apostar?

— Não! — Jodie desligou. Mas mandou uma mensagem em seguida.

Obrigada, Claudia. Eu te amo.

Tb te amo. Panaca.

Capítulo 32

Jodie ficou sentada na frente do piano por muito tempo, olhando para as teclas sem enxergar e pensando na vida. Ela via a inércia. O isolamento. O medo. Tinha vivido com medo por muito tempo. Mas de que tinha medo? De fracassar?

Você é muito dura consigo mesma. A voz de Bree sussurrou. *Pega leve, tá? Seu medo é o mesmo de todo mundo.*

Mas não era verdade. Bree tinha sido mais corajosa.

Não mais corajosa. Só mais rápida para agir, Smurfette. Sua vez agora.

— Oh-oh. Isso não parece estar indo bem. — A voz de Kelly a fez pular. Ele tinha ido lá para a aula de piano da noite.

— Oi — disse ela, tentando agir com normalidade. — Como foi o jantar?

— Chique. Eu teria preferido um hambúrguer. — Ele tirou o casaco e o colocou no encosto de uma cadeira. Ele se movia como um felino, cheio de energia lenta acumulada. Ele inclinou a cabeça e a encarou com solidariedade. — Noite difícil, é?

— É. Nada de hambúrguer vegetariano por aqui. — Ela se virou para o piano. — Vamos fazer isso?

Ele se sentou no banco do piano ao lado dela, mas virado para o salão, não para o piano. Ele se encostou para poder vê-la claramente.

— Você sabe que eu não me importo se você quiser tirar uma selfie e encerrar por aqui. A gente pode dizer que fez a aula, não precisa fazer de verdade se você não estiver no clima.

Jodie ficou sobressaltada.

— Não. Eu tenho que fazer. Eu prometi que faria.

Ele estava triste, ela percebeu. Cansado. De repente, Jodie lembrou que ele também estava de luto. Ele sorriu, mas o sorriso não chegou aos olhos.

— Tudo bem. — Ele se virou para o piano.

O piano. Ah, meu Deus, o piano. Imagina como era para ele se sentar ao piano e ter que terminar as aulas que o pai tinha começado. Jodie se lembrou da expressão dele quando se sentou em frente ao instrumento do pai no apartamento do irmão. A dor dele era intensa.

Mas Kelly tinha tocado para eles. E tinha se permitido ser arrastado para Manhattan, esperar até Jodie se dignar a ter uma aula, ser filmado e fetichizado e transformado em capitão de time. E o tempo todo ele devia estar pensando no pai e sentindo suas movimentações tectônicas de dor.

Ela tinha sido tão egoísta. E ele tinha sido tão generoso.

— Você deve sentir saudade dele — disse ela subitamente.

Kelly a encarou, assustado. Ela viu o fluxo de sentimentos naqueles olhos castanho-avermelhados honestos. Surpresa e a profunda mancha da dor.

— Sinto — disse ele com voz rouca. — Eu sinto muita saudade dele.

Jodie não conseguia imaginar a vida sem o pai. Nem queria.

Ela esticou a mão e a colocou sobre a de Kelly, que estava delicadamente sobre as teclas. Ele entrelaçou os dedos com os dela e apertou.

— Deve ser difícil assumir o lugar dele nessas aulas — lamentou ela.

— Eu não estou assumindo o lugar dele — disse Kelly com um sorriso leve. — Ninguém poderia assumir o lugar dele, menos ainda eu. Eu só estou sentado no banco dele do piano. E acho que ele ficaria bem feliz com isso. Ele sempre quis que eu vivesse e respirasse piano.

Ele tinha um cheiro tão gostoso. Cítrico, herbáceo e fresco, e alguma outra coisa que era só dele.

— Eu sei que isso não deve ser divertido para você — disse Jodie, tentando não se distrair pelo cheiro dele. — Eu aprecio muito o fato de você estar me ajudando.

— O prazer é meu, Boyd. — Ele levou a mão dela à boca e deu um beijo nas costas da mão. — Agora para de tentar escapar. Está na hora da sua aula.

Ele tirou o celular do bolso.

— Só fotos — pediu Jodie. — Ninguém precisa ouvir isso.

— Vamos fazer um dueto? — sugeriu ele, apoiando o celular na frente deles no suporte da partitura. — Você desce uma oitava e eu subo uma. Vamos fazer um treino antes de filmar. Que tal?

Jodie fez o que ele mandou. Ela continuava péssima, mas menos do que quando tocava sozinha.

— Vai mais devagar — sugeriu ele. — Faça com preguiça, como se não quisesse que terminasse. Toque as notas pesadas e lentas.

Meu Deus, como ele tocava. Jodie se viu caindo no ritmo dele. Tinha a languidez das madrugadas, de luas se pondo e nuvens se deslocando devagar. As últimas notas pairaram no ar.

— Legal — disse ele. E pareceu estar sendo sincero. — Tudo bem, Boyd. Agora, para a câmera.

Argh. Sorte que as luzes ainda estavam apagadas. A tela só mostrava silhuetas escuras. Atrás deles, os cristais do lustre de água-viva apagado cintilavam com as luzes lançadas pela cidade lá fora.

— Cheryl vai reclamar que ninguém pode nos ver — disse Jodie.

— Que nada. Vão poder nos *ouvir*. E o lustre está bonito. Pronta?

— Não. Mas pode começar a gravar mesmo assim.

Ele começou, e eles tocaram. Jodie pulou quando Kelly começou a cantar.

— *Está bem claro que nosso amor veio para ficar...* — A voz dele era um tenor suave e rouco. Fez com que ela tremesse. — *Não por um ano, mas para sempre e mais um dia...*

Ele não era nenhum Jonah Lourdes. Mas, por outro lado, ele não estava cantando profissionalmente. Ele estava cantando para ela.

Jodie se virou para olhar. Ele estava olhando diretamente para ela. Cada palavra que cantava caía nela como uma pedra afundando num lago. Os dedos dela esqueceram o que estavam fazendo. Ela tocou uma nota aguda e não conseguiu tocar mais.

— *Mas ah, meu bem, nosso amor veio para ficar... Juntos vamos muito, muito longe...*

Ela não conseguia respirar. Os olhos dele estavam pretos como o mar da noite. A música a estava acariciando, as palavras roubando seus pensamentos. E a única coisa que ela conseguia pensar era *sim*.

Os sons finais das teclas espiralaram pelo salão amplo e sumiram. Ele não afastou o olhar. Inclinou a cabeça para o lado, questionador, e sustentou o olhar dela. Nada aconteceu por um longo momento sem fôlego. E Jodie percebeu que dependia dela. E não havia dúvida; ela sabia o que queria.

— Kelly — sussurrou ela —, eu vou te beijar agora.

— Jodie — sussurrou ele, os olhos escuros e líquidos cheios de promessas —, eu vou deixar.

Ela sentiu como se estivesse se movendo pela água, compelida por correntes invisíveis; o tempo ficou mais lento, viscoso como mel. Jodie fechou os olhos quando seus lábios tocaram os dele. Foi suave, gentil, cuidadoso. Um beijo lento. Jodie sentiu como se estivesse se enchendo de hélio, flutuando. Ela se segurou nele quando a boca dele se abriu junto à dela. Ele tinha um gosto doce e salgado.

Ela nunca tinha sido beijada tão bem na vida.

Ela não sabia quanto tempo eles passaram emaranhados no banco do piano. Uma eternidade. Bem menos tempo do que o suficiente.

— Uau. — Kelly suspirou quando eles se afastaram. Ele bebeu a visão dela, como se estivesse tentando memorizar cada detalhe. Ela afastou o cabelo preto curto dele da testa. Ele inclinou a cabeça e olhou para ela de um jeito ao mesmo tempo malicioso e tímido. — Eu te falei o quanto você participou das minhas fantasias quando a gente estava no ensino médio?

Jodie ficou perplexa.

— Você tinha fantasias comigo? — *Kelly Wong* tinha fantasias com *ela*? Ele gemeu.

— Se tinha. — Ele se inclinou e lhe deu um beijo no pescoço, onde a pulsação deu um salto ao toque daqueles lábios. — Lembro que uma das minhas favoritas incluía o vestiário.

Jodie estava atordoada demais para pensar direito enquanto o ouvia entre beijos.

— Eu imaginava que estava em um vestiário depois de um jogo… — Ele mudou para o presente. — Todos os caras foram para casa, mas eu estou atrasado. Estou saindo do chuveiro quando você entra. Sou só eu, nu, só de toalha, e você…

Jodie imaginou tudo claramente. Ela fechou os olhos, imaginando o vestiário ainda cheio de vapor dos chuveiros.

Ele tinha tido fantasias com ela. *Ela*. Jodie Boyd.

Mas será que foi só porque ele era um garoto, e os garotos tinham fantasias com todo mundo quando eram adolescentes cheios de tesão? Ah, e daí? Ele tinha fantasiado com *ela*.

Ele sabia que ela também tinha fantasiado com ele?

Parecia que ela estava em outro mundo. Se alguma coisa era uma fantasia, era aquela noite. Melhor não questionar, melhor se render ao encanto e apreciar. Talvez daquela vez não houvesse relógio batendo meia-noite nem feitiço se desfazendo. Talvez ela pudesse ficar com o príncipe.

— Eu estava tão apaixonado por você. — Kelly suspirou e passou a ponta do dedo pelo nariz dela.

Jodie sentiu como se ele tivesse largado uma bigorna nela. Ele *o quê?*

— Você não faz ideia. — Ele olhou para ela com expressão maravilhada de novo. — E agora, aqui estou eu, em Nova York, beijando Jodie Boyd… — Ele sorriu. — Eu fico pensando que vou acordar e tudo vai ter sido um sonho.

Jodie não conseguiu organizar os pensamentos.

Ele riu.

— Devia ser tão óbvio.

— Não — disse Jodie. — Eu não fazia ideia.

— Ah, tá. — Ele riu de novo.

— Não — disse Jodie, balançando a cabeça. — Eu não sabia. Eu literalmente não tinha ideia.

— Mas eu te convidei para o baile.

— Porque a sua mãe mandou. — Jodie tinha ouvido a sra. Wong na cozinha falando para Kelly convidá-la. Forçando-o a ir falar com ela antes que ela fosse embora depois da aula de piano. Na época, ela não ligou para o motivo pelo qual Kelly a convidou. O fato de que tinha acontecido já parecia um milagre.

— É. Ela me disse para te chamar porque sabia que eu estava enrolando. — Kelly riu. — Ela disse que, se eu não te convidasse, ela convidaria por mim. — Ele fez uma careta. — E aí, eu estraguei tudo.

Ah, meu Deus, eles precisavam falar sobre Ashleigh Clark?

— Eu fui o pior par do mundo. Estava tão nervoso. E aí, os caras me deixaram bêbado… — continuou, descrevendo a experiência dele do encontro, do baile e da festa depois.

Foi como ouvir uma realidade alternativa bizarra. O passado de Jodie virou de cabeça para baixo e de trás para a frente. A noite que Kelly descreveu não era tão parecida com a noite da qual ela se lembrava. Ela não tinha reparado no nervosismo dele, estava enrolada demais com o dela. E a versão de Kelly não parecia incluir Ashleigh Clark.

— Espera — interrompeu ela quando ele começou a falar sobre ter vomitado no jardim. — Quando foi isso? Depois que eu fui embora?

— Não, eu fugi e te deixei quando soube que ia vomitar. Eu não queria que você visse *aquilo*. Foi o bourbon. — Ele fez uma careta. — Até então, eu só tinha experimentado cerveja.

— Mas Ashleigh... — Jodie pigarreou quando a voz falhou. — Você foi embora com a Ashleigh...

— Eu o quê? — Kelly franziu a testa.

— Você foi para o quarto com Ashleigh Clark. — Ela sabia o que tinha visto.

— Ashleigh?

— É — disse Jodie com voz tensa. — A rainha do baile. Sua ex.

— Espera. Você foi embora porque achou que eu tinha entrado em um quarto com Ashleigh Clark? — Ele se empertigou. — Você ficou com ciúme? — A covinha de vírgula surgiu. — Você não foi embora porque eu era um bêbado babaca?

— Você era um bêbado babaca que *foi ficar com a sua ex*. Ficou bem claro que nosso encontro tinha acabado. Além do mais, você só estava lá porque a sua mãe sentiu pena de mim.

— Não, eu estava lá porque a minha mãe sentiu pena de *mim*. Ela ficou cansada de me ver caindo pelos cantos quando você ia para as aulas de piano e com o fato de eu nunca te chamar para sair.

Nada daquilo podia ser verdade, ou podia?

Só que... ele estava ali, os lábios inchados de serem beijados. Por *ela*. E tinha olhado para ela com tanto encanto naquela noite. Na noite anterior também. E *ali*.

— E juro que eu não fiquei com a Ashleigh na noite do baile. Eu estava passando mal demais para isso.

— Eu *vi*.

— O que você viu?

— Você entrou no quarto.

— Por acaso ela estava me mostrando um banheiro? Porque eu tentei o banheiro da família e todas as suítes, mas estavam ocupados. — Ele olhou para ela com expressão pesarosa. — Eu não me lembro de muita coisa daquela noite. Mas me lembro de me sentir desesperado e não querer que você percebesse o quanto eu estava bêbado. Eu desci por uma janela do quarto quando vi que a última suíte estava trancada e vomitei no jardim. Quando voltei, você tinha ido embora.

— Eu não me lembro de você estar tão bêbado. — Jodie estava tendo dificuldade de conciliar as duas versões da noite.

— Aconteceu rápido, depois que nós chegamos à festa. Quando todo mundo estava nadando na piscina.

Ela se lembrava *disso*. Parecia que a maioria das pessoas da festa tinha ficado de roupa íntima e pulado na piscina aquecida. Ninguém pareceu se importar de ainda ser março, quando em Wilmington era superfrio. Jodie se lembrava do vapor subindo da piscina no ar frio da noite. Tinha surtado um pouco quando todo mundo tirou a roupa. A última coisa que ela queria era ficar seminua com aquelas pessoas. E *Kelly Wong*. Ela se esconderea no banheiro do andar de cima. Argh. O mesmo banheiro do qual tinha saído e dado de cara com Josh Sauer e os rapazes falando sobre ela. *Ela não pode achar que o Kelly a convidou para o baile para valer.*

Ela tinha achado. Mesmo sabendo que sua mãe o forçara, Jodie tinha caído em uma versão fantasiosa da vida em que estava em um encontro com Kelly Wong e ele parecia estar gostando. Os caras tinham encontrado o calcanhar de Aquiles dela e espetado fundo. Porque ela sabia que Kelly não a tinha convidado de verdade. Que eles eram só amigos, companheiros de time. Ela sabia que a mãe dele o obrigara a convidá-la. Sentira que a noite toda tinha sido uma ilusão da parte dela. E ficou humilhada porque outras pessoas também tinham visto a ilusão dela.

Depois de ouvir os caras, ela estava esperando algo tipo o incidente com Ashleigh Clark...

Mas Kelly estava dizendo que não tinha acontecido. Que ele *queria* estar lá com Jodie. *Eu estava tão apaixonado por você...*

— Josh me deu uma bebida — ele deu um suspiro pesaroso — e outra... e aí alguém apareceu com o bourbon. E eu estava tão nervoso que fui bebendo. Foi a piscina. Eu estava com medo de você querer nadar. — Ele fez uma careta. — Eu estava morrendo de medo de você tirar aquele vestido e ficar de calcinha e sutiã e eu ficar de pau duro e você ver… É tão horrível ser adolescente. — Ele estava aborrecido. — Quando eu te vi de novo, estava podre de bêbado e com medo de ter feito uma grande merda. E eu tinha. Porque você foi embora e nunca mais falou comigo.

— *Eu* não falei com *você*? — Jodie ficou chocada. Mas, ao pensar no passado, ela percebeu que não tinha mesmo. Ela nunca mais tinha ido a uma aula de piano. E tinha evitado a companhia dele nos treinos e jogos. Ele era do terceiro ano e ela era do segundo, eles não tinham aulas juntos. Ele se formou e foi para a faculdade. E fim de história.

— Você ainda está com raiva de mim — disse Kelly baixinho.

Jodie percebeu que estava de cara amarrada.

— Não. — Ela suspirou. — Eu não estou com raiva de você. Só estou *com raiva*. Eu não sabia que você… quer dizer, eu achava… Eu fui embora por causa da Ashleigh Clark.

O que teria acontecido se eles tivessem tido aquela conversa anos antes? Jodie sentiu o labirinto da sua vida entrar em foco. Tantas direções que ela poderia ter tomado. Tantas avenidas que não levavam a becos sem saída. E se ela tivesse tido coragem de falar com Kelly na época? De *agir*. Mesmo que ela tivesse gritado com ele por ter ficado com Ashleigh… se o tivesse confrontado, ele teria contado que vomitou no jardim. E ela não teria carregado a humilhação de Ashleigh Clark por tantos anos…

Ele teria ido para a faculdade de qualquer modo. Mas talvez ela tivesse tido sentimentos diferentes sobre si mesma.

— Você ficou com ciúme de Ashleigh Clark. — Kelly estava sorrindo de novo.

Jodie amarrou mais a cara.

— A chata da Ashleigh Clark, que não sabia a diferença entre uma bola de beisebol e uma de futebol. — Ele riu.

— A linda Ashleigh Clark, que era a estrela de todas as peças e rainha de tudo.

O sorriso de Kelly estava tão largo que ele parecia o gato de Cheshire.

— Você ficou *com ciúme*.

Ciúme? Ela tinha sido *humilhada*. Tinha reforçado tudo que ela acreditava sobre si mesma. Mas estava descobrindo que não tinha sido verdade. *Ela tinha reforçado tudo que acreditava sobre si mesma. Sozinha.*

— Como a gente é burro.

Kelly estava impressionado. Ele encostou a testa na dela e passou a ponta do nariz no dela. Os lábios encontraram os dela. Ele foi gentil. Sem pressa.

— Você era a garota mais sexy da escola — sussurrou ele nos lábios dela. — A mais gostosa, mais segura, mais provocante, intimidadora, enfeitiçante...

Ele a beijou mais profundamente, um beijo lento e carinhoso.

— Você era *perfeita*. E eu nunca conheci ninguém como você depois.

Jodie derreteu com as palavras e o toque dele. Rendeu-se e deixou que os sentimentos novos a envolvessem como água morna.

— E eu fui um *idiota* de não te contar o que eu sentia. — Ele suspirou.

Ela não aguentou mais. Já havia muito em que pensar. Por isso, ela o beijou e parou de pensar completamente.

Capítulo 33

Jodie acordou com Kelly batendo na porta do quarto dela com a maior alegria.

— Vamos, Boyd — disse ele com animação —, levanta. Nós temos um encontro.

Kelly era uma pessoa matinal. Estava desperto e cheio de energia, vestido e pronto para arrastá-la pela manhã fria para andar pelo High Line.

— Eu te prometi um café da manhã — disse ele, enquanto a conduzia para tomar um banho.

Suas mãos vagaram um pouco enquanto ele a direcionava, e ele parecia arrependido por não ter tido tempo de se juntar a ela no chuveiro.

— Mais tarde — ele prometeu, beijando-a. — Temos que sair daqui antes que Cheryl acorde. Se ela te pegar, nunca chegaremos ao High Line.

Tinha nevado à noite, e a cidade com aparência mágica de Natal tinha virado uma terra de fadas. Eles compraram café e bagels e deram uma longa caminhada pelas ruas cobertas de neve, serpenteando na direção de Chelsea e do High Line.

— Não deve ser a melhor época do ano para ver — admitiu Jodie. — Aposto que é lindo na primavera e no verão. Até no outono. — No inverno, era provável que eles só vissem neve.

— Ah, não sei. O inverno é bem bonito. E romântico. — Ele piscou para ela. — Uma chuva leve, neve, neblina, noites aconchegantes em casa. Eu sentia falta do inverno quando estava em Miami.

— Como é Miami? — perguntou Jodie com curiosidade.

— O tempo é exatamente o que se espera. Não fica mais frio do que 15 graus e faz sol. Foi um lugar legal para fazer faculdade. É bonito. Tem muitas praias e muitos turistas. Um tempo ótimo para jogar bola. Meio abafado, mas a gente se acostuma. — Ele riu. — Você vai me achar esquisito, mas eu sentia falta de Wilmington. Principalmente nas festas de fim de ano. Nunca parecia certo, sem neve, com enchentes e um tempo bem merda.

Jodie riu.

— É, isso a gente faz bem lá.

— Chegamos, Boyd. O High Line.

Jodie sorriu pelo entusiasmo dele. Ele apertou a mão dela.

Estou aqui, Bree, pensou ela quando eles subiram a escada e saíram na antiga ferrovia, que foi transformada em jardim urbano. *Consegui*.

O High Line era uma paisagem ondulante de neve. Canteiros de flores mortas surgiam na cobertura, parecendo dentes-de-leão soprados. Havia gelo pontudo pendurado nos trilhos e em franjas reluzentes nas pontas dos galhos das árvores.

Eles eram as únicas pessoas lá.

Jodie e Kelly seguiram pela via, os passos fazendo ruídos suaves na neve. Uma névoa densa cobria a cidade além das barreiras; parecia que eles estavam em um casulo particular. De vez em quando um arranha-céus era revelado pela neblina cortante, as luzes veladas, como as de um navio distante em um mar calmo. O som do trânsito estava abafado, a um mundo de distância. Eles passaram por bosques de bétulas-brancas, os galhos cobertos de neve, e por amontoados de azevinho, as frutas vermelhas ardendo em meio à brancura do inverno.

Jodie parou quando eles chegaram a um caminho estreito embaixo de um arco de galhos. As árvores, que tinham troncos retorcidos em marrom--esbranquiçado, se esticavam e se encontravam com outras árvores por cima do caminho. Estavam veladas e salpicadas de neve, as pontas finas se tocando acima. Fiapos de neblina se misturavam com os galhos. Pareciam uma fila de damas de honra fantasmagóricas.

— Eu tenho que tirar o chapéu para você, Boyd, você escolheu um lugar romântico para um encontro. — Kelly estava parado logo atrás de Jodie. Os braços se fecharam em volta dela e ele passou o nariz pelo pescoço dela. O coração de Jodie estava pulando no peito. A magia da manhã estava febril.

Por um momento, ela sentiu uma pontada de medo de que algo apareceria e tiraria dela aquele fragmento de tempo cheio de neve e a noite anterior inteira.

Era bom demais para ser verdade.

A imobilidade da manhã foi açoitada por um sopro de vento e ela tremeu.

— Com frio? — perguntou Kelly, puxando-a mais para perto.

Era medo. Medo de perder aquilo. De perdê-lo.

— Eu te deixo quentinha — prometeu ele.

— Que tipos de árvores são essas? — perguntou Jodie, se encostando na força do corpo dele.

— Eu não sei muito de árvores, mas será que são resedás? Tem muito em Miami. É uma árvore linda. Fica coberta de flores finas na primavera, em geral rosa, e as folhas ficam vermelhas e laranja no outono.

Jodie girou no círculo dos braços dele e lhe deu um beijo intenso. O que quer que acontecesse, estava grata por aquele momento. Pelo milagre de estar ali na neve no High Line com Kelly Wong conversando sobre árvores. Por poder beijá-lo quando quisesse. Por ele retribuir cada beijo.

Ele acabou se afastando.

— Quer passar o dia na cama depois disso?

— *Quero*. Mas não posso. Eu tenho que ensaiar. — Ela suspirou.

— Posso ir junto?

— Ao ensaio?

— É. Eu posso ficar por perto para te beijar sempre que necessário. Além do mais, acho que Cheryl quer que a gente termine as aulas de piano assim que você tiver um momento livre.

A mente de Jodie voou para o vestiário do estúdio e todos os usos que poderiam ser feitos dele.

— A gente chega lá juntos. — Ela sorriu por causa do duplo sentido, e ele riu.

Com os braços em volta um do outro, eles passaram pelos braços velados das damas de honra fantasmagóricas e seguiram pela via. Enquanto eles andavam, ela ouvia Kelly cantarolando bem baixinho. Ela reconheceu a melodia. *Nosso amor veio para ficar...*

Capítulo 34

O romance do dia já estava verdadeiramente desgastado à noite. Jodie estava rígida de nervosismo no canto do vestiário. Tinha terminado todas as aulas de piano e sobrevivido a um dia desgastante de ensaios no estúdio e no teatro. Estava prestes a pagar uma parte grande da dívida. Recebera mensagens de boa-sorte de todos os membros da família. Estava sentada ali, usando cores de gangue e um boné de beisebol, o rosto pintado, o cheiro de maquiagem e talco para os pés como um miasma ao seu redor. O aposento estava lotado de um coral de dançarinos se alongando, conversando e passando maquiagem. Jodie ficou com vontade de vomitar. Ela não sabia como todos podiam ser tão indiferentes à provação que havia pela frente, nem como faziam aquilo *oito vezes por semana*.

Por mais que eles tivessem ensaiado, Jodie não conseguia acertar. Ela não conseguia andar de forma *terrena*. Não conseguia fazer nada bem o suficiente para o coreógrafo mal-humorado. Se Kelly não tivesse estado lá no estúdio e depois no desastroso ensaio no teatro, piscando para ela e fazendo piadas, ela talvez tivesse se trancado no vestiário de novo. Mas manteve o queixo erguido, porque não queria que Kelly Wong pensasse mal dela. E nunca que ela deixaria um musical dar um banho nela. Apesar de ela estar ficando cada vez mais tensa de nervosismo.

Ninguém parecia entender a escala do seu pavor.

— Jodie está aí? — Cheryl foi procurá-la a tempo de presenciar o ápice do nervosismo dela.

Jodie achava que não conseguia se mexer. Ela parecia os resquícios de uma daquelas vítimas de vulcões na antiga Pompeia, paralisada no meio do último ato antes da morte.

— Ah. — Cheryl ficou meio apavorada com a situação de Jodie. Ela estava carregando o laptop e se equilibrando em saltos enormes, mas ainda conseguiu se agachar ao lado de Jodie. — Oi. Você está bem?

— Eu não consigo fazer isso.

Cheryl pousou a mão no joelho de Jodie para acalmá-la.

— Eu tenho uma coisa que pode ajudar.

— Uma passagem de avião para eu voltar para casa?

Cheryl colocou o laptop sobre o joelho de Jodie.

— Outra mensagem de Bree.

Ah, isso não ajudava em nada. Só enchia Jodie de *mais* adrenalina. Ela estava uma pilha de nervos. Cheryl entregou a ela um par de fones sem fio para ouvir a mensagem com alguma privacidade. Ela abriu o laptop. Jodie notou que estava tão cheia de hormônios que seus dentes batiam.

Na tela estava sua irmã. Usava um lenço de seda em volta da cabeça careca. O rosto estava inchado e os olhos exaustos. Cheryl se virou para dar privacidade a Jodie. Ela não conseguia se mover para iniciar o vídeo. Suas mãos estavam paralisadas em garras. A sensação era *exatamente* a mesma que antes de um jogo.

Cheryl olhou para ela e viu seu estado. Delicadamente, esticou a mão e apertou o play.

— Oi, Smurf Medrosa, imagino que você esteja bem tensa agora, né? — Bree sorriu, mas o sorriso não chegou aos olhos dela. Ficou claro que ela estava tendo um dia ruim, com muita dor.

Bem tensa não chegava nem perto. Jodie estava chegando a um ponto sem saída. Havia um alto-falante no aposento que era ligado a um microfone no palco, para que os atores pudessem ouvir as deixas. O alto-falante estava transmitindo o som de uma plateia ocupando seus lugares. Parecia perturbadoramente o mar subindo. Um mar que ia sugar a vida de Jodie.

— Jodie? Está me ouvindo?

Jodie piscou. A Bree do vídeo estava olhando pacientemente para a câmera. Havia uma mistura de gentileza e irritação ali. Ela parecia esperar que Jodie estivesse atordoada de tão nervosa. E ela estava.

— Quando eu fiz a lista, eu nunca sonhei que *você* teria que cumpri-la — disse Bree, se encostando no travesseiro. Ela virou a cabeça e olhou pela janela. Jodie se perguntou o que ela tinha ido olhar. — Se você estiver vendo isso, suponho que já tenha fingido um orgasmo em público. Aposto que também foi difícil para você.

Tinha sido. Mas não assim. Escuta só aquela gente *toda*. E havia uma equipe de filmagem lá também. Ah, meu Deus, ela ia vomitar.

— Eu queria estar lá. — Bree suspirou. E a tristeza ressonante na voz dela quebrou o pânico de Jodie. A Bree do vídeo ainda estava olhando pela janela, a expressão distante. — Nova York — disse ela com voz fraca. — Broadway. — Ela fez parecer lugares míticos. Inalcançáveis. Que só existiam em sonhos.

Jodie sentiu como se alguém estivesse espremendo seu coração com a mão. Ah, Bree.

Bree tentou afastar o clima e ajustou a expressão antes de se virar para a câmera. Ela sorriu. Mas seus olhos ainda estavam distantes e tristes.

— Eu daria qualquer coisa para estar aí com você, Jodie.

Eu também, Bree.

— Aproveita por mim, tá? — O sorriso de Bree ficou sonhador. — Como é o cheiro de um palco assim? Você ouve a plateia respirando? As luzes são quentes? Quando o nervosismo passa, a sensação é *incrível*?

Jodie foi capturada pelo jeito da irmã. Bree não tinha parecido tão triste nos outros vídeos. Jodie percebeu que aquele item da lista podia ter sido bem mais importante do que os outros. Ou talvez aquele vídeo tivesse sido filmado depois do resto... Enquanto Bree estava naquela cama de hospital, sentindo dor, sabendo que o fim estava chegando rápido, ela estava lamentando a perda do sonho da Broadway. E mais.

— Eu queria mais do que tudo que eu pudesse entrar no palco hoje — disse Bree. — Por favor, não desperdice isso. Aprecie. Mesmo morrendo de medo. Você pode ser mais de uma coisa. Eu sou.

Aquele sorriso de novo.

— Eu estou com medo e triste e também cheia de gratidão e alegria. Eu estou todas as coisas ao mesmo tempo. A vida é assim, Smurfette. Ser tudo ao mesmo tempo e não tentar consertar. Nem fugir.

Bree olhou para a câmera, tentando ver através do tempo onde Jodie estava, apavorada em uma cadeira em um canto do camarim movimentado.

— Merda.

Ela jogou um beijo para Jodie. E o vídeo acabou.

Todas as coisas ao mesmo tempo. Jodie estava carregada de dor *e* nervosismo. Virou-a do avesso ver Bree doente, triste e com medo.

E cheia de gratidão e alegria, Smurfette. Tudo ao mesmo tempo.

Jodie fechou os olhos e tentou respirar. Ainda estava afetada por todos os hormônios. Adrenalina e cortisol e todas as coisas tóxicas do nervosismo. Mas era aquela a sensação de estar *viva*. E um dia, assim como jogar beisebol, aquilo estaria no passado. E ela sentiria saudade.

Então, ela faria aquilo. Por Bree. E por si mesma.

Só precisaria vomitar primeiro.

Ela jogou o laptop para Cheryl e correu para o banheiro, onde ficou agachada pelos quinze minutos seguintes, vomitando tudo que tinha comido. Havia até um alto-falante no banheiro. Jodie ouvia a orquestra afinando junto com o som do seu vômito. O som da plateia a fez vomitar ainda mais. Ela também ouvia Cheryl e Maya sussurrando atrás da porta do banheiro. Elas não achavam que ela conseguiria ouvir. Estavam fazendo planos contingenciais.

Elas não a conheciam. Ela faria aquilo. Só teria que passar muito mal primeiro.

No alto-falante, ela ouviu o anúncio do "evento especial" e do "número adicional". Era *ela*. Em seguida, ouviu a abertura começar.

Jodie deu descarga, lavou as mãos e enxaguou a boca. Ela olhou se não tinha estragado o figurino. Ah, meu Deus, a abertura estava aumentando.

Ela vomitou de novo.

Quando, por fim, saiu, a peça já estava em andamento, e Cheryl parecia ter roído as unhas vermelhas todas. Já Maya estava com o telefone na mão, virado para a porta do banheiro.

— Você filmou o som do meu vômito? — perguntou Jodie, desconfiada. Ela queria nunca ter devolvido o celular da Maya.

— Você vai ter a solidariedade de todo mundo.

— Ah, vai se foder, Maya. — Jodie não tinha nem um segundo para perder com aquela mulher. — Eu posto as minhas fotos.

— Você está bem? — perguntou Kelly baixinho. Ele estava encostado na parede ao lado da porta. E ofereceu a ela uma garrafa de água. — Bebe aos poucos, não demais.

Jodie deu um golinho e abriu um sorriso trêmulo. Ah, que ótimo, Kelly Wong tinha ouvido o vômito dela também. Que excelente.

— Você consegue, Boyd. Só fica de olho na bola.

Ela assentiu. Sim. Olho na bola.

— "Grandes momentos nascem de grandes oportunidades" — disse Kelly para ela, puxando-a para um abraço.

— Pacino de novo? — perguntou Jodie. Os dentes dela voltaram a bater.

— Não, desta vez foi Kurt Russell. *Desafio no gelo*.

— Estou vendo que tem muitos filmes de esporte que eu tenho que assistir.

— Cheryl! — disse Tish quando viu Cheryl filmando Kelly e Jodie. — Não você! Ela disse *não*. — Tish tirou o celular dela.

— É meu *trabalho*. E Jodie não *me* disse para não tirar fotos.

— *Eu estou* dizendo. Deixa ela em paz. — Tish levou Cheryl para fora. — Boa sorte, Jodie. Vira a Broadway de cabeça para baixo. Maya, você sai também. — Ela puxou Maya junto.

O diretor de palco deu o aviso de Jodie, e ela sentiu como se estivesse caindo de uma grande altura.

— Você consegue, Boyd — disse Kelly, dando um beijo nos seus lábios tensos. — Centímetro a centímetro.

— Centímetro a centímetro — repetiu ela. E ele também foi embora, e ela ficou sozinha. Só ela e aquela plateia toda cheia de gente...

Jodie hesitou quando chegou na lateral do palco, quando viu as dançarinas pulando na frente da tela grande. Ah, meu Deus, Bree, *dá* para ouvir a plateia. Respirando, tossindo, se mexendo. Um mar de gente, uma onda vindo direto para cima da gente. *Não, não, não, não, não*. Ela não conseguiria fazer aquilo.

No momento em que ela ia dar meia-volta e fugir, Jonah Lourdes apareceu. Ele estava com o figurino completo e brilhando de suor do último número.

— Oi — sussurrou ele. — Você está bem?

Ela fez que não com a cabeça.

Ele a segurou pelos braços e olhou diretamente para ela.

— Você vai ficar bem.

Jodie começou a tremer tanto que seus dentes bateram. Ela soltou um gemido baixo. Parecia um animal. Aquilo era um milhão de vezes pior do que antes de um jogo... Ela nunca tinha sentido tanto medo na vida.

Jonah falou um palavrão.

No palco, estava na hora da briga, que era a última cena antes do número dela. Ao seu redor, as mulheres da cena dela estavam se reunindo. *Não, não, não, não, não.* Jodie suava embaixo do figurino.

— Segura a onda — disse Jonah suavemente. — Eu já volto.

Segurar a onda? *Como?* Ouve só aquela gente *toda*.

— Merda — sussurrou a atriz que fazia a Maria. — Só lembra: anda de forma terrena.

Ela ia vomitar. Ou desmaiar. Ou gritar. *Bree, socorro.*

— Pronta? — Uma das outras dançarinas a segurou pelo braço.

— Não.

— Sim. — Alguém a segurou pelo outro braço.

— *Jonah?*

Jodie não teve tempo de ficar paralisada. Ela ficou chocada demais de ver Jonah Lourdes entrando no palco escuro ao lado dela. Ele não devia estar naquele número. O que estava fazendo ali? Era um número só de garotas, e não era para que Tony participasse. Só que... ele não estava vestido de Tony. Tinha trocado as cores da gangue; ele estava com uma calça preta da Adidas e um moletom vermelho, como as garotas do número. Tinha sido a troca mais rápida do mundo. Ele estava com o moletom puxado sobre a cabeça e tinha pintado a boca de vermelho. Seus pés estavam descalços. Talvez de longe ele pudesse passar por uma das garotas da gangue reunidas em volta da Maria, mas de perto ele era todo homem.

O holofote estava em Maria, pelo menos, e ela brilhou no vestido branco. A plateia ficaria com a atenção voltada para ela. Com sorte.

Jonah piscou ao seguir Jodie para a posição no palco. Jodie sentiu uma onda de histeria e teve que morder os lábios para não rir. A música distinta começou e houve uma onda de aplausos de prazer da plateia.

— *Me siento bonita...*

O soprano de Maria se espalhou pelo palco, e o número começou. Nada que Jodie fizesse o pararia. Ainda bem que ela não estava de microfone, pensou. Ela quase hiperventilou quando o holofote passou por ela e as outras mulheres cantaram seus *ah ahs* e *la la las*. Sua respiração pesada teria superado o som de todo mundo.

Jonah não tinha visto o ensaio e não tinha ideia de como era o número. Ele tentou copiar a caminhada terrena e errou a coreografia. E aí, as coisas deram muito errado. Ele virou para a esquerda quando todas viraram para a direita. E fez isso com vigor. Uma pobre garota quase saiu voando; Jonah a segurou e tentou transformar em um passo, mas, ao fazer isso, esbarrou em Maria. As dançarinas estavam tendo dificuldade em ficar sérias enquanto o número se deteriorava. Elas tiveram ataques de riso. Foi contagiante. Maria lutou para continuar cantando, a risada borbulhando em sua voz. Ele estava estragando o número. Era o pior pesadelo de Jodie. Mas Jonah só abriu um sorriso endiabrado para Jodie.

As luzes deixaram a plateia completamente invisível, mas Jodie ouvia as risadinhas. Ela fez uma careta.

— Estão rindo de nós — sussurrou ela para Jonah quando ele passou.

— Que nada. *Conosco* — ele a corrigiu quando se jogou na loucura. Sua alegria demoníaca fez Jodie soltar uma gargalhada, e ela se esqueceu de ter medo. Ele estava saltitando como uma borboleta maníaca, destruindo a coreografia.

Jonah e os dançarinos pareceram ganhar energia quando a plateia riu das risadas deles. Maria desistiu completamente da coreografia e sorriu ao cantar. O holofote encontrou Jodie e permaneceu lá. Jodie estava com medo de rirem dela, e estava acontecendo naquele instante. Todo mundo estava olhando para ela e *rindo*.

Tudo encolheu para aquela pequena área de palco, aquele círculo de luz. Presa pela luz, Jodie sentiu gargalhadas subirem e se espalharem no palco.

E... não foi tão ruim.

Ela não ficou arrasada. Na verdade, não aconteceu nada. As dançarinas dançaram, Maria cantou, Jonah se enrolou pelo palco, a plateia riu... e Jodie continuou ali, sem conseguir andar de forma terrena e parecendo completamente deslocada. No holofote.

Mas e daí?

Ela estava com medo e *por quê?*

Quando a música foi crescendo, Jodie se jogou nela. Estava morrendo de nervosismo *e* apavorada *e* fora da sua zona de conforto *e* de repente adorando imensamente.

Jonah percebeu a mudança de humor dela e sorriu. Quando o coro aumentou, Jodie segurou a mão dele e eles giraram debaixo das luzes quentes, sorrindo um para o outro como malucos. Cada vez mais rápido, conforme a voz de Maria percorria o aumento do refrão, chegando a alturas que fez os pelos da nuca de Jodie ficarem de pé. As outras dançarinas tinham seguido Jonah e Jodie, e também giravam de alegria. Jodie apostava que o coreógrafo mal-humorado estava bastante mal-humorado, já que todos tinham jogado a coreografia dele pela janela. Ela riu, segurando bem as mãos de Jonah. Quem precisava andar de forma terrena quando podia *girar*?

Me siento gaseosa y divertida y bien.

O número parou, ofegante. E houve aplausos trovejantes. Maria e as dançarinas empurraram Jodie e Jonah para a frente para agradecerem. Eles estavam rindo e aplaudindo também. Quando a plateia percebeu quem Jonah era, houve uma gritaria. Os aplausos foram ensurdecedores. Jodie riu quando Jonah jogou beijos, deixando uma mancha de batom vermelho na mão.

Ele esticou a mão com beijo de batom para chamar Jodie para a frente. Houve assobios e gritos no teatro.

Jodie absorveu tudo. Todo o momento louco.

Bree. Tem cheiro de chulé. As luzes são quentes. Dá para ouvir a plateia respirando. E... é incrível mesmo. É, sim.

Depois de agradecerem, Jodie e Jonah saíram do palco com as dançarinas, rindo. Jodie se sentia triunfante. Poderosa. Invencível. Ela tinha conseguido!

— Eu tenho que me trocar para o próximo número — disse Jonah. Ele deu um abraço apertado e breve nela. — Você foi incrível! — Ele beijou a bochecha dela. — Maravilhosa!

Ela riu quando ele tirou a calça e o moletom e revelou o próprio figurino por baixo. Ele foi embora e ela ouviu o som da voz poderosa dele no palco.

Uau. Bree suspirou.

É. Ele foi muito uau.

Não, você, pateta. Você foi uau.

— Arrasou, Boyd! — Kelly Wong estava esperando por ela no corredor dos bastidores. Ele a puxou para um abraço e a girou. — Você rebateu para fora do campo!

Jodie estava eufórica, cheia da maior onda de adrenalina da vida.

— Eu achei que ia morrer quando riram de mim!

— *Com* você, não *de* você.

— Foi o que o Jonah disse — admitiu ela sem fôlego.

Uma expressão de ciúme surgiu no rosto de Kelly, mas ele disfarçou com um sorriso.

— Bom, é verdade.

Jodie o beijou. Deus do céu, ela nunca se acostumaria a poder fazer isso. E à ideia de Kelly sentir ciúme dela.

De braços dados, eles entraram no camarim. Onde toda a alegria de Jodie desmoronou.

No meio do camarim, esperando, estava uma loura. Ela os estava esperando. Era alta e tinha postura ereta. E não era uma das dançarinas.

Jodie sentiu a energia do aposento mudar assim que Kelly a viu. As risadas pararam abruptamente.

— Jessica — disse Kelly.

Jodie percebeu o choque dele, que foi puro e sincero. Ele parecia perdido.

— Jessica! — Ele parecia horrorizado.

Jessica. A ficha caiu para Jodie. *Jessica*. De... *Jessica*.

Era a loura do Instagram do Kelly. Ela era ainda mais perfeita em pessoa. Em forma, firme, brilhante, com um sorriso tão branco que era páreo duro com o de Cheryl.

— Oi, Kelly. — E ela estava sorrindo. Como uma modelo em propaganda de pasta de dentes.

— Quem é essa? — Tish ficou desconfiada.

Ela e Cheryl tinham entrado atrás de Jodie e Kelly. Elas tinham visto a apresentação de Jodie pelo monitor do corredor e estavam tão eufóricas quanto Jodie. Mas não naquele momento. O ar estava carregado de tensão.

Jodie ouviu Cheryl falar um palavrão baixinho.

Jodie lutava contra o medo. *Aquilo* era a coisa que estava vindo para levar tudo embora. Ela sabia que era. Era a Ashleigh Clark de novo. Só que bem pior, porque eles não estavam mais no ensino médio.

— Com licença — disse Tish —, quem é você exatamente?

— Eu sou esposa do Kelly.

Esposa. A palavra caiu como uma bomba nuclear. Houve um momento de completo silêncio. E um estouro de energia em seguida.

— O quê? — Tish se virou para Kelly.

Jodie deu um passo para trás, para longe dele.

Esposa.

A gente pode conversar?

Ah, meu Deus. *A gente pode conversar?* Era *isso* que "a gente pode conversar" significava.

Esposa. Ele tinha uma *esposa*.

— Jodie. — Kelly deu um passo na direção de Jodie. Ela tropeçou alguns passos para trás, tentando ficar longe dele. — Eu queria te contar — disse ele com infelicidade.

Jodie sentiu como se pudesse morrer ali mesmo.

— Que virada — sussurrou Maya para Cheryl, surgindo das sombras, de onde tinha filmado tudo.

— Maya — disseram Cheryl e Tish simultaneamente. — Vai *se foder*.

Capítulo 35
17. Plantar uma árvore

Ele a humilhou na frente de *todo mundo*. Aquela porra de vídeo tinha viralizado. Tinha até aparecido no pacote do *Good Morning America*, por mais que Cheryl pedisse e suplicasse e ameaçasse. Naquele momento no camarim, a transformação de Cheryl de pesadelo corporativo em pessoa comum foi completa. Ela estava totalmente do lado de Jodie.

— Ninguém merece essa merda — murmurara ela ao levar Jodie para longe da cena, segurando o celular como uma arma enquanto tentava tirar as fotos do Instagram.

Não deu certo. Todo mundo que Jodie já havia conhecido na vida testemunhou seu coração sendo partido. Seus pais. Sua avó. Seu chefe. Seu *dentista*. Todo mundo com quem ela fez o ensino médio. A lista era infinita. E aí, houve a maldita foto que Maya tirara do rosto de Jodie transtornado de horror. De perda. Ela nunca mais queria ver aquela foto na vida.

O celular de Jodie vibrava e tocava toda hora com pessoas que *tinham* visto a foto. Pessoas que só sentiam pena dela. Pessoas que ela conhecia enviaram mensagem diretamente, pessoas que ela não conhecia postaram séries de comentários debaixo das imagens. Foi uma avalanche de abjeção. E não *parava*.

Na véspera de Natal, a atendente de caixa do supermercado chique de Claudia sentiu tanta pena dela que deu para Jodie um buquê de lírios de Natal de graça. E começou uma falação sobre "homens traidores mentirosos que não prestam". Jodie não queria as flores nem a pena. Ela olhou para os corredores, onde Claudia tinha ido buscar noz-moscada. Se ela não voltasse logo, era capaz de Jodie bater na cabeça da garota com um monte de flores em formato de trompete.

— Meu ex fez a mesma coisa. Só que não havia esposa — confidenciou a garota.

Não *exatamente* a mesma coisa então, né? Jodie apostava que a garota também não tinha sido filmada, e o rosto dela não tinha viralizado. Ela não tinha sido abordada por atendentes de caixa depois.

— O marido dela era *horrível* — confidenciou a outra atendente de caixa. — Ela está melhor sem ele. E você está melhor sem aquele Kelly Wong.

Jodie não conseguia ouvir o nome dele sem reagir fisicamente. Por que todo mundo precisava falar sobre ele o tempo todo?

— Eu acho que você devia ficar com aquele cantor da Broadway. — Que ótimo. A cliente da outra caixa decidiu participar. — O jeito como ele cantou para você...

Mas não era em Jonah Lourdes que Jodie pensava quando se lembrava de cantarem para ela. Era em Kelly Wong, sentado ao piano no salão do hotel, cantando baixinho *está bem claro...*

E *estava* claro. Ela tinha sido uma idiota.

— Hã-hã. Ryan Lasseter. — A atendente do caixa não estava no Time Jonah. — Aquele homem vale *milhões*. Você nunca mais precisaria trabalhar.

— Ah, imagina. Mas ele provavelmente trairia também. Ele parece o tipo.

— E o astro da Broadway *não*?

— Escolhe alguém que não traia — disse a garota da outra caixa para Jodie, como se ela fosse burra demais para pensar nisso sozinha.

— Tish parece legal — sugeriu outra cliente.

Todos estranhos, palpitando na vida dela!

— Legal, mas não houve muita química. Não firma compromisso só porque está com dor de cotovelo — disse a garota do caixa para Jodie, com ampla sinceridade.

Se Hopper não tivesse ido ao seu resgate, Jodie talvez tivesse começado a gritar. Como tinha ido parar ali, com estranhos, discutindo sua vida amorosa quando ela nem *tinha* vida amorosa?

— Ei, ei, Skyler, deixa ela em paz, tá? Ela só veio fazer compras. — Hopper tinha chegado pela entrada dos fundos carregando várias caixas. Ele estava coberto de um pó açucarado de neve.

Jodie não deixou passar como Skyler, a amiga de Skyler e a outra cliente suspiraram sonhadoramente quando o viram. Ele parecia o protagonista de um filme clichê, de camisa de flanela e jaqueta surrada, com a barba por fazer de três dias e as bochechas avermelhadas do frio.

— Nós só estamos dando apoio, Hop. — Skyler ficou olhando a pilha cara de besteiras de Natal que Claudia tinha colocado na esteira do caixa.

Hopper botou as caixas no banco ao lado do balcão e tirou o gorro de lã.

— Feliz Natal, Jodie.

— É. — Argh. Ela precisava dizer o mesmo? Mesmo não achando nada feliz? — Espero que *você* tenha boas festas, Hopper. — Pronto, aquilo foi honesto, e ela não precisou dizer a palavra *feliz*.

— Eu também. — Ele fez uma careta. — Mas você sabe como é, famílias são complicadas. — Ele se iluminou como uma árvore de Natal, e Jodie percebeu que Claudia devia ter aparecido. — Oi, Tipo A.

— Hopper — disse Claudia, sem dar nem uma faísca das luzes de Natal em curto como resposta ao colocar a noz-moscada na pilha. Ele não pareceu se importar. Ele brilhou de alegria ao vê-la.

Jodie sentiu os cabos dos lírios se curvando nas mãos. Ela já tinha sido olhada assim. Teve uma lembrança de Kelly com cara de bobo quando a viu com o vestido preto.

Maldito. Por que ela não conseguia tirá-lo da cabeça?

— Eu vou fazer gemada. Será que vocês querem ficar e experimentar para mim? — Hopper pareceu esperançoso.

— Nós temos que levar isso tudo de volta para casa — disse Claudia. — O sorvete vai derreter.

— Eu posso deixar as coisas na geladeira até vocês irem — disse ele, querendo ajudar. Ele se virou para Jodie com expressão suplicante. *Me ajuda*, implorou ele. — Vamos lá, é Natal.

Argh. Sim. Tudo bem. Por mais cansada que estivesse, ela não podia ser cruel com Thor. Estava claro. Fazer Claudia ficar para tomar gemada faria o Natal dele.

— Tudo bem — concordou ela. — Gemada.

— Ótimo. — A potência do brilho dele só aumentou.

— O que você está fazendo? — Claudia suspirou assim que Hopper desapareceu dentro do bar. — Você sabe que eu tenho que visitar a minha mãe. Eu não tenho tempo para isso.

Jodie sentiu uma onda de culpa. Claudia estava magra e pálida. Estava cansada de longas horas trabalhando. O Natal era sempre uma época muito cansativa para ela. A mãe dela estava fora da clínica e em uma casa para pessoas em recuperação, e Claudia tinha que lidar com ela de novo.

— Vai ser bom para você. Para nós — consertou Jodie. — Vai ser bom para *nós*. Nós precisamos de um pouco de alegria de Natal. — De repente, ela se sentiu protetora com Claudia, que pareceu frágil e quase quebrando. — Além do mais, é nossa nova tradição. Nós também tomamos um drinque aqui no Dia de Ação de Graças.

Claudia assentiu, mas pareceu mais derrotada do que animada.

— Nós vamos guardar suas coisas aqui e botar as sacolas de coisas geladas na geladeira e no freezer, tá? — Skyler fez a gentileza de colocar as sacolas atrás do balcão. — Feliz Natal!

— Para você também. — Jodie de novo não conseguiu dizer *feliz*.

O bar na frente estava decorado com azevinho e luzes brancas que piscavam. Havia guirlandas de galhos marrons com visco de frutinhas brancas e azevinho de frutinhas vermelhas decorando as janelas embaçadas. O local estava aconchegante e encantador.

— Você fez isso? — Jodie perguntou a Claudia quando elas se sentaram nos bancos do bar. Não havia sinal de Hopper. O barman sorriu para elas, mas ficou claro que sabia que elas estavam esperando a gemada do Hopper e não se aproximou delas.

Claudia não encarou Jodie. Ela mexeu no açucareiro.

— Ele me contratou.

— Você cobrou?

Claudia repuxou os lábios.

— Mais ou menos.

— O que "mais ou menos" quer dizer?

Claudia baixou a voz.

— Quer dizer que eu falei que faria se ele parasse de me chamar para sair. Agora, *shh*. Para o caso de ele voltar.

— Você *quer* que ele pare de te chamar para sair?

— *Shhhh*.

— Então eu não devia ter dito sim para a gemada?

— Devia, sim. — Hopper voltou a tempo de ouvir Jodie. Ele estava segurando uma jarra de gemada, que colocou na chapa quente atrás do bar. O perfume intenso de noz-moscada, bourbon, leite quente e creme alastrou-se pelo bar.

— Uau, que cheiro bom.

— O gosto é melhor ainda. — Ele serviu três canecas. Ficou claro que se juntaria a elas na bebida. Jodie sentiu Claudia se remexer com constrangimento no banco ao lado do dela.

Ele não estava errado. Era a melhor gemada que Jodie já tinha experimentado. E ela nem gostava muito.

— Você é tão bom quanto a Claudia. — Jodie suspirou enquanto segurava a bebida quente. — Ela é a única pessoa que eu sei que consegue fazer sem ficar empelotado e nojento.

— É mesmo? — Thor fechou as mãos em volta da caneca quente e sorriu para Claudia. Ela não estava olhando para ele. O que era uma pena, porque ele tinha tirado as roupas de rua e estava lindo, com as mangas da camisa de flanela enroladas revelando antebraços tatuados musculosos. — O que você acha, Tipo A?

— Está perfeito — disse Claudia, contrariada.

Ele sorriu, uma mecha de cabelo cor de trigo caindo nos olhos.

— Eu faço para você quando você quiser.

Ela lançou um olhar sombrio para ele. Ele riu.

— Eu não quero perturbar vocês — disse ele, ainda sorrindo —, e eu tenho muita coisa para fazer. Vou deixar que apreciem a gemada. Podem tomar uma segunda rodada por conta da casa, se quiserem. — Ele piscou para Claudia. — Feliz Natal, Tipo A.

— Feliz Natal. — Claudia o viu se afastar.

Jodie notou o desejo exposto no rosto dela. Mas só por um momento. A compostura fria de sempre logo voltou.

— É o bourbon — disse ela baixinho. — Seja qual for que ele usou, está ótimo. Notas de especiarias e creme.

Ele era perfeito para ela. Quem mais se importaria com notas de bourbon em uma caneca de uma bebida que era sobremesa? Jodie se lembrou do creme de bourbon do Dia de Ação de Graças. O fato de Claudia ter comprado; o fato de ele ter no estoque. Além do mais, ele parecia o *Thor*.

Por que ela não disse sim quando ele a chamou para sair? Estava na cara que ela gostava dele.

Mas Jodie não ia insistir. Ela gostava do fato de Claudia não insistir em relação a Kelly Wong e ficava feliz em retribuir o favor. Argh. Kelly Wong. Por que ela não conseguia passar um minuto sem pensar nele?

Porque ela o amava.

Amava. No passado. Ela até que estava superando rápido.

Só não rápido o suficiente.

Do lado de fora, uma tempestade de neve estava aumentando. A nevasca era quase horizontal e passava pelas janelas embaçadas com intensidade crescente.

— A gente devia ir antes que fique muito ruim — disse Claudia, empurrando a caneca vazia para longe. — Dizem que vai ficar forte de noite.

De noite. Quando ela podaria a árvore com a família, todos tentando ficar alegres e animados por ela. Pelo menos, estavam mais festivos do que no Dia de Ação de Graças. Sua mãe tinha pendurado e ligado as luzes coloridas. Não tinha se dado ao trabalho de tirar as brancas, as *luzes do café* de Bree, só tinha colocado as coloridas em cima. Não era preciso ligar as luzes do teto nem dos abajures de tão claro que ficava com os fios de luzinhas de Natal.

Seu pai estava com uma árvore esperando. Normalmente, a árvore era montada no começo de dezembro, mas naquele ano eles tinham esperado até Jodie voltar de Nova York. Mas ela estava de péssimo humor e ninguém queria estragar o ritual da árvore com o seu mau humor, então sua mãe decidiu que eles podiam muito bem fazer isso na véspera do Natal e inserir nas festividades.

Festividades. Sem Bree e sem Kelly. Aquele ano merda só ia ficando mais e mais merda.

Jodie e Claudia pegaram suas coisas e andaram pela neve até o carro de Claudia. Jodie manteve o queixo encostado no peito para não levar golpes de neve na cara. O vento estava terrível. Jodie se lembrou de Kelly dizendo que sentia falta daquilo quando estava em Miami. Ela se perguntou se ele ia passar o Natal com a família em Great Neck ou se estavam todos em Miami na casa da mãe dele. Ou talvez ele estivesse em Tacoma, onde ficaria na próxima temporada de jogos. Estaria o Natal lá branquinho também? Ela não tinha ideia, porque tinha apagado o Instagram em um ataque de raiva e humilhação.

Ah, quem ligava para como estava sendo o Natal dele? Qual era o *problema* dela?

Ela bateu a porta e se sentou no banco do passageiro. Quando Claudia ligou o carro, o rádio começou a tocar, uma falação animada de festas que não ajudou em nada a acalmar Jodie. Ela o desligou. Elas seguiram em silêncio pelas cortinas de neve, cada uma mergulhada nos próprios pensamentos. Jodie deveria estar feliz de não estar trabalhando no aeroporto, como costumava fazer no Natal. A negociação de Cheryl significava que ela ainda estava de licença remunerada do guichê da locadora. Jodie tinha certeza de que havia algum marketing de aluguel de carros em andamento, mas não tinha intenção de entrar no Insta para ver.

Cheryl tinha assumido o controle da conta de Bree, mas Maya ainda tinha o poder profano das hashtags. #ListaDaBree #Jodie #IrisAir #100

Jodie não queria ver.

— Sua mãe não economizou nas luzes este ano — observou Claudia ao entrar na rua de Jodie. O brilho das luzes estava visível mesmo com a tempestade, as cores vibrantes piscando e cintilando.

— Ela até decorou o arbusto idiota. — Jodie suspirou. O corniso de galhos vermelhos estava cheio de luzes.

— Então não é mesmo uma árvore?

— Não, é um arbusto. Eu tenho que fazer tudo de novo quando a primavera chegar.

— Você vai poder escolher a árvore desta vez? — perguntou Claudia secamente.

Por algum motivo, Jodie pensou no túnel de árvores damas de honra fantasmagóricas no High Line. Resedás.

— Minha mãe quer um corniso florido. — A última coisa de que ela precisava eram mais lembretes de Kelly Wong.

A porta abriu quando elas saíram do carro. A mãe de Jodie estava lá com o melhor (pior) suéter de Natal, tricotado pela tia Pat. Sua mãe o usava na véspera de Natal para não precisar usar no dia de Natal. Todos tinham um, até Russel Sprout.

— Jodie! — Sua mãe desceu correndo os degraus da varanda sem se importar de estar só de chinelos.

— O quê? — Jodie sentiu uma onda de medo. Qual era o problema?

Só que sua mãe estava com um sorriso de orelha a orelha. Será que a Iris Air tinha pagado mais dívidas?

Sua mãe a puxou para um abraço e dançou com ela no lugar.

— É esse! — gritou sua mãe no ouvido dela. — Eu sinto nos ossos. É *esse*!

Jodie trocou um olhar confuso com Claudia.

Sua mãe estava rindo com alegria e girou Jodie.

— Eu gosto muito desse.

— Qual? De que você está falando?

Claro que sua mãe pegou o celular. Ela o ergueu para Jodie ver. Jodie grunhiu. Ah, não. *Thor*. Claro que tinha havido um #JodieVista no Hopper's. E é claro que o próprio Hopper aparecia, cada centímetro dele igual a um protagonista clichê. Em uma postagem, o fotógrafo o tinha capturado segurando a caneca de gemada, olhando com carinho para o objeto de sua afeição. Que definitivamente não era Jodie. Ah, coitado.

E aí, Jodie viu a hashtag #DaneSeKellyWong.

— O que é? — Claudia andou pela neve para olhar por cima do ombro de Jodie. Ela ficou paralisada.

Ah, coitada da Claudia também. Era como Tish e Cheryl… Só que, desta vez, Jodie não precisava dar corda. Ela fechou o app.

— Ele não está olhando para mim, mãe, ele está olhando para Claudia.

— Não está, não. — A mãe dela abriu o app de novo. — Olha!

Havia outra postagem, feita por um fotógrafo sorrateiro no corredor de legumes. Mostrava Hopper atrás do balcão, o casaco e o gorro de lã ainda salpicados de neve. Ele estava olhando com carinho para… Jodie. Que estava claramente na foto, segurando um buquê de flores enorme. A foto fazia parecer que *ele* tinha dado as flores para ela. E ele não tinha.

— Ele só me desejou feliz Natal. — Jodie suspirou e afastou o celular. Ela não queria olhar. — O cara só tem olhos para Claudia. Acredita em mim. A gente pode entrar agora?

— Bom. — Sua mãe não pareceu satisfeita. — Mas eu gosto dele.

— É, ele é legal. A Claudia também gosta dele.

— Não gosto!

— Gosta, sim. — Jodie andou pela neve para tirar as compras do porta-malas. — Eu só não tenho fotos da sua cara para provar. — Meu Deus. Já devia haver um Time Hopper. Sua mãe talvez já tivesse encomendado uma camiseta.

— Não gosta? — A mãe dela se animou com a declaração de Claudia. Se ela não tinha encomendado a camiseta, talvez fizesse isso agora.

— Não. Jodie pode ficar com ele.

Até parece.

— Pode ficar à vontade para pegar umas sacolas, mãe. — Jodie bufou ao passar por elas.

— Nós gostamos desse! — gritou vovó Gloria da sala quando Jodie passou por ela a caminho da cozinha.

— Eu não — protestou tia Pat. — Eu gosto mais do outro.

— Que outro?

— O jogador de beisebol.

— O que a traiu?

— Ele não *a* traiu. Traiu a outra, a loura.

Jodie colocou as compras na bancada e trincou os dentes para não gritar com elas.

— Calem a boca — gritou seu pai. Ele apareceu na porta da cozinha. — Precisa de ajuda?

— *Agora* você pergunta? — reclamou a mãe de Jodie, os chinelos molhados batendo no chão da cozinha quando ela se juntou a Jodie na bancada. Ela largou as compras no chão.

— Tem mais?

— Não, acabou. — Claudia chegou e colocou a última leva no balcão. Ela estava tensa. — Vou deixar vocês desempacotarem, se não se importam. Preciso ir ver a minha mãe.

— Mas você vai voltar para podar a árvore e nos ajudar a cozinhar — disse a mãe de Jodie. Não era uma pergunta. — Sei que vai haver outra mensagem da Bree e você não vai querer perder.

— Não me esperem — avisou Claudia. Ela falou com voz seca. *Mais seca.* Ela tinha sido seca o dia todo.

— Claro que a gente vai te esperar. — A mãe de Jodie estalou a língua.

— Tudo bem, tchau. — Claudia saiu rapidamente, antes de ser pega em uma avalanche Boyd.

— É *esse*, Jodie — disse sua mãe, pegando o celular de novo. — Estou dizendo. Eu sinto nos ossos.

Jodie deu as costas para ela e começou a desfazer a mala. Era ele, só não era o dela. Ele era de Claudia, e Jodie não precisava pensar muito para saber que era verdade. Ela parou quando encontrou uma caixa de creme pronto nas sacolas. Não era nem de uma marca chique. Desde quando Claudia não fazia o próprio creme do zero? Havia outras preocupações também. Tipo nenhuma decoração de mesa.

— Olha só essa *cara*. — Sua mãe enfiou o telefone na frente do rosto dela e os olhos azuis do Thor cintilaram na tela.

— Eu acho que não era para ter trazido isso — disse o pai de Jodie quando ela empurrou o telefone para ver o que ele estava mostrando. Era um saco de presente grande com a palavra "mãe" escrita na etiqueta com a caligrafia de Claudia.

— Vou levar para ela — disse Jodie rapidamente, tirando dele e correndo para longe da mãe e do maldito celular. Ela esperava que fosse a tempo de pegar Claudia.

E foi. O carro ainda estava junto ao meio-fio, tremendo no frio, as luzes cortando os véus de neve. Jodie correu até metade do caminho e percebeu que o carro não estava se movendo. Claudia estava sentada dentro dele, uma silhueta no interior escuro contornada de verde pelas luzes do painel, as mãos segurando o volante. Em vez de bater na porta, Jodie contornou o carro e abriu a porta do passageiro.

Claudia deu um pulo de susto e fez um ruído sobressaltado.

— Desculpa — disse Jodie, entrando e entregando o saco de presente para ela. — Você esqueceu… — Ela parou quando viu o rosto iluminado de verde de Claudia. Havia fios de rímel descendo pelo rosto dela. Ela estava chorando. — Ei. — Jodie sentou no banco e fechou a porta. — O que houve?

Claudia respirou fundo e afastou o olhar. Suas mãos continuaram segurando o volante na posição dez para as duas, os nós dos dedos brancos.

— Nada — disse ela secamente. — Eu estou bem.

— Claramente. — Jodie observou as bochechas fundas de Claudia. Ela havia perdido muito peso. *Muito*. Parecia esticada como um balão prestes a estourar. Jodie sentiu um peso no estômago. Ela estava tão absorta em si mesma e na porcaria da lista e no caos criado no coração dela por Kelly Wong que tinha esquecido que não era a única sofrendo.

— É a sua mãe? — perguntou Jodie.

Claudia soltou uma risada rouca.

— Sempre.

— E Bree — palpitou Jodie.

O rosto de Claudia desmoronou.

— Eu não sei fazer isso sem ela. — Ela soltou um ruído estrangulado e bateu com a cabeça no volante. Os ombros dela tremeram quando ela chorou.

— Ah, Claudia. — Jodie esticou a mão e a puxou do volante. E abraçou-a, sentindo a alavanca do câmbio na barriga.

Claudia se agarrou a ela chorando até acabar com o que restava da maquiagem. Jodie percebeu que seus olhos também estavam marejados. Claudia tinha tentado contar o quanto estava desesperadamente solitária. Por que Jodie não tinha ouvido? Porque estava absorta demais em si mesma.

Era só ver como ela havia se torturado por não ter prestado mais atenção em Bree antes de ela morrer. Ela estava cometendo o mesmo erro com Claudia. Claudia, que tinha bancado a fada-madrinha e enviado aquele pacote da Macy's, vestindo-a para o baile. Claudia, que teve um trabalhão com o Dia de Ação de Graças e com o Natal para garantir que as festas seriam como Bree queria. Claudia, que ainda ia visitar a mãe, mesmo depois de anos de abuso e negligência. Que devia ter bandeirinhas caseiras naquele saco idiota, que devia ter ficado acordada à noite fazendo as bandeirinhas para a mãe.

Mas quem fazia bandeirinhas para Claudia?

— Eu estou bem agora — disse Claudia, soluçando e se afastando de Jodie. Ela parecia péssima, o rosto manchado de rímel.

— Claro, só que parece que fizeram tie-dye na sua cara.

Claudia soltou uma gargalhada de susto.

— Ruim assim? — Ela puxou o quebra-sol e fez uma careta com a visão que a recebeu no espelho.

— Você pode lançar moda. — Jodie prendeu o cinto.

— O que você está fazendo?

— Eu vou com você.

— Você não pode.

— Claro que posso. Vou te ajudar a pendurar as bandeirinhas. — Jodie abriu o porta-luvas. Como esperava, havia lenços de papel e lenços umedecidos lá dentro. Ela jogou os lenços umedecidos para Claudia.

— Como você sabia que havia bandeirinhas? — perguntou Claudia.

— Porque você é *Claudia*.

— Jodie? — disse Claudia baixinho depois de ter se limpado. — Obrigada.

— Não me agradece ainda. Você já viu o que eu faço com bandeirinhas? Claudia deu um sorriso fraco e saiu na tempestade de neve.

— Sim. Já vi.

Jodie ligou o rádio, e "Deck the Halls" tocou no carro. Desta vez, não a incomodou tanto.

Capítulo 36

Não houve mensagem de Bree naquela noite, mas tudo bem. Eles tiveram uma noite boa. Talvez a melhor em uns dois anos. Eles tomaram a gemada da Claudia (que não era tão boa quanto a do Hopper, mas Jodie não disse isso para Claudia), podaram a árvore e comeram enquanto preparavam o banquete do dia seguinte. Jodie comeu mais biscoitos de gengibre do que decorou e fez uma sujeira com os biscoitos de açúcar e cobertura mole. Mas ela se viu respirando com mais facilidade pela primeira vez desde aquele show de horrores em Nova York. O CD do Michael Bublé da vovó Gloria tocou repetidamente e as luzes coloridas piscaram. Lá fora, a neve caiu em jorros e o vento sacudiu as janelas. O fogo crepitou e seu pai encerrou a noite com uma rodada de chocolate quente com a boca das canecas lotadas de marshmallows derretendo.

— Bree deve ter uma mensagem para nós amanhã — garantiu o pai de Jodie, passando o braço pelos ombros da mãe dela e apertando quando eles se sentaram com as canecas de chocolate quente e viram as luzes da árvore piscarem. Os pais de Jodie estavam mais parecidos com o que eram do que antes de ela ir para Nova York. Acompanhar a lista no Instagram foi estranhamente bom para eles, certamente melhor do que para Jodie. Sua mãe tinha perdido a cara de zumbi que tinha adquirido desde que Bree tinha morrido, e seu pai tinha se levantado do sofá e se envolvido no preparo das comidas. Ele até ajudou Claudia com o presunto quando Jodie se recusou.

— A mensagem vem amanhã — repetiu seu pai, apoiando a bochecha na cabeça da mãe de Jodie.

— Claro que vem — disse tia Pat impassivelmente. — Ela ia querer estar aqui na manhã de Natal para os presentes, como sempre.

Jodie estava sentada de pernas cruzadas no chão perto da árvore ao lado de Claudia. As luzes corriam pelo rosto de Claudia. Ela estava olhando os Boyd com uma expressão sonhadora. Pela primeira vez, Jodie viu sua família pelos olhos de Claudia. Os Boyd não eram grande coisa, só um bando de gente de luto em uma casa modesta. Nada de mais. Mas tinham uns aos outros. E isso não era pouca coisa. Jodie pensou na noite delas com a mãe de Claudia. A casa de recuperação era frágil de esperança, tensa de força de vontade. A mãe de Claudia estava agitada e ansiosa, falando muito rápido, mas também abatida de exaustão. Ela tinha fumado sem parar enquanto observava Claudia e Jodie pendurarem bandeirinhas, uma constelação de estrelas prateadas e douradas que captavam as luzes fluorescentes enquanto as estrelas giravam no barbante. A mãe de Claudia era magra e alta, os olhos tão cheios de fantasmas que era difícil ver outra coisa.

— Ela não vai durar. — Claudia suspirou quando elas saíram. — Já está falando em sair de lá.

Em casa, Jodie sentiu uma chama quente de amor pela família, e, de repente, sentiu-se intensamente agradecida por eles. Ela podia não ter Bree e podia não ter Kelly (para de pensar nele), mas tinha todas aquelas pessoas. E até aquele cachorro idiota, que tinha dormido com a cara meio enfiada no tênis de Jodie.

Feliz Natal, Smurfette.

Feliz Natal, Bree. Jodie olhou para a foto acima da lareira. Queria que você estivesse aqui.

— Bom, eu vou dormir. — Vovó Gloria se levantou da poltrona perto do fogo. — Uma garota precisa do seu sono de beleza.

Vovó Gloria e tia Pat iam passar a noite lá por não quererem enfrentar a tempestade ou correr o risco de ficarem presas na neve sem conseguir voltar para o dia de Natal. Elas iam dormir no antigo quarto de Bree.

— Você também vai ficar, né? — perguntou Jodie a Claudia.

Claudia pareceu levar um susto.

— Eu não tinha planejado. E não tenho roupa para usar amanhã.

— Não precisa se preocupar — disse tia Pat —, eu tricotei um suéter para você. Você pode usar.

— Que sorte a sua — disse Jodie, rindo, quando elas foram embora. — Só para você poder elogiar direito quando abrir, os caroços brancos provavelmente devem ser os flocos de neve e os caroços marrons são para ser renas. — Jodie apontou para o caroço marrom no suéter dela. — Está vendo essa mancha vermelha aqui? É o nariz do Rudolph.

Claudia ficou corada ao imaginar o suéter. Jodie não sabia se era porque ela ficou horrorizada com a ideia de usá-lo ou feliz de ganhar um também, como uma Boyd de verdade.

Ela e Claudia se deitaram no chão da sala e olharam o fogo queimar até virar brasas. Elas estavam absortas em seus pensamentos.

Os de Jodie eram pensamentos traiçoeiros que a levaram de volta a Kelly Wong. Por que não conseguia removê-lo como um câncer? Arrancá-lo da mente. Ela ficava pensando no High Line, nas aulas de piano, na gentileza dele, no carinho, nos beijos, no corpo dele e no...

Para.

Ela fechou os olhos por causa da dor do pensamento.

— Jodie? — Claudia estava hesitante. — Eu vou calar a boca se você quiser... mas eu seria uma péssima... amiga...

Irmã. Ela ia dizer irmã, Jodie tinha certeza. Ela se conteve, mas Jodie percebeu na inspiração do "i" antes de ela mudar para "a".

— ... se eu não perguntasse. O que aconteceu?

Jodie ficou tensa.

— Com quê?

— Com Kelly.

— Não aconteceu nada. Ele tinha esposa. — Ela tentou distrair Claudia. — Já Jonah Lourdes, por outro lado, é... um amor. — E era mesmo. Ele tinha enviado mensagens gentis e muito engraçadas desde que ela deixara Nova York.

Claudia não mordeu a isca. Jodie conseguia praticamente ouvi-la revirando os olhos.

— Será que Kelly e a esposa não estão separados?

Jodie não se importava. Ele era casado e não tinha contado para ela. E ela não conseguia tirar a cara da Jessica da cabeça. A expressão de alegria por ver Kelly, a forma como disse o nome dele. A intimidade de tudo. Ela o amava. E ele devia amá-la, porque tinha se *casado* com ela. Se eles estivessem separados, Jessica não teria ficado tão feliz de vê-lo, certo? E Kelly não teria ficado tão horrorizado. Ele teria dito "Essa é minha futura ex-esposa", e não teria ficado com cara de culpado. Não com *cara* de culpado, consertou ela. *Culpado.*

— Por que você não responde a algumas dessas mensagens que ele deixa e *fala* com ele? Ninguém é perfeito, Jodie.

A gente pode conversar?

O que ele teria dito se ela tivesse deixado que ele tivesse a conversa? Será que teria contado?

— Os homens mentem o tempo todo — disse Jodie com teimosia. — Dizem que estão muito infelizes com o casamento, blábláblá, que estão no meio de uma separação, que nunca sentiram pela esposa o que sentem por você agora, e aí dormem com você e você descobre que eles não têm planos de abandonar a esposa e você é só uma aventura paralela.

— Você sabe disso por experiência? — Claudia pareceu surpresa. Chocada, até.

— Bom, não — admitiu Jodie. — Mas eu vi nos filmes.

Claudia riu.

— A vida não é como nos filmes, Jodie.

Só que algumas partes *eram*, gemeu Jodie para si mesma. Algumas partes eram luzes de Natal na Quinta Avenida, a sensação de estar flutuando e um homem te olhando aparvalhado, a boca aberta *igual nos filmes*; algumas partes eram peças de jazz no piano, e *nosso amor veio para ficar* e lustres cintilantes; algumas partes eram árvores damas de honra cobertas de neve e silenciosas, e a certeza de que vocês foram feitos um para o outro. Então, por que não o restante? Por que ela não podia ter o maldito final feliz?

Argh. Jodie se deitou de costas e apertou a base das mãos nos olhos.

— Ele era *casado* — choramingou ela.

— Talvez *era* seja a palavra fundamental aqui — disse Claudia calmamente. Ela esticou a mão e pegou o celular de Jodie na mesa de centro. — Escuta suas mensagens.

Jodie esperneou como uma criancinha. Mas a sugestão de Claudia a encheu de um sentimento louco e vibrante. Como se um monte de cavalos estivesse se soltando no peito. Ela *queria* ouvir as mensagens idiotas. Mas não podia.

— Eu apaguei — disse ela para Claudia com a voz baixa.
Claudia grunhiu.
— Por favor, me diz que ouviu primeiro.
O silêncio de Jodie era toda a resposta de que Claudia precisava.
— Sinceramente, Jodie. O homem te ligou... quantas vezes?
— Cinquenta e sete. — A voz de Jodie estava ficando mais baixa. *A gente pode conversar?*
— E as mensagens de texto?
— Eu não abri.
— Imaginei. Você apagou também? — Claudia suspirou. — Claro que apagou.
— Bom, deu certo — disse Jodie na defensiva. — Ele parou de mandar mensagens. — E como *isso* doeu.
— Por favor, me diz que você o procurou online para descobrir mais sobre o casamento dele.
— Claro que não! Eu não *ligo*.
— Claro que não.
— Eu não ligo tanto quanto você não liga para o Hopper!
— *Touché.*
As duas caíram no silêncio. E não voltaram a falar daquilo.

Capítulo 37

Nas primeiras horas da manhã seguinte, houve uma agitação no jardim da frente. Foi antes do nascer do dia. O quarto de Jodie ficava nos fundos da casa e ela precisou descer correndo para dar uma olhada no que estava acontecendo.

E havia *muita coisa* acontecendo.

A tempestade tinha despencado à noite e o mundo era uma paisagem branca ondulante. A rua estava iluminada, clara como o dia, por holofotes imensos, e havia uma retroescavadeira no jardim da casa dos Boyd. Quando todos tinham colocado os casacos e saído para a varanda, a coisa já tinha feito um buraco enorme no jardim, no lado oposto de onde estava o corniso de galhos vermelhos, os caules vermelhos sustentando bravamente a teia de luzes de Natal.

— Que diabos é isso? — gritou o pai de Jodie, com as mãos sobre os olhos para enxergar no meio das luzes. Os vizinhos estavam aparecendo, piscando como toupeiras.

Um caminhão chegou e Jodie viu muito bem o que *aquilo* era.

Outra palhaçada.

O caminhão com caçamba descoberta vinha lentamente pela rua, de onde a neve ainda não tinha sido retirada. Na caçamba havia uma árvore de Natal enorme, e, de pé na caçamba ao lado dela, usando um gorro vermelho alegre, estava ninguém menos que *Sir Ryan Lasseter* em pessoa. Ele parecia um elfo alegre. Jodie franziu a testa. Ela nunca tinha entendido se ele estava por trás da intromissão de Maya ou não. Aquela palhaçada a fazia pensar que talvez sim.

— Jodie! — gritou ele, tirando o gorro e acenando. Como se ela já não pudesse vê-lo lá. — Feliz Natal! — Os óculos dele reluziram nos holofotes.

Jodie não acenou para ele.

— Quem é esse cretino? — perguntou o pai de Jodie.

— Sinceramente, Joe. Você não acompanha no Instagram? — disse a mãe de Jodie, irritada.

— Ele não pode estar pensando em plantar aquela coisa no seu jardim, Denise? — disse a vovó Gloria para a mãe de Jodie. — O pateta não sabe que estamos no meio do inverno?

Jodie apostava que a árvore ia "se destacar" nas fotos.

— Eu queria animar vocês! — gritou Ryan, segurando o gorro vermelho no alto. Ele estava se divertindo muito ali.

— Nos animar? — rosnou o pai de Jodie. — Cavando no nosso gramado?

— Bom, parece haver uma bola de raiz grande embaixo daquele abeto — observou tia Pat. — Precisaria de um buraco bem grande.

— O que acontece se a árvore morrer? — perguntou a mãe dela com nervosismo. Estava bem perto da casa deles.

— Vocês vão morrer dormindo quando ela cair — disse tia Pat pragmaticamente. — Uma árvore grande assim é difícil de transplantar nas melhores épocas. No meio do inverno, durante uma nevasca, a pobrezinha vai murchar e morrer.

— Chega de besteira. — O pai de Jodie foi para dentro de casa e calçou as botas de neve. — Eu vou falar com aquele lunático.

— Pai. — Jodie suspirou. — Aquele lunático é o cara que está pagando as contas médicas da Bree.

— O quê?

— Bom, quem mais seria? — perguntou Jodie. — Quem mais teria dinheiro para enviar uma árvore de Natal viva e botar uma equipe para trabalhar ao amanhecer na manhã de Natal?

— Feliz Natal, família Boyd! — Sua Sir-eza desceu da caçamba do caminhão e foi andando com neve até as coxas para a varanda. Foi nessa hora que Jodie viu outra figura descer da cabine do caminhão. O casaco vermelho vívido a fez pensar em Cheryl. Mas não era Cheryl, era Maya. Que, claro, estava registrando tudo com o celular.

O estômago de Jodie ficou embrulhado quando ela a viu. A última vez que Jodie tinha visto Maya foi naquela noite horrenda no camarim do Broadway Theatre. A bruxa.

— Eu trouxe uma árvore! — anunciou Sua Sir-eza alegremente enquanto subia os degraus, que estavam com travesseiros grossos de neve.

— Estamos vendo — disse o pai de Jodie secamente.

— É nosso presente de pedido de desculpas por Cheryl ter feito besteira com o arbusto — ronronou Maya, abrindo passagem pela neve como um gato.

Por Cheryl ter feito besteira. Uau, que pérola.

— Eu achei que uma árvore de Natal era o necessário para a ocasião! — disse Ryan. As bochechas dele estavam rosadas e os olhos azuis cintilavam. Ele parecia ser parte de um quadro de Norman Rockwell.

Aham, pensou Jodie. É que uma árvore de Natal ficaria bem nas redes sociais no dia de Natal. Particularmente uma árvore tão grande. Ele não ligava se eles queriam ou não um abeto enorme ao lado da casa, nem se viveria ou morreria. Só tinha que ficar bem o bastante para Maya poder tirar fotos.

— É... hã... muita generosidade sua, sr. Lasseter. — A mãe de Jodie trocou um olhar com o pai de Jodie. Uma conversa inteira pareceu rolar entre eles naquele olhar.

Não esquece as contas médicas.
Como eu poderia esquecer?

— Muita generosidade — murmurou o pai de Jodie.

— Você deve ser o pai da Bree. — Sir Ryan segurou a mão do pai de Jodie e a apertou, comprimindo-a com força com as duas dele. Todas as outras pessoas ganharam beijos europeus. — É tão maravilhoso conhecer a família da Bree. Eu sinto muitíssimo pela sua perda. — Ele fez *a cara*. — Sei que vocês estão cansados de ouvir isso de pessoas que vocês nem conhecem. Mas Bree era uma pessoa que tocou muita gente.

— Você a conheceu? — O pai de Jodie ficou abalado. Jodie ouviu a dor familiar na voz dele.

Sir Ryan sorriu.

— Conheci. Ela era uma força da natureza. Ainda é — disse ele. — Olha para nós, todos aqui plantando uma árvore por causa dela. Jodie não estaria nos levando nessa aventura sem ela.

— Certamente que não — concordou Maya suavemente. Ela tinha tido a graça de não filmar o momento, pelo menos.

— Ah, e esta é minha assistente, Maya. Você conhece Maya, não é, Jodie? Bem até demais.

Maya tinha trocado o batom coral por um escarlate úmido, Jodie reparou. Os lábios dela brilhavam na luz, como se estivessem cobertos de sangue.

— Ah, sim — disse Maya, sorrindo. — Jodie e eu somos velhas amigas.

— Certo — afirmou Sir Ryan. — Pode dar as ordens, Maya. Diga o que quer que a gente faça. Você quer que todo mundo se vista primeiro?

— Ah, não — protestou Maya —, é pungente que todo mundo esteja de pijama.

— Pungente — ecoou Jodie. Ela não cairia naquela baboseira de novo. Ninguém daria ordem em ninguém. Principalmente na manhã de Natal. — Ryan — disse ela, lutando para ter paciência —, você se importa de darmos uma palavrinha em particular?

Ryan inclinou a cabeça, curioso.

— Claro que não me importo.

— Por que vocês não entram? — disse Jodie para a família. — Para que eu e Ryan possamos falar em particular.

— Ah, não — protestou a mãe de Jodie —, você devia levar Sir Ryan para dentro, onde está quente.

— Besteira — disse Ryan com alegria. — Você está de pijama. Eu não vou entrar no quentinho e deixar vocês congelando aqui!

Ele não era totalmente babaca então.

— Ele tem razão. Não faz sentido vocês ficarem tremendo aqui. Principalmente porque a casa é de vocês — disse Jodie com irritação. — Entrem. Nós não vamos demorar.

— Nós temos mais de um aposento — disse o pai de Jodie, revirando os olhos. — Podemos todos entrar para o quentinho.

— Não, nós vamos ficar bem aqui. — Jodie não tinha a menor intenção de estar ao alcance do ouvido deles. As paredes eram finas como papel lá dentro. E Maya estava com o celular. Jodie queria privacidade total. As janelas duplas fariam com que eles não ouvissem nada se estivessem lá dentro. — E leva a Maya com vocês, mãe — instruiu Jodie. — Ela também está com frio.

— Não está, não — retrucou Maya. — Ela está com um casaco comprido ótimo.

Jodie lançou um olhar gelado para ela.

Ryan reparou.

— Vai, Maya.

Maya olhou para Jodie com expressão azeda, mas foi. Jodie esperou a porta estar fechada para lidar com Sir Ryan Lasseter.

Por onde ela começava?

— Que tipo de encenação é essa? — Ela suspirou, optando por ser direta.

— Encenação? — Ele franziu a testa.

— Sim, Ryan. *Encenação*. Você aparece na manhã de Natal com esse — Jodie indicou a árvore enorme na caçamba do caminhão — monstro. E com sua assistente raivosa junto para tirar fotos... Como isso pode não ser uma encenação? E eu *não quero mais saber* de encenações.

Jodie cruzou os braços. Ela tinha mesmo gostado dele quando eles atuaram na Katz's Deli, e estava decepcionada com ele.

Ryan ouvia com atenção, os olhos sérios escondidos atrás dos óculos.

— Estou vendo que você não está feliz com o rumo que as coisas estão seguindo...

Feliz?

— Não. Não, Ryan, não estou. Eu não estou feliz há algum tempo.

— Eu estou ouvindo isso pela primeira vez agora — disse ele lentamente. — Me conta tudo.

Ela contou. E não se segurou.

Enquanto ouvia, ele se encostou na viga da varanda. Jodie percebeu sua mãe e Maya perto da janela, olhando para eles. Ela deu as costas para elas.

— Eu entendo tudo que você está dizendo — disse Ryan lentamente quando ela terminou. — E parece que nossa comunicação podia ter sido mais clara.

Jodie viu o empresário calmo por trás do charme. O olhar azul era apurado, e ele parecia ouvir com o corpo todo.

— Ela é minha *irmã* — lembrou Jodie a ele, a voz carregada de emoção. — O último desejo dela não era trazer um circo de árvore para a cidade. — Meu Deus, ela estava cansada de dizer isso. Ela não devia *precisar*.

Ele assentiu e abriu um sorriso triste.

— Sim. Sua irmã muito talentosa, que organizou isso tudo antes de te deixar. Então, sim, tudo que você diz é verdade. Essa é a lista de coisas a fazer antes de morrer dela, e a jornada é sua, mas o fato é que... ela vendeu os direitos. Por dinheiro. Para nós. Por *você*.

Jodie franziu a testa.

— Eu não estou discordando de você — disse ele gentilmente, apoiando a mão no braço dela. — Parece que você sofreu intrusão, agressão e manipulação. E nada disso é bom. Mas o circo... — O olhar dele foi para o jardim, onde os trabalhadores estavam dando ré com o caminhão na direção do buraco. Os bipes do caminhão ao dar ré pareciam um metrônomo; Jodie sempre achou metrônomos estressantes. — O circo, como você chama, *é* o acordo. Bree nos ofereceu os seguidores dela, e a lista de coisas a fazer antes de morrer, como plataforma para a nossa marca.

— É macabro — disse Jodie subitamente.

Sir Ryan apertou o braço dela.

— Não precisa ser.

— Eu me sinto uma foca adestrada — disse ela.

— *Foi* um pouco de um acordo com o diabo... — Ele abriu um sorriso torto. — Com o diabo sendo eu, imagino... — Ele suspirou. — Eu ofereci *dar* o dinheiro para ela, sabe. Mas ela não quis.

Jodie sentiu como se tivesse levado um choque.

— O quê?

— Ela não queria caridade. — Ele tirou os óculos e os poliu no suéter. — Para ser sincero, eu sempre tive medo de ser ruim para a marca. Ninguém quer parecer estar lucrando com um infortúnio, e a última coisa que eu queria era que a Iris Air fosse rotulada como vampiro de desgraça dos outros. Eu gostava da sua irmã; teria ficado feliz em doar o dinheiro...

Esse não teria sido o estilo de Bree. Jodie sabia como ela era orgulhosa. Como todos eram orgulhosos. Mas *aquilo*... era só *olhar* a árvore. Era para estar no Rockefeller Plaza, não no jardinzinho dos Boyd. Era ridículo.

Ah, Bree... Como ela devia ter sofrido por aquilo. Precisar do dinheiro, mas saber que a solução seria uma contorção para a família; presa entre a cruz e a espada e sabendo que ela não estaria ali para garantir que as coisas saíssem como planejado. Sem querer receber caridade, mas sem querer deixar a mãe e o pai com dívidas...

— Cheryl e Bree me garantiram que não seria macabro — disse Ryan para Jodie suavemente. — E Bree se recusou a receber o dinheiro de outra forma. Ela disse que não era pedinte, era uma empresária. E estava me oferecendo algo valioso.

— Os seguidores dela. — Jodie suspirou.

— Não — disse Ryan com uma piscadela. — *Você*.

— Eu?

— Essa lista não tem nada a ver com a Bree, Jodie. Tem a ver com *você*. E você, Jodie Boyd, não é palhaça.

— Não sou mesmo — disse Jodie com azedume. — Eu só estou cercada de vários. — A cabeça de Jodie estava girando. O que ele queria dizer com a lista tinha a ver com ela?

— Tudo bem. E como a gente conserta isso? Vamos direto ao ponto. Nós temos um contrato. Há um trabalho a ser feito. Como a gente faz isso funcionar? — Ryan foi direto.

— Me deixa tirar minhas próprias fotos? E guarda Maya para você? — disse Jodie brevemente. Como essa lista tinha a ver com *ela*? Não fazia nenhum sentido. Nenhuma daquelas coisas malucas estaria na lista dela. Se ela tivesse uma. E ela não tinha. — Posso ter Cheryl de volta? Nós não éramos perfeitas, mas tínhamos um entendimento.

Ele sorriu.

— Combinado. Mas Maya não é de todo ruim; ela é uma boa assistente. Ela é ambiciosa e tem a tendência a exageros, e ela e Cheryl têm uma rivalidade que me deixa louco. Mas ela é jovem e vai aprender. Com sorte, com Cheryl, se Maya puder abandonar a insegurança por tempo suficiente para perceber que Cheryl tem muito a ensinar para ela, e se Cheryl perceber que não precisa fazer tudo sozinha. Mas, por enquanto, eu prometo que vou deixar Maya fora do seu caminho.

— Obrigada. — Jodie limpou a garganta. — Eu só quero que vocês parem de sequestrar a lista. Quero eu mesma fazer as coisas. Tipo escolher uma árvore.

Ryan olhou para ela com tristeza.

— Eu fiz besteira aqui, né? Minhas intenções eram mesmo boas. Eu achei que o Natal de vocês devia estar sendo difícil por ser o primeiro sem Bree. Considerando o erro com a última árvore, achei que eu devia uma nova a vocês. Achei que seria uma surpresa legal e que faria vocês sorrirem. — Ele foi sincero.

— É exagerada — disse Jodie. — Olha só para ela.

Eles observaram a árvore ser colocada no lugar. Houve muitas cordas envolvidas.

— Você precisa admitir que fez isso porque se destacaria nas fotos — disse ela secamente. — E porque um circo é bom para os negócios.

— As duas coisas podem ser verdade — disse ele com um sorriso. — Às vezes, dá para misturar negócios e prazer. E uma gentileza pode ser um espetáculo.

Jodie se viu sorrindo para ele. Não conseguiu controlar. O charme dele era irresistível. Mesmo quando se estava frustrada com ele.

— Você pode tirar fotos da árvore ou não, como quiser — garantiu ele. — Postar online ou não, como quiser. Mas o melhor conselho de marketing que eu posso dar vai dizer que postar fotos da sua família de pijama na frente daquele, como foi que você chamou?… Daquele monstro, vai aumentar seu engajamento. E vai pagar as contas médicas. E isso era o que Bree queria.

Ele sorriu de novo antes de continuar:

— Também vai ser uma lembrança para a qual você vai poder olhar quando estiver velhinha e de cabelos brancos. A vez em que aquele camarada lindo chamado Lasseter comprou uma árvore para você. Aposto que nenhum homem fez isso por você. A maioria se satisfaz com flores.

Ele piscou para ela e Jodie riu, sobressaltada.

— Tudo bem. Mas *eu* vou tirar as fotos.

— Você não quer aparecer?

— Já ouviu falar de selfies? — Ela cruzou os braços. — Eu tiro as fotos. E guio o barco a partir de agora.

— E vai levar nossas sugestões em consideração? Porque elas são bem-intencionadas, de verdade. As minhas são, pelo menos. Sua irmã elaborou esse arranjo; supervisionou os contratos. Eu só estou tentando pular pelos aros que ela montou. Eu *quero* que você tenha sucesso. — Os olhos azul-julho dele estavam gentis. — Vou tirar Maya da função. Cheryl pode te aconselhar, mas *só* aconselhar. Você cuida dos detalhes. Que tal isso? — Ele ofereceu a mão para ela apertar. — Combinado?

— Combinado.

Eles apertaram as mãos.

— E talvez você possa aceitar que um pouco de circo mágico não precisa ser de todo ruim? — perguntou ele brincando.

— Não força a sorte.

Ele sorriu, os olhos azuis cintilando.

— Se eu não forçasse a sorte, eu não estaria onde estou hoje.

— Em uma varanda gelada em Wilmington? — Jodie riu. — Passando o Natal negociando acordos com uma ninguém?

— Uma ninguém? — protestou ele. — Você não é uma ninguém. Você é a mundialmente famosa Jodie Boyd. Mestre de cerimônias do maior show da Terra.

— Você não desiste nunca, né?

— Eu vou parar. Quando a lista terminar. Prometo.

Enquanto Jodie via a terra cobrir as raízes da árvore gigantesca, ela sentiu uma pontada de dor. Como a lista poderia ser terminada se não havia ninguém por quem se apaixonar?

Sentindo a mudança dela para a melancolia, Sir Ryan passou o braço em volta dela. Jodie se apoiou nele e respirou o ar frio. Ela sentiu o cheiro de couro quente e floresta chuvosa. Era um cheiro bom. Um que ela associaria a Natal pelo resto da vida.

Capítulo 38

A mensagem de Bree chegou mais tarde. Eles assistiram no iPad, depois que Sir Ryan tinha ido de jatinho para o chalé em Vermont e depois de eles terem cozinhado e comido e visto o abeto enorme no jardim acumular neve, parecendo uma coisa saída direto de um cartão de Natal. Quando a mensagem começou a tocar, os Boyd se reuniram em volta do sofá. A mãe de Jodie segurou a tela como um aperto de torno. Como da última vez, ela começou a chorar assim que viu o rosto de Bree.

— Oi, família! — Bree estava com oxigênio naquele vídeo, os tubos transparentes presos ao lado do nariz com esparadrapo. O rosto dela estava brilhando e havia manchas enormes da cor de hematomas em volta do rosto. Ela ainda sorria.

Os Boyd, não.

— Feliz Natal!

Não importava quantas luzes estivessem piscando, a sala pareceu subitamente mais escura, mais sombria. Cada um deles foi transportado de volta para os últimos dias de Bree. Jodie teve a mesma sensação estranha de terror arrastado.

— Espero que vocês tenham gostado do Natal. Vocês fizeram o presunto? A receita que botei no e-mail parecia incrível. Eu sei que você não podia comer, Jodie, mas espero que o alho-poró com queijo também tenha ficado bom. — Bree mal conseguia levantar a cabeça do travesseiro. — Russel Sprout enterrou algum presente este ano?

Ele tinha enterrado, sim. Foi o controle remoto universal do pai dela que ele enterrou em um montinho de neve.

— Não sei em que ponto da lista Jodie estará quando vocês estiverem vendo isto; talvez ela só tenha feito o primeiro item, ou talvez tenha arrasado na maioria. Mas, onde quer que ela esteja, eu não tenho dúvida de que está se saindo muito bem. Eu sei, não são coisas fáceis. — Mesmo com as sombras escuras em volta, os olhos dela cintilaram. — Se fossem fáceis, eu já as teria feito.

Jodie ouviu todo mundo fungando. Não foi tão dilacerante quanto a mensagem do Dia de Ação de Graças. A dor deles foi mais silenciosa, ainda forte, mas não tão surpreendente. De alguma forma, ajudava ver aquelas mensagens. Era uma conexão com Bree, já que outras conexões tinham sido rompidas.

— Espero que meus seguidores tenham ficado. Talvez você até tenha ganhado alguns.

— Alguns? — Claudia deu uma gargalhada disparatada. — Que tal quase um milhão?

— O quê? — Jodie levou um susto. — O que você disse?

— A conta dela ganhou quase um milhão a mais de seguidores. Quer dizer, *você* ganhou. É você que eles estão assistindo.

— Não é possível. — Não. Não era *possível*.

— Aquele marketing todo está dando certo. — Claudia deu de ombros.

O melhor conselho de marketing que eu posso dar, Ryan dissera ao aconselhá-la a segui-lo. Mas aí Jodie se lembrou do garçom e da barwoman da champanheria em Nova York: *Cady e eu sentimos muita falta da sua irmã.* Talvez nem tudo fosse marketing.

— Ah, meu Deus, você sabe o que isso significa — percebeu Jodie, o estômago se contraindo.

— Que você está famosa? — disse tia Pat secamente.

— Não, o que significa para o acordo de Bree com Ryan. Eles combinaram que, se eu aumentasse os seguidores de Bree, ele pagaria mil dólares das dívidas de todo mundo da ala da Bree. — Jodie se lembrou do corredor comprido da ala, dos quartos abafados com luzes fluorescentes e maquinário médico; ela se lembrava dos familiares abatidos fazendo café instantâneo na salinha suja, no jeito como as pessoas andavam, como se estivessem no fim de uma maratona, como se não tivessem uma gota de energia sobrando. Os Boyd não eram os únicos a terem sofrido por temporadas de câncer e perda, e não eram os únicos com dívidas.

— Arrasou, Jodie! — Claudia bateu palmas.

— Arrasou, Bree — corrigiu Jodie.

Claudia revirou os olhos.

— Quer fazer o favor de aceitar o elogio? Arrasaram as duas.

— Garotas, silêncio, senão vamos perder Bree. — A mãe de Jodie balançou a mão para elas.

Quase *um milhão* a mais... Bree tinha quase um milhão no começo... Acrescentar mais um milhão significava... Ah, meu Deus, quase *dois milhões de pessoas* tinham testemunhado a humilhação abjeta dela.

— Eu andei pensando muito na lista, enquanto ia preparando as coisas com Cheryl. — Bree suspirou na tela.

Novamente Jodie ficou impressionada com o surrealismo de Bree e Cheryl falando uma com a outra. Para Jodie, Cheryl pertencia apenas à "vida depois de Bree". Era estranho pensar que ela tinha existido na "vida antes de Bree" também, que tinha falado com Bree, planejado e compartilhado segredos.

— E eu andei pensando muito sobre a última coisa da lista.

Tudo ficou imóvel. Ninguém olhou para Jodie.

Bree olhou para a tela como se pudesse ver Jodie do outro lado.

— Não sossega, Jodie. Você vai saber o que é o amor quando acontecer. E, quando acontecer, agarra e não solta nunca.

Tarde demais.

Mas dava para chamar de soltar quando você nunca conseguiu segurar direito?

— Eu ando pensando muito no vovô, vovó Gloria. — Bree sorriu.

A vovó Gloria cobriu a boca com o lenço de papel que estava segurando na mão fechada. O rímel estava manchado por causa das lágrimas.

— Que até as melhores histórias de amor precisam terminar. — O sorriso de Bree ficou melancólico. — Mas eu também andei pensando em como a morte é natural. Que é só mais uma parte da vida, outro penhasco do qual pular. Outra viagem a se fazer.

Uma parte muito horrível da vida, e uma viagem muito horrível de se fazer. *E que você fazia sozinha.* O horror gelado do luto se expandiu em Jodie de novo. A certeza glacial de que Bree tinha morrido de corpo e alma. E a única coisa que tinha sobrado era aquele rosto falante na tela. Pixels falantes.

— Nunca se tem ninguém de verdade — disseram os pixels falantes. — Não para sempre. A gente só tem a pessoa por um tempo, quando tem sorte. E nunca se sabe por quanto tempo tem.

As palavras de Bree caíram no coração de Jodie como pedras largadas em um lago parado.

— Eu não acredito nem no amanhã, menos ainda no para sempre. — Bree suspirou. — Eu estou divagando… acho que é a medicação. Mas eu só queria dizer… Não espera, Jodie. Quando você souber, pule. Acredite que tem um mar embaixo para te receber. Porque, se você esperar, a maré pode descer… — Bree piscou com o olhar meio embaçado. — Eu estou misturando metáforas. Não sei mais se alguma dessas coisas faz sentido.

Fazia total sentido. Só não ajudava. Porque Kelly Wong era casado. E Jodie tinha apagado todas as mensagens dele. E ele tinha parado de ligar.

— O número cem diz se apaixonar…

A voz de Bree estava ficando arrastada. A medicação que tinha tomado estava fazendo efeito total.

— Não diz que a pessoa precisa te amar de volta. — As pálpebras dela estavam ficando pesadas. — Porque essa parte você não pode controlar. E amar é bom. Quer seja retribuído ou não.

Enquanto todos olhavam, Bree pegou no sono.

— Feliz Natal, pessoal. Bree ama vocês. — Foi a voz da Wanda, do hospital, que soou atrás da câmera de Bree. Ela devia estar filmando.

Eles viram mais alguns segundos do rosto adormecido de Bree e a câmera cortou.

Capítulo 39
99. Sobrevoar a Antártica

O lounge da Iris Air no aeroporto de Sydney parecia um episódio de *The Bachelorette*. Todos os times estavam representados. Menos um.

Reunidos em volta do bar no clube particular luxuoso, estavam Tish, Jonah, o próprio Sir Ryan e até *Hopper*.

— O que ele está fazendo aqui? — Claudia estava surpresa.

— Está representando o time Hopper — disse Jodie secamente. Ela teve que resistir à vontade de sair correndo, apesar de ter aceitado fazer tudo aquilo. Ela entendia a lógica, estava disposta a aguentar. Gostava de todos eles, então não era uma provação de verdade. — Você acha que deixariam um protagonista clichê escapar desse circo midiático? — perguntou Jodie para Claudia. — Eu aposto que ele já tem um fã-clube próprio.

— Ah, sim. Claro. — Cláudia empertigou os ombros. Ela estava incrível, toda vestida de branco gelo. — Que se danem. Vamos pagar essas dívidas. — Esse foi outro motivo pelo qual levar Claudia tinha sido uma boa ideia. Ninguém vencia a Claudia.

Jodie tinha se recusado a percorrer a Antártica de avião se Claudia não fosse junto. Jodie odiava andar de avião e não conseguia pensar em passar dias em voos longos sem alguém que a mantivesse calma. Meio calma, pelo menos. Porque nada conseguia manter Jodie calma nos voos, principalmente durante as turbulências. E Claudia merecia férias, mesmo sendo férias que consistiam em mais de vinte horas em um avião para a Austrália, seguido de dois dias de jet lag, seguidos por mais um voo de doze horas, seguido por outro voo de vinte horas de volta para casa. Para a sorte de Jodie, até esse tipo de férias tinha apelo para a Claudia. Principalmente porque a Iris Air as levava de primeira classe… e porque a mãe de Claudia tinha saído da casa de recuperação. Claudia estava mais do que feliz de estar a 14.500 quilômetros de distância.

Jodie e Claudia tinham saído do período de jet lag (que passaram no hotel do aeroporto, então nem houve vista do porto de Sydney para animá-las) a tempo de pegar o voo pela Antártica na véspera do Ano-Novo. Cheryl estava esperando por elas no saguão do aeroporto, toda sorridente e descansada. Era verão na Austrália, e o calor estava subtropical em Sydney, mas Cheryl estava fresca como uma margarida usando linho branco. Todo mundo estava usando branco naquele voo; Sir Ryan tinha organizado uma festa temática da Antártica na véspera de Ano-Novo. A bordo de um avião. Porque era isso que bilionários faziam.

Jodie nem tinha nada branco e ia furar, mas Claudia a convencera a usar um top branco e uma saia lápis. Jodie impôs um limite nas sandálias de tirinha e estava usando os tênis brancos de lona.

— Feliz Ano-Novo! — disse Cheryl, cumprimentando-as alegremente. Ela parecia genuinamente satisfeita de vê-las quando abraçou Jodie e cumprimentou Claudia. — Como vocês sobreviveram ao voo?

— Ainda não aconteceu. — Jodie estava morrendo de medo do voo.

— Eu estava falando do voo dos Estados Unidos.

— Ah. Eu bloqueei a lembrança.

— Entendi. Bom, será que um drinque ajuda? Vamos, o bar é de graça. Tish veio também — disse Cheryl com animação. — Ela já está no lounge. Não deixem de dar parabéns quando a encontrarem.

— Parabéns por quê?

— Ela teve o bom senso de aceitar o meu pedido. — Cheryl sorriu. — Nós vamos nos casar.

— Ai, meu Deus, parabéns! — Jodie tinha certeza de que Tish estava feliz da vida. — Isso quer dizer que o Time Tish já era?

—Nãããão. Não enquanto esse voo não pousar. Vocês não podem contar para ninguém — avisou Cheryl. — Tish não ficou muito feliz de não usar o anel, mas não podemos deixar que Ryan saiba ainda. Assim que essa lista acabar… Bom, aí é outra coisa.

Jodie fez uma careta para Claudia, que massageou as costas dela em solidariedade.

— A taxa de engajamento no Instagram da Bree está uma loucura — disse Cheryl enquanto as levava pela recepção e pelo lounge. — Depois desse voo, acho que vamos passar facilmente de dois milhões de seguidores. Você está fazendo um trabalho incrível com as postagens.

— Todo mundo quer saber quem você vai beijar à meia-noite para comemorar a entrada do novo ano — ronronou Maya, aparecendo de repente. Ela parecia um atirador de elite escondido onde você menos esperava. — Isso está levando as taxas ao céu. Você vai estar no número um dos trends até meia-noite.

— Qual meia-noite? — espezinhou Jodie. — Meia-noite na Antártica são seis da manhã em Delaware. Eu sei, eu pesquisei. — O que Maya estava fazendo ali? Jodie olhou de cara feia para Cheryl.

Cheryl deu de ombros, impotente.

— Ela é assistente dele — sussurrou ela. — Ela vai aonde ele vai.

— Maya! — Ryan a chamou para longe de Jodie. Ele deu um aceno de pedido de desculpas para Jodie.

Jodie franziu a testa. Ele tinha *prometido*.

— Tem mais uma pessoa que eu quero que você conheça — disse Cheryl, puxando Jodie para longe sabiamente. Claudia foi atrás quando Cheryl as levou na direção de um piloto alto de ombros largos que estava paramentado com o uniforme completo e estiloso da Iris Air. — Jodie, eu quero que você conheça o capitão Stefan Nowak. Ele vai ser nosso piloto neste voo.

Uau. Ele parecia um herói de ação. O queixo parecia ter sido esculpido a partir de granito polido. Jodie não estava acreditando. Depois de prometer parar a encenação, estavam adicionando outro homem ao elenco de *The Bachelorette*.

— Por favor, me chame de Stef — disse ele, esticando a mão para Jodie apertar. Seus lábios carnudos se abriram em um sorriso de megawatts. — É um prazer para mim te levar nesta parte da sua lista.

— Você pode parar de tentar ser casamenteira? — sussurrou Jodie para Cheryl assim que o bom capitão tinha pedido licença para ir para o avião. — Esse voo já vai ser infernal para mim sem mais um time para entrar no jogo.

— Ele é sua escapatória — disse Cheryl com arrogância.

— Minha o quê?

— Ele é sua escapatória. Se você precisar fugir, pode ir para o cockpit e ficar com Stef. Eu já resolvi. O cockpit tem privacidade, a porta tranca. Dá para ver a Antártica longe do circo.

Jodie piscou.

— Ele não é uma perspectiva romântica — garantiu Cheryl.

— Ah, não? — perguntou Jodie com deboche. — Ele tem essa aparência por acaso?

— Que aparência?

— *Assim*. Você entendeu. *Gato*.

Cheryl riu.

— Olha, isso foi pura sorte. Pense nisso como um bônus.

— Eu não acredito em você.

— Eu tirei uma foto sua com ele? — perguntou Cheryl.

Jodie franziu a testa. Ela não tinha tirado mesmo. Jodie olhou em volta procurando fotógrafos, mas nem Maya estava por perto. Na verdade, Maya estava ocupada com Ryan distribuindo chapéus prateados de festa.

— Não tem foto porque ele não faz parte disso. Não faz parte da história, ele é mesmo só o nosso piloto e eu combinei com ele que você pode ir para o cockpit sempre que precisar fugir.

— Que inteligente — disse Claudia satisfeita. — Pelo menos significa que você não precisa se esconder no banheiro se começar a ficar insuportável demais para você.

Cheryl estava orgulhosa de si mesma, Jodie percebeu.

— A gente devia ir até o Ryan — disse Cheryl, guiando Jodie na direção do grupo de pessoas vestidas de branco perto do bar. — Ele vai querer ser um bom anfitrião e dizer oi.

— Jodie! — Sir Ryan a cobriu de beijos europeus. Depois, fez o mesmo com Claudia.

— O que você está fazendo aqui? — Jodie ouviu Claudia sussurrar para Hopper assim que Sir Ryan foi pedir mimosas para todo mundo. Mimosas pareciam uma escolha arriscada, considerando que todo mundo estava vestido de branco.

— Jodie me contou que você ia com ela. Quando me ofereceram uma passagem, eu pensei, por que não? O mercado está fechado no Ano-Novo mesmo.

— Aham, e todos os dias que levou para você viajar até aqui e os dias que vai levar para viajar de volta? O mercado vai estar fechado também?

— Minhas férias estão atrasadas.

Jodie pegou a mimosa da mão de Ryan e bebeu tudo. O voo já seria bem difícil sem Claudia e Hopper implicando um com o outro. Por que Claudia não admitia que gostava dele e aproveitava?

— Opa, devagar, vaqueira. Você não vai querer vomitar na Antártica — avisou Tish quando Jodie esvaziou o copo.

— Eu também não quero ficar sóbria — E aí Jodie se lembrou do noivado de Cheryl e Tish. — Ei, parabéns!

— Obrigada. — Tish olhou ao redor furtivamente para ter certeza de que ninguém tinha ouvido. — Você tem ideia de como é uma merda não poder postar nas minhas redes sociais? Nem contar para as pessoas? Eu não posso nem usar a porcaria do anel. E você tinha que *ver* o anel. É *incrível* e eu nem posso usar!

— Sinto muito.

— Não é sua culpa.

— É a minha lista. E se eu não tivesse te dado todos aqueles beijos europeus naquele restaurante...

— Não ouse assumir a responsabilidade por isso. Se alguém tem que assumir a responsabilidade por esse caos, é aquele narcisista tóxico para quem ela trabalha e a empresa implacável dele. Se a Cheryl não achasse sempre que está lutando para manter o emprego como se ela pudesse ser substituída pela próxima modelo gostosona que virou assistente... — Tish parou de falar e suspirou. — Que se dane. Vamos não ficar sóbria juntas. Mais mimosas são necessárias.

Depois de outra mimosa, Jodie e Tish estavam bem mais animadas. Também estavam meio tontas. Cheryl não parecia satisfeita.

— É melhor você rodar um pouco por aí — ordenou ela para Jodie. — Senão as pessoas vão achar que o Time Tish está vencendo.

— Talvez o Time Tish *devesse* vencer.

Cheryl amarrou a cara.

Jodie suspirou.

— Para onde foi o seu senso de humor?

— Jodie? — interrompeu Maya. — Ryan quer falar com você. — Ela indicou o amontoado aconchegante de espreguiçadeiras perto da janela, onde Sir Ryan estava ocupado digitando no celular.

Jodie revirou os olhos.

— Ele realmente mandou uma pessoa para falar comigo sobre ir falar com ele? — perguntou ela quando Maya tinha se afastado.

— É isso que acontece quando você é rico. — Tish riu. — Você manda as pessoas fazerem tudo para você. Ela deve até mastigar a comida dele.

— É melhor você ir falar com ele — disse Claudia para Jodie. — Ele está pagando as contas, lembra?

— Ou pelo menos mandando outra pessoa pagar. — Tish riu.

— Eu vou, eu vou. — Jodie estava irritada com Sua Sir-eza. Ele tinha prometido que Maya não participaria. Que outras promessas estava rompendo? — Oi — disse ela, se sentando na espreguiçadeira em frente a Ryan. — Maya disse que você queria falar comigo. A *Maya*, aquela que devia ficar longe de mim.

Ryan pareceu achar graça.

— Eu falei que ela ia ficar longe da lista de coisas para fazer antes de morrer, não que ia consigná-la a outro planeta.

— Você *pode* consigná-la a outro planeta? Eu li que você estava se envolvendo em viagem espacial. — Duas mimosas tinham soltado a língua de Jodie.

Ryan riu. Em seguida, desabotoou o paletó branco de linho e se inclinou para a frente enquanto apoiava os cotovelos nos joelhos.

— Eu ando pensando muito desde que fui te ver no Natal — disse ele, mudando de assunto. — Sobre a nossa conversa. Sobre o circo. — Ele fez um gesto indicando o elenco de *The Bachelorette*.

Jodie tinha pensado muito também. E só estava mais determinada a encontrar um jeito de fazer aquela lista direito. De uma forma que honrasse Bree e não só pagasse as contas. Ela não tinha encontrado uma resposta sobre como equilibrar sua necessidade de privacidade e toda a coisa das redes sociais, mas estava determinada a descobrir uma naquele voo. Porque Bree sempre desejou ver a Antártica, e Jodie estava lá no lugar dela e ela ia aproveitar, custasse o que custasse.

— Bree e eu fizemos um acordo — disse Ryan. Ele estava pensativo, os olhos azuis penetrantes quando a encarou. — Mas quando eu falei que essa lista tinha a ver com *você*… e aí, quando você disse que se sentia uma foca adestrada… — Ele limpou a garganta. — Eu percebi que você nunca opinou sobre nada disso. Não de verdade. Foi jogado nas suas costas.

Jodie ficou nervosa com o olhar dele. Parecia que ele conseguia ver através dela.

— Você e sua família precisam desse dinheiro. E isso... bem, Jodie, isso me faz sentir péssimo. — Ele tirou os óculos. Jodie preferia que ele não tivesse tirado. Só deixava os olhos ardendo em um tom mais azul ainda. E a intensidade do olhar a fazia se sentir nua. — Você é refém desse dinheiro. E isso, *isso* tem me mantido acordado à noite.

Jodie estava sem saber como responder. De que ele estava falando? Claro que ela precisava do dinheiro. Por que outro motivo estaria fazendo aquilo?

— Bree não quis aceitar meu dinheiro — disse ele baixinho —, mas você aceita?

Jodie fez uma careta. *O quê?*

— Nós podemos acabar com essa besteira agora. Eu acabo com as suas dívidas. Chega de circo.

— Não — disse Jodie, horrorizada.

— Você nunca pediu isso. Eu posso pagar todas as dívidas médicas. Aqui, agora. — Ele exibiu o celular. — Em menos de um minuto, você pode estar livre.

— Não! Era o último desejo dela! — Jodie sentiu uma onda de raiva. E outra coisa... Algo parecido com o luto. Ela *queria* terminar a lista de coisas a fazer antes de morrer. Ou ao menos o máximo que pudesse... — Não — disse ela com firmeza. — Eu preciso fazer isso. Só quero fazer do meu jeito.

O olhar azul de Ryan se suavizou, triste.

— Eu achei que você diria isso. Não deixe que o orgulho te impeça. Você mais que mereceu. Você tem sido incrível durante toda essa aventura. Uma artista.

— Não é orgulho — disse Jodie desesperadamente.

Como poderia fazê-lo entender quando ela mesma mal entendia? Os sentimentos eram uma confusão sem começo e sem fim.

— Bree morreu me imaginando fazendo isso — disse Jodie, tentando encontrar as palavras, tentando encontrar os sentimentos, tentando entender os próprios pensamentos. — Ela imaginou tudo isso. Ela queria isso para mim. E eu quero pra ela. E eu quero — a voz de Jodie travou —, eu quero para mim.

A lista de coisas para fazer antes de morrer tinha sido jogada em cima dela como algo saído de um pesadelo. Tinha virado a vida dela do avesso e de cabeça para baixo, tinha feito com que ela fizesse coisas que a deixavam morrendo de medo. Mas, em troca, tinha lhe dado... *magia*. Mais do que magia. Tinha dado a ela um propósito. Uma voz. Uma sensação de individualidade de novo.

Só agora, com Ryan oferecendo para acabar com tudo, que Jodie percebeu que não queria que acabasse. Ela sentiu as lágrimas surgindo. Antes da lista de Bree, ela estava em um abismo muito escuro, e o mundo parecia estreito, chato, cinzento. Mas, a cada item, a lista foi tirando Jodie do abismo, foi espalhando cor e luz no mundo. Houve loucura e música, risadas e terror vertiginoso, amizade e fúria e... *amor*.

— Eu preciso — disse Jodie, a voz carregada de lágrimas não derramadas.

Ryan colocou os óculos, esticou a mão e segurou as dela.

— Tudo bem, Jodie Boyd. — Ele apertou as mãos dela. — Se você tem certeza de que é isso que você quer.

— É o que eu quero.

— Se você mudar de ideia, a proposta continua de pé.

Ela balançou a cabeça vigorosamente.

— Eu não vou mudar de ideia. — Jodie respirou fundo para se acalmar. Ela não esperava por nada daquilo. E certamente não esperava *gostar* da lista de coisas a fazer antes de morrer. Mas ali estava ela, escolhendo a lista quando Ryan estava dando a ela uma saída. — Sabia que nós captamos mais de um milhão de seguidores? — disse ela para Ryan, mudando de assunto. Ela sentiu as lágrimas sumindo. Não ia chorar. — Você disse que, se eu conseguisse aumentar os seguidores, você pagaria mil dólares das dívidas médicas de todo mundo da ala de Bree.

Ryan riu.

— Você fala como a sua irmã. Vai direto ao centro da questão.

— Quanto antes, melhor, só isso — disse Jodie. A sensação de ser comparada com Bree foi boa. — Vai ser tudo para aquelas pessoas.

— Por que a gente não faz isso assim que a gente voltar para os Estados Unidos? — Ele abriu o sorriso torto encantador. — Mas agora, que tal a gente ir ver uns icebergs?

Sim. Era exatamente o que Jodie queria.

Exatamente.

Capítulo 40

Os comissários de bordo tinham lugares marcados. Eles queriam colocar Jodie bem no meio do avião, cercada dos capitães dos times.

— Ah, não — disse ela para a comissária com firmeza —, eu não vou fazer esse voo idiota inteiro sem poder *ver* a Antártica. É por isso que eu estou aqui.

— Nós temos telas, você não vai perder nada — garantiu a comissária com animação.

— Chega de telas, eu quero ver de verdade. Vou ficar na janela. — Quem se importava com lugares marcados? Aquela era a lista *dela*. Jodie se sentou em uma fileira e ocupou o assento da janela. — Claudia? Você fica do meu lado.

Claudia se sentou ao lado de Jodie.

— Isso aí, mana — disse Tish, se sentando ao lado de Claudia. — Tem mais mimosa?

Jodie viu os assentos ao seu redor sendo ocupados. Jonah Lourdes se sentou diretamente atrás dela, Sir Ryan logo à frente; Hopper ficou atrás de Claudia. O resto da primeira classe foi ocupado pelos convidados da Iris Air.

— Tem *muitos* homens bonitos neste avião — disse Tish, fingindo sussurrar para Jodie e Claudia. — E *muitas* camisas caras.

— Assim que estivermos no ar e desligarem o sinal do cinto de segurança, você pode socializar — disse Cheryl para Jodie.

Não mesmo. Jodie ia ficar colada na janela. Ela queria ver os icebergs.

— Você não quer arrumar alguém para beijar? — brincou Tish.

— Os passageiros da classe econômica estão subindo a bordo e logo vamos decolar — disse o capitão Nowak, parado na entrada da área de serviço. Ele irradiava confiança e autoridade.

— Que tal ele? — Tish fingiu sussurrar. — Ele é *ótimo*.

— Eu falei com ele por dois minutos e ele vai *pilotar o avião*. Eu não vou escolher uma pessoa com base no quanto fica bem de uniforme.

— E você, Tipo A? Você gosta de uniforme? — perguntou Hopper na fileira de trás.

Claudia não se dignou a responder. Tish sim.

— Quem *não gosta*?

— Eu acho que uma mulher de uniforme fica gata — disse Jonah Lourdes.

— É mesmo, poliéster verde néon é muito atraente. — Jodie revirou os olhos.

Jonah riu.

— Nós só estamos esperando mais uma pessoa — disse Maya, se sentando ao lado de Sir Ryan. — O voo de conexão dele acabou de pousar; ele está sendo trazido para cá e aí nós podemos botar o show na estrada.

Mais uma pessoa. Jodie encarou Claudia. Quem faltava? Todos os times estavam representados, exceto...

Ah, não. *Não. Não não não não não não.* Eles não fariam isso com ela.

Mas é claro que fariam.

Atordoada, Jodie sentiu Claudia segurar sua mão quando viu Kelly Wong entrar na primeira classe. Ele estava com o boné de beisebol e uma bolsa pendurada no ombro. Estava amassado, claramente vindo de um voo longo. Mesmo cansado e amassado, ele estava lindo. Ela sempre esquecia como ele era lindo. O sulco no lábio inferior. A largura dos ombros. O jeito rápido que ele tinha de observar um ambiente com um único olhar.

O olhar dele a encontrou no assento e ele fez uma pausa. Os olhos escuros se arregalaram e todo o rosto se iluminou. Mas a expressão se transformou, turbulenta, com uma mistura de emoções. Ela manteve a expressão neutra, apesar de o coração estar disparado. Ela não queria dar a satisfação para a câmera de ninguém. Porque, se havia uma coisa que tinha aprendido, era que alguém *sempre* tinha uma câmera.

O rosto de Kelly ficou vermelho-escuro com a frieza de Jodie.

— O senhor precisa se sentar — disse a comissária para ele. Jodie não deixou passar o tom de flerte, nem o jeito como a mulher de roupa azul-petróleo o avaliou com apreciação quando o levou para o lugar dele. E quando Kelly Wong assumiu seu assento na última fileira, Jodie manteve o rosto como uma máscara, sabendo que a menor rachadura a entregaria.

Porque, por baixo da raiva e da dor e da vergonha... tinha ficado feliz em vê-lo.

— Você não estava errada quando disse que ela tinha medo de voar — disse Tish em voz alta, dando uma disfarçada por ela. — Eu nunca vi ninguém ficar desse tom de cinza.

E ela não estava errada. Jodie *tinha* medo de voar e ficou cinza quando eles decolaram. Acontece que Sydney tinha uma tendência a tempestades no verão. O avião tremeu e sacudiu enquanto fazia a subida íngreme. Jodie fechou os olhos, mas isso foi pior. Olhar para frente também era ruim, pois ela podia ver o ângulo do avião e a violência dos sacolejos. Ela olhou para o lado, para a janela. Eles estavam no meio das nuvens. Ver os fiapos de nuvens cinza passarem ao lado só reforçou a velocidade em que eles estavam seguindo. Não ajudou.

— Aqui, Jodie. — Claudia passou para ela um saco de vômito. — Acho que você não devia ter bebido aquelas mimosas.

— Acho que eu devia ter bebido mais. — Jodie fez uma careta quando o avião tremeu. Ela apertou a mão de Claudia. Recusava-se a vomitar na frente de todas aquelas pessoas. E de qualquer câmera em potencial.

— Você está bem — disse Claudia, acalmando-a.

— Eu sei de um fato curioso que vai ajudar. — O rosto de Sua Sir-eza apareceu acima do banco da frente. — Você sabia que turbulência não derruba um avião?

— Nunca? Ou só não aconteceu ainda? — Jodie grunhiu quando a fuselagem toda sacudiu. *Que acabe. Por favor, que acabe.*

Os alto-falantes chiaram e o capitão começou a falar. Jodie se preparou para ele avisar que o avião estava caindo.

— Boa tarde, pessoal, aqui é o capitão Stef Nowak dando as boas-vindas ao nosso voo especial de Ano-Novo sobre a Antártica.

— Ele não deveria estar pilotando o avião? — perguntou Jodie por entre dentes quando o avião sacudiu de novo. O louco continuou falando sobre o dia à frente, sobre as comidas e o bar e os convidados especiais na primeira classe...

— Ah, meu Deus — grunhiu Jodie —, pilota a porcaria do avião! Ninguém precisa saber!

— Ótimo — murmurou Maya enquanto abaixava o celular e verificava a gravação final. — Eles *amam* a sua modéstia.

— Para de me filmar!

— É, Maya — disse Tish com voz cantarolada —, para de filmar.

O avião rompeu as nuvens e a cabine foi tomada pela forte luz do sol.

— Assim que estivermos estáveis — continuou o capitão Stefan —, nós vamos desligar o sinal do cinto de segurança e vocês podem ficar à vontade para andar pela cabine. O tempo de voo até a Antártica é de menos de três horas; fiquem atentos a icebergs no caminho, eles se movem em grupos que podem ser magníficos de se ver. Reparem que as janelas do nosso Dreamliner são sessenta e cinco por cento maiores do que as de uma aeronave normal para dar a vocês uma vista espetacular desse continente único.

Claudia apertou a mão de Jodie.

— Você consegue imaginar a Bree? — sussurrou ela. — Como ela ficaria empolgada de estar sobrevoando a Antártica? — Quando Claudia falou, o avião se estabilizou e tudo ficou muito suave.

Jodie fechou os olhos de alívio. A luz dos cintos de segurança apitou e ela ouviu fivelas sendo abertas, conversas baixas e risadas.

— Hora do champanhe! — ela ouviu Sir Ryan cantarolar quando saiu da cadeira e seguiu para a cabine para cumprimentar o restante dos convidados.

Ela respirou fundo e abriu os olhos. Certo. A turbulência tinha passado por enquanto. Só havia mais uma turbulência com que se preocupar...

Kelly Wong estava bem no meio da última fila da primeira classe. Ela não conseguia vê-lo de onde estava, e esperava que ele não pudesse vê-la. Não com ela agarrando um saco plástico de vômito e tendo um ataque histérico em silêncio.

— Jodie. — Cheryl apareceu e se inclinou na fileira por cima de Tish.

— Bela vista — disse Tish, apreciando o visual do decote que sua noiva oferecia.

Cheryl a ignorou e manteve o olhar fixado em Jodie.

— Eu sinto *muito*. Eu não sabia que ele vinha. — O rosto de Cheryl estava tão pálido que seus lábios pareciam mais vermelhos do que nunca. — Se eu soubesse, teria te contado.

— Ah, *por favor* — bufou Maya no assento da frente —, até parece que ele não ia vir!

Cheryl fuzilou Maya com o olhar.

Jodie não queria nada daquilo.

— Eu vou ao banheiro. — Ah, meu Deus, ali estava Kelly. Assim que se levantou, ela o viu. Ela também o viu tentando chamar sua atenção. Não mesmo. Ela não estava pronta para admitir a presença dele. Apesar de eles estarem presos em um *voo de doze horas* juntos.

Jodie se sentiu completamente encurralada quando se trancou no cubículo. Pelo menos a primeira classe tinha um banheiro de tamanho decente, pensou ela ao se sentar no tampo fechado da privada e apoiar a cabeça nas mãos. O que faria?

Será que ela podia ficar trancada ali no banheiro o dia todo? Era confortável. Tinha janela. Era sessenta e cinco por cento maior do que uma janela normal, de acordo com o capitão. Ela poderia ver a Antártica dali...

Como uma covarde.

Ela estava cansada de ser covarde. Além do mais, *ele* deveria estar se escondendo, não ela. *Ela* não tinha feito nada errado. Ele devia estar fugindo dela, não invadindo sua lista assim, estragando sua viagem para a Antártica.

Não espera, Jodie... pula.

Jodie fez uma careta. O pânico cresceu.

Pula.

Não. Ela não estava pronta. O momento estava errado. Ela se quebraria em pedacinhos.

Jodie se olhou no espelho, empertigou os ombros e ergueu o queixo. Podia encará-lo. Ele não era tão assustador. Era só um homem.

Um homem que estava bem do lado de fora da porta quando ela a abriu. Jodie se encolheu. O que não era exatamente o plano. Ela queria parecer uma rainha do gelo. Como Claudia quando estava falando com Hopper. Não como um coelhinho na frente de uma raposa.

— Oi. — Kelly tinha tirado o boné e seu cabelo estava desgrenhado. Ele não tinha recebido o memorando de que era uma festa temática de branco, pois estava de calça jeans e uma camiseta azul. E parecia ansioso e vulnerável.

— Ora, oi. — *Ora, oi?* Por que ela estava falando como uma professora do interior? Quem falava assim?

Kelly pareceu cauteloso e triste.

— Eu... — Ele mordeu o lábio. — Eu não sei o que dizer.

— Eu não ouvi nenhuma das suas mensagens — disse Jodie. Meu Deus, por que estava contando isso? — Nem li nada. — O que tinha acontecido com a rainha do gelo? Tinha derretido como um sorvete no verão. Ela tinha mais era que parar de falar agora, pois não parecia ter o menor controle das palavras que estavam saindo de sua boca.

Ele pareceu levar um susto.

— Nenhuma? Você não ouviu nenhuma?

Não fala. Não fala. Não fala.

— Não. — Que droga.

— E o vídeo que eu mandei? — Kelly passou a mão no cabelo, os músculos no queixo tremeram quando ele os contraiu e relaxou.

— Eu apaguei tudo. — Jodie se lembrou de ficar ereta. Queixo erguido. Rainha do gelo. — Agora, se você me der licença...

— Espera — disse ele, parecendo um pouco desesperado. — Então você não sabe nada sobre Jess e o divórcio?

Jess. Meu Deus a intimidade. A casualidade.

Espera... Que divórcio?

— Você não recebeu nenhum... — Kelly fechou os olhos e virou o rosto para o teto do avião. Ela achou que o ouviu resmungar alguma coisa bem baixinho. Uma coisa bem grosseira. Ele respirou fundo para se acalmar e fixou nela um olhar firme e paciente. — Nós precisamos conversar.

— Eu estou ocupada agora — disse Jodie com voz tensa, indicando a cabine da primeira classe depois da passagem.

— Não. Chega de estar ocupada. Chega de ligações da sua avó, chega de me beijar como louca para eu não conseguir me lembrar do que eu estava dizendo, chega de sair correndo para o ensaio, chega de deletar mensagens. Nós precisamos conversar. Agora. — O olhar dele passou por cima do ombro dela na direção da porta do banheiro. — Aqui — disse ele, arrastando-a para dentro e trancando a porta.

— Me deixa sair. — Jodie soltou o braço da mão dele. — E para de me segurar.

Kelly ergueu as mãos no ar em um gesto de paz.

— Me desculpa, eu não deveria ter feito isso. — Ele se afastou da porta. — Pode ir quando quiser. Mas eu estou pedindo para você ficar e me ouvir. Por favor. Eu estou tentando falar com você desde aquela primeira noite em Nova York...

Aquela primeira noite... ele estava falando de quando eles se beijaram. Na cama dela, com a trilha sonora de *Amor, sublime amor*. A lembrança fez Jodie se sentir flutuando de novo. Ela não precisava disso naquele momento. Precisava estar com a cabeça fresca.

— Eu queria te contar antes que qualquer coisa acontecesse — disse ele gentilmente.

— Bom, você não contou. — Ele não ia se safar tão fácil. — Você não me contou, e as coisas aconteceram, e aí a sua *esposa* apareceu.

— Ex-esposa — insistiu ele.

— Você está divorciado?

— Quase.

— Quase. Ah, que se foda o quase! — Jodie sentiu uma onda de raiva. Viu? *Era* igual aos filmes, eles te *enrolavam*, ficavam com as esposas e usavam você só para o sexo. Igual ao maldito Cooper e os encontros egoístas. — Eu não tenho a menor intenção de ser seu casinho extra!

Ela abriu a porta e o deixou lá no banheiro.

— Dá para acreditar na coragem dele? — disse ela furiosa para Claudia, Cheryl e Tish quando as encontrou reunidas em volta das janelas perto da porta da cabine.

— Entããão — disse Claudia, arrastando as palavras enquanto considerava as implicações depois que Jodie despejou a fúria em cima delas. — Você está sugerindo que ele está tendo todo esse trabalho... por um caso?

— Sim!

— Certo. — Claudia e Tish e Cheryl trocaram olhares. Claudia limpou a garganta. — Você lembra que ele mora do outro lado do país, né?

— Claro que lembro! — Eram 4.517 quilômetros, para ser precisa. Ela tinha pesquisado. Quando não estava pensando nele.

— Então, ele não deve estar transando muito se você está em Delaware e ele em Washington, não é? — observou Tish.

— Ele é jogador de beisebol — disse Jodie por entre dentes. — Deve ter um monte de garotas em cima.

— Certo — disse Tish —, porque o Tacoma sei lá o quê...

— Rainiers — esclareceu Jodie.

— ... tem uma boa chance de ir à cidade para jogar com os sei lá o quê de Wilmington regularmente e ele pode ir para transar com você?

— Wilmington não tem um time da liga principal — murmurou Jodie.

— Jodie — disse Cheryl com um suspiro —, eu posso te tirar da sua infelicidade agora para a gente poder parar de falar sobre beisebol?

As três tinham se reunido em volta de Jodie para garantir que ela estivesse de costas para a cabine e ninguém pudesse tirar uma foto do rosto dela.

— Kelly Wong se casou dois anos atrás com uma mulher chamada Jessica Acker — recitou Cheryl. — Eles se casaram em Las Vegas, de impulso, quando estavam viajando por um fim de semana antes de ele se mudar para Arkansas para jogar no Travelers.

Ai. Jodie percebeu que não queria *nenhum* daqueles detalhes. A imagem era vívida. Ela estava imaginando uma Capela do Amor rosa e prateada extravagante, com um celebrante vestido de Elvis.

— Ela nunca foi morar no Arkansas, Jodie. E quando ele foi transferido para o Rainiers, em Washington, ela também nunca foi lá. Eles mal se viram desde o dia em que se casaram, e, devo acrescentar, eles estavam bêbados quando se casaram.

— Como você sabe isso tudo? — perguntou Jodie, desconfiada.

— Ele me contou. Quando eu estava falando com ele antes das suas aulas de piano. E eu verifiquei tudo. Eu não ia te colocar com um maníaco. Eu sempre verifico todo mundo. Diferentemente de certas pessoas. — Cheryl olhou para Maya de cara feia. Maya não reparou. Ela estava do outro lado do avião ocupada puxando o saco de Ryan.

— Ele só nunca chegou a pedir o divórcio — disse Tish para Jodie.

— Como *você* sabe?

— A gente passou bastante tempo junto em Nova York. — Ela deu de ombros.

— *Você* sabia? — Tish sabia e Jodie não. Jodie estava abalada. — *Todo mundo* sabia?

— Ele devia ter te contado — disse Claudia gentilmente.

A gente pode conversar? Ele tinha tentado. Só que talvez não o suficiente.

— Cheryl! — cantarolou Sir Ryan do outro lado do avião. — Para de monopolizar a Jodie! Ela é a bela do baile. Deixa ela circular.

Jodie não queria circular. Estava se sentindo sobrecarregada. Ela olhou ao redor com a esperança de triangular a localização de Kelly. Mas não conseguia vê-lo em lugar nenhum.

Cheryl acenou e sorriu para Sua Sir-eza.

— Não se preocupe — disse ela baixinho para Jodie enquanto sorria e acenava. — Se lembra do plano alternativo.

— Você tem paraquedas?

Cheryl riu.

— Vem. Nós vamos ver o capitão. Vai estar tranquilo. Só você e a tripulação. Nada de circo.

Isso pareceu bom para Jodie.

— Ela só vai tirar uma foto com o capitão — disse Cheryl com animação enquanto levava Jodie passando por Ryan e Maya. Maya amarrou a cara.

— Ótima ideia! — disse Sua Sir-eza, sorrindo. — Trabalho fantástico.

O corredor estava vazio. Para onde Kelly tinha ido? Ainda estava no banheiro? Jodie olhou para o trinco. Não estava ocupado. Talvez *ele* tivesse arrumado um paraquedas...

Casado em Las Vegas. Rosa e prateado e Elvis

Cheryl pediu para o comissário deixar que elas entrassem no cockpit. Parecia uma coisa saída de um filme de *Star Wars*. Só que com mais tecnologia. Para onde quer que Jodie olhasse, ela via telas e botões e radares e tipos de volantes e tantos instrumentos de possível morte que seu sangue ficou gelado. Havia muitos sistemas ali. E sistemas podiam falhar.

— Bem-vinda — disse o capitão. Meu Deus, ele era absurdamente lindo.

Lindo até demais, como Bree teria dito.

— Vou te deixar nas mãos capazes do Stef — disse Cheryl antes de sair. A comissária ficou para anotar os pedidos de comida da tripulação.

O capitão apresentou Jodie para a primeira oficial, uma mulher de aparência prática chamada Vashti. Ele tinha se virado no assento para falar com Jodie.

— Você não deveria estar pilotando o avião? — perguntou Jodie com nervosismo.

O capitão Stef riu.

— Vashti está cuidando de tudo, não está, Vash?

— É extremamente automatizado — garantiu a primeira oficial a Jodie. Jodie ficou um pouco mais tranquila com o jeito como ela não tirou os olhos de todas as coisas que piscavam.

— Você já esteve em um cockpit? — perguntou o capitão Stef para Jodie.

Ele supôs que a resposta fosse não antes que ela pudesse falar, e começou a explicar todas as coisas que piscavam e as bússolas e os altímetros e todas as outras possíveis armadilhas mortais sobre as quais Jodie não queria saber. Jodie achou ter visto Vashti revirar os olhos. Depois de um tempo, Jodie percebeu que o capitão estava tentando flertar com ela. Só que ele era muito ruim nisso. Será que as pessoas bonitas não precisavam ser boas no flerte? Será que as pessoas simplesmente caíam no colo delas?

Ele parecia achar que exibir o avião seria atraente. Não era. Mas Jodie poderia acabar vendo os icebergs pela janela do cockpit. E isso até que era legal.

Ela ficou parada atrás da cadeira dele e olhou pela janela, para o mar gelado abaixo.

— Icebergs! — Jodie sentiu um arrepio de empolgação quando os viu.

— Ah, onde? — A comissária pegou o telefone. — É a primeira vez que eu trabalho nesse voo — disse ela para Jodie enquanto se espremia ao lado dela perto da janela.

— Tem mais ali — disse Vashti.

A comissária mudou de lado, tentando tirar uma foto boa.

Jodie ficou olhando maravilhada enquanto icebergs azuis majestosos migravam como um bando de mamutes lentos. Eles deviam ser enormes; as ondas pareciam mínimas ao lado deles, eram como dobras em um pedaço de papel. O coração cristalino dos icebergs brilhava em azul e turquesa, e havia aros de espuma branca na base enquanto cortavam a água, entalhando padrões no mar gelado da cor de cobre oxidado.

— É verão no hemisfério sul agora. Se nós viéssemos no inverno, haveria mais. — O capitão Stef se inclinou para a esquerda para poder falar com ela atrás da cadeira.

Mais. Imagina só. Jodie tentou visualizar um mar cheio de icebergs leitosos. Ela sentiu a magia que Bree estava procurando quando colocou a Antártica na lista.

— Quando vamos ver terra firme? — perguntou ela, procurando no horizonte.

— Em mais umas duas horas. Petiscos serão servidos daqui a pouco, e a banda deve começar...

— Banda? — Jodie estava genuinamente surpresa.

— É véspera de Ano-Novo. — O capitão Stef riu. — Claro que tem banda. É só um trio de jazz, mas não seria Ano-Novo sem uma banda.

Ele fez silêncio e Jodie pôde apreciar os icebergs por alguns minutos antes de ele estragar tudo.

— Você já saiu com um piloto, Jodie? — perguntou o capitão Stef baixinho.

Ah, meu Deus. Aquele cara mudava de marcha na velocidade da luz. Ele estava olhando para ela de um jeito que era para ser sedutor. Não era.

— Eu poderia te mostrar o mundo — murmurou ele, tentando sustentar o olhar dela.

— Calma, Aladdin. — Jodie se empertigou para longe da janela. Ela esperava para o bem dele que a comissária não tivesse filmado nada daquilo com a câmera. — Obrigada pelo tour. Adorei os icebergs. É melhor eu voltar antes que eu perca a banda. — Ela saiu dali antes que ele pudesse dizer mais alguma coisa. — Cheryl, onde você encontra essas pessoas? — perguntou ela quando a encontrou montando guarda do lado de fora do cockpit.

Cheryl apertou os lábios vermelhos, tentando não rir. Ela deu de ombros.

— Ele ficava bonito de uniforme e passou no teste psicológico da companhia aérea.

— Que sarrafo baixo, Cheryl. — Jodie levou um minuto para se recompor. Kelly Wong ainda estava por ali, a não ser que tivesse arrumado um paraquedas. — Eles estavam bêbados quando se casaram? — disse ela subitamente.

— No mínimo, meio embriagados. — Cheryl inclinou a cabeça. — Você nunca fez nada impulsivo de que se arrependeu depois?

Já, sim. Ela tinha apagado cinquenta e sete mensagens sem ouvir.

Capítulo 41

Enquanto a festa de Ano-Novo acontecia ao seu redor no longo dia de verão no Polo Sul, Jodie tentou se concentrar na lista original de Bree. *99. Sobrevoar a Antártica.* Quem ligava se Kelly estava encostado na janela na fileira de trás da primeira classe? Quem ligava se ele não tinha se aproximado dela de novo? Quem ligava se Maya ficava tentando tirar fotos sorrateiras dela? Lá fora, além do vidro, estava a Antártica, como Bree tinha sonhado.

Jodie apoiou a testa na janela e viu o continente se revelar abaixo. Havia um guia turístico que podiam ouvir no canal de rádio, que contava sobre exploradores como Mawson, a corrida ao polo, as leis sobre como se aproximar de pinguins e os efeitos terríveis da mudança climática. Que ela conseguia ver com os próprios olhos na amplidão de chão sem neve, onde o pergelissolo estava derretendo no calor atípico. Jodie absorveu tudo.

Ela comeu quando Claudia lhe deu comida e bebeu quando Tish lhe entregou uma taça de champanhe, mas, fora isso, se dedicou à vista abaixo. Ficou pensando na irmã e em todos os vídeos. Nas horas que ela devia ter passado preparando aquilo tudo. Planejando aquele voo, filmando mensagens de encorajamento. Sabendo que estava morrendo. Sabendo que nunca veria os efeitos das suas ações nem saberia se deram frutos. Sabendo que Jodie veria a Antártica no lugar dela.

Meu Deus, como ela sentia falta da irmã.

— Quase lá — disse Cheryl quando eles viraram de lado pela primeira vez, indo para longe da costa, rumando em direção à Austrália. Ela se sentou no banco ao lado de Jodie. — A lista está quase acabando. — Ela olhou por cima do ombro de Jodie, pela janela. — Eu queria que Bree pudesse estar aqui. — A nota de lamento em sua voz era sincera.

— Como você conheceu Bree? — perguntou Jodie abruptamente. — Como isso tudo... — Jodie deu de ombros, indicando as festividades ao redor.

Cheryl sorriu. Foi uma expressão de felicidade *e* dor ao mesmo tempo.

— Nós nos conhecemos no México. Bree, eu e Tish. Na verdade, eu conheci Tish no mesmo dia que conheci Bree.

Jodie foi pega de surpresa. Essa não era a resposta que estava esperando. Ela não estava esperando que Cheryl existisse tão cedo na linha do tempo de "antes da morte de Bree".

— Sabe aquela foto que a sua mãe tem na prateleira acima da lareira? A que tem Bree prestes a pular do penhasco de La Quebrada? — disse Cheryl. — Eu que tirei.

Jodie conhecia a imagem de cor. A alegria de Bree, os braços bem abertos, o brilho do mar atrás. A imagem tinha toda a beleza visceral da fotografia de Cheryl.

— Nós três fomos lá para pular. — Cheryl sorriu, perdida em lembranças. — Nós nos conhecemos no ônibus no caminho para lá. Mas só Bree pulou. Tish e eu amarelamos e fomos tomar cerveja no restaurante. Uma coisa levou a outra... e aqui estamos nós. — O olhar de Cheryl se desviou para Tish e seu sorriso tremeu. Cheryl estava claramente apaixonada.

— Eu só achava... eu achava que era um relacionamento de negócios — disse Jodie, sentindo-se abalada. — Eu achava que vocês tinham se conhecido por causa da lista.

— Era um relacionamento de negócios. Do melhor tipo. Do tipo que é com uma amiga. — Cheryl pegou duas taças de champanhe de uma bandeja passando. — A Bree — disse ela.

Elas brindaram e beberam.

— Quando você perde alguém, perde tudo da pessoa — disse Jodie, pensando em todas as lembranças de Bree, todas as histórias da vida dela que nunca foram contadas, todas as coisas que Jodie nunca saberia sobre a irmã.

— Nem tudo. Não o amor. — Cheryl colocou a mão no braço de Jodie e apertou. — Sabe o que Bree fez com essa lista, Jodie?

— Pagou a nossa dívida.

— Bom, sim, mas não só isso. Ela tirou você do luto e levou para o mundo. Tirou dos seus pais a obsessão por ela e os colocou focados em você. Ela fez vocês fazerem banquetes de Ação de Graças e de Natal, e fez você ir para Nova York e para a Antártica. Tirou você de um guichê de locadora de carros no aeroporto e a colocou em um avião. Isso tudo é prova de que o amor não morre. — Ela bateu com a taça na de Jodie de novo. — E, em um momento, vai começar um novo ano.

— Um ano que Bree não vai viver.

— Mas um ano que você vai. — Cheryl esticou o pescoço e olhou para a última fileira. — Um ano em que ele vai viver também. — Cheryl pegou outra taça de champanhe que estava em uma bandeja passando. — Toma, o Kelly parece precisar disto. — Cheryl deu a taça para Jodie e desapareceu de novo.

Jodie ficou com as duas taças na mão, de cara amarrada. Ela não gostava de ser gerenciada.

Ela se levantou. Sentou-se de novo. Parte dela queria ir até lá. Parte queria virar as duas taças na cabeça dele.

Tinha doído tanto. E tinha sido tão humilhante.

A gente pode conversar?

Ela apertou os olhos. Ele tinha tentado falar com ela. E tinha deixado cinquenta e sete mensagens depois que ela fugiu de Nova York. Isso sem contar as mensagens de texto. E ela não tinha falado com ele nem o ouvido. Nem mesmo admitido a presença dele.

Ela percebeu que era *isso* que ela fazia. Esse era seu padrão. Ela fugia das coisas. Sabotava-as antes que pudessem começar. Era o mesmo motivo para ela não estar jogando beisebol. O mesmo motivo para ter passado anos trabalhando naquele guichê de locadora. Ela *fugia*.

Vagamente, ela percebeu que o trio de jazz tinha começado a tocar uma música familiar. *Está bem claro... nosso amor veio para ficar...* E ela estava com uma taça de champanhe em cada mão. E ele estava *ali*, e ela também. E o Ano-Novo era uma época de novos começos. Ela se levantou. Não conseguia vê-lo em meio aos corpos nos corredores, mas sabia que ele estava na fileira de trás. Se ao menos ela conseguisse chegar lá.

O coração dela estava tremendo como o avião tinha sacudido antes na turbulência. Por algum motivo, ela ficava pensando na cena de Ano-Novo de *Harry e Sally*, quando Harry entrou na festa depois de correr o caminho todo até lá. *E não é porque eu estou solitário e não é porque é véspera de Ano-Novo.*

Eu vim aqui hoje porque, quando você percebe que quer passar o resto da vida com uma pessoa, você quer que o resto da sua vida comece o mais rápido possível. Ela ainda estava com raiva, lembrou a si mesma. Mas não com tanta raiva a ponto de não querer passar a noite com ele. Ou talvez o resto da vida...

Quando chegou à fileira dele, ela limpou a garganta.

Ele olhou para cima, os olhos atordoados de jet lag.

— A gente pode conversar? — Ela usou as palavras dele, sem conseguir deixar a voz livre de pesar. Ela ofereceu a ele uma taça de champanhe.

Ele só olhou.

— Eu falei — disse ele, os olhos vermelhos voltados para ela. — Eu falei cinquenta e sete vezes, e em uma litania de mensagens de texto. E aí, voei por praticamente dois dias, em *quatro* voos diferentes, para chegar a este circo, só para poder falar com você. E você não quis. Você nunca quis.

Jodie se sentiu do tamanho de um inseto.

— Você está de luto, eu entendo — disse ele. Ele estava segurando o casaco com força, como se precisasse dele para se proteger. Dela. — Você está no meio dessa lista maluca e nada está normal. Eu entendo. Mas, quer saber, Boyd? Você não é a única. — A voz dele falhou.

Jodie se sentiu amolecer de horror. A expressão no rosto dele. Não era raiva. Era alguma coisa bem pior.

— Você não é a única que perdeu alguém, e você não é a única que está sofrendo.

Kelly Wong estava tomado pelo luto.

— Você não foi a única que teve que enfrentar o Natal sem a pessoa que você ama, que precisa levantar todos os dias e viver a vida sabendo que nunca mais vai receber outra mensagem, que nunca mais vai atender outra ligação, que nunca mais vai pousar no aeroporto e ver a pessoa esperando no portão.

Jodie se lembrou do rosto comprido e sério do sr. Wong, do jeito como ele olhava por cima dos óculos, atordoado com as suas notas erradas. Ela se lembrou do cheiro dele, de sabonete, papel e chá. Aquelas incontáveis xícaras de chá, espalhadas pela sala pela metade. Ele fazia uma xícara nova e esquecia, absorto nas aulas.

Kelly Wong tinha perdido o pai. E Jodie o conhecia. Mas tinha seguido em frente, como se a morte dele não significasse muita coisa.

Jodie sabia que devia ter sido difícil para ele se sentar ao piano do pai, tocar a partitura do pai, ser arrastado para o circo público de Jodie. Mas saber e entender são duas coisas diferentes.

— Por que você não lê as mensagens e *aí* a gente conversa. — Kelly Wong se fechou e se virou para a janela.

Mas os dois sabiam que ela não tinha como ler as mensagens. Porque ela as tinha apagado.

— Kelly...

— Não — disse ele. — Eu não tenho mais nada a dizer para você. — E ele colocou os fones e parou de dar atenção para ela.

Enquanto estava ali parada, segurando o champanhe, Jodie sentiu o mundo se afastando dela. Ela se virou e quis correr, mas não havia para onde ir. Nenhum lugar. Não havia nada além de um mar de pessoas.

E aí, ela viu Ryan. Ele estava perto o suficiente para ter testemunhado tudo, percebeu, enjoada. E tinha mesmo, a julgar pela compaixão no rosto.

Ah, meu Deus, ela precisava sair dali. Sair *daquilo*.

Bree...

— Jodie! — Ryan Lasseter tinha interrompido a banda e estava chamando Jodie. O avião ficou em silêncio e todos se viraram para olhar para ela. O que ele estava fazendo?

Jodie sentiu como se estivesse presa em cimento.

— Vem aqui, Jodie! — Ryan reluzia no terno de linho branco. Ele esticou a mão em convite.

Jodie sentiu os pés se mexendo por vontade própria. O que mais poderia fazer? Ela não podia ficar perto de Kelly. Ele não merecia. A dor dele merecia a dignidade da privacidade. Uma dignidade que ela não tinha conseguido conceder a ele antes por estar autocentrada demais. Sir Ryan pegou o champanhe da mão dela, a taça que era para Kelly. Ela sentiu o concreto rachando. Não. Ela não choraria na frente daquelas pessoas e suas câmeras. *Não*.

— Eu tive uma ideia excepcional para nós recebermos o ano novo — anunciou Ryan, passando o braço em volta de Jodie. — Como vocês sabem, este voo cobre o penúltimo item da lista de coisas a fazer antes de morrer que nós da Iris tivemos o prazer de patrocinar. Uma campanha, devo acrescentar, que foi indicada para inúmeros prêmios de marketing. Três vivas para a nossa equipe liderada pela maravilhosa Cheryl Pegler.

Cheryl ficou corada de prazer quando o avião deu vivas a ela.

Mas Jodie só conseguia pensar no sr. Wong, seu antigo professor de piano, e em Kelly Wong, filho dele, que estava sentado ali em um mar de luto, ouvindo todas aquelas pessoas comemorarem.

— E precisamos dar mais parabéns — continuou Ryan — porque nossa querida Cheryl finalmente fisgou a mulher dos sonhos dela. Tish, você é uma mulher de sorte. Três vivas de novo para as pombinhas em seu noivado.

Jodie viu Tish cuspir champanhe de choque.

Cheryl ficou de boca aberta.

— Você sabia?

Ryan ergueu a taça de champanhe e piscou para ela.

— Não se pode esconder nada na era das redes sociais — disse ele com alegria. — Agora... — Ele se virou para a plateia. Jodie estava paralisada sob o peso do braço dele. — Como vocês todos estão cientes, mais de um milhão de pessoas estão aguardando para saber *quem* vai ser a pessoa a permitir que Jodie risque o número cem da lista.

Houve vivas e assobios. Jodie sentiu o sangue sumir do rosto. Em algum lugar atrás daquela parede de corpos vestidos de branco, estava Kelly. E o coração de Jodie estava ali, no chão, ao lado dele, na última fila da primeira classe.

Ryan baixou a cabeça e levou os lábios para perto da orelha de Jodie.

— Confia em mim — sussurrou ele. — Vai ser melhor assim.

O que ia ser melhor? Jodie se virou e encarou o olhar azul. Estava carregado de compaixão.

— Este ano, a Iris Air perdeu uma embaixadora mágica da marca com Bree Boyd — disse Sir Ryan. O braço dele desceu dos ombros de Jodie para a cintura. Como se ele achasse que precisava apoiá-la. — E Jodie perdeu uma irmã.

Jodie encarou Claudia no avião. O rosto de Claudia refletia o choque dela. E a apreensão.

— Quando Bree nos pediu para patrocinar Jodie para que terminasse a lista dela, nós nunca poderíamos ter imaginado as semanas passadas.

Um silêncio se espalhou pelo grupo de pessoas.

— Está sendo uma aventura e tanto essa na qual a Jodie está nos levando. E nós agradecemos a ela por isso. — Ele a apertou. — Tem sido um privilégio ter permissão de participar da vida dela e ver instantâneos do amor dela pela irmã. — Ele limpou a garganta. Jodie sentiu a força dele ao seu lado. — Esta noite, Jodie completou o penúltimo item da lista de coisas a fazer antes de morrer, a lista que Bree escreveu.

Houve uma salva de palmas.

— Tem mais um item na lista…

Jodie não tinha ideia de para onde ele estava indo com aquilo, mas não estava gostando. Ela se sentia entorpecida. Destruída. Não conseguia nem reunir energia para correr para o banheiro e se esconder.

— Mas aí me ocorreu — refletiu Sir Ryan — que o número cem da lista não é da nossa conta.

O quê?

Jodie olhou para ele, chocada.

— Bree escreveu a lista — disse Ryan. — Eram os sonhos *dela*.

Jodie sentiu lágrimas vindo.

— Mas Jodie não é Bree. Ela tem os próprios sonhos. E eu, pelo menos, mal posso esperar para vê-la realizá-los. Mas acho que eu seria babaca de segurar o dinheiro até o dia em que Jodie se apaixonar, e mais babaca ainda de fazer com que ela prove para nós antes de receber o pagamento. Não é assim que a vida deveria funcionar. Para ninguém. Os sentimentos da Jodie são dela… nós não temos direito a eles. — Ele ergueu a taça de champanhe. — Então, agora que comemoramos o Ano-Novo, eu gostaria de anunciar que a lista de coisas a fazer antes de morrer está completa!

O avião explodiu em gritos.

Jodie sentiu como se tivesse sido sacudida por um terremoto.

— Mas não está — disse ela. — Não está completa.

Quando os gritos se transformaram na contagem regressiva de Ano-Novo, Ryan puxou Jodie para mais perto.

— Bree amava você — disse ele baixinho para que só ela pudesse ouvir. — E à sua família. No que me diz respeito, ela já riscou o item final da lista. E você mais do que demonstrou seu amor por ela. O amor romântico não é o único tipo de amor que vale a pena ter.

— Mas eu não terminei — disse ela, começando a chorar. — Você não entende? Eu preciso terminar *alguma coisa*.

— Jodie. — Ele suspirou, encostando a testa na dela. — Você pode fazer qualquer coisa que botar na cabeça. E um dia você vai se apaixonar, e a lista vai ficar completa. Mas você não precisa provar para mim nem para ninguém. As dívidas estão pagas. O resto é com você.

Capítulo 42
17. Plantar uma árvore
100. Se apaixonar

O pobre abeto não chegou à primavera. Tinha virado uma casca morta em dois meses. E, por causa do tamanho, custou uma fortuna para ser removido.

— A gente não devia mandar a conta para o tal Sir Como É Mesmo? — sugeriu tia Pat. — Ele era legal. Sei que pagaria. Tenho certeza de que ele ia *querer* pagar.

— Não. — O pai de Jodie estava mais do que feliz de não ter que saber mais de Sir Ryan e da Iris Air. — Vamos botar no cartão e pagar. Se fizermos umas horas extras, vai acabar rapidinho. — Principalmente porque Sir Ryan tinha cumprido a palavra e todas as contas médicas de Bree não existiam mais. Não só de Bree. Sir Ryan tinha ido além e pagado mais do que tinha prometido. Ele e Jodie visitaram cada família da ala de Bree silenciosamente, sem uma única postagem em redes sociais. Algumas famílias estavam de luto, outras estavam passando por tratamentos, e duas, milagrosamente, viram a recuperação de seus entes queridos, que estavam saudáveis e bem. Mas todos receberam cheques grandes o suficiente para fazer uma grande diferença na dívida. Depois, Ryan e Jodie tinham procurado Wanda, a atendente favorita de Bree, e dado a ela uma viagem de primeira classe com todas as despesas pagas, cortesia da Iris Air. Ela estava mesmo precisando de férias.

Depois disso, Jodie entendeu o apelo de ser rica. Era bom dar coisas para as pessoas. Se bem que o jeito como Wanda falou da decoração de Claudia de folhas no Dia de Ação de Graças fez com que ela percebesse que pendurar umas folhas em barbante era uma boa opção se não desse para pagar uma passagem de primeira classe para alguém.

Quando a árvore de Natal morta foi removida, Jodie finalmente plantou a árvore que ela queria. Eles não filmaram nem colocaram fotos em lugar nenhum, mas sua mãe tirou uma foto para o álbum da família. O jardim ficou uma sujeirada de lama pela escavadeira que empurrou a terra de volta para o buraco enorme deixado pelo abeto. Jodie escolheu uma árvore. Ela foi à loja de plantas e jardins e caminhou procurando um corniso para agradar a mãe. Mas aí, viu um amontoado de árvores retorcidas com folhas de plástico preto enroladas nas folhas, e soube imediatamente que era o que ela queria. Uma árvore dama de honra.

Resedá. Ela leu a etiqueta. Não era um arbusto e não era perene. Tinha montes de flores na primavera; folhas quentes como carvão em brasa no outono; galhos amplos para dar sombra. Exatamente o que Bree tinha pedido. E, cada vez que Jodie olhasse para ela, ela seria transportada para um dia em que foi feliz ao passear pelo High Line com Kelly Wong. Antes de eles estragarem tudo.

Jodie cavou o buraco e plantou a árvore ela mesma. Ela a molhava todos os dias depois, sozinha. Quando fazia isso, tinha longas conversas aleatórias com Bree. E, pela primeira vez desde que a lista de coisas a fazer começou, ela sentiu uma certa paz. Era a árvore de Bree, e dela também. Era a primeira coisa que realmente fazia parte das duas.

Quando Cheryl foi visitá-la e levou as mensagens finais de Bree para todo mundo em vez de postar online, ela parou para admirar a árvore.

— Vai ficar bem? — perguntou ela, preocupada. — Não é cedo demais para plantar?

— Disseram que sim na loja. Desde que o solo esteja derretido de neve. E, olha, a primavera começou cedo. — Ela apontou para o corniso de galhos vermelhos de Cheryl, que estava coberto de folhas novas.

Cheryl fez uma careta.

— Sinto muito por aquilo.

— Não se preocupa. Minha mãe adora. Ela diz que é da mesma cor do seu batom.

Cheryl riu ao ouvir isso. Elas entraram e começaram o triste trabalho de encerrar formalmente a lista de coisas a fazer antes de morrer.

— Não acabou — disse vovó Gloria com teimosia —, só acaba quando a Jodie fizer o número cem. Nós fizemos a árvore, mas ainda falta o último item.

Jodie deu de ombros. Não se deu ao trabalho de corrigi-la. Vovó Gloria estava enganada, só não sabia. *O número cem diz se apaixonar... não diz que a pessoa precisa te amar de volta.* Foi o que Bree disse na mensagem. E Jodie tinha se apaixonado, várias vezes. Pelo mesmo homem. Só não tinha dado certo. E Ryan sabia. Ele sabia e ofereceu uma saída para ela. Em particular.

Ela tinha agradecido. Eles tomaram uma cerveja tranquila juntos depois que amarraram todas as pontas soltas.

— Não é nada — disse Ryan, descartando o agradecimento dela. — Eu não devia ter deixado chegar tão longe. Aquele último item... ouvir Maya falar sobre quem você ia beijar à meia-noite... — Ele tirou o cabelo da testa e grunhiu. — Uma foca adestrada...

Foi bom ele ter visto. Ter entendido.

— O que você vai fazer agora? — perguntara ele. — Agora que você está livre de dívidas e é a capitã do seu destino?

— Não sei. — Ela meio que rira, meio que gemera. — Eu não tenho ideia.

— Não acredito nisso. Você me parece uma pessoa que sabe o que quer.

— Ainda não. Mas espero saber. — Ela tomou um gole de cerveja. — Um dia.

— Bom, se você precisar de um amigo alguma hora, me liga. — Ele ofereceu um cartão a ela.

Ela não tinha ligado. Mas tinha pensado em ligar.

— Bree disse que é para ver as últimas mensagens no Dia de São Valentim — disse Cheryl para os Boyd enquanto olhava o resto do material de Bree com eles em Wilmington. — E na Páscoa, no Dia das Mães, no Dia dos Pais, nos aniversários de cada um, e tem mais umas no final, uma no Dia de Ação de Graças e uma no Natal. Todos os grandes eventos de um ano inteiro. Ela filmou tudo fora de ordem, então vocês vão notar que às vezes ela parece bem e às vezes não. Está tudo com título. — Cheryl entregou o drive portátil para a mãe de Jodie. — E se acontecer alguma coisa com isso aí, eu tenho backups, tá? É só me ligar.

— E nada disso vai aparecer online? — perguntou Jodie, desconfiada.

— Nada. Eu mudei todas as senhas das contas de Bree, então elas estão congeladas para sempre. Aqui estão. Você vai ser a única a tê-las. — Ela olhou para Jodie. — Tem certeza de que não quer que eu apague?

— Não — disse a mãe de Jodie. — Deixa. É tudo que sobrou dela.

— Não tudo, mãe. — Jodie abraçou a mãe com um braço. — Nós temos fotos e a coleção dela de coroas de bailes de volta às aulas e de fim de ano. E lembranças. — Mas ela balançou a cabeça e disse com movimentos labiais para Cheryl: *Vamos deixar lá*. Jodie podia aguentar o fato de que alguns dos seus momentos mais constrangedores estavam congelados no tempo naquela conta do Instagram, se fazia sua mãe feliz.

— Aqui, eu trouxe isto. — Cheryl tirou uma garrafa da bagagem de mão. — Achei que deveríamos comemorar o fim oficial da lista. Todo mundo é uma garota de champanhe — lembrou Cheryl a Jodie com uma piscadela e entregou a garrafa a ela.

— Que nada — disse Joe com pesar. — Eu acho que eu não sou. Já experimentei. Mas tudo bem. Fico feliz com cerveja.

— Tudo bem, você e seu pai podem tomar cerveja — disse a mãe de Jodie, pegando as taças. — Nós vamos experimentar.

— Ela não vai beber, você vai ver — avisou Jodie a Cheryl. — Ela vai tomar um gole e vai decidir que prefere um uísque sour.

Acabou que só vovó Gloria era uma garota de champanhe.

— Que bom que alguém gosta — disse Cheryl com um aceno de despedida. Jodie a levou até o táxi.

— Não pense que vai se livrar de mim tão fácil — avisou Cheryl. — Você tem que ir ao casamento. Nos penhascos de La Quebrada no México no outono.

— Eu não perderia por nada deste mundo. — Mesmo que ela tivesse que ir de avião.

Cheryl riu.

— Acho que isso merece uns beijos europeus. — Ela deu três beijos ressonantes em Jodie: bochecha esquerda, bochecha direita, bochecha esquerda. — Prometo que vamos ter cerveja no casamento, você não vai precisar tomar champanhe.

— Por você, talvez eu tome.

— Me manda fotos da árvore quando florescer?

— Você sabe que vou mandar. — Jodie sentiria falta do Furacão Cheryl. Ela tinha se acostumado a um tempo agitado.

— E não se esquece de me mandar mensagem quando você se apaixonar!

Não. Isso não ia acontecer. Jodie se despediu de Cheryl, sentindo o silêncio estranho se espalhar como uma manhã depois de uma tempestade.

Capítulo 43

Nervosismo é bom, lembra? Ajuda na apresentação. Boa sorte!

Jodie estava nervosa demais para responder Jonah. Faria isso depois.

— Não se esquece de contar quantos seguidores você tem. Eles vão amar.

Ryan tinha dispensado o motorista e estava dirigindo. Tinha alugado um carro da empresa dela no terminal Sea-Tac. Do jeito que era, Ryan estava se divertindo imensamente dirigindo por Seattle.

Do jeito que Jodie era, estava morrendo de medo. Suas mãos tinham se paralisado em garras em volta da nova pasta de couro que guardava seu fino currículo.

— E de contar que você gerenciou uma campanha de marca enorme.

— Mas eu não fiz isso! — protestou ela.

— Claro que fez. Você assumiu tudo. No final, era você que estava fazendo tudo.

— Colocar uma foto medíocre no Instagram não conta como "tudo".

— E o engajamento! Foi cem por cento por causa da sua autenticidade. Você pegou uma campanha forçada e deu coração e alma a ela. E as pessoas reagiram a isso.

Jodie abriu um pouco a janela para inspirar o ar fresco. Seattle era fria em janeiro. Puget Sound estava agitado e as nuvens se amontoavam acima da cidade. Não era muito diferente da cidade dela. Ela conseguiria.

Boa sorte, docinho.

Seu pai. Era a terceira vez que ele mandava mensagem. Ele estava quase tão ansioso quanto ela.

Claudia, Tish e Cheryl também a bombardearam de mensagens a manhã toda.

Ela não conseguiu responder nenhuma.

Sua mãe não tinha mandado mensagem, mas só porque a vovó Gloria tinha confiscado o celular dela. Jodie apostava que ela tinha feito um buraco no tapete de tanto andar de um lado para o outro.

— Lembra de se concentrar na sua linguagem corporal — disse Ryan, orientando-a. — Ande reta, com os ombros para trás, o olhar direto, ocupe o espaço.

Ele entrou em um estacionamento perto do escritório do estádio.

— Diz oi para Carolyn por mim — pediu ele.

Ryan tinha arranjado a reunião com a diretora de marketing do Seattle Mariners para ela. Quando ela finalmente ligou para Ryan e contou o que estava pensando, ele a levou mais a sério do que ela previra. Ela só queria um conselho. Mas Ryan era um homem de ação. E lá estava ela, na porta de um time da liga principal.

— Você não vai entrar? — disse Jodie com voz esganiçada. Ela olhou para o T-Mobile Park.

— Não. Você já é adulta. Agora, vai lá. — Ele sorriu para ela. — Você vai se sair muito bem.

Aquilo era surreal. Jodie estava impressionada com a loucura de tudo aquilo quando passou pela porta e entrou no escritório. A sensação de estar em um sonho ficou ainda maior quando o segurança marcou o nome dela em uma lista e abriu a porta para ela entrar, e quando ela foi recebida calorosamente e acompanhada até uma sala de reuniões.

Jodie ficou sentada ali, de roupa e sapatos novos, segurando a pasta de couro.

Você consegue, Smurfette. Eu estou com você até o fim.

Jodie ajeitou os ombros e analisou o local. E, quando Carolyn entrou, Jodie lhe deu um firme aperto de mão. De alguma forma, apesar de todo o nervosismo, ela conseguiu manter a voz calma.

— Você tem alguma experiência com marketing esportivo? — perguntou Carolyn enquanto olhava o currículo fino de Jodie.

Não se esquece de dizer que você gerenciou uma campanha de marca enorme... de forma autêntica... com números que bombaram! Ela se lembrou do conselho de Ryan. Mas escolheu não ouvi-lo.

Ela contou para Carolyn sobre a lista de coisas para fazer antes de morrer. Sobre Ciência do Exercício na Delaware Tech. Sobre ser uma garota jogando no time da escola. No geral, contou a Carolyn sobre si.

— Foi bem? — comemorou Ryan, já se preparando para comemorar quando ela saiu do prédio na direção do carro alugado.

— Fui! — gritou ela. — Eu achei que ia vomitar de tão nervosa, mas eu *consegui*!

— Claro que conseguiu. — Ryan riu.

Jodie estava se balançando como Russel Sprout quando encontrava um par de tênis novo para roer.

— E quando você começa? — perguntou Ryan. — E aonde vamos para comemorar?

— Ah, eu não consegui o emprego — disse Jodie, surpresa de ele achar que ela tinha conseguido. — Ainda não. Mas ela disse que ia considerar e que entraria contato.

Ryan riu.

— Então não foi um não!

— Mesmo que seja não desta vez, talvez seja um sim na *próxima*!

— Isso aí!

Capítulo 44

Jodie estava fazendo horas extras para pagar a remoção do abeto, motivo pelo qual estava no guichê da locadora no Dia de São Valentim. O aeroporto estava lotado, tocando músicas bregas de amor nos alto-falantes, todas as lojas cheias de chocolate e rosas e cartões. Até a loja de donuts vendia donuts em forma de coração.

— Camisa legal — disse ela para um pedestre que vestia uma camiseta que dizia "Calma, Aladdin".

O pedestre mal olhou para ela. O meme e a camiseta viveram mais do que a fama de Jodie, ainda bem. As pessoas conheciam a frase, mas não lembravam quem tinha dito. O que Jodie achava ótimo. Também devia ser bom para o pobre capitão Stef. As redes sociais seguiram em frente; o circo tinha encontrado uma nova cidade na qual montar as tendas. A vida estava como deveria ser. Ou ficaria, assim que ela conseguisse arrumar um time de beisebol que a contratasse.

Seu celular vibrou e ela o pegou, sorrindo de expectativa. Provavelmente era Claudia. Ela devia ter chegado em casa e encontrado as bandeirinhas de amor que Jodie tinha pendurado no apartamento dela. Levou horas para ela cortar tantos corações rosa e prateados, e mais ainda para fazer buracos neles e passá-los no barbante. Mas valeu a pena. A casa de Claudia estava um país das maravilhas feminino e adorável quando Jodie saiu de lá. E estava arrumada pela primeira vez em séculos. O que tinha levado o mesmo tempo que preparar as bandeirinhas.

Mas a mensagem não era de Claudia.

Era de *Kelly Wong*.

Kelly Wong estava mandando uma mensagem para ela. No Dia de São Valentim. O Dia dos Namorados.

O coração de Jodie ficou descompassado. Parecia ter esquecido de como bater.

Recebi suas mensagens, Boyd.

Ele tinha recebido as mensagens dela. Jodie sentiu como se uma bola alta estivesse vindo diretamente para cima dela.

Ela tinha morrido de medo de enviar aquelas mensagens, mas mandou mesmo assim. Não conseguia tirar a imagem Kelly da cabeça naquele dia no avião sobre a Antártica. A expressão no rosto dele.

Ela o tinha magoado. Muito.

A questão, escrevera ela em uma das longas mensagens de desculpas que finalmente tinha reunido coragem de enviar, *é que durante toda a minha vida eu tive medo demais de rebater. E quando finalmente recebi a bola na zona de strike, eu falhei.* Aquilo não foi claro o suficiente. *Eu fiz merda, Kelly. Devia ter lido as suas mensagens. E devia ter percebido que você também estava sofrendo com o luto. Eu fiquei tão absorta em mim mesma que esqueci que você estava sofrendo também.*

Aquilo estava claro. Foi uma sensação assustadoramente boa. Não havia mais nada a esconder.

Toda aquela conversa de times... Time Tish, Time Ryan... Time Você... Se eu estivesse de verdade no Time Kelly, devia ter lido suas mensagens. Droga, eu devia estar no meu próprio time, sabe? Mas nunca estive. Eu tenho que aprender a estar no Time Jodie. E o Time Jodie teria lido suas mensagens. E atendido as ligações.

Ela enviou todas essas mensagens. E esperou.

E esperou mais.

E sentiu profundamente o silêncio dele.

Mas ali estava ele.

Você falou sério sobre ter apagado todas as minhas mensagens, né?

Claro que ela tinha falado sério! Ah, meu Deus. O que ela poderia responder? O que poderia dizer? Ela devia se prostrar? Dizer alguma coisa engraçada? Digitar *EU TE AMO* em caixa-alta? Implorar para que ele a perdoasse?

Antes que pudesse decidir, o celular vibrou de novo. Outra mensagem de *Kelly Wong*.

Sorte sua que tenho tudo que eu enviei aqui no meu celular.

O que aquilo significava?

Vou te encaminhar. Quando você acabar de ler, pode decidir se quer falar comigo ou não. Você sabe como me encontrar.

Jodie precisou se sentar no banco atrás do balcão. *Celular vibrando.*

P.S. Feliz dia dos namorados. Não vai sair por aí beijando alguém.

Jodie não conseguia parar de sorrir. Parecia que alguém tinha enviado para ela uma dúzia de rosas. Não, melhor. Parecia que *Kelly Wong* tinha enviado para ela uma dúzia de rosas. A cada curto intervalo de minutos, o celular dela vibrava, até acumular setenta e oito mensagens de texto. Tinha mesmo apagado tantas?

Ele tinha mesmo *enviado* tantas?

Sim. Explicações longas e atenciosas. Súplicas desesperadas. Piadas. Ele tinha tentado todas as formas possíveis de fazer com que ela o ouvisse. E ela tinha apagado cada uma. Inclusive a última, que dizia apenas:

Tudo que eu sinto está aqui.

Seguida de um vídeo curto. Era o dueto deles. Um nó surgiu na garganta de Jodie enquanto ela assistia. Eles estavam de perfil, o lustre de água-viva cheio de reflexos das luzes de Nova York; a música soou lânguida e cheia de sentimentos; a voz de Kelly suave como manteiga. Mas a *expressão* dele.

Era a de um homem apaixonado.

— Kelly — sussurrou a Jodie do vídeo —, eu vou te beijar agora.

E o vídeo acabou.

Jodie, dissera ele, *eu vou deixar.*

O vídeo não chegou às redes sociais. Kelly não a explorou nem uma vez. Não a ofereceu, não *os* ofereceu, para dois milhões de estranhos. O momento era só deles. E não só mostrava tudo que *ele* sentia; mostrava tudo que ela sentia também.

Capítulo 45

— **O**lha todas essas rosas! — No vídeo de Dia de São Valentim, Bree virou a câmera para o quarto de hospital, que estava cheio de rosas para todos os lados. A maioria vermelha, mas algumas cor-de-rosa. Exceto por um pedaço amarelo. Jodie tinha se recusado a seguir a moda e comprado narcisos. Bree passou seu último Dia de São Valentim no hospital, mas parecia ter sido bom.

— Ela estava filmando isso desde o começo, não é? — observou tia Pat. — E ela parece bem, você não acha?

Ao longo do vídeo, Bree *estava* bem de novo, falando sobre amor e flores, contando histórias antigas sobre Dias de São Valentim. Jodie roeu as unhas enquanto assistia. Ela não conseguia se concentrar. Seu celular parecia estar queimando um buraco no bolso. Ela queria ficar relendo as mensagens de Kelly. Cada vez que as lia, descobria algo de novo.

Você usava um colar com um pingente de J. Em uma correntinha de ouro bem delicada. Cintilava no sol quando você estava no campo. Eu sempre quis saber quem te deu.

Bree tinha dado para ela. Quando Jodie fez quinze anos. Como ele se lembrava de detalhes assim, de tanto tempo?

Eu estava tão apaixonado por você...

— Espero que vocês todos tenham recebido flores este ano — disse Bree. Melhor do que flores. Ela tinha recebido os pensamentos dele.

— Espero que tenham *dado* flores também.

Jodie ficou paralisada. Sim. Era hora. Ela precisava fazer isso naquele momento. E dar algo melhor do que flores.

— Não foi um dos melhores dela — disse Pat quando o vídeo acabou.

— Pat! — disse a mãe de Jodie, repreendendo-a. — Não é um programa de televisão para você ficar criticando.

— Bom, não foi.

— Isso foi no começo do processo — resmungou o pai de Jodie. — Ela devia estar começando a pegar o jeito. E queria garantir que não nos sentíssemos sozinhos nos dias especiais.

— Claudia. — Jodie puxou Claudia para longe da conversa ridícula sobre o vídeo. — Eu preciso falar com você.

— Claro.

— Só que não aqui. Pega o seu casaco. — Jodie enfiou a cabeça na cozinha, para onde todos tinham ido para tomar café e comer uns biscoitinhos, ainda discutindo os méritos do vídeo de Bree. — Claudia e eu vamos sair.

Ela saiu antes que eles pudessem fazer perguntas, puxando Claudia junto.

— Aonde nós vamos? — perguntou Claudia.

— Chili's.

O Chili's do bairro quase não tinha mudado desde o ensino médio. Elas tiveram sorte de conseguir uma mesa, já que era Dia dos Namorados.

— Você pode trazer dois jogos americanos infantis para a gente? — perguntou Jodie quando elas se sentaram em um compartimento.

— Vocês querem pedir alguma coisa?

Jodie não queria. Mas não podia ficar ali sem pedir nada, então pediu cerveja.

— O que a gente está fazendo aqui? — perguntou Claudia, mas Jodie percebeu que ela já tinha uma ideia.

— Eu preciso tomar algumas decisões sobre a minha vida. — Jodie chamou a garçonete. — Ei, nós precisamos de umas canetas também.

A garçonete revirou os olhos e levou uns lápis de cera. Teriam que servir.

— Que tipo de decisão?

— *Todas*. Onde eu vou morar? Quem eu vou amar? Para onde quero viajar? O que eu quero *fazer*?

— Talvez você precise de mais jogos americanos de papel. — Claudia chamou a garçonete e pediu uma cerveja. — Acho que a ocasião pede.

— Bree conseguiu com um, então também consigo. — Jodie virou o jogo americano de papel e encarou o papel em branco.

Claudia suspirou e virou o dela. Jodie se curvou e escreveu. Só que tinha muita coisa que ela queria fazer.

— O que você escreveu? — perguntou Claudia, curiosa.

— Você primeiro.

Claudia ficou vermelha. E virou seu jogo americano.

1. *Ir a um encontro com Hopper.*
2. *Ir a um segundo encontro com Hopper.*
3. *Continuar.*

Jodie riu.

— É uma *boa* lista.

— E a sua, pateta?

Jodie virou o dela.

1. *Beisebol e Kelly Wong.*

— Você está fazendo errado — disse Claudia. — Seriam duas coisas separadas.

— Não precisam ser. — Jodie sorriu. — Eu vou trabalhar em um time de beisebol *e* vou conseguir ficar com Kelly Wong. As duas coisas são importantes o bastante para empatar no número um.

2. *Pensar em como contar para a minha família que eu vou me mudar para Seattle (ou, se os Mariners não me contratarem, para outro lugar).*

— Você vai se mudar do nada? Não quer conhecer a cidade primeiro?

— Eu conheci.

— Uma tarde não conta como conhecer.

— Não — disse Jodie com firmeza. — Eu não preciso conhecer tudo. Eu vou mergulhar de cabeça.

Capítulo 46

Jodie não contou a ele sobre o novo emprego, nem que estava indo para lá. Ela fez as malas e se mudou sozinha para o outro lado do país. Acomodou-se em um estúdio em Fremont; tinha vista das copas das árvores e um vislumbre da água, mas, ainda mais importante, era um trajeto de trinta minutos na bicicleta nova até seu novo emprego no T-Mobile Park.

Jodie tinha se tornado coordenadora júnior de mídias sociais, mas estava de olho em coisas maiores. Tinha pedido transferência do curso básico na Delaware Tech para um curso completo em Cinesiologia na Seattle U, que ela estava fazendo em paralelo ao trabalho. Estava se preparando para se apresentar para Tammy Stead, coordenadora esportiva no Mariners, mas também estava considerando outras posições. Era necessário muita gente para se botar um time em campo. Havia oportunidades para aprender e descobrir qual era o lugar dela.

No primeiro dia de treinamento da primavera, mandaram Jodie tirar fotos dos times principais para as redes sociais. Ela foi junto com Dominic, do Desenvolvimento de Jogadores, e Taylor, da Prospecção. Era sua segunda semana no emprego, e ela estava nervosa por ser responsável pelas múltiplas contas em redes sociais, pela bíblia de hashtags e pelas marcas dos times.

Mas, mais do que tudo, ela estava nervosa porque era a primeira vez que veria Kelly Wong desde o voo sobre a Antártica.

Enquanto seguia Dom e Taylor pela grama até a arquibancada, seu coração estava na garganta. Jodie passou a mão pelo zíper do casaco, se perguntando se teria coragem de ir até o fim com aquilo. Tinha comprado uma camiseta Time Kelly online. Na verdade, tinha comprado várias, achando que provavelmente teria a vida inteira para usá-las, se tivesse sorte. Precisou colocar uma jaqueta por cima no caminho para o campo para seus colegas não acharem que ela era uma fã louca. Quando os três se acomodaram na arquibancada, Jodie os ouviu discutirem os méritos dos titulares do Rainiers. Titulares que incluíam Kelly Wong.

Jodie sentiu o coração disparar quando ele correu pelo campo. Nossa, como ele era lindo. Em forma, apesar de estar voltando do intervalo entre as temporadas. E como ele se movimentava. Ele fazia cada arremesso parecer um passo de balé.

Kelly não a viu por algumas entradas. Jodie comeu suas pipocas de caramelo nervosa, tirando fotos para o feed, anotando placares em um quadro improvisado e ensaiando discursos silenciosamente. Pedidos de desculpas, em geral. Por volta da quinta entrada, alguém apontou o olheiro do Mariners na arquibancada. Kelly se virou para olhar. E a viu.

Parecia que alguém tinha batido no capacete dele com uma bola alta.

Quando estava fora do campo, ele foi direto para a arquibancada. Não era o olheiro Taylor, era de Jodie que ele não conseguia tirar os olhos. Ele se apoiou na amurada.

— O que você está fazendo aqui? — Ele parecia não saber o que sentir, a julgar pela sua expressão.

Coragem, Smurf Esportiva.

— Eu estou trabalhando. — Ela teve a coragem de abrir um sorriso e puxar o boné do Mariners. — Arrumei um emprego em Seattle.

— Um emprego em Seattle...

Jodie estava ciente de Dom e Taylor olhando para os dois com curiosidade. Ah, tudo bem. Ela estava acostumada com plateia.

— Como você não respondeu às mensagens... — Uma sombra de dor passou pelo rosto dele.

— Wong! — O treinador não pareceu satisfeito de ver Kelly batendo papo com uma garota na arquibancada.

— Eu preciso voltar. — Kelly se afastou. E apontou a mão enluvada para ela. — Não vá embora. Eu volto.

— Ei, Kelly! — gritou Jodie quando ele começou a correr de volta. *Coragem.*

Quando ele se virou, ela puxou o zíper da jaqueta e a abriu. Seu olhar desceu para a camiseta. *Time Kelly*. E lá estava aquela covinha de vírgula brilhando como um sinalizador.

Ele riu e deu um soco no ar.

— *Não vá embora.* — Ele apontou para ela. — Estou falando sério.

— Eu te encontro depois do seu banho — prometeu ela.

Jodie se sentou e apreciou o restante do treino. Meu Deus, como ela amava beisebol.

Depois do jogo, ele saiu correndo do vestiário com um sorriso de orelha a orelha. Dom e Taylor começaram a rir quando ele se aproximou.

Por causa da camiseta branca de Kelly. Na frente, escritas com caneta permanente preta, estavam as palavras *Time Jodie*.

— Você só pode estar de brincadeira — disse Dom, rindo. — Vocês dois são de verdade?

O coração de Jodie estava todo apertado no peito.

— Você estragou sua camiseta — disse ela, se sentindo boba.

— Você disse que queria estar no Time Jodie — disse Kelly, sorrindo. — Bom, acho que é o meu time também.

— Você precisa tirar uma foto disso para o Instagram do clube — disse Taylor para Jodie. — É ouro.

— Não, isso é só entre nós. — Jodie fez que não com a cabeça.

— Você que sabe. — Taylor deu de ombros. — Mas eu estou dizendo que isso é ouro. Nós vamos deixar os pombinhos sozinhos agora; temos que falar com os treinadores mesmo. Você precisa de carona quando a gente terminar lá, Jodie? — Ele ergueu uma sobrancelha e olhou para Kelly.

Jodie também se virou para Kelly.

— Não sei. Preciso?

— Definitivamente não — disse ele com firmeza. — Eu te levo para onde você precisar.

— Foi um bom jogo, Wong — disse Taylor, apertando a mão dele quando eles foram embora. — Continue assim.

— Vou tentar... — Ele olhou para eles enquanto eles iam na direção do banco de reservas. — Você sabe quem era aquele, né?

Kelly pareceu tenso de empolgação.

— Claro que sei. Trabalho com ele. Bom, não exatamente *com* ele. Mas próximo. — Ela sorriu.

— Você está no Mariners? — Ele pareceu não conseguir acreditar.

Tudo bem. Ela também não conseguia acreditar.

— É uma história longa e bem maneira. Talvez eu te conte no café da manhã amanhã.

— Café da manhã? — Kelly ergueu as sobrancelhas.

— Se você tiver sorte.

Jodie sorriu e se virou para ver a noite lilás se espalhando sobre o campo. O perfume de grama cortada e argila pairava no ar, e tudo cintilava com a chegada da primavera. As bases brilhavam no crepúsculo.

— Não tem nenhum lugar no mundo mais romântico do que um campo de beisebol.

Ela suspirou.

— Eu te amo — disse Kelly de ímpeto.

Jodie se virou para ele e notou que ele olhava para ela como ela olhava para o campo.

— Eu sei — disse ela com um sorriso malicioso —, eu li suas mensagens.

Ela esticou a mão e encostou a ponta do dedo na covinha de vírgula deitada. Ele tremeu sob seu toque.

— Eu também te amo — disse ela baixinho. — Só fui burra demais para ver o que estava bem na minha cara.

— Você não foi burra... Eu tive medo de te falar.

— Você, com medo! — Jodie riu, apoiou a testa na dele, então sentiu a respiração quente dele nos lábios dela. — Ainda está com medo?

— Estou — sussurrou ele. As fagulhas nos seus olhos eram vermelhas. — Mas com coragem suficiente para te dizer que te amo mesmo assim.

— Kelly? — sussurrou ela, dando um beijo leve como pena nos lábios dele. — Você pode me dizer isso todos os dias?

— Enquanto você me permitir.

— Kelly Wong, eu vou te beijar agora.

— Jodie Boyd, eu vou deixar.

E, enquanto eles se beijavam, a noite caiu, um roxo forte e carregado, e uma lua amarela subiu acima das arquibancadas, iluminando o caminho para a base principal. Jodie sentiu a promessa trêmula do que ainda estava por vir, e caiu nela como se estivesse caindo em água.

Capítulo 47
Uma segunda-feira normal de março
Bree

Bree queria que tudo estivesse resolvido antes de eles a passarem para cuidados paliativos. Antes de precisar apertar tanto o botão da morfina que não conseguisse sustentar um pensamento. Naquela segunda-feira normal de março, ela tinha adiado o alívio da dor ao ponto de começar a suar. Mas ainda era mais fácil pensar sentindo dor do que pensar sob efeito de opioides. Simples assim.

Ela precisava da cabeça no lugar. Até organizar tudo, então poderia apertar o botão da morfina sem parar. Quem imaginava que a dor seria tão ruim? Atingia até o fundo dos ossos. Não havia uma parte de si que não doesse, e era uma dor inimaginável, inexplicável. Estava no tecido. Fazia com que você percebesse que o mundo que você achava que conhecia era um sonho. Uma ilusão. Uma membrana na superfície para um mar profundo e agitado.

A cama do hospital foi colocada perto da janela para ela poder sentir o sol fraco da primavera de manhã cedo. No parapeito estavam potes de geleias e garrafas cheias de flores que sua mãe e Claudia tinham levado do mundo em florescimento lá fora. Sinos-dourados, flores de pêssego, narcisos, alguns cornisos precoces, uma única frésia creme e a primeira azaleia do jardim da vovó Gloria.

Ela não conseguia sentir o cheiro de nenhuma. Mas, às vezes, quando ficava lá deitada por momentos eternos, observando como as pétalas eram tomadas pelo sol, um sentimento surgia nela, um sentimento tão lento e crescente, tão inevitável, que a tirava da dor, uma contracorrente de êxtase.

Havia algo de sagrado naquelas flores, na luz do sol, e naquele sentimento. O momento fluía; e Bree estava diminuindo. E estava tudo bem. A luz do sol ficaria mais fraca e sumiria; as pétalas cairiam; a estação de flores seria seguida por chuva e neve; e ela diminuiria. Nada mudaria a beleza do sol filigranando a pétala cheia de veios da frésia, iluminando a garganta dourada escondida do narciso, fazendo o sino-dourado tremer de luz. Os momentos deixavam seus sedimentos nas marés ao diminuir; enquanto Bree diminuía; enquanto todos fluíam para o inevitável.

Bree abriu a lista. Cheryl tinha prometido que tudo estava pronto. Ryan e a Iris Air fariam tudo que pudessem. Só faltava Bree assinar a lista final. Ela passou o dedo pela própria caligrafia infantil, escrita quando estava em uma mesa do Chili's com Claudia. Tinha ficado com *tanta* raiva depois daquela feira das profissões. Parecia ter sido tanto tempo atrás, tão distante. Uma coisa estranha da qual sentir raiva. Mas como Bree tinha se enfurecido enquanto elas dividiam um prato de nachos e molho e uma gengibirra (que era tudo que podiam pagar). *O que havia nela que fez com que supusessem que ela nunca sairia de Wilmington?*, reclamara Bree com Claudia. *Que provavelmente nem sairia da sua regiãozinha do mundo? Que teria uma vida como a dos pais: direto para um emprego sensato depois da escola; casamento; filhos; e, se ela tivesse sorte, uma viagem para Orlando ou para as Montanhas Rochosas de vez em quando nas férias?* Aos dezoito anos, a mera possibilidade de repetir as vidas deles tinha enchido Bree de horror.

— Que se foda isso! — dissera ela para Claudia ferozmente enquanto começava a imaginar um futuro que não incluía muito Wilmington.

A primeira coisa da lista dela tinha sido "Sair de Wilmington nas férias de primavera" (o que ela fizera; ela fora para Nova Jersey, mas isso era um começo), a segunda tinha sido fazer com que Justin Smith a levasse ao baile (✓), a terceira ser rainha do baile (✓), a quarta entrar na faculdade que ela escolhesse (✓) e a quinta ser a primeira pessoa da família a ter diploma universitário (✓). Depois, as coisas ficavam um pouco mais interessantes.

Bree observou todas as coisas que tinha riscado da lista. Ela tinha feito trilha no Himalaia; tinha saltado de paraquedas de um penhasco no México; mergulhado em uma caverna na Sardenha; tinha nadado com porcos selvagens nas Bahamas e com baleias em Mo'orea; tinha assistido à aurora boreal de Newfoundland e visto uma chuva de meteoros das Leónidas no Peru;

tinha conseguido chegar à faixa verde no caratê e teve uma aula de capoeira no Brasil; tinha lido *Ulisses*, corrido uma maratona, preparado sua própria cerveja e andado sobre carvão quente. Tinha ido à cerimônia de abertura dos Jogos Olímpicos de verão e à de encerramento dos Jogos Olímpicos de inverno; tinha visto uma corrida de Fórmula Um em Mônaco; tinha subido a Torre Eiffel; tinha perseguido um tornado; tinha tirado leite de uma vaca; e dormido em um iglu. Ela tinha vinte e seis anos e provavelmente não chegaria a vinte e sete, mas tinha vivido mais do que qualquer outra pessoa que conhecia. E tinha sido *divertido*. Seu único arrependimento era que não poderia haver mais.

Só havia seis coisas que faltavam na lista dela. Seis coisas que ela precisaria deixar para outra pessoa.

17. Plantar uma árvore que vai viver até bem depois que eu morrer. Algo que dê sombra. Que também tenha flores. (Não acredito que não fiz esse. Parece o mais fácil.)

39. Jogar pôquer em Las Vegas.

73. Comer um sanduíche na Katz's Deli em Nova York e simular a cena do orgasmo de Harry e Sally, *feitos um para o outro. Levar alguém para fazer o papel do Harry.*

74. Fazer uma participação em um musical da Broadway (aproveitando quando eu estiver em Nova York, mas talvez seja melhor fazer isso em um dia diferente do número 73, porque acho que nervosismo e pastrami não vão combinar).

99. Sobrevoar a Antártica (é uma coisa que as pessoas fazem. É muito caro, mas a Iris Air aceitou patrocinar a viagem. Também significa que posso acrescentar uma viagem de bônus para Sydney, na Austrália! Eu devia ter colocado isso como número cem, acho, mas tem mais uma coisa que quero fazer por último...)

100. Me apaixonar.

Bree pegou um pilot e riscou o número 39. Ela o riscou completamente para não haver sinal das letras originais. E pegou uma caneta e escreveu com cuidado um novo número 39, logo acima, com caligrafia bem trêmula. Parecia que tinha sido escrito por uma criança. Era isso que a dor fazia.

Não havia garantias na vida. E ela não estaria lá para ver se as coisas tinham dado certo, mas, no mínimo, tinha plantado uma semente. O resto era com Jodie.

Com mãos trêmulas, Bree pegou o celular e tirou uma foto do verso do jogo americano do Chili's. Da sua lista de coisas a fazer antes de morrer. Com polegares fracos, ela digitou uma mensagem para Cheryl.

> Aqui vai. Esta é a lista final.

Bree anexou a foto. A maior parte da lista era composta de linhas riscando os itens completos. Exceto por seis. Um deles novinho...

O substituto do número 39 era a última coisa que ela escreveria na sua lista de coisas a fazer antes de morrer, ela percebeu. Isso a acertou com uma pedrada. Era seu último desejo. E que desejo esquisitinho era.

39. Encontrar o sr. Wong e finalmente ter as aulas de piano pelas quais minha mãe e meu pai pagaram e eu nunca fiz (longa história).

O dedo de Bree pairou sobre o botão de enviar. Seria suficiente?

Jodie era teimosa. Ela poderia não completar a lista. E será que ela se daria ao trabalho de procurar o sr. Wong? E, mesmo que o procurasse, Jodie teria coragem de perguntar sobre Kelly? Ela iria atrás daquele item final da lista?

Mas Bree não podia controlar nada do que viria. Ela só podia dar um desejo para a irmã. Uma esperança. Uma chance.

Porque Bree sabia que Kelly Wong estava na lista secreta que Jodie não escreveria.

E Jodie era o último item secreto na lista de Bree.

Quando ela enviou a mensagem para o mundo, para um futuro que Bree nunca veria, ela torceu para que a semente vingasse. Para que crescesse e se tornasse algo que vivesse mais do que ela. Que florescesse para sua irmã e desse sombra para ela por toda a vida futura.

Agradecimentos

Este livro começou quando os primeiros boatos sobre o coronavírus surgiram; continuou durante os lockdowns, trabalho online e durante meses de ansiedade e, francamente, crise existencial. Todos sabem do que estou falando. Vocês também são sobreviventes da pandemia. Foi um período de agitação: protestos e eleições, doenças e luto, fronteiras fechadas, isolamento e alguns quilos a mais. Parece adequado que este seja meu livro da covid porque é sobre luto. O luto acontece com todo mundo, um preço inevitável que pagamos pelo amor. Mas este também é um livro sobre esperança, resiliência, coragem e as recompensas que o amor oferece.

Eu gostaria de agradecer às pessoas que eu amo, que me deram força para passar por anos como esses. E que nunca deixam de me impressionar com sua capacidade de generosidade e amizade.

Primeiro, obrigada à mulher a quem este livro é dedicado, minha boa amiga dra. Tully Barnett. Eu tive o enorme privilégio de trabalhar perto de Tully nos últimos anos, e tem sido um ponto alto da minha vida profissional. Muitas vezes penso que, se as pessoas jogassem dinheiro nela e deixassem que ela fizesse o que quisesse com ele, o mundo seria um lugar melhor. Ela é sábia, gentil, curiosa, rigorosa, justa, equilibrada, receptiva, estratégica, absurdamente inteligente e, simplesmente, um ser humano excelente. Nunca deixe de ser você, Tully. Você é a que está fazendo as coisas corretamente.

Obrigada a Sean Williams, o Rei da Couve-de-Bruxelas, por dar o nome do cachorro. E a Sean e Alex Vickery-Howe por oferecerem conforto semanal, humor e terapia essencial quando gravávamos nosso podcast *Word*

Docs. Falar sobre escrever foi útil enquanto eu escrevia este livro, pois muitas vezes se tornava um livro triste para mim; conversar com vocês me fez sair do pântano do luto.

Obrigada a todas as pessoas do departamento de Creative Arts da Flinders University. Escrevi este livro enquanto estava de licença para estudos e estou profundamente agradecida pela dádiva do tempo, o único recurso de que quem escreve realmente precisa. Há gente demais para citar, mas vocês sabem quem são. A equipe acadêmica, a equipe profissional, os mestrandos, os alunos de honra, os universitários: é uma época estranha e desafiadora para viver uma vida acadêmica, principalmente nas humanidades e nas artes, sem mencionar nas artes criativas. Continuem a boa luta.

A família... ah, não há palavras para o que vocês significam e para o que vocês fazem. Minha mãe passou por rodadas de tratamento de câncer e cirurgias e outras provações durante a escrita deste livro — e fez isso com seu humor ácido de sempre. Eu te amo, mãe. Acho que nunca conheci ninguém tão forte quanto você. Nem tão engraçada. E tem o papai... De alguma forma, meu pai conseguiu construir castelos, vencer batalhas e salvar donzelas durante essa época insana de pandemia e crise. Ele é um príncipe até a alma.

Obrigada sempre a Jonny, Kirby e Isla — passamos um ano de lockdown espremidos em um apartamento pequenininho e eu achei que nós brigaríamos, mas nós nos demos melhor do que em qualquer outra época. Ao nosso ano em Barton. Eu amei cada minuto de escrita à nossa mesa de jantar cercada pelo caos da nossa vida cotidiana. Mas obrigada mais do que tudo por levarem meus sonhos a sério e me darem um empurrão quando eu precisava.

Obrigada a Lynn. Por sua causa, eu passei dançando por alguns dias muito difíceis. E ri em vez de chorar. Obrigada também às garotas SARA, principalmente Bronwyn Stuart e Anne Oliver, que me ajudaram a fazer um brainstorming de ideias no comecinho desse projeto. Tenho excelentes lembranças de estar sentada à beira da piscina em Melbourne com Anne lançando ideias para Bron enquanto ela nadava.

Devo um agradecimento enorme a Sarah Younger, que foi generosa com o tempo e os conselhos enquanto eu desenvolvia a ideia que se tornaria a história de Jodie e de Bree. O entusiasmo dela por este livro é o motivo de ele existir — obrigada, Sarah. E obrigada por todo o trabalho nada glamoroso dos bastidores que é a magia secreta do mercado dos livros. Eu amo trabalhar com você, pessoa linda.

Obrigada a Shannon Plackis por se apaixonar por esta história, e por todo o seu trabalho neste livro. Obrigada também a todos em Kensington — não só uma casa, mas um lar. Obrigada por me receberem e por serem torcedores tão dedicados do meu trabalho.

E, finalmente, este livro aconteceu depois da perda da minha melhor amiga do ensino médio, Kate Andrew, que faleceu de leucemia alguns anos atrás, jovem demais. Kate e eu nos sentávamos juntas na aula de matemática do nono ano e tentávamos colar uma da outra nas provas de francês (tão mal que nós sempre tirávamos notas ruins). Ela também era leitora compulsiva, e nós trocávamos livros com frequência.

Foi ela que me fez começar a ler romances; ela pegava os livros da mãe dela escondido e levava para a escola. Ela também ajudou e compartilhou do meu amor por Robert Smith e pelo The Cure, e me lembro até hoje da alegria que senti quando Kate me surpreendeu no meu décimo sexto aniversário com um pôster gigantesco do Fat Bob. Ela coletou dinheiro com todos os nossos amigos para comprar aquele pôster, que eu ainda guardo.

Havia muito tempo que eu não a via quando ela faleceu, e a morte dela me abalou muito. Eu sempre achei que nós nos encontraríamos de novo, que tínhamos tempo; como uma vida pode ser dolorosamente curta. Este livro aconteceu depois que eu testemunhei a dor sufocante e infinita que os pais e as irmãs de Kate enfrentaram depois da morte dela. Penso muito neles. A morte é parte da vida, mas, cara, é uma droga. Kate sabia, e cuidou para que todos sentissem o amor dela depois que ela partiu, deixando preparados presentes para cada aniversário e Natal naquele primeiro ano. Ela também organizou para que houvesse balões de hélio no enterro, para que seus filhos mais novos não ficassem assustados. Mesmo no final, ela estava pensando nos outros. Ela era assim. Kate: você era uma pessoa alegre e cheia de luz, muito amada, e de quem sentimos muita falta agora.

Impressão e Acabamento:
BARTIRA GRÁFICA